KB033532

2018

희곡우체통 낭독회 희곡집

국립극단

목차

고독한 목욕

* 이 작품은 2018 국립극단 희곡우체통 1차 낭독회 초대작으로 4월 28일 대학로 연습실에서 소개되었습니다.

안정민

작가의 말

한 사람의 '생존했음'은 많은 사람이 삶을 살아가도록 해줍니다. 역사가 집단 기억의 일종이라 생각한다면 많은 사람들의 '생존했음'이, 그들에 대한 기억들이, 핏줄처럼 흘러 우리가 특정한 방식으로 생존하도록 해주는 것은 아닐까요. 어쩌면 우리의 인생은 곧 자기의 인생이자, 누군가의 후생일지도 모릅니다. 그렇기에 진정한 비극은 한 사회에 있어서는 누군가의 '생존했음'을 기억하지 못하는 것, 한 개인에게 있어서는 누군가의 얼굴을 그려내지 못하는 것 아닐까요. 아버지의 얼굴을 그려내지 못하는 아들의 두려움과 슬픔을 희곡에 담으면서, 희곡이 기억이 되는 순간을 꿈꿔 봅니다.

등장인물

아들
어머니
송 씨
어린 송 씨
젊은 송 씨
여학생
송 씨 친구1·2·3
국밥아줌마

1막

1장

욕실인 듯하지만 또한 어떤 공간도 될 수 있는 곳에 욕조가 놓여 있다.

욕조는 낡고 때가 끼여 있다.

한 남자(송 씨 아들)가 욕조 안에 몸을 담그고 허공을 응시하고 있다.

그는 연거푸 물을 틀어 욕조 안에 물을 채운다.

조용한 가운데 물이 졸졸 흐르는 소리.

뜨거운 물안개가 공간에 퍼진다.

저 멀리서 신음하는 듯한, 아니 차라리 개가 짖는 듯한 소리가 간간이 들린다.

그는 그것에 귀를 기울이고, 다시 물을 붓고, 귀를 기울이고, 물을 붓고 하는 일을 반복한다.

물을 붓는 일이 점점 빨라지고, 저 멀리 들려왔던 신음 소리가 점점 커지면서 그는 그 소리를 물소리로 덮으려는 듯이 물을 괜히 발작적으로 첨벙거리다가 욕조 속으로 들어간다.

한동안 잠잠한 가운데 물속에서 거품 소리가 오래도록 들린다.

그가 죽었을까 걱정하게 될 즈음 입에서 물을 폭포수처럼 뱉으며 욕조 밖으로 얼굴을 토해 낸다.

안정민

그는 무엇인가 중얼거린다.

인간의 말인 것 같기도 하고 그렇지 않은 것 같기도 하다.

너무나 많은 단어를 한꺼번에 뱉어내고 싶기에 사람의 말을 못 하는 것처럼 보인다.

문득 흰색 양봉옷을 입어서 얼굴이 보이지 않는 남자(송 씨)가 조심스레 욕조 뒤로 천천히 들어와 젖고 있는 그의 머리에 가만히 손을 댄다. 그제야 욕조의 남자는 서서히 진정한다.

그리고 입을 틀어막고 있던 단어들의 뭉치를 풀어내듯 하나씩 하나씩 곱씹으며 말한다.

아들   어린 사과. 벌꿀. 집에 돌아오는 벌의 날개 소리. 아침 안개에 젖은 흙냄새. 투명한 나뭇잎. 멀리서 작게 빛나는 태양.

양봉옷의 남자는 욕조 속 남자의 머리에 손을 대고 있다가 그 옆의 의자에 가만히 앉는다.

아들   사과. 벌꿀. 집에 돌아오는 벌의 날개 소리. 아침 안개에 젖은 흙냄새. 투명한 나뭇잎. 멀리서 작게 빛나는 태양. 열매 냄새. 끙끙대는 어린 개의 체온. 나뭇가지들이 서로 부딪히는 소리. 가지런히 벗어둔 신발. 주름을 따라 때가 탄 소매. 옷을 개는 어머니. 어머니의 종종거리는 발자국 소리.

고독한 목욕

욕조 안의 남자가 말하는 것에 따라 마치 그러한 세계가 펼쳐지듯, 신음 소리가 새소리로 바뀌고, 신음 소리가 서서히 나뭇가지 소리로 바뀌며, 푸르스름했던 공기가 혈색을 되찾는다.

아들 먹을 것을 찾느라 바쁜 작은 쥐. 쥐를 쫓아가는 잰걸음 소리. 잔잔히 코 고는 소리. 책장 넘기는 소리. 한숨 소리.

양봉옷의 남자는 그가 뱉어내는 단어들을 가만히 듣다가 연결해서 말한다.

송 씨 오래된 책 냄새, 구겨진 책의 끄트머리, 누군가가 남겨둔 메모의 눌린 볼펜 자국. 얼었다가 서서히 녹는 발가락의 느낌.

아들 잔잔한 담배 냄새. 머리에 닿는 손가락 끝의 굳은살.

송 씨 목줄기를 덥히는 맑은 술 한 모금.

아들 책을 탁 덮는 소리.

송 씨 아침에 느끼는 잠의 무게.

아들 밤에 느끼는 깨어 있음의 무게.

송 씨 살냄새.

아들 여자의 머리카락 냄새.

단어를 주고받는 그들의 대화는 점점 경쾌해진다. 그들은 서로를 쳐다보지 않지만 같은 방

안정민

향의 허공을 보며 나지막하게 함께 웃기도 한다.

송 씨   (아들을 보지 않은 채) 좀 낫나?

아들   (아버지 쪽을 보지 않은 채) 훨씬요.

송 씨   뭐 하고 있노?

아들   몸 좀 씻고 있어요.

송 씨   아니, 말고, 방금 한 거 그게 뭐고?

아들   아.

송 씨   게임인가?

아들   게임은 아니고.

송 씨   그냥 좋은 것들 쭉 나열한 기가?

아들   예.

송 씨   그런 것들을 좋아하는가?

아들   뭐, 예.

송 씨   감성적이네.

아들   아입니더.

사이

송 씨   뭐 하고 있노?

아들   좋은 것들 쭉 나열한다고 아까.

송 씨   아니, 말고.

아들   (뭐라고 대답해야 할지 모른 채 아버지 쪽을 돌
       아보고 싶지만 차마 그러지 못하고 안절부절 어
       쩔 줄 모른다) 그게, 그러니까….

송 씨   아버지가 쎄가 빠지게 벌꿀 날라서 시내로 유학

고독한 목욕

을 보내놨으면 학교에 가야지를.

아들   (침묵)

멀리서 들려오는 낮은 신음 소리.

송 씨   (좀 누그러진 말로) 아버지는 벌꿀 나르고 아는
            태평하게 목욕하고 자알한다, 맞제.

아들   그게… 학교가….

송 씨   물은 따시나.

아들   예.

송 씨   비누칠은 안 하나.

아들   비누는 좀 애껴야 해서.

송 씨가 말하자 욕조에 온수가 일고 비누 거품
이 일어난다.

송 씨   애끼는 거는 애끼는 거고, 몸 씻을 때 비누도
            써야지 그게 뭐고 더럽구로. 천지가 니 때 냄새
            아이가. 더러워 죽겠다.

아들, 비누 거품이 보글보글 일어나는 욕조에
서 아버지를 쳐다보지 못하고 어쩔 줄 몰라 킁
킁대고 있다.

송 씨   후딱 씻어라 뭐 하노.

안정민

아들, 비누 거품으로 몸을 씻는다. 침묵, 비누 거품이 물에 녹는 소리와 참방거리는 목욕 소리. 그리고 멀찍이서 들리는 신음 소리. 송 씨는 담배를 꺼내 문다.

아들   (담배 냄새를 맡다가) 생각해 보면요.

송 씨   음.

아들   아버지 얼굴을 제가 몇 번 똑띠 보지를 못했네요.

송 씨   괴않다. 얼굴 본다고 뭐 달라지나. 부모 자식 간에 면상 자주 봐서 뭐 할 낀데.

아들   그래도. 얼굴은 떠올라야지요.

송 씨   또 볼 거 아니가.

아들   예.

사이

아들   언제쯤이겠습니까?

사이

아들   죄송합니다.

송 씨   공부는 잘돼 가나?

아들   예.

송 씨   또 공갈치제.

아들   아입니다.

송 씨   내일도 안 갈 거가 학교.

    고독한 목욕

아들	아입니다.
송 씨	확 마.
아들	아입니다. 아입니다.
송 씨	가래이. 학교. 잘 배워야 쓴다. 내 이제 간다.
아들	어디 가시는데예.

좀 더 크게 멀찍이서 들리는 신음 소리.

송 씨	(신음 소리를 끊어내듯) 어디 가긴. 꿀 따러 간다 자슥아.
아들	좀 더 있다 가이소, 덜 씻었습니다.
송 씨	징그럽구로. 혼자 씻어라.
아들	아버지.

멀찍이서 들리는 신음 소리.

| 송 씨 | (다급하게) 인제 가야 된다. 벌 다 날라가삔다. |
| 아들 | 배우는 게 무섭습니다. |

사이

| 송 씨 | 뭐가 무서운데? |
| 아들 | 그게…. |

멀찍이서 들리는 신음 소리.

안정민

송 씨 내처럼 될까 봐서 그러나?

사이

송 씨 몸 잘 챙겨래이.
아들 아버지 그런 게 아니고예….

노크 소리가 말을 끊는다. "욕실 다 썼습니까? 벌써 몇 시간짼데예. 대체 양심이 있습니까!"

아들 지금 나갑니다! (의자 쪽을 쳐다본다. 아버지는 사라져 있다)

아들, 아버지가 앉았던 의자 쪽으로 다가가 손을 댄다. 벌꿀 냄새가 난다.

2장

욕조로부터 사선으로, 어머니가 화장실 바닥에 앉아 뜨개질을 하고 있다.
뜨개질하는 손짓이 너무나 자연스러워 마치 화장실과 어머니의 서울 쪽방이 겹쳐진 것만 같다. 어머니의 뜨개질하는 손은 차분하고 말을 하면서 한시도 뜨개질에서 손을 떼지 않는다. 목소리는 차분하고 안정되어 있다. 그녀에게서 어떤 담대함이, 담담함이, 무언가를 초월

고독한 목욕

한 듯한 사명감 혹은 삶에 대한 강렬한 집중이 느껴진다.

아들　　잘 계십니까?

어머니　(뜨개질에 집중하며) 그래 니 잘 있나?

아들　　예.

어머니　밥은 잘 챙겨 묵고 있나?

아들　　예, 어머니는예? 잘 챙겨 드십니까. 혼자 계시는 거 위험하진 않습니까?

어머니　괴않다. 니 아버지맨쿠로 억울한 사람이 8명이나 있더라. 그 아지매들이랑 같이 기도도 하고 밥도 해먹고 그란다.

아들　　예에. 다행이네예.

어머니　엄마 걱정은 하지 마라. 도와주는 신부님도 있다.

아들　　다행이네예.

어머니　니는 잘 있제? 누가 찾아왔나?

아들　　그런 일 없습니더.

어머니　학교는 잘 다니제?

아들　　그람예.

어머니　마음 단디 하고 공부도 단디 하제?

아들　　예에.

어머니　내는 니 믿는데이.

어머니는 계속 바느질을 한다. 아들은 욕조에 누워 있는 자신을 어머니가 행여나 볼까 봐

안정민

살금살금 옷을 입으려고 한다.

어머니 학교에서 미국말도 배우제?

아들 (옷을 입으러 가려다 다시 앉아서) 아, 예, 배웁
니더.

어머니 니 그럼 미국 사람이랑 말도 할 줄 알고 그라나?

아들 아입니더. 겨우 띄엄띄엄 읽는 수준입니더.

어머니 시내로 유학까지 보내놓았는데 그 모양이가.

아들 남의 나라 말하는 게 그렇게 수월한 일은 아입니
더. 갑자기 그건 와예?

어머니 같이 기도하는 신부가 미국 사람이다 아이가.

아들 그렇습니까….

어머니 신부님이 미국 대사관 앞에서 시위도 하고 그랬
다.

아들 조심해서 계시이소, 또 일납니더.

어머니 일이 나면 무슨 일이 나노. 죽기밖에 더하겠나.

아들 그리 말씀하지 마이소.

어머니 아버지가 억울하게 죽어삘 거 같은데, 그보다 큰
일이 있겠나, 있으면 고마 일어나뿌라 그래라.

아들 그래도 제발 살펴가며 하이소.

사이

아들 아버지는 보셨습니까.

어머니 아이다. 코빼기도 못 봤다. 서성거려도 사람들이
내치삔다. 쉽지가 않더라.

고독한 목욕

물이 찰랑거리는 소리 그리고 신음 소리가 섞여서 나지막하게 공간에 울려 퍼진다.

어머니 니 말이다.

아들 예에.

어머니 내 걱정 말고 학교 잘 다니래이.

아들 (망설이다가) 예에.

어머니 마음 단단히 먹어라. 느그 아버지, 훌륭하신 분이다. 니도 알제?

아들 그람예.

어머니 살다 보면 아무리 멀쩡해도 감옥 갈 수도 있고 그란 기다. 알제?

아들 예에.

어머니 그니까 차분하게 공부 단디 해라 알겠제?

아들 예에. (사이, 잠깐의 정적. 그는 갑자기 눌러왔던 것을 폭발시키듯 소리친다.) 하지만 저는 책을 보는 것이 두렵습니다! (그의 목소리가 욕실에 쩌렁쩌렁 울린다, 자기 목소리에 놀란 그는 메아리가 돌아오는 것을 듣는다)

어머니 (아들이 소리치는 것을 아예 듣지 못하고 뜨개질에 집중하며) 사람들이 뭔 말을 하든 기죽지 마라. 욕봐라.

어머니 쪽 조명이 꺼지면서 어머니 사라진다.

안정민

3장

여학생 한 명이 들어온다.

그는 욕조에서 나와 옷을 주섬주섬 입고 있다.

그는 여학생을 쳐다보지 않는다.

여학생은 남자의 옷 입는 모습을 보고도 낯설어하거나 수줍어하지 않고 뒷모습을 빤히 보고 있다.

여학생   니 내 말 안 들리나?

사이

여학생   니 내 무시하나?

여학생   얼굴 안 볼 끼가?

아들   안 본다.

여학생   학교는 왜 안 나가는데.

아들   니 알 바 아니잖아.

여학생   왜 내 알 바가 아닌데. 니 맘대로 정하면 다 끝인 거가? 왜 아무 말도 없이 집에만 처박혀 있는데. 아니면 속 시원하게 말을 하든지 내는 이제 니가 더는 안 좋다 헤어지자 이렇게. 참말로 웃긴다 니.

아들   니야말로 웃긴다. 하숙집까지 찾아와서 뭐 하자는 거고. 남 보기 부끄럽지도 않나.

여학생   (그를 똑바로 노려보다가) 니 억수로 별로네.

고독한 목욕

아들	내도 안다.
여학생	남 보기 부끄러워서 저어하는 거라면, 알았다. 내 갈게. 알겠으니까 다신 보지 말제이. 학교도 안 나올 거면 이제 아예 오지 마라 괜히 또 나와서 멋없이 쭈뼛거리고 사람 심란하게 하지 말고.
아들	알았다.

여학생, 등을 획 돌려서 나가려고 한다.

아들	아버지가 사라지셨다.
여학생	뭐라노?
아들	너거 아부지가 사라지신 것처럼, 우리 아부지도 갑자기 사라지셨다.
여학생	(아들을 노려보며 또박또박 말한다) 우리 아부지는 안 사라지셨다. 말 조심해라.
아들	여하튼 여기에는 안 계신다 아니가. 언제 돌아오실지도 사실 모르는 거 아니가.
여학생	(호주머니에서 초콜릿을 꺼내며) 아니, 베트남에서 미제 초콜릿도 보내고 그러신다. 니 사라진 사람이 우편 보내기도 하나?
아들	(여학생을 빤히 보다가) 알았다. 미안하다.
여학생	(아들의 손에 억지로 초콜릿을 쥐여주며) 아나, 니 먹어라.
아들	(돌려주며) 싫다. 내 단 거 싫어한다.
여학생	(아들을 흘겨보며 초콜릿을 까서 우적우적 먹

안정민

는다, 목에 끼어서 기침한다)

아들, 망연자실한 얼굴로 그 모습을 바라보고
있다.
여학생, 그런 얼굴을 발견하고 조금은 미안한
듯이 말을 뗀다.

여학생　(목을 다듬으며) 니 아부지 사라지셨다고?

아들　어.

여학생　미안, 내는 니한테 아부지 얘기하면서 많이 울
　　　　었는데 내가….

아들　괴않다.

여학생　무슨 일인데?

아들　모르겠다.

여학생　어디로 사라지셨는데.

아들　형무소.

여학생　와?

아들　모르겠다. 갑자기 잡아갔다. 빨갱이라더라.

여학생　어짜노….

아들　아버지 빨갱이 아니다.

여학생　니가 어떻게 아는데?

아들　내는 안다.

여학생 욕조 옆에 앉는다.
아들, 그녀를 쳐다보다가 옆에 앉는다.

　　　　　고독한 목욕

여학생	둘 다 아부지가 사라졌네.
아들	니는 안 사라졌다매.
여학생	사라졌지, 초콜릿이 아부지가. 초콜릿은 초콜릿이다.
아들	맞다.
여학생	그래가꼬 학교 안 가나. 그래도 공부는 해야 할 거 아니가.
아들	책 넘기는 소리가 무서워가지고 못 가겠다.
여학생	책 넘기는 소리가?
아들	내한테는 그게 저승 가는 소리로 들린다. 우리 아버지 신음하는 소리로 들린다.
여학생	니 아버지가 신음을 왜 하노.
아들	고문받고 계실 거다.
여학생	아이다. 니가 말한 만치로 빨갱이도 아니시다 아니가. 맞제? 분명 대충 조사받다가 나올 끼다.
아들	다 고문한다.
여학생	니가 우째 아는데.
아들	내는 안다. 인간을 통닭처럼 거꾸로 매달고 물을 부어삔다. 그리고 그 위에 수건 덮어놓고 숨을 못 쉬게 하면 폐가 공갈빵만치로 부풀어가지고 터진다. 아버지가 지금 그래 되고 있다. 폐만 터지나? 니 전기의자에 앉아 있으면 턱이 돌아가고 어금니가 아드득 아드득 잘게 부서져서 반은 가루가 돼서 빠진다. 눈에 각막도 파열된다. 아나?

안정민

여학생	모른다.
아들	더 심하면 어떻게 되는 줄 아나?
여학생	모른다.
아들	더 심하면 똥구멍으로 창자가 쭉 삐져나온다. 소장이랑 대장 불룩불룩한 것들이 삐져나와가꼬 손가락으로 똥구멍에다가 다시 쑤셔 집어넣어야 앉을 수 있다.
여학생	거짓말하지 마라.
아들	거짓말을 왜 하는데?

사이

아들	뭐 좀 마실래.
여학생	그래.

그는 그녀에게 차를 끓여준다.
보글보글 따뜻한 김이 나는 차를 둘이 쳐다본다.
아들, 꿀단지에서 꿀을 한 스푼 떠서 작은 컵 두 개에 넣는다.

아들	(차를 건네며) 아나, 마셔봐라. 아버지 꿀이다. 양봉 치셨거든.
여학생	고맙데이. 맛 괴않네.

욕조 앞에 둘이 앉는다.
조용한 가운데 꿀차를 호로록거리는 소리.

여학생	(남학생의 옆얼굴을 쳐다보다가) 빨갱이 땜에 난리다 맞제. 우리 아부지는 빨갱이 잡으러 멀리 가서 도통 올 생각을 안 하고. 니네 아버지는 빨갱이라고 불려가서 올 생각을 안 하네. 내는 우리 아빠가 보고 싶어가꼬, 옛날에는 하룻밤 깊이 자고 일어나면 세상에서 빨갱이가 말끔하게 다 사라졌음 했다 아니가. 근데 어느 날 가만히 생각해 봤데이. 대체 그게 뭐꼬? 빨갱이가 뭔데 난린데. 도대체 뭐꼬? 다들 그냥 나쁜 거. 이래카고, 도대체 그게 뭔지 왜 나쁜 건지 제대로 설명을 몬 한데이. 그러니까 내가 뭐가 뭔지를 모르겠다 아니가. 베트콩이 뭔지. 빨갱이가 뭔지. 빨갱이를 잡는 사람이 뭔지. 빨갱이를 잡는 사람을 기다리는 사람은 뭔지. 빨갱이라고 해서 잡혀간 사람을 기다리는 사람은 뭔지. 뭔지도 모르믄서 서로 죽고 죽이는 것은 또 뭔지. 내는 뭐고, 아부지는 뭐고 내는 진짜 하나도 모르겠더라. 뭔지를 알면 좀 견디겠는데 집에서는 물어보면 엄마는 고마 그냥 울어사코 아니면 소리나 지르고. 내 그래서 어느 순간 그냥 포기했다. 기다리는 것도 그냥 마 어떻게든 되겠지. 내는 고마 초콜릿이나 먹고 라디오로 음악이나 듣는다. 그래도 아부지 덕분에 우리 집에 미제 라디오도 있데이.
아들	내도 우리 아버지 잘 모른다. 죄가 있냐고 물으면 내 뭐라 해야 할지 도통 모르겠다. 죄가 뭔

안정민

지도 모르겠고 아버지가 어떤 사람인지도 잘
모르겠다. 내는 당연히 죄가 없다고 말하고 싶
다. 그런데 무슨 소용 있겠노. 내는 우리 아버
지는 그냥 꿀 따러 다니고 소일로 책 보던 순한
사람이라고밖에 말 몬 한다. 퍽 하면 꿀 따러
가고, 퍽 하면 책 잘못 읽었다고 잡혀가고. 그
래가꼬 얼굴도 잘 기억 안 난다.

여학생   같이 안 살았나?

아들   아버지가 여서 선생님 하실 땐 같이 살았다. 그
땐 내가 너무 얼라였어서 기억이 안 난다.

여학생   선생님 하시다가 어예 양봉하시노?

아들   내도 자세한 건 모른다.

여학생   (사이) 힘 내라, 바쏙 곯아가지고 있다 아니가,
원래 아버지 얼굴은 기억 안 나는 거다. 원래
그런 거다. 아부지랑 같이 있는 사람도 그럴
걸? 아침 먹고 돌아서면 기억 안 나는 게 아부
지 얼굴이다.

사이

아들   니 있다 아니가.

여학생   어.

아들   와줘서 고맙데이.

여학생   아이다.

아들   내도 니 보고 싶었다.

여학생   맞나.

고독한 목욕

아들	근데 인제 오지 마라.

사이

여학생	오지 마라고?
아들	어.
여학생	영영?
아들	영영.

여학생, 꿀차를 재빨리 후루룩 마신다. 가방에서 테이프를 하나 꺼낸다.

여학생	선물이다. 나는 슬플 때 그거 듣는다. 가사도 좋데이. 함 들어봐라. 미안. 내 간데이.
아들	그래.
여학생	영영 간데이.
아들	어.

여학생 퇴장한다.
아들, 테이프를 손에 꼭 쥐고 여학생이 앉았던 체온을 느끼려는 듯 그쪽으로 옮겨 앉는다. 빈 찻잔을 어루만진다.

안정민

2막

1장

아들은 욕조 안에서 자고 있다.
욕조가 있는 공간은 더 이상 집이 아니다. 파란 풀밭이다.
커다랗고 건강한, 새까만 솔방울들이 떨어져 있다.
욕조 옆 의자에 어린아이 한 명이 앉아 있다.
욕조 옆 창문으로 해가 비치고, 아이는 자는 아들을 빤히 쳐다보고 있다.
아들 일어나서 어린아이를 보고 화들짝 놀란다.

아들   으어어!
아이   우아아!
아들   으어!
아이   우아!

서로를 빤히 쳐다본다.

아들   (침을 닦으며) 니는 누고?
아이   (공손히) 안녕하세요.
아들   그, 그래 안녕. 길을 잃었나?
아이   아뇨? 길 안 잃었어요.

고독한 목욕

아들	여기서 뭐 하노?
아이	솔방울을 줍는데요.
아들	솔방울을 여기서 와 줍노?
아이	여기 솔방울이 많아서요.
아들	솔방울이 여기 많다고?

아들, 대답과 동시에 자신의 욕조가 숲속 한가운데 있음을 발견하고 이리저리 둘러본다.

아들	그, 그렇네 솔방울이 여기 많겠다. 그래.
아이	아저씨는 여기서 뭐 해요?
아들	아저씨… 도 솔방울 주우러 왔다.
아이	도와줄게요. 전 많이 주웠어요. 이 정도면 혼 안 나요.
아들	니 솔방울 많이 안 주우면 혼나나? 누가 혼내노.
아이	선생님이 혼내요.
아들	학교 선생님이 솔방울 안 주워가면 혼낸다고?
아이	솔방울로 겨울엔 불 때야 해요. 솔방울 없으면 학교 못 가요. 그래서 솔방울 주워가야 해요. 학교 가까운 곳은 애들이 다 주워가서 이렇게 멀리까지 나왔어요. 아저씨는 솔방울 하나도 없어요? 아저씨도 솔방울 주워서 학교 가야 해요? 아저씨는 이렇게 다 컸는데 아직도 선생님께 솔방울 없으면 혼나요?
아들	응, 아니다. 아저씬 안 혼난다. 집이 추워서….
아이	아저씨 집이 춥구나. 개똥도 불이 잘 붙어요. 아

안정민

	저씨도 산사람이에요?
아들	산 사람? 당연히 살아 있지.
아이	아니오, 산에 사는 집 없는 아저씨들이오.
아들	아니 그렇진 않은데. 집이 그냥 춥단다.
아이	저런. 솔방울도 좋지만 개똥이 불붙이는 데 가장 좋아요. 산 아저씨들이 가끔 몰래 내려와서 우리 강아지 똥 얻어가요. 그런데 몰래 줘야 해요. 왜냐하면 산 아저씨들한테 강아지 똥이나 먹을 거 준 일이 누구한테 들키면 늑대로 변해서 북쪽으로 쫓겨난대요.
아들	산 아저씨들은 왜 산으로 도망갔노?
아이	모르겠어요. 산 아래가 싫거나 산이 좋거나.
아들	근데, 산 아저씨들한테 개똥 주면 늑대로 변하나?
아이	모르겠어요. 아무튼 난 아직 사람이에요.
아들	(웃으며) 니 개똥 가지고 불 땔 때 조심해래이. 뻥하고 터진다. 그리고 똥 냄새가 사방에 퍼진다.
아이	에이. 한두 번 해보나. 잘 뭉개서 잘 붙여야죠.
아들	(아이를 찬찬히 보다가) 우리 어디서 봤나?
아이	어? 솔방울 여기 있어요.

아들, 아이를 따라 욕조 주변의 솔방울을 주우며 맴맴 돈다.

| **아이** | 아저씨 솔방울 많이 안 주워 봤구나. 그렇게 손으로만 잡으면 몇 개 못 주워요. 옷 앞쪽을 이렇게 |

고독한 목욕

해보세요. (저고리를 들쳐 올리고 솔방울을 놓은 모양새를 보여준다) 그럼 한번에 많이 넣을 수 있잖아요.

아들 아저씨는 손이 커서 괜찮아. 한 손에 세 개나 들어간다고. (아이 머리칼을 쓰다듬어 준다)

아이 (뛰어가며) 저쪽에도 있어요!

아이, 어두운 조명 쪽으로 사라진다.

아들 어디 있노!

아들, 신이 나서 아이를 따라 쫓아간다. 아이가 없어졌다는 것을 발견하고 이리저리 찾는다. 그러다 무대 끝부분에 느닷없이 손과 발을 거꾸로 매단 인간 형상이 번쩍하고 켜진다. 인간 형상이 꿈틀댄다. '아입니더, 내는 그런 일은 모릅니다. 진짜 모릅니다.' 아들, 그 형상 앞에서 솔방울을 떨어뜨린다. 멀리서 들려오는 신음 소리.

2장

형상을 지워버리듯, 양봉옷을 입은 아버지가 벌들이 든 상자를 나르고 있다.

신음 소리가 다시금 벌들의 왱왱하는 소리로

안정민

변해 울려 퍼진다.

아버지	와 이리 땀을 흘려쌌노. 여기까진 웬일이고. 팬티 바람으로. 물린다. 비키라.
아들	아, 도와드릴게요 아버지.
아버지	됐다 마. 이게 쉬운 일 같나. 니 빤스 입고 상자 나르다가 벌에 쏘여가 콱 죽어삐는 수가 있다 비켜 있어라. 산에선 뭐 하노.
아들	그게 어떤 애랑 솔방울을 줍다가.
아버지	솔방울을? 와? 빤스 입고?
아들	예에.
아버지	재미지겠네. 내도 솔방울 많이 주웠다. 이전에.
아들	왜요?
아버지	겨울에 솔방울로 불 땐다고. 솔방울 몇 개 안 주워가면 교문 안에 못 들어가고 그랬데이.

사이

어린아이가 걸어 들어온다. 태연히 양봉하는 아버지 옆에 앉아 벌들이 날아다니는 것을 본다. 사이, 퇴장한다. 아들, 아버지와 어린아이 사이를 약간 어안이 벙벙한 채로 번갈아 본다.

| 아버지 | 큰일 났다. |

벌들의 왱왱하는 소리가 커지면서 박스에서

벌들이 터져 나온다.

아버지   분봉이다.

벌들이 벌통으로부터 일제히 날아가 나무 한 그루에 붙는다. 아버지, 장갑을 단단히 하더니 나무판을 들고 뛰어간다. 아들, 이윽고 아버지를 따라 뛰어간다.

아들   분봉이요? 그게 뭐요?

아버지   (나무판에서 벌들을 떼어내며) 이게 한 벌집에 여왕벌이 하나가 있어야 쓰거든. 근데, 벌집에 처녀벌이라고 새로운 여왕벌이 생기면 이전에 여왕벌이 벌통의 벌들 반을 데리고 다른 곳으로 가뿐다 아니가.

아들   왜요?

아버지   그냥 벌들이 그런 거다. 두 명의 여왕벌은 안 된다는 거지.

아들   그러면 어떻게 하면 좋노….

아버지   벌들 입장에서 봤을 때는 큰 문제 아니다. 오히려 평화로운 거지. 아니, 지들이 평화를 만드는 거지. 봐래이. 자, 새 여왕벌이 탄생했다. 이전 여왕벌은 아, 니가 태어났네? 그럼 고마 니가 여기 통치해라, 니는 니가 통치하는 방식이 있다 아니가, 내는 내만의 방식이 있다. 애들 반만 데리고 어디 딴 데 갈게. 욕보제이. 이러

안정민

고 가는 거 아니가. 그럼 여기 새 벌집은 그대로 잘 있고, 지도 이 나무에 벌집 만들고 또 잘 하겠지. 벌집만 두고 보면 따로 떨어져서 분봉이제. 그래도 이렇게 나무들을 두고 전체를 보면 함께 있다 아니가. 큰 자연을 놓고 보면 그게 공존이다. 어떠노? 벌들이 인간보다 낫지 않나.

아들   그러네요.

아버지   그렇게 치면 양봉을 하는 내가 나쁘다. 내가 양봉을 하니까. 벌들이 날아가는 게 문제가 되는 거니까. 야들은 자연스럽게 서로 내어준다 아니가. 내가 다만 꿀이 필요하니까, 서로 잘 지내는 걸 분봉이라 해가지고 이리저리 뛰어다니는 거 아니겠나. 벌들도 지들이 원하는 벌집을 선택할 자유가 있다. 여왕벌은 벌들이 자유롭게 날아댕기는 걸 절대로 막지 않는데이. 니는 내한테 있어라 몬 간다. 내 방식이 옳다 주장하지도 않는다. 내가 가지 마라 내 꿀 따야한다. 이러고 있는 거지.

아들   그것도 그렇네요.

아버지   (상자 뚜껑을 닫으며) 됐다 마. 나머지는 보내주자.

아들   그랍시다.

아버지   봤제. 아비는 이리 꿀 따러 정신이 하나도 없구만 니는 학교도 안 가고 여까지 욕조 끌고 목욕하러 오나. 내가 기가 찬다.

고독한 목욕

아들	죄송합니다.
아버지	아이다. 내가 미안타. 조용히 선생 했으면 니도 더 편했을 텐데. 맞제?
아들	아입니다.
아버지	(아들의 등을 두드리며) 새옹지마라고, 완전한 불행은 없데이. 힘들어서 죽어삐고 싶다가도 쪼매난 강아지풀이 간지러워서 갑자기 웃을 수도 있고 그런 게 인생이데이. 그러니까 니 아버지보고 겁먹고 꿈 안 꾸고 그러지 마라. 그래도 내 사는 거 보면 지금도 좋지 않나. 벌 냄새도 맡아보고, 언제 이렇게 많이 새벽공기를 맡았겠노. 맞제.
아들	(피식 웃으며) 많이 맡으셨다 아입니까.

사이

아버지	쉿. 조용히 해봐라. 해 뜨는 소리 난다.

잠시 동안 침묵 속에서 자연의 소리, 나뭇잎들이 부딪히는 소리. 바람 소리. 작은 동물들이 사르륵거리는 소리 등이 들린다. 아들은 경이롭게 산 아래를 보다가 문득 뒤를 돌아본다.
아버지는 없다.
아버지와 함께 산도 없다.
조명 아웃.

안정민

3장

아들은 욕조 안에, 그리고 국밥집 한가운데 있는
자신을 발견한다.

욕조를 가운데 두고 사람들이 소주에 순대국밥
을 먹고 있다.

아들은 그들을 볼 수 있지만 그들은 아들을 볼
수 없다.

순대국밥의 온기가 풀풀 공간을 메운다.

그들은 허기가 졌었는지 국밥을 먹는 것에만 집
중한다.

조용한 가운데 후루룩, 쩝쩝 먹는 소리만이 들려
온다.

송 씨 친구1 바깥 날씨가 워낙 추우니 국밥 하나에 마 몸이
안쪽부터 살살 녹네.

송 씨 친구2 이 집이 국밥을 잘하는 기요.

송 씨 친구1 맞제. 국밥집 하면 딱 김치거든요. 김치 보면 안
다 아이가.

송 씨 친구3 여 좀 줘 보소. (송 씨 친구2, 아들을 사이에 두고
김치를 넘겨준다) 하, 거 참 시원하네. 오랜만에
외식하고 얼굴 보니께 기분이 억수 좋네요.

송 씨 친구2 자주자주 봐야 할 낀데.

송 씨 친구1 가끔이라도 살아서 보는 게 어딥니꺼. 그 송 씨
는 일은 다 잘돼 갑니까?

송 씨 야. 내 적성에 딱 맞는 기라요.

고독한 목욕

송 씨 친구3 아이구야, 고생일 낀데, 그 벌집 들고 산을 왔다 리 갔다리 하는 일 아닙니꺼. 몸은 안 상했소?

송 씨 친구2 아이고 사람 참, 감옥까지 갔다 와놓고 새삼 몬 걱정이노.

송 씨 친구1 (주방에게) 여기 새우젓 좀 더 주실랍니꺼?

(멀리서 들리는 예에~ 조금만 기다리이소 소리)

송 씨 고생은 고생이지라예, (웃으며) 에이 참, 형님은 그리 말하지 마이소 참 나. 사람이 팔이 짤려봤다 고 바늘에 찔리면 안 아프겠습니꺼, 똑같이 아프 지예. 고생은 됩니다. 내같이 산 좋아하는 사람 아이면 하기 힘듭니데이.

송 씨 친구2 누가 고생 안 한다고 하나. 내는 그냥 우리가 안 죽어삐고 살아서 이래 있는 게 감격스러워서 그 래 말한 기다.

송 씨 친구3 맞다. 그 양봉이라는 게 거의 산과 산을 신선처럼 막 날아댕겨야 한다드라. 우리같이 먹물 든 사람 들은 하기 힘든 일이라 안 하더나.

송 씨 그건 그렇습니데이. 지는 하도 산을 많이 타서 생 각보다는 낯이 덜 설어예.

송 씨 친구1 어릴 때 산을 탔나?

송 씨 그람예. 내 얼라 때 팔공산이 나와바리 아니었습 니까. 한창 팔공산 저쪽에 사람들 숨어 있을 때 내가 사람들이 딱해가지고 그래 먹을 걸 갖다췄 습니더.

안정민

송 씨 친구3 니도 그랬나. 내도 그랬데이. 내는 막 되지도 않은 거를 갖다줬다. 얼라가 가진 게 뭐가 있겠노, 내 먹던 좁쌀이나 조금 훔쳐서 갖다주고.

송 씨 친구1 그래도 그때는 인심이 있어가꼬, 사람을 우째 죽이냐 이러면서 여기저기서 몰래 도와줬데이. 우리 집도 그랬다.

송 씨 친구2 다 죽어삤으려나?

송 씨 예, 뭐, 죽거나 죽여삐거나 거의 다 그랬겠죠.

주방에서 아줌마가 새우젓과 순대국밥 한 상을 가지고 온다.

국밥아줌마 아이고, 미안합니데이, 오늘따라 주방이 하도 바빠가꼬.

송 씨 친구3 국밥은 더 시킨 적 없는데 글쎄?

국밥아줌마 아이고야 내가 정신이 없다.

송 씨 아, 아입니더, 내가 억수 허기진데 더 먹지요. 여기다 두이소. 이거 거진 비워갑니다.

국밥아줌마 그러실랍니까?

송 씨, 아줌마로부터 국밥을 받아서 아들 앞에 놓는다. 아들이 보이지는 않지만 그는 아들 앞 국밥에다가 새 수저를 놓아준다.

송 씨 밥은 먹을 때 많이 먹는 게 상책이다 아입니꺼.

고독한 목욕

아들, 젊은 아버지의 옆얼굴을 유심히 보더니 아버지 친구들과 함께 국밥을 가져가 허겁지겁 먹는다. 다들 살짝 취기가 올랐다.

송 씨 친구1 좋을 때가 올 겁니다. 조금만 버팁시더.

송 씨 친구2 내는 지금도 좋다.

송 씨 저도요. 지금 참으로 좋습니다. 아침에 일찍 일어나서 해 뜨는 거 보고 사람들 모르는 데서 조용히 일해가지고 새끼들 공부시키고 이렇게 고마 살금살금 살다 죽고 싶습니다. (웃으면서) 벌 한 마리처럼 살다가 가는 게 좋겠습니다.

송 씨 친구1 벌 한 마리는 얼어 죽을.

송 씨 친구2 내는 지금도 좋다.

송 씨 친구3 그래도 언젠가는 바뀌어야 한다 아이가.

송 씨 친구2 바뀌어야 하긴 뭐가 바뀌어야 합니꺼. (속삭이듯) 죽여 말하십소. 형씨. (송 씨에게) 벌 한 마리 좋제. 꿀이나 실컷 먹고. 인생은 달아야 하는 기라.

송 씨 친구3 (웃으며) 니가 내더러 조용히 하라 그러면 내는 다 이해한다.

송 씨 친구2 예예.

송 씨 친구1 그래도 공부는 해야 한데이 계속. 세상이 어찌 될지 모른다 아니가. 니 있제, 4·19 전에는 우리가 통일운동하면서 모일 수 있을지 알았나? 또 4·19 후에는 갑자기 세상이 또 돌변해서 그게 죄가 될지 알았나?

안정민

송 씨 몰랐죠.

송 씨 친구3 앞날은 아무도 모르는 거다.

송 씨 친구1 형무소에서 몰래 통방하고 할 때, 니 우리가 이렇게 풀려날지 알았나? 몰랐다 아니가.

송 씨 친구3 맞다. 이상이 현실이 되고, 현실이 지옥이 되는 건 진짜 모르는 거데이. 그건 인간 소관이 아닌 기라. 하늘 뜻이다.

송 씨 친구1 인간은, 있다 아니가, 자기가 믿는 걸 해보려고 준비를 할 권리가 있다. 당장 세상을 어떻게 해보자고 하는 거 아이다. 내 말은, 이런 시국에 태어나서 이렇게 우여곡절을 겪고 그랬던 우리는 계속 공부를 해야 한다 이 말이다. 바로 내를 위해서. 내라는 인간이 살기 위해서 말이다.

송 씨 그게 꿀벌이랑 다른 겁니까.

송 씨 친구2 인생은 달아야 씁니더, 인생은. (식탁을 두드리며 취기가 올라 소리친다) 제발, 제발, 제발! 살살 말하이소!

송 씨 친구3 (친구2를 껴안아 진정시키며) 꿀벌이랑은 다르지.

송 씨 부럽소.

송 씨 친구3 와?

송 씨 내는 그런 성격이 못 됩니더. 내는 이제 글자만 보면 벌 떼가 모여 있는 것마냥 눈이 맴맴 합니더. 사내가 아닌가 봅니더.

고독한 목욕

사이

송 씨 친구2 (숟가락으로 탁자를 치며 구슬피 노랫가락을
흥얼거린다)

송 씨 친구3 송 씨, 내 오랜만에 선물이 있다.

송 씨 뭔데예.

친구3, 조용히 라디오를 건네준다.

송 씨 친구3 꿀벌이랑 있으면 적적하지는 않겠다마는 사람
소리도 듣고는 살아야지 않겠나. 라디오다. 그
주파수 잘 맞춰서 양봉할 때 노래도 듣고, 소식
도 듣고 해라.

송 씨 아이고, 고맙습니데이. (라디오를 받아 들고 소
중한 듯 이리저리 본다)

송 씨 친구3 준 김에 부탁 좀 해도 되겠나.

송 씨 뭔데예.

4장

조명이 푸르스름하게 바뀌면서, 송 씨의 친구
들이 퇴장한다. 순대국밥 그릇들은 그대로 있
다. 욕조에 앉아 있는 아들과, 젊은 송 씨가 있
다. 둘은 앞을 보고 서 있다.

아들 그날 순대국밥을 먹고 당신은 얼큰하게 취해

안정민

서 돌아왔습니다.

오른발, 왼발, 휘청휘청 걷다가 전봇대에 기대서 초승달도 보고 오랜만에 신은 구두를 웅덩이에 적시고 추운 밤이라서 호주머니에 손을 넣었다가 양손을 비비적거리다가 입김도 불고 그러다가 장갑 한 짝을 길 위에 놓고 왔지만 그래도 옆구리엔 라디오를 꼭 끼고 돌아왔습니다.

집 앞에서 부인 성함을 다정하고 호탕하고 커다랗게 불러 가족을 깨우고는 부인 볼에 연신 뽀뽀를 하면서 안방으로 들어갔습니다.

당신 부인은 민망하구로 민망하구로 말을 계속 반복하며 작은 손으로 당신 등허리를 찰싹찰싹 쳤습니다.

부인의 얼굴이 새빨개졌기에 당신 아들은 서둘러 방에 들어갔습니다.

봄이 오고 당신은 꽃들 하나하나를 유심히 살피며 꿀 자리를 보러 다니다가 마땅한 봉우리에 벌집을 옮기고는 담배를 피우면서 라디오를 들었습니다.

베토벤의 열정도 듣고, 슈베르트 겨울 나그네도 듣고, 때로는 가녀린 목소리의 여가수의 노래도 듣고 이 방송도 듣고 저 방송도 듣고 벌들은 맴맴 했습니다.

지금까지 내가 한 말은 맞습니까?

젊은 송 씨　맞습니다.

아들	며칠 후 당신은 라디오를 선물한 친구의 부탁대로 주파수를 맞추고, 흘러나오는 소리를 그대로 받아 적습니다. 마르크스주의에 대한 강의였습니다. 친구는 약속이 있어 지방에 가느라 강의를 놓치니 당신에게 대신 기록해 달라고 부탁을 했습니다. 당신은 그것이 위험한 일인지 알고 있었습니다. 어차피 산속 생활을 하기에 친구와 연락이 잘 안 닿아서 그 부탁을 굳이 들어주지 않아도 서운할 일이 아니라는 것을 알고 있었습니다. 그렇지만 당신은 바로 그날 순대국밥을 먹으면서 '폭넓게 공부를 해야 한다. 인간인 나를 위해서'라고 말한 친구의 다부진 말에 상당 부분 공감했고, 베토벤 '열정'의 힘에 의해 고무되어 있었습니다. 맞습니까?
젊은 송 씨	맞습니다.
아들	당신은 친구가 필사한 노트를 볼 것을 고려하여 조금 더 깨끗한 노트에 깨끗한 필체로 다시 옮겨 썼습니다. 맞습니까?
젊은 송 씨	그렇습니다.

(젊은 송 씨 옆에 어린아이 송 씨가 서서 손을 잡는다)

아들	그로부터 며칠 후, 당신은 다시 꿀 자리를 찾아 옮기기 위한 준비를 했습니다. 경찰이 산에 올라 당신에게 총을 겨누었습니다. 당신은 손을

안정민

	위로 올려 항복의 표시를 했고, 벌들을 두고
	그들과 함께 산을 내려왔습니다. 맞습니까?
젊은 송 씨 **어린아이 송 씨**	(함께) 맞습니다.
아들	그 라디오는 증거물로 제출되었습니까?

젊은 송 씨와 어린아이 송 씨 옆에 양봉옷의
송 씨가 선다.

젊은 송 씨 **어린아이 송 씨** **양봉옷 송 씨**	(아들에게 라디오를 건네며), (모두 함께) 네. 그렇습니다.
아들	당시 당신은 비틀즈의 'hey jude'를 듣고 있 었습니까?
송 씨들 **모두 함께**	네.
아들	앞 소절이 기억나십니까?
송 씨	영어라서 잘 기억나지 않습니다.
아들	음은 기억납니까?
젊은 송 씨	잘 기억납니다.
아들	어떻게 시작합니까?

송 씨, hey jude의 앞부분을 노래로 흥얼거린
다. 이윽고 젊은 송 씨와 어린 송 씨 모두 함
께 부른다. 아들, 라디오에다가 테이프를 넣
는다. 여학생이 준 테이프이다.
곡의 앞부분이 흘러나온다. 그는 음악에 합

고독한 목욕

류하여 젊은 아버지와 함께 흥얼거린다.

조명 서서히 아웃.

5장

멀리서 들려오는 비명 소리.

비명 소리가 아름다웠던 자연의 소리에 섞여서 잔음처럼 들려오다 이윽고 커진다.

아들 욕조로 되돌아온다.

이내 노크하는 소리와 담담한 목소리가 들린다. 목소리는 담담하나 이가 빠졌는지 바람이 샌다.

똑똑똑.

부탁 하나 있소. 살아서 돌아가시면 이 사건은 고문으로 조작된 것이라고 꼭 말해주십쇼.

똑똑똑.

부탁 하나 있소. 똑똑똑.

살아서 돌아가시면 이 사건은 고문으로 조작된 것이라고 똑똑똑.

꼭 말해 똑똑똑 주십쇼 똑똑똑 똑똑똑.

똑똑 살 똑 아서 똑똑 돌아가시면 똑 이 사 똑 똑 건은 똑 고문 똑똑 고문 똑똑 고 똑똑 조 또 똑 작 된 똑똑똑 이라 똑똑똑 꼭 말 똑똑.

아들은 욕조에서 노크 소리와 반복되는 요청

안정민

의 음성, 그것이 그로테스크하게 섞여 들리는
소음을 듣고 있다.

그는 부들부들 떨고 있다.

떨면서 자신이 좋아하는 것들을 중얼중얼 속삭
이며 나열하고 있다.

(사과. 벌꿀. 집에 돌아오는 벌의 날개 소리. 아
침 안개에 젖은 흙냄새. 투명한 나뭇잎. 멀리서
작게 빛나는 태양. 열매 냄새. 끙끙대는 어린 개
의 체온. 나뭇가지들이 서로 부딪히는 소리. 가
지런히 벗어둔 신발. 주름을 따라 때가 탄 소매.
옷을 개는 어머니. 어머니의 종종거리는 발자
국 소리)

그는 점점 진정되며 문득 잠이 든다. 조명 아웃.

3막

1장

부들부들 떠는 아들을 내려다보며 어머니가 서
있다. 그녀는 기쁨에 차 있고, 한복을 빼입고 있
다.

아들　　　진짭니까.

어머니　　확실친 않다.

아들	우예 된 건데예.
어머니	그 민족 평화 통일인가 대학생 청년집단 있제.
아들	예에.
어머니	그 사람들이 풀려난단다. 내일.
아들	아, 그래서….
어머니	같이 풀려날 수도 있지 않겠나.

멀리서 들리는 신음 소리와 물소리,
'내통한 적이 정말 없습니다. 내가 그 집단을
있는지도 모르는데 어떻게….'

아들	(그 소리를 뿌리치듯 고갯짓을 세차게 하며) 예에.
어머니	니 왜 대답이 그렇노.
아들	아입니더.

어린아이가 신음 소리, 어머니와 아들의 대화
등에 관심이 전혀 없는 듯 솔방울을 찾아서 뛰
어다닌다.

어머니	왜 고개를 저으면서 예에 이라노.
아들	아입니다. 풀려날 겁니다.
어머니	근데 왜 기뻐하지를 않노.
아들	(침묵하다가) 양봉하시면서 들었던 라디오가 있다고 하지 않았습니까… 북쪽 방송을 들었다고….

안정민

어머니	그건 그렇지. 그런데 라디오 한번 들었다고 사람을 죽일 수 있나?

멀리서 들리는 신음 소리와 물소리,
'맞습니다. 제가 그 집단입니다. 그냥 내가 필요한 데다가 다 갖다 쓰고 죽이쇼.'

아들	(사이) 어머니.
어머니	와.
아들	(다시 들리는 신음 소리를 뿌리치듯 손짓하며) 아입니더.
어머니	니 와 그러는데 괜찮나.
아들	(발작적으로 손짓을 세차게 하며) 아입니더, 아입니더, 아입니더 내 그냥 어머니가 보고 싶어서 그랬소.

멀리서 들리는 신음 소리, 진동 소리 '죽을 죄를 지었습니다. 죽여주이소, 아니 그냥 더 하소, 더….'

어린아이, 솔방울을 찾다가 넘어진다. 아들, 어린아이를 일으켜준다. 어린아이는 아들의 얼굴을 보다가 뒷걸음질 쳐서 퇴장한다.

아들	단디 입고 가이소, 서울은 춥다 아입니까.
어머니	알았다. 니도 마음 단디 해라. 어디 아픈 건 아

고독한 목욕

니제?

아들   (식은땀을 흘리며 발작적으로 손짓하는 것을 스스로 억누르려는 듯 손을 눌러 잡고) 예에. 서둘러 가이소.

어머니, 바삐 사라진다.

2장

아들   어머니?

사이

아들   어머니?

사이

아들   거기 안 계시지예?

사이

아들   사실은요, 내는 말입니다. 좀 무섭습니다. 길을 걷다가도 낯선 고함 소리가 들려옵니다. 잠을 자다가 문득 깨면 팔다리가 실타래만쿠로 이상하게 꼬여 있는 것 같습니다. 그마저도 잠이 잘 안 옵니다. 누가 잠든 나를

안정민

보면 확 데꼬 갈 것만 같습니다.

내를 데꼬 가서 몸을 빨갛게 칠해놓고 빨갱이가 아니란 걸 증명하라고 윽박지르면 한마디도 못 하고 마른침을 삼키면서 우는 내 뒷모습을 매일 봅니다.

덜덜 떠는 어깻죽지에 불쑥 튀어나온 뼈가 흉하구로 자꾸 눈에 스치고 그랍니다.

어머니. 어머니도 그렇습니까? 밤에 잠들기가 무서워서 벌벌 떱니까?

벌벌 떠는 손이랑 다리가 내 몸 같지 않아서 또 무섭습니까?

가만히 있어도 추워가지고 젖가슴 파고드는 것만치로 계속 뜨신 곳만 찾게 되고 그랍니까?

길 걷다가 갑자기 짐승같이 울어 젖히는 소리가 들리고 그랍니까?

그렇다면 어머니, 얼마나 힘드시겠소.

근데요, 내가 더 무서운 건 뭔지 압니까?

내는 내가 제일로 무섭습니다.

어제는 꿈을 꿨는데, 우리 아버지가 가슴팍이 너덜너덜하게 찢겨서 경찰 한 명이랑 내를 찾아왔습니다.

그리고 말씀하시길, 내가 이러다가 콱 죽겠다. 니가 내 대신 좀 가다오. 이러시니까 경찰이 그래, 아버지는 이제 충분히 고생하셨다. 특별히 니가 대신 가도록 봐주겠다. 같이 가자. 이러는 거 아입니까.

고독한 목욕

내가 그 찢긴 가슴팍을 한 번 보고, 항문으로 튀어나온 창자를 한 번 보고, 경찰 얼굴을 한 번 보더니 줄행랑을 쳤습니다. 내가요, 줄행랑치면서 든 생각이 뭔지 압니까?

내는 못 합니다. 내는 절대 못 합니데이.

내 평생 라디오도 안 듣고 책 한 장 안 넘기겠으니, 귀도 막고 입도 닫고 살 터이니 제발, 제발, 제발 내는 잡아가지 마소, 그랬습니다.

내는 내가 무섭습니다.

내가요, 아버지가 그렇게 돼서 오셨는데, 아버지 얼굴을 똑띠 바라보지도 않았습니데이.

내가 참, 영악한 짐승이라서 말입니다. 그게 가장 무섭습니다.

내가 아버지 턱이랑 수염 같은 것이 하나도 기억이 안 납디다.

눈빛도 기억이 안 납니다.

잠을 그래 자고 꿈을 뭐만치로 그래 진창 꿔도 아버지 얼굴이 밍숭밍숭합니더….

사실은 내가 궁금하지도 않은 게 더 무섭습니다.

무섭습니다 어머니. 우리 아버지 얼굴을 떠올리면 너덜거리는 가슴팍이랑 항문이 생각나는 게 무섭습니다.

내가 우리 아버지를 무서워하는 게 무섭습니다 어머니. 용서받지 못할까 봐 무섭습니다.

내는 아버지 얼굴을 그려 보려고 연필을 들고 앉으면 하얀 동그라미만 그리고 멍하니 앉아 있습

안정민

니다.

하얀 동그라미가 내 목을 맬 것만 같습니다.

살려주십쇼. 아침마다 거울을 보며 내 얼굴을 보면 그게 점점 아버지 얼굴이 돼서 점점 누렇게 뜨고 고마 이상하게 변해뿝니다. 내는 내가 무섭소 어머니, 나는 모르는 일이오. 억울하오….

아들의 말이 끝나자 욕조에 물이 차오른다.

비누 거품도 부글부글 차오른다.

양봉옷의 아버지가 기타를 메고 걸어 나와 말없이 욕조 옆에 앉는다.

아버지가 아들의 이마에 손을 올리고 진정시킨다.

아들은 아이처럼 울다가 이내 잠잠해진다.

아버지는 기타를 치며 노래 부른다.

그가 노래를 부르는 동안 아들은 욕조 안에서 편안하게 목욕을 한다.

아들이 목욕하고 아버지가 노래 부르는 동안, 풀려나는 민청학련 관련자들과 울고 있는 인혁당 부인들의 얼굴. 희비가 교차하는 영상이 흘러나온다.

"검푸른 바닷가에 비가 내리면/어디가 하늘이고 어디가 물이요/그 깊은 바다 속에 고요

고독한 목욕

히 잠기면/무엇이 산 것이고 무엇이 죽었소//
눈앞에 떠오르는 친구의 모습/흩날리는 꽃잎 위
에 아른거리오/저 멀리 들리는 친구의 음성/
달리는 기차 바퀴가 대답하려나//눈앞에 보이
는 수많은 모습을/그 모두 진정이라 우겨 말하
면/어느 누구 하나가 홀로 일어나/아니라고 말
할 사람 어디 있겠소//눈앞에 떠오르는 친구의 모
습/흩날리는 꽃잎 위에 아른거리오/저 멀리 들
리는 친구의 음성/달리는 기차 바퀴가 대답하
려나"(김민기, '친구')*

4막

1장

영문 뉴스가 나지막이 들린다.
아들은 영문 뉴스를 열심히 따라 한다.
여학생이 들어온다.

여학생	다신 오지 말라며.
아들	내가 언제.
여학생	웃긴다.
아들	내 좀 도와도.
여학생	싫다.
아들	노래 좋더라.

안정민

여학생	들어봤나.
아들	어.
여학생	좋제.
아들	어. 니 생각 많이 났데이.
여학생	(말을 돌리며) 무슨 일인데.
아들	미국말 좀 하나?
여학생	잘은 못한다. 와, 와 그라는데?
아들	내랑 편지 한 통 쓰자.
여학생	편지? 누구한테?
아들	미국 대통령한테.
여학생	미국 대통령?
아들	어.
여학생	미국 대통령한테 편지를 우예 쓰는데. 쓰면 어째 전할라꼬.
아들	내가 알아서 할 끼다. 영어만 좀 도와도. 다섯 문장이면 된다.
여학생	다섯 문장?
아들	어.
여학생	알았다. 조금 틀릴 수도 있데이 알제?
아들	괴않다. 지들 나라 말인데 조금 틀려도 알아는 먹겠지.

여학생, 펜과 연필을 꺼낸다.

여학생	불러봐라.
아들	안녕하세요, 저는 한국에서 중학교를 다니는

고독한 목욕

학생입니다.

여학생   (쓰면서) 헬로우. 나이스 투 밋 유. 아이 엠 어
미들 스쿨 스튜던트 인 싸우스 코리아. 계속 해
봐라.

아들   아버지를 살릴 방법을 찾다가 한국에서는 도
저히 찾기 힘들어 강대국인 미국 사회에 알리
고자 합니다.

여학생   좀 기네. 음… (사이) (천천히, 쓰면서) 아이 원
투 세이브 마이 파더스 라이프. 데어스 노 웨이
투 두 댓 인 사우스 코리아 소 아이 니드 투 렛
아메리카 노우 어바웃 마이 파더스 시츄에이
션. 됐다. 또 뭐?

아들   우리 아버지는 북한과 함께했다는 누명을 쓰
고 잡혀갔습니다. 하지만 그것은 사실이 아닙
니다. 그들은 아버지를 고문하여 있지도 않은
일을 만들고, 독재를 유지하기 위해 그들이 필
요로 하는 알리바이로 아버지를 사용하고자
합니다.

사이
여학생, 아들을 빤히 본다.

아들   어렵나.

여학생   아이다. 음… 음… 마이 파더 이즈 인 제일 비
잉 미스언더스투드 댓 히 이즈 인 더 사이드
오브 노스 코리아. 하우에버, 댓 이즈 낫 트루.

안정민

음… 그것은 사실이 아닙니다 다음에 뭐꼬?

아들 그들은 고문으로 있지도 않은 단체를 만들었고.

여학생 데이 아 페이킹 디 오가니제이션 위치 더즈 낫 액추얼리 이그지스트 바이 톨쳐링 마이 파더.

아들 독재를 유지하기 위해 그들이 필요한 알리바이로 아버지를 사용하고자 합니다.

여학생 인 오더 투 메인테인 더 딕테이터쉽 인 싸우스 코리아, 데이 원투 유즈 마이 파더쓰 라이프 에즈 언 알리바이 데이 니드.

아들 한국의 민주주의를 함께 지켜주십시오.

여학생 플리즈 프로텍트 사우스 코리아스 디마크러시.

아들 (영어를 공부하듯 따라 읽는다) 플리즈 프로텍트 사우스 코리아스 디마크러시.

5막

1장

빈 공간이자 모든 공간.
배우는 아무도 출현하지 않는다.
한쪽에는 욕조.
한쪽에는 뜨개질.
한쪽에는 녹지. 녹지 위로 솔방울이 다섯 개 똑

똑똑똑똑 떨어진다.
한쪽에는 순대국밥과 소주병들이 나열되어
있다.
조명이 욕조와 천, 솔방울, 국밥 그릇, 소주의
유리를 두드러지게 밝게 비추고 있다.

어떤 소리도 들리지 않는다.
침묵 속에서 무대 오브제의 노출.

어린 송 씨와 젊은 송 씨가 등장한다.
어린 송 씨는 솔방울을 하나씩 주워 봉지에
담는다. 펼쳐진 녹지도 잘 개어서 봉지에 담
는다.
젊은 송 씨는 순대국밥과 소주병을 하나씩 봉
지에 담는다.
그들이 송 씨의 흔적들을 지우는 동안 재판장
의 소리가 멀리서 훔쳐 듣듯 들린다.

웅성웅성거리는 소리 가운데,
아니, 피고가 없는데 어떻게 재판을 합니까.
라는 외침이 들리고.

도예종 사형
이수병 사형
전창일 사형
서도원 사형

안정민

하재완 사형

우홍선 사형

여정남 사형

송상진 사형

땅땅땅 나무 소리가 들린다.

사람들의 울음소리.

그 와중에 어린 송 씨와 젊은 송 씨는 모든 것을 봉지에 넣고 담담하게 퇴장한다.

2장

서울의 쪽방에 아들이 왔다. 그는 상기된 표정이다.
어머니는 뒤로 돌아앉아 있다.

아들　　접니다.

어머니　　왔나.

아들　　(꿀단지를 옆에 두며) 꿀 좀 가왔습니다.

어머니　　잘했다.

아들　　우체국에 다녀왔습니다. 그라느라 좀 늦었습니다. 국제편지 하나 보냈다 아입니까. (자랑스레) 어머니 뉴욕 타임스라고 들어봤습니까?

어머니　　뭐꼬 그게.

아들	저명한 미국 신문입니다. 제가 거기다가 우리 아버지 상황을 간략하게 적어서 편지로 보냈습니다. 곧 그쪽에서 기사 내고 그러면 미국이 아버지를 구해줄지도 모릅니다.
어머니	미국이 와 니 아버지를 구해주노. 저거 국민도 아닌데.
아들	미국이 그래도 민주주의 국가 아닙니까. 민주주의 국가는 다른 국가들도 민주주의래야 좋지 않겠습니다.
어머니	왜 좋노. 저희만 잘살지. 그런 건 난 잘 모르겠다.
아들	미국말로 써서 보냈습니다. 어머니 잘될 낍니더.

사이

아들, 낌새가 이상하다는 것을 눈치채고 어머니 앞쪽으로 가서 얼굴을 본다.

아들	얼굴이 와 이리 엉망이라예, 무슨 일입니까. 어이 되었습니까? 고마 울고 말을 해보이소.

사이

아들	아니지예?
어머니	(폐물들을 꺼내며) 돈 바꿔 온나.

안정민

아들   와예.

어머니   마음 단단히 먹어라.

사이

아들   좀 씻고 오겠습니다. 편지 보낸다고 이리저리 다녔더니 땀이 찼습니다.

어머니는 여전히 뒤돌아서 있다.

그는 다시 욕조로 간다. 물을 튼다. 물이 흐르는 것을 오래도록 보고 있다.

3장

송 씨가 욕조 옆 의자에서 양봉옷을 입고 있다.

송 씨   벌꿀 냄새.

아들   어린 꽃잎.

송 씨   노을. 붉어지는 산허리.

아들   비 오는 날 책에서 나는 냄새.

송 씨   국밥집의 습기.

아들   잔디 밟는 소리.

송 씨   달리기한 뒤 벅찬 심장.

아들   속닥속닥 말하는 말.

송 씨   휘파람 소리.

아들   피아노 건반이 손가락에 닿는 차가움.

고독한 목욕

송 씨　　어깨 너머로 들리는 라디오 소리.

아들　　팔랑거리는 책장들.

송 씨　　재밌네 이거.

아들　　그죠.

송 씨　　내 부탁 하나 들어도.

아들　　예에.

송 씨　　목욕이 하고 싶다.

아들　　네, 하세요. 아버지. 물 받아 뒀습니다.

송 씨　　거동이 편치 않다.

아들　　와예, 어디 다쳤으예?

송 씨　　좀 도와도.

아들　　알겠습니다.

송 씨, 양봉옷을 처음으로 벗는다. 얼굴과 몸
이 드러난다. 몸이 엉망이다. 창자가 빠져나와
있다. 울긋불긋 피멍이 들어 있다. 얼굴은 형
체를 알아볼 수 없다. 그는 옷을 벗고 아들 앞
에 선다.

아들　　일로 오이소.

아들, 송 씨를 도와서 욕조에 그를 눕힌다. 비
누 거품을 푼다.
그리고 그를 씻겨준다. 조심스럽게 씻긴다.
송 씨, 눈을 감고 몸을 아들에게 맡긴다.

안정민

아들	우리 아버지가 이리 생기셨구나.
아버지	와.
아들	아니, 내가 아버지를 아무리 떠올려도 이게 얼굴형이 길었는지 짧았는지.
아버지	내 음악 좀 틀어도.
아들	예에. 뭐 틀까요.

아들 뒤로 돌아서서 음악을 튼다.
아버지는 아들이 음악을 틀기 위해 뒤로 돌아서자, 욕조에서 사라진다.

"검푸른 바닷가에 비가 내리면/어디가 하늘이고 어디가 물이요/그 깊은 바다 속에 고요히 잠기면/무엇이 산 것이고 무엇이 죽었소//눈앞에 떠오르는 친구의 모습/흩날리는 꽃잎 위에 아른거리오/저 멀리 들리는 친구의 음성/달리는 기차 바퀴가 대답하려나//눈앞에 보이는 수많은 모습을/그 모두 진정이라 우겨 말하면/어느 누구 하나가 홀로 일어나/아니라고 말할 사람 어디 있겠소//눈앞에 떠오르는 친구의 모습/흩날리는 꽃잎 위에 아른거리오/저 멀리 들리는 친구의 음성/달리는 기차 바퀴가 대답하려나."

아들, 노래가 끝날 때까지 비누 거품만 남은 욕조를 우두커니 바라보고 있다.
바라보는 아들 옆에 어머니도 와서 욕조 안을

고독한 목욕

바라본다.

어린 송 씨도, 젊은 송 씨도, 국밥아줌마도, 친구들도, 여학생도 한 사람씩 등장해 관을 바라보듯 비누 거품만 남은 욕조를 조용히 바라본다.

음악이 끝나면,

막.

* '친구' 김민기 작사·작곡

안정민

나비꿈 _ 우연히 태어나 필연히 날아가

* 이 작품은 2018 국립극단 희곡우체통 1차 낭독회 초대작으로 4월 28일 대학로 연습실에서 소개되었습니다.

이선율

작가의 말

　소외되고 유기된 사람들을 좋아합니다. 찢김을 품고 사는 사람들을 사랑합니다. 경의나 박수 없이 살아냄을 존경합니다. 그에게 그리고 나에게 말합니다. 언제나 함께였습니다. 여전히 곁에 있습니다. 제 서툰 손길과 염원이 당신에게 닿기를 간절히 바랍니다.

등장인물

수정	20대 초반, 여
자화(수정 母)	40대 후반, 여
인숙	40대 초반, 여
비찬	20대 중반, 남
혁규	40대 중반, 남

곳

단란주점 룸을 개조한 방
하얀색 침대와 노래방 기계, 싸구려 소파, 테이블,
미러볼이 방치돼 있다
또 하나의 방 오피스텔. 그 안에서 유일하게 사용하는
가구, 침대

무대

단란주점과 오피스텔은 수정을 중심으로 교통하는
긴밀한 공간. 침대가 그 교통을 도울 것.

오피스텔

수정, 나체를 수건으로 감싼 채 침대에 앉아 있다. 담배를 피운다. 비찬, 등장.

비찬   미친년. 무슨 짓을 한 거야.

수정, 비찬을 무시한다.

비찬   죽어라고 너만 지명하던 새끼잖아. 왜 환불을 해달래.

수정   춥다. 이리 올래?

비찬   얼마나 외로웠으면 여기까지 와서 사랑을 찾았겠어. 불쌍하지도 않냐.

수정   사랑.

비찬   얼굴 믿고 까부는 것도 한두 번이야. 그게 얼마나 갈 것 같아? 소문 돌아. 너 비제이나 커널은 둘째쳐도 핸플도 안 한다고 버틴다며. 챙겨줄 때 알아서 받아먹어. 마음에서 우러나오지 않으면 이 짓도 조만간 박살난다. 실장 알면 짤없어. 요샌 서비스 시대라고.

수정   똘마니 새끼.

비찬   이게 다 세상 사는 방법이다. 우리 같은 애들이 별수 있냐, 힘 있는 새끼가 세상의 법이야.

수정, 새 담배에 불을 붙인다. 시끄러운 음악 소리와 어지러운 조명이 오피스텔과 뒤섞인다. 단란주점이다. 인숙, 마이크와 양주병을 휘두르며 발광하듯 노래를 부른다. 자화, 등장. 음악과 조명 멈춘다. 자화와 인숙, 얼굴에 화장기 하나 없다.

자화　　이년아, 가게 쉬는 날 기어 나와서 뭐 하는 짓거리야. (양주병을 뺏는다) 너 이거 어디서 났어?

인숙　　언니이이.

자화　　(손을 내민다) 내놔.

인숙　　언니이이? (자화 눈치 보고, 가방에서 돈을 꺼낸다) 알아줘야 돼. 진짜 너무한다. 이러기야?

자화　　요즘 손놈 새끼들 점점 떨어져 나가고 있는 거 몰라? 가게 문 닫게 생겼어 이년아. 어떻게 된 년이 룸에 들어만 가면 깍두기야?

인숙　　깍두기가 어디가 어때서? 맛만 좋더라.

자화　　그걸 말이라고 나불거려? 쫓겨나고 싶어?

인숙　　너무 야박하게 그러지 마. 우리 같이 산 세월이 얼마야. 수정이 똥 기저귀 갈아준 의리도 없어?

자화　　그렇게 의리가 유별난 년이라서 가게 쉬는 날 몰래 양주 까먹고 앉았어? 처먹어도 꼭 이런 싸구려를 처먹어. 냉장고 가서 제대로 된 거로 가지고 와!

인숙　　오예!

자화　　누가 니년 준대?

인숙	(자화에게 뽀뽀한다) 사랑해. (퇴장)
자화	미친년. (퇴장)

수정, 담배를 재떨이에 비벼 끄고 새 담배를 꺼낸다. 수정, 라이터로 불을 붙이려다 딸깍딸깍 불만 껐다 켰다 한다. 한순간 불을 한참 동안 바라본다.

비찬	아까 그 새끼한테 왜 그런 거야? 커버 쳐주는 것도 정도가 있어. 계속 이런 식이면 일 못 해.
수정	너 그거 알아? 불 한가운데가 제일 안 뜨거운 거. 웃기지. 불에서 제일 안전한 곳이 불 한가운데인 거잖아.
비찬	대답이나 해.
수정	사랑.
비찬	뭐?
수정	나한테 환장한 그 새끼가 사랑 찾아 여기 온다며.
비찬	근데.
수정	황플을 하자던데. 니 사랑은 쓰리썸인가 보지.
비찬	남의 지갑 여는 게 쉬운 줄 알았냐. 가랑이만 벌린다고 다가 아니야. 마음을 벌려라 제발.
수정	꺼져.
비찬	예약 한 시간 비니까 좀 쉬어.

비찬, 퇴장. 수정, 새 담배에 불을 붙여 피운다.

이선율

1. 5주

단란주점

수정, 침대에 누워 있다. 자화와 인숙, 술에 취한 채 등장. 자화, 핸드백을 집어던진다.

자화　지지리 궁상 버려두 주워가지두 않을 년.

인숙　(자화를 가리킨다) 주워가지두 않을 년! 노래! 언니 우리 노래 부르자. 용필이 땡길까 수봉이 땡길까? 오케이! 수봉! (가방에서 리모컨을 찾는다) 리모컨이 없어.

자화　그냥 눌러. 팔공

인숙　구삼!

인숙, 노래방 기계로 다가가 번호를 누른다. 백만 송이 장미 반주 흘러나온다. 자화, 노래를 시작하려는데 반주 꺼진다. 수정, 리모컨을 내려놓고 몸을 일으킨다.

수정　시끄러워.

자화　딸! 언제 왔어?

수정　아까.

자화　밥은? 먹었어?

수정　마셨어.

자화　엄마랑도 한잔할까?

수정　술 취했으면 가서 자.

자화	엄마 오늘 딸이랑 같이 잘 건데.
수정	이모. 엄마 데리고 나가.
인숙	아잉. 난 언니 무셔웡.
자화	딸! 이리 와서 노래 한 곡 해!
인숙	그래 딸! 와서 한 곡 해!
수정	나 잘 거야. 둘 다 나가.
자화	야! 이 주점 내 거야. 나가려면 네가 나가.
수정	그 새끼 거지.
자화	그래도 7년 동안 너 먹여주고 재워준 사람한테 그 새끼가 뭐야. 너무 차갑게 그러지 마. 좋은 사람이야.
수정	그래서 틈만 나면 딴 년이랑 바람 피우나 보지.
자화	야, 말은 바로 하자. 바람은 나랑 피웠지. (정신 없이 웃다가, 쓸쓸해진다)
인숙	맞아! 바람은 언니랑 폈지. 형부 마누라는 나가리! 나가리! 언니 노가리 먹을래?
자화	아가리 안 다물어?
수정	끼리끼리 잘 만났어.
자화	싸가지 없는 년. 그 여자 떠나고 그 사람 얼마나 힘들어했는데. 그 남자 외로운 사람이야. (담배를 찾으며) 엄만 다 이해해. 수정아, 사랑이야.
수정	사랑.
인숙	(해롱대다 노래한다) 우리 사랑 연습도 없이 벌써 무대로 올려졌네. 생각하면 덧없는 꿈일지도 몰라. 꿈일지도 몰라. 하늘이여!

이선율

자화	시끄러 이년아. 자빠져 자! (수정에게) 그 사람이 엄마 안 사랑했으면 여길 왜 차려줬겠어.

자화, 담배를 찾아 입에 문다. 인숙은 술주정 반, 졸음 반의 상태다.

수정	불쌍한가 보지.
자화	사랑도 모르는 년. 딸, 사랑은 말야. (수정의 가슴을 주무른다) 여기에서 나오는 거야!
수정	뭐 하는 짓이야.
자화	마음 이년아, 마음. 너같이 싸가지 없는 년은 죽었다 깨나도 모르는, (가슴을 어루만진다) 여기서 우러나오는 마음. 재미없는 년. 넌 도대체 왜 사니?
인숙	못 찾겠다 꾀꼬리 꾀꼬리 꾀꼬리 나는야. 술래. (잠든다)
자화	미친년. (가방 안에서 라이터를 찾는다)
수정	피우지 마.
자화	너도 줘?
수정	끊었어.
자화	왜?
수정	임신해서.

사이

자화	그러니. 얼마나 됐어.

수정	5주.
자화	누구 앤데.
수정	난 누구 앤데.

사이

자화	내 아기. (사이) 그런 거 없어.
수정	나도 그래.

자화, 외투를 챙긴다.

자화	지워. 요샌 싸.
수정	그걸 어떻게 알아.
자화	왜 몰라? 사고 치고 징징대는 년이 한둘인 줄 알아? 병원 갈 때 같이 가.
수정	혼자 가.
자화	같이 가. (잠시 사이) 좋은 말로 할 때 같이 가.
수정	나가.
자화	무슨 짓을 하고 싸돌아다니는지 모르겠지만. 애새끼 지워. (사이) 내가 이렇게 산다고 너까지 그렇게 살지 마. (잠시 사이) 최인숙! 일어나! 나와.
인숙	나 잘 거야.
자화	좋은 말로 할 때 일어나.

인숙, 잠결에 일어나 자화와 함께 퇴장. 수정,

이선율

침대에 웅크려 눕는다. 잠든 걸까, 궁금할 즈음. 병원 침대를 비추는 조명 켜진다. 자화, 산통을 견디며 비명을 지른다. 그러다 문득, 진통이 잠잠해진다. 자화, 숨을 가다듬는다.

자화 뭐 해? (잠시 사이) 어디 갔어! 나 무서워!

인숙, 등장.

인숙 언니! 괜찮아? 간호사 말이, 문이 아직 안 열렸대. 많이 힘들어?

자화 그럼 안 힘들겠어? 어딜 갔다 왔어?

인숙 그때 언니가 알아보라고 한 거. 사람이 왔어.

자화 뭐래?

인숙 한국으로는 안 되고, 외국으로만.

자화 한국은 왜 안 돼? 왜? 뭔데 그렇게 뜸을 들여.

인숙 나중에 친모가 애 다시 찾겠다구, 혹시나 그럴까 봐, 멀리멀리 보내버린대. 또, 각서를 하나 써야 한다네.

자화 각서?

인숙 다시는 아이를 안 찾겠다. (사이) 언니, 차라리 고아원은 어때? 그럼 나중에 언니 자리 잡으면 도로 찾을 수두 있구, 그래도 같은 땅 같은 하늘에 있으니까 못 봐도 덜 그립구. 일단 언니 몸이 제일 우선이니까, 다른 생각하지 말고 맘 편하게 푹 쉬고 있어.

| 자화 | 인숙아. 그냥 키울까? |
| 인숙 | 언니 애니까 언니 마음대로 해. 근데, 다른 사람들처럼 키울 수 있겠어? |

수정이 침대에서 일어난다. 병원 침대를 비추던 조명 꺼진다. 수정, 무릎에 얼굴을 파묻는다. 암전.

2. 7주

단란주점
자화와 인숙, 소파에 앉아 화장하는 중이다.

자화	꼼꼼히 칠해. 어떻게 된 년이 손님한테 늙은 호박 소리를 들어?
인숙	짜증 나. 주름진 얼굴 백날 칠하면 뭐 해? 늙은 호박이 애호박 되는 거 봤어?
자화	하여튼 주둥이만 터져서 나불나불.
인숙	지들은 뭐 탱글탱글한 영계야? 손자 손녀 주렁주렁 딸린 영감들 주제에.
자화	인상 쓰지 마. 주름 생겨.
인숙	그럼 언니는 뭐냐? 불독이겠네. 불독.
자화	이년이 진짜!

인숙, 도망간다.

이선율

자화	이리 안 와!
인숙	싫어! 가면 머리 뜯을 거잖아.
자화	안 뜯어. 얼른 준비해. 가게 문 안 열 거야?
인숙	진짜?
자화	진짜.

인숙, 소파로 향한다. 자화, 인숙의 머리를 쥐어뜯는다.

인숙	(뿌리친다) 언니!
자화	뭐 해? 얼른 준비 안 하고. 머리도 다시 해야겠네.

인숙, 투덜거리며 화장을 한다.

인숙	형부는 한국에 언제 들어온대?
자화	올 때 되면 오겠지.
인숙	뭔 놈의 출장을 그렇게 자주 간대. 바람 피우는 거 아니야? (자화 눈치 본다) 그냥 그럴 수도 있다는 거지. 싱가폴 년들 엄청 예쁘다던데.
자화	남의 남자한테 신경 꺼. 수정이한테 말했어?
인숙	뭘?
자화	병원 예약 날.
인숙	말했어.
자화	뭐래?
인숙	별말 없던데.

자화	간대?
인숙	모르지.
자화	모르긴 뭘 몰라. 머리채를 쥐어뜯어서라도 데려가야지.
인숙	난 수정이 편인데.
자화	어련하시겠어. 불쌍한 년, 나 같은 년 밑에서 태어나지만 않았어도.
인숙	언니가 뭐가 어때서? 언니 같은 사람도 없어. 수정이 낳고 제대로 한번 살아보겠다고 트럭 사서 배추 팔고, 남는 배추로 김치 팔고, 그거 망해서 트럭 팔아 치킨 팔고, 그것도 망해서 개털 신세로 옷 팔고, 또.
자화	또 뭐. 결국엔 다시 웃음 팔았다고?
인숙	내 말은 그게 아니라, 할 만큼 했다는 거지.
자화	어떤 새끼가 내 새끼한테 그딴 짓을 했는지는 모르겠지만 나, 수정이 나처럼 살게 안 해.
혁규	계십니까!
자화	이 시간에 누구야?
인숙	아직 문 안 열었어요!

혁규, 까꿍 놀이하듯 등장.

혁규	계십니까!
인숙	난 또 누구라고. 들어와요.
혁규	요즘 손님도 없다카더니, 꼭 그런 것도 아닌갑소? 해가 중천에 떴는데 아직 장사 시작도 안

이선율

하고.

인숙 해가 중천에 떴으니까 아직 안 하죠.

혁규 형수, 오랜만이요.

자화 술 마시러 왔어?

혁규 설마! 이렇게도 여전히 아리따우신 형수 얼굴
한 번 더 보러 왔지요.

자화 미친놈. 그래, 이렇게 여전히 아리따우신 형수
얼굴 보니 어때?

혁규 그저 황송합니다. 형수, 오랜만에 함 안아 보이
시더. (자화를 안는다)

자화 잘 지냈어?

혁규 덕분에 아주 잘 지냈심다.

자화 룸으로 가자. 오랜만에 봤으니 내가 잘 나가는
애들 불러서 거하게 한 상 차려줄게.

혁규 아입니다. 내 잠깐 인사하러 왔소. 그래도 맨입
은 좀 심심하니까네 목이나 축일까요?

자화 인숙아.

인숙 안 그래도 지금 가요.

혁규 형수, 그동안 우짜고 지냈소?

자화 어떻게 지내긴. 똑같지. 근데 넌 어떻게 들어왔
어? 오빠는 들어오려면 아직 멀었다던데.

혁규 우리야 뭐 행님네 하청 아니요. 외국 간다카니
까 핑계 삼아 쫓아갔던 거지 거기서 별로 할 일
도 없었소. 이번에 행님이 일을 잘 대주가 우리
식구들 밥 잘 챙겨 먹었심다. 감사합니더.

인숙, 양주와 과일안주를 가지고 등장.

인숙　　아직 오픈 전이라 준비해 놓은 안주가 없어요.
　　　　대충 먹어요.

인숙, 혁규 옆에 앉아 술을 따른다. 혁규, 인숙
의 허벅지를 쓰다듬는다.

인숙　　(혁규의 손을 때린다) 돈 내고 만져요.
혁규　　(호탕하게 웃는다) 하여튼, 이 집 사람들. 알아
　　　　주야지. 아나? 내가 니를 이래서 좋아한다.
자화　　할 말이 뭐야?
혁규　　벨일 아입니다. 술 좀 묵다가.
인숙　　뭔데요? 말 안 해주니까 더 궁금하네. 형부 바
　　　　람났대요? (자화 눈치 본다) 나는 혹시나 해서.
혁규　　(인숙의 볼을 꼬집는다) 가시나야. 그기 아이
　　　　고. (술 마신다. 자화에게) 행님 이번에 싱가폴
　　　　현장에서 돌아오면, 일 하나 크게 벌릴라는갑
　　　　소. 요새 정부에서 지역균등발전인가 뭔가 해
　　　　가지고 섬에 다리를 놓는 일을 추진하고 있는
　　　　데, 거기 일을 행님이 잡지 싶소. 그 일 한다고
　　　　행님이 현성기업 실세 똥구녕에 돈도 줄기차
　　　　게 꽂고 있는 걸로 알고.
자화　　근데?
혁규　　형수가 잘 좀 봐주이소. (돈 봉투를 건넨다) 행
　　　　님한테 말만 잘해주시면 됩니다.

이선율

자화	이게 뭐야?
혁규	내 그동안에 행님이랑 형수한테 신세진 것들하고, 앞으로 신세질 것들하고 감사해서 좀 챙긴 깁니다.
자화	됐어. 오빠 알면 난리 난다.
혁규	내가 어데 행님한테 드린답디까? 형수 식사 맛있게 하시라고 그라지 않소.
자화	됐다니까.
혁규	어허! 고마 슬쩍 받으면 됩니다.
자화	그러지 말고 술이나 진탕 먹고 가. 술값은 바가지 팍팍 씌워서 싹 다 받을 테니까.
혁규	암요! 그래야지요! 인숙아, 요 제일 비싼 술 한 바리 가온나. 근데 형수 장사 안 해도 되는교?
자화	눈앞에 호구가 앉아 있는데 장사는 해서 뭐 하겠어? 요즘 손님도 없다.
혁규	여기 호구 대령이요! 인숙아, 가서 가게 문 잠가라. 내 오늘 요 하루 매출 뽑아준다.

인숙, 술을 가져온다. 조명 조금씩 어두워지며 인숙이 가져오는 술병들이 쌓인다. 세 사람, 술을 마시느라 정신없다. 고주망태로 취해간다.

혁규	우리 형수, 노래나 한 곡 들으입시더.
자화	누나가 이 나이에 네 앞에서 재롱을 떨리?
혁규	재롱은 무슨 재롱. 향기로운 나비단란주점에서 날아가는 아리따운 나비의 울음소리라고나

	할까. 누나! 어서요.
인숙	그래, 언니 한 곡해. 팔! 공! 구! 삼!

인숙, 리모컨으로 번호를 누르자 백만 송이 장미 노랫소리 흘러나온다. 자화, 노래를 부른다. 인숙과 혁규, 블루스를 춘다. 수정, 등장.

자화	딸! 왔어?

자화, 수정을 안으려 한다. 수정, 자화를 피한다.

인숙	수정아!

인숙, 수정에게 뽀뽀하려 한다. 수정, 인숙을 피한다. 인숙, '다 나한테만 그래' 투덜거린다.

혁규	아이고, 우리 수정이! 오랜만이다. 우리 수정이 오랜만에 함 안아 보자.

혁규, 수정에게 다가간다. 수정, 혁규를 지나쳐 노래를 끈다.

수정	널린 게 룸인데 왜 여기서 이러고 있어.
자화	(소파에 앉는다) 혁규가 손님이니 동생이지. 동생은 집에서 대접을 해야지.
수정	접대겠지.

이선율

인숙, 엎드려 잠든다. 수정, 윗옷을 벗는다.
혁규, 멋쩍어 고개를 돌린다.

자화   뭐 하는 거야?

수정   옷 갈아입잖아.

자화   미친년.

수정   내 방에서 내가 옷 갈아입는 게 미친 건가.
(화색) 언제 오셨어요?

혁규   수정이 니 성깔은 여전하다이. 그래서 더 예
쁜 가시나!

혁규, 수정의 허리를 감싸 안는다.

자화   최혁규. 이리 와 봐.

혁규   (자화에게 다가간다) 와요?

자화, 혁규의 뺨을 때린다.

자화   감히 어디다 손을 대. 똑바로 해. 알았어?

혁규   아따, 형수. 알았소. 아이고 아파라.

수정   (미소) 즐겁게 놀다 가세요. 저도 같이 놀아드
리고 싶은데 약속이 있어서.

혁규   그라지! 한창 바쁠 때지! 어여 가서 놀다 온
나. 아이다! 노래 한 곡 하고 가라! 우리 수정
이 노랫소리나 함 들어보자! 내 팁은 든든하
게 줄꾸마.

자화, 혁규의 뺨을 강하게 때린다.

자화   내 말이 우스워?

수정   즐거운 시간 보내세요. 노래는 다음에.

수정, 퇴장. 혁규, 수정의 뒷모습을 본다.

자화   눈깔 치워.

혁규   형수도 너무 싸고만 돌지 마소. 인자 다 큰 아가 씨 아니요. 금이야 옥이야 귀하게 키운 딸내미인 줄은 내도 알지만, 자도 인자 여자 아니요? 가시 나 나이가 들수록 윽수로 예뻐진다.

자화   아가리 다물어 새끼야.

혁규   내가 수정이 잡아묵을까 봐 그라요? 그라지 말 고 이참에 내한테 주소. 내 안즉 결혼도 몬 한 숫 총각 아니요.

자화   숫총각? 내가 노가다꾼 새끼들 노는 판을 몰라? 현장이랍시고 전국을 아니 전 세계를 돌아다니 면서 이년한테 껄떡, 저년한테 껄떡. 계집질에 오입질에 전국구로 마누라 끼고 사는 놈들을? 니들은 마누라가 여덟 명이라며? 팔도에 하나 씩.

인숙   언니도 참. 지금은 팔도가 아니잖아. 통일이 돼 야 팔도지.

혁규   아따, 형수도 참. 서운하게 말을 뭐 그렇게 하소.

자화   우리 수정이가 뭐가 부족해서 너 같은 새끼한테

이선율

시집을 가!

혁규 우리 형수 많이 취하셨네. 앉으소, 앉으소. 내
잘못했소. 내는 농으로 한 말이지.

자화 우리 수정이가 뭐 어때서!

인숙 어때서!

자화 잘 들어. 귓구멍 뚫고 똑똑히 들어! 우리 수정
이! 나처럼 살게 안 해! 우리 수정인 나랑 달라!
알았어? 알았냐고 이 새끼야!

혁규 알았심더. 알았심더.

자화 잘 들어! 우리 수정이! 나처럼 살게 안 해!

자화, 쓰러진다. 혁규, 혼자 술을 마신다.

3. 8주

단란주점
인숙, 소파에 앉아 있다. 눈에 피멍이 들어 있
고 입술은 터져 있다. 수정, 등장.

수정 괜찮아?

인숙 아파.

수정 술 마시러 왔으면 곱게 처먹고 갈 것이지 왜 사
람을 패고 난리야.

인숙 (머리를 들이밀며) 여기도 봐. 여기 보여?

수정 어디?

인숙	여기. 다 뜯겼어.
수정	개자식들. 좆대가리를 잘라버리지 그랬어.
인숙	맞아. 확! 잘라버리는 건데. (웃는다)
수정	이모는 맞고도 웃음이 나와?
인숙	왜 안 나와? 웃겨 죽겠지. 재밌다. 재밌다. 즐겁다. 즐겁다.
수정	이모도 딴 언니들처럼 그만둬. 여기서 왜 이러고 있어?
인숙	그럼 자화 언니는 어떡해.
수정	엄마한텐 그 새끼 있잖아. 다른 거 하나 차려주겠지.
인숙	형부 싱가폴 현장에서 어린년이랑 살림 차렸다더라. 너보다 한두 살 많은 애래. 사진 봤는데, 예쁘더라. 미친년 어린 게 왜 예쁘기까지 하고 지랄이라니. 불쌍한 우리 자화 언니. 외로운 우리 자화 언니.
수정	관심 없어.
인숙	너 언니한테 너무 그러지 마. 언니한텐 너밖에 없어.
수정	남자밖에 없겠지. 언제부터 김자화가 엄마였어.
인숙	그래서 네 교복 내가 다 빨아 입히고 밥도 해먹이고 그랬잖아.
수정	이모가 내 엄마냐.
인숙	엄마 대신이지. 김수정. 너 그렇게 말하면 이 이모가 서운하다. 내가 너 똥 기저귀를 몇 번이나 갈아줬는데. 그뿐이야? 젖도 물렸지. 너 이 이모

이선율

젖 먹고 자랐어.

수정　　웃기지 마.

인숙　　내가 너한테 젖 물려서 찌찌가 이렇게 쪼그라든 거야. 내 찌찌 다 빨아먹어서 네 찌찌가 이렇게 큰 거고. 나중에 돈 벌면 나 찌찌 수술해 줘야 된다. 디이~컵으로다가. 찌찌 먹을래?

수정　　이모나 내 찌찌 먹고 좀 커라. 거기서 나올 게 있어?

　　　　　　수정, 가방에서 연고를 꺼낸다. 인숙, 수정의 엉덩이를 두드린다.

인숙　　귀염둥이. 이모 생각해서 약 가져 왔어?

수정　　오다 주웠어. (약 발라준다) 가만히 좀 있어.

인숙　　살살 발라. 아파.

수정　　엄살 피우지 마.

인숙　　소설은 잘 돼가?

수정　　이모가 그걸 어떻게 알아?

인숙　　그거 네가 쓴 거 맞지? 학교도 때려치우더니 아직 하고 싶은가 봐. 그러게 괜히 가출해서 학교나 짤리고. 예고는 아무나 간대?

수정　　남의 걸 왜 맘대로 읽고 난리야.

인숙　　우리가 남이야? 나 서운해서 막 눈물 나오려고 해. 눈물, 나온다. 나온다.

수정　　엄마한텐 말하지 마.

인숙　　당연하지. 처음엔 일기 줄 알았어. 우리랑 어찌

나 똑 닮았는지.

수정 소설이야.

인숙 나도 알아. 거긴 뭐 몸 파는 애도 나오고 그러
던데 너랑 상관이 있으면 안 되지. 우리 수정인
잘 살아야지.

수정 이게 잘 사는 거냐.

인숙 잘 사는 거지. 수정이가 이렇게 이모 약도 발라
주잖아. 용돈은 있어? 이모가 용돈 줄게.

수정 됐어. 돈 있어.

인숙 그러지 말고 받아.

수정 그거 엄마한테 받은 돈이잖아. 싫어, 그 새끼
돈. 엄마 팔아 받는 돈. 차라리 날 팔지.

인숙 네가 끔찍하게 싫어하는 그 돈으로 언니가 너
입히고 먹이고 다 했어. 언니가 너 없었음 이렇
게 살았겠어. 진작 죽어버렸겠지. 그러니까 너
만 잘 크면 돼. 너만.

수정 이모. 나 꿈꿨어.

인숙 무슨 꿈?

수정 이상한 꿈. 꿈에서 내가 갑자기 사막에 서 있었
어. 근데 이상하게 사막에 복숭아나무들이 있
더라. 그것도 엄청 많이. 가까이서 보니까 나무
들이 너무 예쁜 거야. 복숭아도 너무 예뻤어.
한참을 서서 구경하다 보니까, 괜히 가지고 싶
었어.

인숙 그래서?

수정 그래서 복숭아 하나를 땄어. 근데, 썩었어. 손

이선율

위에서 순식간에 썩어 들어갔어.

사이

수정 그래서 내가 썩은 복숭아를 버리고 새 복숭아
를 땄는데 또 썩더라. 따면 썩고 또 따면 또 썩
어. 그래서 계속 계속 따는데 근데 계속 계속
썩어. 그러다 보니까 내 주위에 온통 썩은 복숭
아가 쌓여 있었어. 내가 막 울면서 그걸 계속
따는데, 근데도 자꾸 썩었어. 좀, 서러웠어.

인숙 요새 우리 수정이가 많이 답답한가 보네. 찌찌
먹을래?

수정 징그러워.

인숙 딸! 이리 와!

인숙, 수정의 머리를 꼭 끌어안는다.

수정 욕심일까. 복숭아. 태몽일까.

인숙 그냥 악몽이야.

잠시 사이. 수정, 인숙의 품에서 벗어나 인숙의
상처에 연고를 발라준다.

인숙 그만 발라. 어차피 화장하면 다 지워져.

수정 화장을 왜 해. 다쳤는데.

인숙 그럼 이 꼴로 손님 받아? 잘 가리면 돼. 거기 베

이스 좀 줘 봐.

수정   그냥 쉬어. 아플 땐 쉬어. 가리지 말고.

인숙   우리처럼 하루 벌어 하루 사는 사람이 다 나을 때까지 기다릴 시간이 어디 있어? 잔말 말고 거기 베이스 줘.

수정, 인숙에게 화장품을 건넨다. 인숙, 화장으로 상처를 가린다. 남자가 인숙을 부르는 목소리 들린다. 인숙, 대답하고 방 밖으로 나간다. 수정, 침대로 향한다. 침대 위에 웅크려 앉는다. 사이. 비찬, 등장. 비찬, 수정의 어깨를 흔든다. 수정, 화들짝 놀라며 깨어난다. 오피스텔이다.

비찬   넌 꼭 이러고 자더라. 요샌 콜에 답도 없더니, 오늘은 웬일로 여기서 자고 있냐.

수정   담배 좀.

비찬   끊었다며. 진짜 줘? (담배를 건넨다) 꿈 같은 거 꿨어?

수정, 담배에 불을 붙이려다 멈춘다. 담배를 버린다.

비찬   피곤하면 좀 쉬어. (퇴장하려 한다)

수정   가지 마. 이리 와.

비찬   악몽 꿨어?

수정   비슷해.

이선율

비찬	(수정의 옆에 앉는다) 천하의 이지나가 무서운 것도 있었네.
수정	여친은 요새 뭐 해.
비찬	조금 있음 시험.
수정	토익?
비찬	공무원.
수정	예뻐?
비찬	예뻐.
수정	나보다?
비찬	가슴은 네가 더 커. 이리 와 봐.
수정	치워.
비찬	까칠하긴. 너 그렇게 성질 더러운 거 그거 외로워서 그래. 연애 좀 해.
수정	누구랑. 너랑?
비찬	내가 미쳤냐. 여친 두고.
수정	왜. 걘 너 이렇게 사는 거 모르잖아.
비찬	등록금만 다 모으면 이 짓 때려칠 거야. 말할 필요 없어.
수정	너 쓰레기인 것도 모르잖아.
비찬	말을 해도. 야, 엄마 또 사라졌다. 진짜 개 같아. 남편은 몇 년째 병원에 누워 있는데 딴 놈이랑 눈 맞아서 자식이고 뭐고. 그게 엄마냐.
수정	아님 뭔데.
비찬	뭐긴. 씨발이지.
수정	넌 어떨 것 같아. 아빠 되면.
비찬	자살해야지.

수정	왜.
비찬	나 같은 인생 하나 더 만든 죄. (미소) 그 죄로 우리 아빠가 그 꼴로 누워 있잖아.
수정	그게 무슨 상관이야.
비찬	벌 받는 거지. 난 아빠 아들로 태어난 죄로 뭐 빠지게 병원비로 돈 꼬라박고. 아빤 나 낳은 죄로 뒤지지도 못하고 연명하고 있고. 넌 좋겠다. 아빠 없어서. (낄낄댄다) 재미없는 년. 이따 세시에 하나 온다.
수정	안 해. 일하러 온 거 아니야.
비찬	한탕만 뛰어. 사장 너 주시하고 있어.
수정	싫다니까.
비찬	그럼 왜 왔냐? 너 콜 받고 예약 잡은 건데.
수정	너 보러.
비찬	웃기지 마. 안 내키면 말아. 다른 애로 돌리지 뭐.

비찬, 수정의 옆에 눕는다. 비찬, 몸을 일으켜 수정을 눕힌다. 수정, 거절한다. 비찬, 수정에게 키스하며 수정의 몸 위로 올라간다. 두 사람, 엉키며 눕는다. 사이. 비찬의 허리가 움직인다. 긴 사이

수정	재밌니.
비찬	응.
수정	넌 나랑 할 게 섹스밖에 없니. (건조하다) 섹스

이선율

랑 사는 거, 닮았어. 한번 느껴나 보겠다고 이
리 흔들고 저리 흔들고. 짐승 같은 모습 잊으려
고 더 존나게 흔들고.

비찬, 멈춘다.

수정   그러다 지쳐 나가떨어지고.
비찬   왜 그래?
수정   근데 웃긴 게 뭔지 알아? 재미는 딴 놈만 본다
        는 거야.
비찬   오늘 재미없냐? (잠시 사이) 됐다.

비찬, 수정의 옆에 앉는다.

수정   네가 그랬었지. 다리만 벌리지 말고 마음을 벌
        리라고.
비찬   그랬나? 그랬던 것 같기도 하고.
수정   너 강간당해 봤어?
비찬   해줄래?
수정   온몸이 사슬로 묶여 있어. 난 옴짝달싹할 수도
        없는데 더러운 무언가가 몸 안 깊숙이 밀려들
        어 와. 아무리 발버둥 쳐도 소용없어. 계속 쑤
        시고 들어오니까. 벗어날 수 없어. 그러다 보
        면, 어느새 그건, 당연한 게 되어 있어.
비찬   갑자기 그런 얘길 왜 나한테 해.
수정   다른 새끼가 내 몸에 들어오는 건 기분 개 같아

도 참을 수 있어. 근데 마음은 안 돼. 엄마랑 비슷해. 난 원한 적 없는데 엄마를 이해하게 돼버렸거든. 나한텐 엄마가 그랬어.

수정, 옷을 챙겨 입는다.

수정 나 일 그만둘 거야. 임신했어.

사이

비찬 지워.
수정 응. 그러려고. (잠시 사이) 지울 거야.
비찬 요새 피임약 안 먹었냐.
수정 몸에 안 받아. 어지러워.
비찬 그럼 콘돔이라도 챙겨 끼우지 그랬어.
수정 네가 느낌 안 온다고 싫다며.

사이. 비찬, 옷을 챙겨 입는다.

비찬 장난치지 마.

사이

비찬 내가 그때 계산했었냐. (돈을 꺼내 건넨다) 투샷에 육십 맞지. 받아. 나머진 계좌로 쏴 줄게.

이선율

비찬, 돈을 침대 위에 올려 두고 퇴장. 사이. 수정, 침대에 눕는다. 잠이 들었을까 궁금할 즈음 자화, 등장. 자화, 소파에 앉는다. 콧노래 부르며 화장을 한다. 수정, 누운 채 몸을 돌려 자화를 본다. 두 사람의 대화, 다른 세상처럼 멀다.

수정　　오늘도 예쁘네. 우리 엄마.

자화　　얼마나? 나비만큼?

수정　　응. 나비만큼. 예쁜 나비 엄마. 그렇게 예쁜 옷 입고, 예쁘게 화장도 많이 하고, 또 어디로 가려고?

자화　　혼자 집 잘 지키고 있을 수 있지?

사이

수정　　추하다. 있잖아 엄마. 추해. 엄마도. 나도.

자화　　우리 수정인, 세상에서 두 번째로 예뻐. 첫 번째는? 당연히 나! 김자화! (웃다가) 딸! 엄마 봐, 얼마나 예뻐. 그러니까 우리 딸도 예쁜 게 당연하지.

수정　　얼마나? 나비만큼?

자화　　딸, 너무 속상해하지 마. 내가 나비면 너도 나비야.

수정　　나비 딸은 애벌레 아닌가? 추하고 징그럽고.

자화　　애벌레도 나중에 커서 나비가 되지.

수정　　사람들은 나비가 다 예쁘다지. 근데 나비, 가까이에서 보면 엄청 징그러워. (잠시 사이) 난 왜 태어났어.

자화 내가 낳았으니까.

수정 왜 낳았어.

자화 네가 생겼으니까.

수정 왜 생겼어.

자화 사랑해서.

수정 누굴. 누구였는데.

자화 너를. 너였으니까.

사이

자화 세상에서 두 번째로 예쁜 내 딸, 먼저 자고 있어. 엄마 일하러 갔다 올게.

수정 응. 알겠어, 엄마. 잘 날다 와.

자화, 퇴장. 수정, 다시 뒤돌아 눕는다.

4. 12주

단란주점

테이블 위에는 먹다 남은 안주들과 술병 굴러다닌다. 오랫동안 정리를 하지 않은 듯 마구 어질러진 내부. 수정, 침대에 웅크려 누워 있다. 인숙, 등장. 인숙, 주섬주섬 방을 정리한다.

이선율

인숙	딸 왜 그러고 있어? 어휴, 이거 다 아까워서 어떡하니. 냉장고에 좀 넣어 두지. 밥은 먹었어?
수정	엄마는.
인숙	어젯밤에 형부, 아니 박성필 잡으러 갔어. 어휴, 이걸 다 언제 치워. 귀신 나오겠다.
수정	한국엔 언제 들어온 거래.
인숙	좀 됐나 봐. 지가 언니랑 같이 살 붙이고 지낸 세월이 얼마야. 어쩜 그렇게 들어왔다는 말 한마디 없을 수가 있어. 나라도 미쳤을 거야. 언니 좀 잘 챙겨줘. 말을 안 해서 그렇지 요즘 속이 말이 아닐 거야. 왜 안 좋은 일은 세트로 오니. 좋은 일은 조루 새끼처럼 깔짝깔짝 오더니.
수정	도장은. 언제 찍는대.
인숙	언니가 그걸 쉽게 찍어줄 사람이야? 잡아다가 목줄 채워서 끌고 오지 않으면 다행이지.
수정	그러다가 또 처맞으려고. 구질구질하게.
인숙	우리 수정이가 뭘 모르네. 수정아, 언니 젊었을 땐 남자들이 아주 언니를 가만두질 못해서 구질구질 매달렸어. 구질구질 아주 그냥 그런 구질구질이 없었어. 동네에 김자화 떴다! 하면 줄을 부산까지 서서 얼굴 한번 쳐다보겠다고 아주 난리난리 그런 생난리를 피웠다니까. 내가 거기서 번호표 나눠줬잖아.

인숙, 웃지만 수정의 반응이 시원치 않자 멋쩍어진다.

인숙	너 언니 걱정돼서 그러지? 걱정 마. 그 새끼 원래 그러잖아. 결국엔 언니한테 와서 손이 발이 되도록 빌 거야.
수정	이모. 나 12주래.
인숙	시간이 벌써 그렇게 됐나? 언니 일 때문에 정신이 없어서 신경을 못 썼네.
수정	지우려면 지금 지워야 한대.
인숙	그치. 아기가 모양이 생길 때니까. 봤어?
수정	봤어.
인숙	그래.
수정	왜 아무 말 안 해?
인숙	알아서 잘할 거잖아.
수정	수술 날짜 잡았어.
인숙	네가 하고 싶은 대로 하면 돼. 잘했어.

인숙, 방을 정리한다. 긴 사이

수정	이십삼 년도 존나게 길었는데 앞으로는 또 얼마나 존나게 길까. 이모는 안 죽고 어떻게 살아 있어.
인숙	그러게. 기적 같지.

자화, 등장. 인숙, 벌떡 일어난다.

인숙	만났어? 못 만났어?

이선율

혁규, 등장.

인숙	뭐야? 왜 둘이 같이 와?
혁규	형수, 이렇게 감정적으로 대응할 일이 아니라카니까네.
자화	(인숙에게) 냉장고 가서 술 좀 가져와.
인숙	(혁규에게) 무슨 일이에요? 어떻게 됐어? 말 좀 해봐.
혁규	별일 아이다. 형수! 아따, 참! 형수!
자화	도장 찍어서 보내란다! 안 보내면 가게를 내놓겠단다. 미친놈, 젊은 년한테 정신 팔려서 지금 눈에 뵈는 게 없더라! 뭐 해? 술 가져오라니까!
혁규	우리 수정이도 있었네. 반갑다.
인숙	뭐 가져올까? 발렌타인? 씨바쓰? 쏘주? 쏘맥? 오늘은 소주 먹자. 필이 딱 쏘주 필이다. (퇴장)
혁규	형수, 이기 이래가 될 일이 아니라카니까네. 그 가시나 머리채를 다 쥐어뜯어 놓으면 우짭니까, 행님 아시게 되면 어짤라고.
자화	너도 꺼져. 두 년놈이 한국에서 살림을 차렸는데 너는 어떻게 말 한마디 없을 수가 있어!
인숙	언니! 안주는? (잠시 사이) 오케이. 오징어!
혁규	내가 우째 그랍니까. 행님 체면이 있는데.
자화	뭐 해! 술 가져오라니까!
혁규	형수, 일단 진정을 하시라니까네.
자화	네가 지금 나한테 주둥이를 나불거려? 그래, 그렇게 젊은 년들이랑 놀아나니까 좋디? 좋아!

	언제는 돈 봉투 들고 잘 봐달라고 꼬리 흔들더니, 왜? 그 젊은 년한테도 꼬리를 처흔들었어?
혁규	내는 진짜 몰랐다니까네. 보소, 형수. 행님 뜻이 그렇다 카는데 우짜겠습니꺼. 고마 한 발짝만 물러나소. 행님이 도장만 얌전하게 찍어주면 이 가게 준다 안 합디까? 그냥 도장 찍고 가게 챙기는 게 상책이라요.
자화	이 새끼야! 그걸 말이라고 해? 지금 가게가 문제야?
혁규	고마 깨끗하게 그리 해주이소. 형수도 이 가게 챙기모, 챙길 만큼 챙기는 거 아이요. 내 형수 걱정돼서 하는 말이요.
자화	야! 너 여기 왜 따라왔어? 너 박성필이 보내서 왔지? 도장 찍게 하라고! (인숙에게) 뭐 해! 술을 만들어서 가져와!
혁규	형수! 툭 까놓고 말해서 형수 자리도 사실 꿰찬 자리 아니요. 어데 행님 옆자리가 형수 자리였습디까!
자화	야!

인숙, 술을 가지고 등장. 자화, 혁규의 **뺨**을 때린다.

| 혁규 | 아, 나 씨팔, 형수! |

자화, 혁규의 **뺨**을 때린다.

이선율

자화	네가 그러면 안 되지. 감히 둘이 짜고 날 속이려 들어? 그래!
혁규	내 싸다구가 형수 싸다구요? 고만 때리소. 내도 싱거운 놈 아니요.
자화	같잖은 말 그만하고 너도 꺼져. 이 양아치 새끼야.
혁규	지금 말 다했소?
자화	왜? 더해줘?
혁규	그만합시다.
자화	똥구멍 밑에서 똥이나 핥는 새끼. 너도 똑같아, 이 발정난 개새끼.

혁규, 자화의 뺨을 때린다. 인숙, 소리를 지르며 혁규에게 달려든다. 혁규, 인숙을 내팽개친다.

혁규	보자 보자 하니까 감히 누구한테 행패고! 까놓고 말해서 술 팔고 웃음 팔다가 행님 만나 그동안 호강하고 살았으모 인자 떨어질 때도 안 됐나? 행님도 참다 참다, 인자는 못 참겠단다! 니 보고 있으면 온몸에 벌레가 기어오르는 것처럼 징글징글하단다!
자화	더해 봐, 이 새끼야.
혁규	하라면 못 할 것 같소?
자화	(조소)

약이 오른 혁규, 침대 위 시트며 옷가지며 다 뒤

집어엎는다. 시트 밑에 숨겨 뒀던 종이뭉치가 바닥으로 떨어진다. 난장판이 되어가는 내부.

인숙　　이, 이, 개자식아! 그만 못 해?

인숙, 혁규에게 달려든다. 혁규, 인숙을 내팽개친다. 인숙, 쓰러지며 바닥에 쓰러져 있던 병을 밟는다. 유리 부서지는 소리 들린다. 인숙, 비명을 지르며 발을 움켜잡는다.
수정, 인숙에게 달려가 침대 위에 앉힌다. 수정, 수건을 찾지만 보이지 않자 이불로 대충 인숙의 발을 감싼다. 수정, 종이뭉치가 몸싸움에 밟혀 제멋대로 찢어진 걸 그제야 발견한다.

혁규　　놀고들 있네.

수정, 일어나 깨진 병을 쥐고 혁규 앞에 선다.

혁규　　니는 또 뭐고? 그걸로 우짤 낀데?
인숙　　수정아, 그만해. 상종하지 마. 됐어!
수정　　그냥 꺼져.
혁규　　가시나 이거, 말하는 꼬락서니 바라. 내가 니 친구가? 꺼져? 꺼지라고! 이년이!

혁규, 수정을 때리려는데 자화, 혁규에게 달려든다. 혁규, 자화를 내팽개친다. 자화, 쓰러진다.

이선율

| 혁규 | 이것들이 단체로 미쳤네. 내 딱 한 번만 더 말한다. 좋은 말로 할 때 도장 찍으라. 상대를 봐가면서 뎀비라. 느그 같은 것들이 비빌 언덕이 아이다. 알겠나? (수정에게) 그거 쥐고 있으면 우짤낀데? 찌를라꼬? 아나 찔러라! 찔러! |

수정, 병으로 팔을 긋는다. 팔에서 피가 흐른다.
인숙, 수정에게 달려가 팔을 감싼다.

수정	자기 팔 긋는 미친년이 개새끼 얼굴 하나 못 그을 것 같아?
혁규	이 미친년이.
수정	나한테 이러면 안 될 것 같지 않아? 도대체 어디까지 망치고 싶어. 같이 시궁창 한번 굴러 볼래?
혁규	니를 내가 망쳤나? 웃기는 소리! 그게 와 내 때문이고? 느그 같은 것들은 태생이 그래. 쥐뿔도 없으니 개처럼 엎드려 발가락이나 핥으면서 콩고물이나 얻어먹지. 핥아. 그래. 그거네! 그래! 개처럼 핥는 거지! 가만히 잘 사는 사람 옆에 와서, 살살 핥으니까! 가진 사람이 별수가 있나! 줄 수밖에! 네 에미나, 너.
수정	내가 언제까지 가만히 있을 것 같아.

사이

| 혁규 | (조소) 무섭다. 무서워. 열심히 해봐라. 응원한 |

다. 캬 퉤! 더러운 년들. 하여튼 조만간 도장 찍
으소. 그래 안 하면 내 입장도 난처하니까 처신
단디 하소.

혁규, 퇴장. 인숙, 베개며 이불이며 손에 잡히는
대로 혁규를 향해 던진다.

인숙   그래, 이 새끼야! 꺼져버려!

자화, 맥주잔에 소주를 붓고 한번에 들이켠다.

인숙   미쳤어, 미쳤어. 언니 나이가 몇인데 술을 그렇
게 마셔? 너도 얼른 약 발라. 약.

인숙, 절뚝거리며 약을 찾는다. 수정, 난도질 된
종이뭉치를 주섬주섬 줍는다.

수정   이혼해. 도장 찍고, 여기서 나가.
자화   무슨 돈으로.
수정   나 돈 있어. 모았어.
자화   미친년. 약이나 발라.
수정   그만 좀 해.
자화   뭘 그만해.
수정   추해.
인숙   언니. 오징어 먹어, 오징어.

이선율

인숙, 자화의 입에 오징어를 밀어 넣는다. 자화, 뿌리친다.

자화   추해?

수정   응. 추해.

자화   네가 뭘 알아. 됐어, 그만해.

수정   그냥 딴 놈으로 갈아타.

자화   그만하라고 했어.

수정   뭘 그만해. 나 아무것도 안 했는데.

자화   넌 지금 이게 재밌어?

수정   응. 엄청 재밌어. 재밌어 죽겠어.

자화   그만하라니까!

자화, 수정이 손에 쥔 종이들을 빼앗아 던진다.

자화   너, 내가 모를 줄 알았지? 그래, 재밌어? 그래
            서 그랬어? 네 에미가 몸 팔아 먹고사는 창녀
            란 게 재밌어서? 동네방네 떠들고 싶어서? 욕
            하라고? 너 대신 욕 좀 해달라고? 죽어도 싼 년
            들이니까 단두대에 세워놓고 돌 좀 던져달라
            고! 그러려고 그랬어! 작가 한다고!

수정, 종이를 줍는다.

자화   (조소) 작가 좋아하네. 지지리 궁상, 길바닥에
            던져놔도 주워가고 싶지도 않은 드러운 년들.

	그런 년들 몸 팔고 술 파는 얘기가 그렇게 재미 있어서 구구절절 받아 적었어?
수정	재밌으라고 쓴 거 아니야.
자화	쓰려면 좀 제대로 된 년들을 써. 저기 저런 데 서 떵떵거리고 잘사는! 그런 년들 많잖아! 넌 지어내지도 못해? 병신년 딸이라 병신밖에 못 그려? 그래? 그렇게 평생 병신같이 살고 싶어? 병신처럼 남자한테 얻어맞으면서 평생을 그렇 게 나처럼 살고 싶냐고! 미친년. 나처럼 살지 말랬더니, 그걸 그대로 따라 해! 그걸 그대로 옮겨 적어!
수정	상관하지 마.
자화	너 애새끼는 왜 안 지워? 그 새끼 낳아서 뭘 어 쩔 건데, 키워서 뭘 어쩌려고! 너처럼 키우려 고? 그러려고? 내가 한 짓 똑같이 하려고? 그 래서 복수하려고? 너 나처럼 살아서, 그래서 나한테 복수하려고!
수정	그래, 복수하려고! 나 같은 거 하나 낳아서, 나 도 엄마랑 똑같이 살면서 복수하려고! 내가 왜 [이렇게] 사는데. 내가 누구 때문에 [이렇게] 사 는데!
자화	나는 다를 것 같아? 나도 너 때문에 [이렇게] 사는 거야!

자화, 질린다는 듯 뒤돌아 벗어나려 한다.

이선율

수정	가지 마! 가지 마 엄마. 나 무서워. 무섭다고 엄마.

자화, 멈춰 선다. 자화, 고개를 돌린다. 수정과 시선이 맞닿는다. 암전.

조명 어슴푸레 밝아지면 자화, 찢어진 종이를 테이프로 붙이고 있다. 노래방 소음이 커지며 시끄럽고 정신없다. 여러 색의 조명이 제멋대로 반짝인다. 수정, 침대 위에 몸을 웅크리고 앉아 있다. 옷걸이에는 수정의 교복이 걸려 있다. 무대 한편에서 인숙, 등장한다.

인숙	언니! 여기 발렌타인 하나! 야! 세리! 너 6번방 정 부장 마크해!
남자	야! 술을 만들어 오냐!
인숙	네! 깁니다! 기요! 언니, 과일 하나 넣어줘!

인숙, 퇴장. 소음 점점 줄어들며 반짝이던 조명도 서서히 사라진다. 자화, 계속해서 종이를 이어 붙이고 있다. 쿵 쿵 쿵. 문 두드리는 소리.

혁규	수정아. 수정아. 문 좀 열어봐. 아저씨가 그냥 걱정돼서 그래. 뭐 해?

음악 소리와 소음, 점점 커진다.

혁규	아저씨 들어간다. 응? 아저씨 들어가.

수정, 피로 얼룩진 이불로 몸을 숨긴다. 문 열리는 순간 조명, 요동치듯 깜빡인다. 형태를 알아볼 듯 말 듯, 마구 깜빡이던 조명 멈춘다. 무대 위에 자화와 침대 위 수정만 보인다.

수정	뺏기는 것보단 파는 게 나을 것 같았어. 내 선택이야.

수정을 비추던 조명 꺼진다. 무대 위 자화만 남는다.

자화	개 같은 년.

사이. 자화, 종이를 이어 붙이다 멈춘다.

자화	개 같은 년.

자화, 다시 종이를 붙인다. 인숙, 등장한다.

자화	개만도 못한 년.
인숙	내가 할까 언니?

인숙, 자화에게 다가가서 테이프로 손을 가져간다.

이선율

자화 놔. (잠시 사이) 내가 해.

사이

자화 인숙아.
인숙 응?
자화 너 이거 끝까지 본 적 있니.
인숙 예전에 한 번.
자화 이거 수정이 얘기지.
인숙 소설이래. 소설이야.

사이. 자화, 손으로 눈물을 대충 닦는다. 화장이 번진다. 인숙이 화장지를 건넨다. 자화, 인숙의 손을 무시하고 눈물을 손으로 훔친다. 화장이 더럽게 번진다.

자화 이거 한 조각씩 붙일 때마다. 내 가슴이 한 조각씩 찢어지는 것 같아. 인숙아. 난 왜 이럴까.
인숙 언니. 괜찮아. 언니, 소설이라고 했어. 소설이야.

인숙, 자화에게 다가가 자화를 안아 준다. 암전.

5. 15주

오피스텔이다. 비찬이 담배를 피우고 있다. 수정, 등장.

비찬   지웠냐.

수정   오랜만에 봤는데, 나한테 물어볼 게 그것밖에 없나.

비찬, 일어선다.

비찬   빨리 지워.

수정   알아? 너 사람 아닌 거.

비찬   알아. 나 사람 아닌 거. (잠시 사이) 그래서 나도 이제 사람처럼 좀 살아 보고 싶어서. (잠시 사이) 아빠 죽었어.

수정   잘됐네. (잠시 사이) 그렇게 벗어나고 싶어 하더니.

비찬   잘됐지. 주위에서도 다 잘 죽었대. 슬프겠지만 나한텐 잘된 일이래. 위로하더라. 난 좋아. 괜찮아. 잘됐어. 씨발 존나 자유로워. 근데 그거 알아? 잘됐다는 말은 나만 할 수 있잖아. 다 내팽개치고 도망갔다가 죽었다고 소식 듣고 찾아온 엄마도, 보험금 받으려고 달려든 큰아빠도, 그리고 너도. 못 해. 그 말. 옆에서 견딘 나만 할 수 있는 말이야.

이선율

수정	맞네. 미안.
비찬	그러니까 나는 이래도 돼. 할 만큼 했고 견딜 만큼 견뎠어. 개 같은 사슬 이제야 끊어졌어. 근데 실수 한 번으로 이 짓을 또 할 순 없어.

사이

비찬	실수, 그거 누구나 다 하는 거잖아. 좆같은 실수, 좆같은 우연, 좆같은 인연, 그거 아니었음 넌 네가 아닐 수도 있었고 난 내가 아닐 수도 있었어. 그럼 우리가 이렇게 살지 않아도 됐을지도 모르고, 그럼 이런 일도 없을 수 있었어. 그러니까 우린 아무 죄 없어. 난 이런 개 같은 인생 다시 살고 싶지 않아. 넌 안 그래? 모르겠어?
수정	처음엔 다 나 때문인 것 같다가 다음엔 너, 엄마, 이모, 그러다 얼굴도 모르는 아빠, 여기, 세상. 그렇게 원망이 자꾸 커졌어. 세상이 갑자기 너무 커져버려서 정리가 필요해지더라. 그래서 종이에 글자를 쓰기 시작했어.
비찬	그래? 거기에 뭐라고 적혀 있냐. 빚 하나 없는 인생끼리 만나 애 하나 싸질러 놓고 구질구질하게 앞으로 계속 잘 살 수 있을 거라고 적혀 있냐?
수정	아니. 다 소용없는 일인 것 같아서 찢어버렸어. 뭐 대단한 것도 아니었어. 널리고 널려서 뻔하고 뻔한. 막장드라마에서 자주 나오는 그런 시

시껄렁한 이야기들 있잖아.

비찬   그럼 재밌을 줄 알았냐? 말장난 그만하고 본
론만 말해.

수정   근데 그걸 누가 붙여줬어. 분명히 내 손으로
찢었는데 어느 날 보니 그 종이가 다시 붙어
있더라. 이상한 얼룩들로 다 망가져버린 그걸
읽는데 이상했어. 글자 말고 얼룩들이 더 잘
보였거든. 눈물 같기도 하고, 시궁창 진흙 같
기도 한 얼룩들이 내 눈엔 예뻐 보였어.

비찬   그래서. 도대체 무슨 소리를 하는 건데. 무슨
말을 하고 싶은 거야?

수정   너덜너덜하지만 그래도 붙어 있는 그것들이,
그 안에 얼룩들이, 예뻐 보였다고. 내가 왜 너
한테 마음이 쓰이는지 생각해 봤어. 그래서였
던 것 같아. 너도 비슷한 걸 가지고 있는 것 같
아서.

비찬   그딴 거 난 모르겠고, 알고 싶지도 않아.

수정   그래. 안심해. 네 애 이미 없어. 그러니까 이제
안심해도 돼.

사이

비찬   지운 거냐. 대답해. 지웠어?

수정   지웠어.

비찬   잘했어.

이선율

사이. 비찬, 방에서 나가려 한다.

수정	그런 말, 함께 견딘 사람만 할 수 있다며.
비찬	맞네. 그래, 미안. (나가려다) 진심이야. 미안해.
수정	잘 살아.

비찬, 퇴장한다. 수정, 끈질기게 비찬의 뒷모습을 보지 않다가 한순간, 고개를 돌려 비찬이 간 방향을 바라본다. 암전.

6. 0주

단란주점

자화와 인숙, 짐을 싸고 있다. 이불이 빨랫줄에 스크린처럼 널려 있다. 차마 다 지워지지 못한 핏자국이 흐릿한 얼룩으로 남았다. 자화와 인숙, 옷과 물건들을 가방에 넣는다. 사이.

자화	넌 어디로 가려고?
인숙	그걸 왜 나한테 물어. 언니가 알지.
자화	내가 너 갈 길을 어떻게 알아?
인숙	그럼 내가 어디 가. 갈 데도 없는데.
자화	징글징글한 년.
인숙	그래도 정든 곳인데 떠나려니 아쉽다.
자화	아쉽긴. 서류는 보냈어?

인숙	보냈네요. 여긴 그냥 받지 그랬어. 우리가 하기 싫음 팔아도 되고. (자화 눈치 본다) 아니, 나는 그냥 좀 아깝다는 거지. 우리 노래나 한 곡 부르고 갈래?
자화	됐어.
인숙	왜? 노래나 한 곡 하자.
자화	맨정신에 무슨 노래야.
인숙	우리는 뭐 맨정신에 노래 부르면 안 되나?

인숙, 노래방 리모컨을 쥐고 번호를 누른다. '백만 송이 장미'* 반주 흘러나온다.

인숙	먼 옛날 어느 별에서 내가 세상에 나올 때 사랑을 주고 오라는 작은 음성 하나 들었지. (자화의 손을 잡고 블루스를 춘다)
자화	사랑을 할 때만 피는 꽃 백만 송이 피워 오라는….

수정, 등장. 자화, 노래와 춤을 멈춘다.

자화	왜 이렇게 늦게 와. 가자.
수정	부르던 거나 마저 불러.
자화	불러도 돼?
수정	그걸 왜 나한테 물어.

수정, 짐을 챙긴다. 자화 노래 부른다.

이선율

수정	(이불) 이건 왜 안 챙겨?
인숙	뭐 좋은 거라고 챙겨. 버리고 가.
수정	(얼룩) 안 지워졌네.

인숙, 수정의 손을 잡고 춤을 춘다. 수정, 마지못해 함께 춤을 춘다. 세 사람 즐거워 보인다.

인숙	와! 백 점! 백 점!
자화	(인숙의 등을 내려친다) 유난 그만 떨어. 내가 백 점 맞은 게 어디 한두 번이야?
인숙	만날 나한테만 그래. 수정아, 가자.
수정	챙길 게 있어. 먼저 차에 가 있어.

자화와 인숙, 가방을 챙겨 퇴장한다. 수정, 침대에 숨겨져 있던 종이뭉치를 꺼낸다. 수정, 종이를 꼭 끌어안고 돌아서려다 이불을 물끄러미 바라본다. 수정, 매직을 꺼내 이불 위 붉은 얼룩에 꽃을 그린다. 사이. 아기 울음소리 들린다. 자화, 환자복을 입고 등장한다. 인숙, 아기를 포대기에 안고 등장한다.

인숙	언니 딸, 진짜 예쁘다. 언니 똑 닮았어.
자화	이년아. 나 닮으면 어떡해? 내 팔자 닮으라고?
인숙	언니가 뭐 어때서?
자화	어떻긴. 추하지.
인숙	그런 말이 어딨어? 언니 아니었음 앤 세상 빛

나비꿈 _우연히 태어나 필연히 날아가

도 못 봤을 렌데. 사랑도 없이 태어난 게, 똑바
로 커야 할 텐데.

자화　　　사랑이 왜 없어? 이리 줘 이년아.

자화, 포대기 속 아기를 받아든다.

자화　　　내가 얼마나 사랑해서 낳았는데. (포대기 속 아
기 본다) 엄마처럼 살지 마. 그게 이 엄마의 유
일한 소원이야. 예쁜 딸.

자화, 아기를 달래듯 흔들며 인숙과 함께 까꿍
놀이를 한다. 자화, 아기를 수정에게 건넨다.
수정, 아기를 받는다. 수정, 아기를 물끄러미
바라본다. 사이. 수정 품에 안긴 포대기 속에서
나비, 날아오른다. 나비, 천천히 얼룩 꽃 위에
내려앉는다. 무대 위를 유유히 날아다니던 나
비, 점점 늘어나 무대에 가득 차면, 암전.

막.

* '백만 송이 장미' BRIEDIS LEONS 작사·PAULS RAIMONDS 작곡

　　　　　　　　　　이선율

괴화나무 아래
　스스로 우는 꽃이 내려다보는
　그 아래 스쳐 지나가는 것들

* 이 작품은 2018 국립극단 희곡우체통 2차 낭독회 초대작으로 5월 19일
스튜디오 하나에서 소개되었습니다.

정영욱

작가의 말
　비정상적으로 비대해진 악이 도사린 현대 사회에서 살아
가는, 정상적이고자 하는 인간들의 낯들을, 그 자국을, 거리
를 두고 바로 봅니다. 그리고 수백 년 동안 어느 자리에 우
뚝 서서 그저 보기만 했었을 그 존재들 앞에서 부끄러워집
니다. 「괴화나무 아래」는 그 부끄러움에 대한 보고이자 자술
서입니다.

등장인물

낙세	가늠할 수 없으나 나이가 많다
형	
사내	
노인(언니)	낙세의 양이모
노인(동생)	낙세의 양어머니
수위	
원장	
간호조무사	
사람1·2·3·4·5	
여자	
작가	

때

21세기
현재 겨울, 과거 한여름

곳

K요양원

해당 작품은 『농담』(연극과인간, 2019)에 수록된 작품입니다.

사람이 자주 오갈 일이 드문 곳. 요양원 뒤편 잣나무숲으로 난 길이 시작하는 곳에 괴화나무 한 그루가 서 있다. 요양원에서 죽은 자들을 잣나무 아래 흩뿌리고 작은 팻말을 나무마다 걸어 두었다. 요양원의 왼쪽 깊숙한 곳에는 가족이 돌보지 않는 홀홀한 몸들을 태우거나 그들이 가져가지 못한 물건들을 태워 그 흔적들을 지우기 위한, 간이화장터가 놓였다.

0. 시작하기 전에

우뚝 선 괴화나무 한 그루.

그을린 검은 숲, 멀어서 잘 보이지 않는 잣나무숲 속에서 사내가 내려오고 있다.
타다 만 검은 잣송이가 가득 담긴 자루를 끌고서 그가 괴화나무 아래에 멈춰 서면, 머리 위 가지가 흔들린다.
사내는 조금 떨어진 후 자신이 들고 온 자루 위에 걸어앉는다.

사내　　　(손에 나뭇가지를 들고 무대 뒤쪽을 가리킨다) 저기 뒤쪽으로 잣나무숲이 있어요. 군데군데 소나무도 있지만… 주로 잣나무가 펼쳐져 있어서 이곳 사람들은 말하기 좋게 잣나무숲이

　　　　　　　　　정영욱

라 부르죠. 얼핏 소나무와 잣나무는 구별이 잘 안 가는데… (손에 들고 있는 가지를 들어 보이며) 일단 소나뭇과에 속하고 소나무의 나무껍질은 적갈색, 잣나무는 회밤색, 소나무 껍질의 질감이 거칠고요. 또 소나무는 한 묶음에 잎이 2장, 잣나무는 잎이 5장씩 달려 있다는 정도… 언뜻 보면 구별이 쉽지 않습니다. 피톤치드가 나오는 숲이어서 산책하기에 좋은 길이지만, 그늘이 깊어 한번 들어가면 헤매느라 시간을 잃는 곳이기도 합니다. 참, 여름 잣송이로 담근 술은 신선이 먹는 불로장생 신비술이라, 100일을 내리 마시면 수만 리를 한달음에 날아간다고 하지요. 어찌 되었든 잣나무는 관을 짤 때 쓰이거나 잣기름으로 쓰이거나… 아무튼 그 쓸모 많았던 잣나무숲이 지금은 타버려서….

숲에서 들리는 노랫소리, 낙세가 뜻 없이 부르는 노래.

'우사기 우사기 도꼬니 이꾸노
뿅뿅뿅뿅 하싯떼 도꼬니 이꾸노(산토끼 동요)'

막노동으로 깡마른 맨몸, 허름한 반바지 차림의 낙세.
무거운 수레를 힘없이 끌고서 괴화나무 아래 멈춰 선다.

괴화나무 아래

사내　저기 작고 노란 꽃이 흐드러진 괴화나무 아래에 드디어 멈춰 섰군요. 학명 Sophora Japonica 학자나무, 수령 300년이 족히 넘은 고목이지요. 저 수레 속에 가득히 실려 있는 게 무엇인지… 짐작이 갑니다만.

수레 안에 누웠던 노인 자매가 일어나 천천히 내린다.
자매가 괴화나무 양쪽에 서서 잎을 따보려고 줄기를 흔든다.
거대한 나무기둥에 이마를 대고 궁싯거리는 낙세.

사내　괴화가 우는 소리를 막 듣기 시작했으니까… 저 친구는 난생처음으로 기억한다는 게 무엇인지 깨닫겠지요. 들리지 않았던 것들이 들리고 보이지 않았던 것들이 보일 겁니다.

괴화나뭇가지가 흔들리면 맨 위에서 떨어지는 꽃잎.

들릴 듯 말 듯 꽃이 우는 소리

사내　낙세야.
낙세　응?
사내　너는 괜찮아?

정영욱

낙세	자꾸 뭐라뭐라… 말을 걸어서 잠이 안 와.
사내	그렇구나 낙세가 잠을 잘 수가 없구나.
낙세	꽃이 자꾸 울어서… 우니까 도저히 잠을 잘 수가 없어.
사내	도저히? 낙세가 그런 말도 아는구나.
낙세	난 알면 안 돼?
사내	아니. 모르면 안 돼….
낙세	안 돼. 그 말, 참 나 싫은데….
사내	내가 말한 적 있는데… 기억 안 나? 니 머리 위, 괴화꽃이 말을 걸고 울기 시작하면… 넌 모든 걸 알게 될 거랬지.
낙세	알게 되면 좋아? 나빠?
사내	좋을까? 나쁠까?
낙세	그러니까… 아는 게 좋아? 나빠?
사내	낙세야 이제는 꾸물대면 안 돼.
낙세	왜?
사내	생각 없이 왜라고 물으면 안 돼.
낙세	왜?
사내	그들이 오면 다시… 그대로… 오롯이… 시작하는 거다.
낙세	왜?
사내	오롯이… 하나도 다름없이… 그렇게 끝내는 거다.
낙세	왜?
사내	…왜?

괴화나무 아래

멀리 잣나무숲에서 저마다 자루를 든 사람들
이 다가오고 있다.

사내   내가 예전에 한 얘기야… 어떤 사내가 강가 돌
위에 앉아서 배를 타고 강을 건너는 사람들을
물끄러미 보고 있었어. 그 배가 강을 반쯤 건넜
을 때 회오리바람이 불더니 배가 뒤집히고 사
람들이 감쪽같이 사라졌지. 바로 강 위는 잠잠
해졌고 가라앉거나 떠내려간 사람들을 찾으러
사람들이 모여 울기 시작했어. 강가 돌 위에 앉
아 있던 사내가 있었다고 했지? 돌 위에 올라
서더니 자신이 봤던, 가라앉은 배 위의 사람들
의 모습과 표정을… 하나하나… 말하기 시작
했다고. 그러자 세상 모든 울음이 멈추고… 죽
은 몸이라도 찾으려고… 그물을 던지려고 달
려들었다고….

낙세   여기는… 슬퍼하지 않아 아무도.

들릴 듯 말 듯 꽃이 우는 소리

사내   …대신 울어주기는 하지.
낙세   아니… 아무도 찾아오질 않잖아. 늙고… 죽
고… 묻고… 금방 잊어.
사내   …아는구나… 다 알고 있었어.

잠시

정영욱

낙세	그냥… 거기 두면 안 돼?
사내	안 돼… 거기 그냥 두면 안 돼.
낙세	내가 안 했는데….

들릴 듯 말 듯 꽃이 우는 소리

사내	난 강가에 앉은 사내 이야기를 한 번도 한 적이 없거든. 방금 꾸며낸 이야기인데 넌 의심하지 않았지?
낙세	의심?
사내	….
낙세	바람이 회오리쳤다면서요?
사내	누군가 바람을 잡고 돌렸을 수도 있지 않을까.
낙세	약 올리지 마. 화나면 무섭다.
사내	왜?
낙세	…왜?
사내	(눈을 가만히 들여다보며) 니는 널 아주 잘 알아.
낙세	(금세 순해져서) 건져달라 빌면 안 돼?
사내	…안 돼….
낙세	니가 건져달라 빌어보면 안 돼?
사내	…안 된다 그랬지… 안 돼.
낙세	안 돼? 안 돼 안 된다 그랬지. 자꾸만 안 돼… 안 돼. 안 돼.

슬슬 화가 난 낙세, 허리춤에 차고 있던 분무기

괴화나무 아래

를 들어 칙칙 뿌리면 사내 머리 위 조명이 꺼지면서 흔들리는 괴화나뭇가지에만 남는 빛.

들릴 듯 말 듯 꽃이 우는 소리

잣 자루에 걸어앉아 있는 사람들(사람1, 2, 3, 4, 5, 수위)은 저마다, 낙세를 보고 있다.

노인 자매가 가지를 흔들기 위해 안간힘을 쓰면 낙세 머리 위로 괴화꽃잎이 한 잎 두 잎 떨어진다.

1. 정범과 공범-현재 1

변호사 사무실-무대 앞 위쪽 공간.
설명하기 무안할 만큼 작은 책상 하나 겨우 놓인 곳.
사내는 책상 위에 걸어앉아서 서류 한 장을 들어 올린다.

사내   상속한정승인 심판청구, 청구인 괄호 열고 상속인 우리 형, 사건 본인 괄호 열고 사망인… 바로 저. 사실, 제 이름으로 쌓인 이 빚은 형이 갚아야 하는 돈이지만… 제 이름으로 세상에 존재하는 마지막 서류인 셈입니다. 가족이 죽

정영욱

었을 때 상속받을 재산보다 갚을 빚이 많을 경우 살아남은 자 즉 상속자는 죽은 자의 빚을 갚을 필요가 없다는 걸 법적으로 승인하는 서류지요. 여기에 사인하는 순간 제 이름으로 쌓인 모든 빚은 세상에서 감쪽같이 사라지는 겁니다. 쓸모가 다했다는 걸 확인하는 순간이지요.

이때 문을 열고 들어오는 남자는 사내의 형이다.
형은 책상 위 서류를 뒤져서 맨 아래에 사인을 한다.

사내　　변호사 등록을 막 마치고 사무실을 개업한 지 몇 달 되지도 않았습니다. 상속한정승인 청구인인 동시에 그 일을 맡은 변호사… 스스로 빚을 탕감하는 서류에 사인을 해야 하는… 하나밖에 없는 제 형이지요. 의뢰인과 변호인은 항상 자기 편한 대로 과거의 한 지점을 불러오고 의뢰인에게 유리하게 상황을 편집해서 법망을 빠져나갑니다.

문을 두드리면서 열고 들어오는 여자, 원장이다.

잠시

형 앞에 마주 앉는 원장.

형이 서류를 넘기면서 질문하면 대강 답하는 여자.

형   불을 지른 게 그러니까….

원장   그때 제가 데스밸리 소금밭에 앉아서 1억 년이 넘은 소금을 아주 조금 떠서 필름통에 퍼 담으려는 그 순간, 백인 여자가 다가와서 'no touch' 만지면 안 돼… 그러잖아요… 소금에 저주가 있다면 모를까… 좀 나눈다고 닳는 것도 아닌데… 못 들은 척 필름통 뚜껑을 닫는데 연락을 받았어요. 요양원에 불이 났다나… 아이고 고마워라… 자연스럽게 새로 시작하겠구나. 낡은 건물은 위험하니까… 외부적인 힘이 없이도 무너질 수 있잖아요? 아버지가 상속하실 때 국유지가 섞여 있어 골치 아팠는데….

형   12월 10일 새벽 2시 맞습니까?

원장   그 사람 진술이 새벽 2시, 그렇다고 들었는데….

형   모두 퇴근 후에 그 사람 혼자 남아 환자들을 돌봅니까?

원장   …워낙 조용하고 맑은 일이라면 감쪽같이 해내는 사람이라.

형   잣나무숲이 있었나요?

원장   잣나무가 그렇게 불에 잘 탄다면서요? 일제강점기였나? 아버지가 아주 어릴 때 숲이 모조리

정영욱

라고 할아버지와 한 그루씩 다시 심었다네요. 다시 잣나무들로….

형 (사진을 들여다본다) 본인이 방화를 했다고 경찰서에서 자백했는데도 왜 바로 풀려난 겁니까?

원장 그게 말이죠. 건물 두 채와 간이화장터 옆 작은 건물, 그 뒤에 수천 평이 되는 잣나무숲이 모조리 남김없이 다 타버렸는데… 근데 나무 한 그루만 그을음 하나 없이 떡 하니 버리고 서서….

형 (사진을 내보이며) 여기, 이 나무 말씀입니까?

멀리, 괴화나무 나뭇가지가 흔들리고 있다.

원장 (뜬금없이 애국가 한 소절을 흥얼거린다) 철갑을 두른 듯… 철갑을 두른 것도 아닌데… 감쪽같이… 불이 스치면서 그 뒤 잣나무가 모조리 다 타서 사라졌는데도 거기 그 나무는 하나도 타지를 않았어요. 감히, 주제도 모르고… 다들 호들갑을 떨면서… 나무 한 그루가 할 수 있는 일이 어디 있겠어요? 그냥 불안하니까….

잠시

형 방화의 전조랄까? 기미, 조짐 뭐 그런 걸 눈치챈 사람은 없습니까?

괴화나무 아래

원장	제가 그걸 알아야 하나요?
형	모든 일에는 전조가 있죠. (서류 속 사진을 보니 알 듯 말 듯 하다) 낙세? 성은 없습니까?
원장	이름 없이 그냥 '어이'라고 불리던 사람이었어요. 저희 아버지가 운영했을 때부터 있었던 사람인데… 누구나 '어이' 하고 부르면 어디든 달려가서 묵묵하게 자신에게 맡겨진 일들을 감쪽같이 해내던 사람이죠.
형	나이는?
원장	몇 살일까? 꼭 알아야 돼요? 제가 그분을 도우러 여기 와 있습니다.
형	방화 이전부터 왜 이렇게 스스로 고발을 반복한 겁니까?
원장	그러니까 진정을 좀 시켜달라는 거죠. 불평불만이 있었거나 과대망상이거나… 내가 더 알아야 되나? 그분의 양어머니와 양이모도 치매로 말년 고생을 오래하셨거든요. 뇌의 문제는 전염이 안 되나? 유전에는 문제가 없겠네… 피를 나눈 건 아니니까.
형	(혼잣말처럼) 정신적인 문제가 많은 인물이다?
원장	돌아가셨지만, 두 분 돌아가시고 난 뒤에 바로 소동이 벌어진 거니까… 꼭 인과관계를 따지자면…. 이런 사소한 일도 아셔야 돼요?
형	인과관계가 있는 일이라면 제가 좀 많이 알아야 됩니다.
원장	복잡하게 일이 번져 봐야 곤란하기만 하고…

정영욱

참, 그래요. 20년 넘게 우리 집 일을 봐준 분이니까… 그에 합당한 배려도 필요하고….

형　(혼잣말처럼) 합당한 배려.

원장　국선변호 수임료가 어떻게 되나? 제가 배려 차원에서 두 배 정도는 더 얹어드릴 생각이거든요.

　　　잠시

원장　동생 일은 안타깝게 생각합니다. 스스로 목을 매다는 일… 사람들 다 보는 앞에서… 죽음을 승인받는 것도 아니고… 그걸 막아보겠다고 우리 시설에 보내신 건데… 참, 그래요.

　　　잠시

형　술 귀신이… 마음대로 됩니까?

원장　저희가 최선을 다한다고는 하지만.

형　죽거나 죽이거나, 그런 막막한 관계가 있어요. 일상에 널브러진 물건들이 내 손에서 살인도구가 되겠구나. 그런 위험한 상상이 저를 지옥문 앞에 세우고 두드릴까 말까….

원장　감히, 이해하고도 남아요.

형　중독이란 게… 아시겠지만, 무엇이든 불가능을 가능하게… 독으로 가득 찬 도가지에 대가리 딱 집어넣고 죽을 둥 살 둥 버둥대는 게 중

　　　　　괴화나무 아래

독이란 겁니다. 살금살금 들어갔다 대가리 한 번 잡히면 되돌릴 길이 없죠.

원장 참, 그래요.

잠시

형 이전 화재와 관련된 재산상의 손해는 어떻게….

원장 국가지원과 산재보험으로 어떻게든 꾸려나갈 수 있을 것 같은데… 왜 그러시죠?

형 국가에서 받는 지원이라면?

원장 고독사를 관리하고 예방하는 차원에서 창조적인 시설로 평가 받아왔고 일제강점기 때 병원으로 쓰던 건물들을 개조한 거라 초기비용도 낮았고… 불탄 김에 요양인권타운으로 용도변경안을 제출할 예정이에요.

잠시

형 (사진을 내보이며) 이 구덩이는 어떤 용도죠? 여러 개 있는데….

원장 방화의 증거라고 그 사진도 제출했나 보네요. 불이 나는 바람에 다시 덮인 셈이지만… 환자들 치료 차원으로 구덩이를 파서 '반딧불이 반신 풍욕장'을 만들 계획이었거든요.

형 반신 풍욕장이라면?

정영욱

원장	(말에 점점 신이 나서) 구덩이를 파서 잘 다듬어놓잖아요? 거기 들어가 앉아서 흙을 덮고 말 그대로 숲에서 불어오는 청량한 바람, 피톤치드가 묻어 있는 바람을 쐬는 거예요. 중독자들의 소동 때문에 망쳐버렸지만. '사람을 미는 건 사람이다, 바람이 아니라.' 저희 아버지가 항상 말끝마다 하신 말씀인데… 참, 그래요. 반딧불이 아시죠? 2년 내내 유충으로 살다가 여름에 잠깐 불빛을 내며 살다 죽는다잖아요. 벌레 주제에 주제도 모르고 참 낭만적이야. 안 그래요? 천연기념물이라 귀하기도 하고… 처음엔 '개똥벌레 반신 풍욕장'으로 하자는 의견이 있었는데 이왕이면 듣기에 고급스러운 '반딧불이'로 변경했어요. '반딧불이 반신 풍욕장.'

잠시

형	낙세, '낙세'라는 이름은 누가 지었습니까?

잠시

원장	모르는데… 꼭 알아야 돼요? 이번 방화사건과 관련 있어요?
형	혹시 원장님이 지어주셨나 해서….
원장	누가 감쪽같이… 지었나 보네.
형	아, 감쪽같이….

수레를 무겁게 끄는 소리가 멀리서 가까이 다가온다.

사내	즐거울 '낙', 씻을 '세' 낙세… 전조와 실마리, 양손에 쥔 그가 세상의 중심으로 나아오는군요. 낙세야… 기억해…. '사람을 미는 건 사람이다, 바람이 아니라.'

사내가 문을 열면 수레 뒤에 서서 사무실을 들여다보는 낙세.
누군가 버린 겨울 옷가지들을 주워 입은 차림인 듯하다.

수레 안에 다소곳하게 들어앉은 노인 자매.

2. 자수서-현재 2

낙세가 수레 가득 실어온 것들을 하나하나 꺼내어 여기저기 늘어놓는다.
불에 탄 두 손에 헝겊을 둘둘 말고 있어 굼뜨다.
형이 황당해서 말할 수 없을 만큼 작은 변호사 사무실이 꽉 찬다.
자서전 치료 단계에서 녹취한 테이프와 타다만 신발이 든 꾸러미.

정영욱

낙세가 잣이 가득 담긴 작은 자루 하나를 무릎에 놓으며 앉는다.

형　　자수를 왜 반복했습니까? 증거 없음 내지 혐의 없음으로 기각이었는데… 방화도 본인이 저질렀다고 주장한다고요?

낙세　　네… 제가 보란 듯이… 잣나무숲에 불을 붙였는데요.

형　　죄라는 걸 인지하고 한 행동입니까?

낙세　　아무도 제 말을, 제가 지은 죄를 믿지 않아서 불이 난 겁니다.

형　　불을 지르면 당신이 지은 죄를 믿을 거다?

낙세　　일이 커져야 수습할 사람들이 많아지니까요.

형　　방화 이전에 치매병동 환자들을 대피시켰다지요?

낙세　　위험을 알면서 방치하는 행위를 방조라고 합니다만.

　　　　잠시

형　　겨울나무는 저절로 불이 붙기도 한다는데?

낙세　　….

형　　바짝 마른 나뭇가지끼리 부딪치면 불이 붙기도 합니다. 그러니까… 방화라기보다 겨울 산불은 그냥 자연스러운… 뭐랄까?

낙세　　자연섭리… 생리….

　　　　괴화나무 아래

형	그럴 수 있다는 거죠 그러니까… 범죄는 범죄의 조건과 범죄를 행해서 얻는 실제 이익… 그러니까….
낙세	(손가락을 뻗어 형의 머리 위에 원을 그린다, 속엣말처럼) 지은 죄는 머리 위에서 한 치, 한 뼘도 내려오지 않습니다.

잠시

낙세	이렇게 좁은 곳에서 무슨 일을 하시죠?
형	이거 되게 신선한 질문인데, 여기는 죄를 지은 사람들만 찾아와요. 살인, 사기, 자살방조, 횡령배임, 방화, 절도, 교사, 강간치사 등등. 인간이 붙여놓은 선악의 경계, 죄명으로 분간합니다. 내가 하는 일은 그 죄명을 벗기는 일이죠. 적절하고 타당한 수고비를 받고.
낙세	아, 죄에 붙은 이름표들을 떼는 일을 하신다! 적절하고 타당한 수고비를 받고.

잠시

책상 위에 늘어놓은 물건으로 시선을 옮기는 형.

형	그래서… 이 물건들이 무슨 증거라도 됩니까?
낙세	(몽블랑 만년필을 꺼내 들며) 살인, 방화, 절도

정영욱

추가… 오랫동안 절취한 유품들 중 아주 일부
만 가져온 겁니다. 찬찬히 살펴보시라는 의미에
서….

형　　　　당신한테 어느 누구도 죄를 묻지 않겠다는데…
그만합시다.

낙세　　　왜요?

형　　　　죄는 묻겠다는 사람이 있을 때 죄로 포장되는 겁
니다.

낙세　　　여기 변호사님 바로 앞에 제가, 잘 포장된 죄를
놔둔 겁니다.

형　　　　요양원장님 아시죠? 배려 차원에서 어떻게든 이
사건을 축소해 주시겠다는데… 굳이 확대할 필
요가 있습니까?

낙세　　　죄는 지은 자리를 벗어나지 않지만… 지울 방법
은 얼마든지 있다? 감히, 있는 그대로의 저를…
저는 기억하겠습니다.

　　　　　잠시

형　　　　…잠깐… 우리… 본 적 있나?

낙세　　　네… 제가 머무르던 요양원, 간이화장터 골방이
있는 화장실 안….

형　　　　우리가… 얘기를 나눴었나요?

낙세　　　화장실 문이나 바닥에 스티커를 붙이는 사람들
이 있어요. 제가 떼는 족족 또 붙여놨죠….

형　　　　되게 귀찮았겠네.

괴화나무 아래

낙세	제가 변호사님께 여쭤보았었죠?
형	여기 써 있는 글자가 뭐냐? 대강 그런 내용?
낙세	화장실 바닥에 붙은 스티커를 가리키며 제가 물었죠. 뭐? 뭐지? (바닥에 붙이는 시늉) 이러는데… 뭐지?
형	아, 말이 어눌하다고 생각했는데… 아니었나?
낙세	친절하게 읽어주셨고요… 010 7526 6331 신장 일억 오천. 그리고 나가시다 말고 돌아와 명함을 한 장 주셨습니다. '법 관련 무료 상담해 드립니다'라고 적혀 있었죠.
형	(박수를 친다)….
낙세	객관적으로, 있는 그대로 기억해서 서술한다. 한 치의 틀림도 용납하지 않는다.
형	어디서 배웠어요?
낙세	믿지도 않을 거면서….
형	…놀라운데….
낙세	사람은 타인이 가진 에너지를 우습게 여기는 경향이 있거든요.
형	…누구한테… 배운 겁니까?
낙세	….
형	그 기억술은?
낙세	(빙그레 웃는다)

일어서서 공손하게 책상 위에 잣 자루를 올리며 고개 숙이는 낙세.

정영욱

저기 멀리,

잣나무숲에서 잣 자루를 들고 내려오는 무리

들(사람1, 2, 3, 4, 5).

3. 전조가 당겨지다-과거 1

치매 요양 진달래실 안 욕실.

어둠 속, 사람1을 둘러싼 (여)환자 노인들.

한 노인의 뒤에서 그녀의 목을 샤워기로 감는다.

거리를 두고 앉은 노인 자매, 난데없는 죽음을

그냥 보고 있다.

멀리, 건물 입구로 자동차가 들어오는 소리.

욕실의 불이 꺼진다.

4. 두 사람-과거 2

요양원 입구.

뚜껑이 열린 자동차 트렁크에 앉은 사내, 얼굴

이 망가진 채 몹시도 취해 있다.

차에서 내린 형이 트렁크 쪽으로 다가온다.

사내, 깨진 휴대폰 액정을 끊임없이 만지작거

린다.

형　　별일 아니라고… 그냥 대강 넘길 거 넘기면서

	살라고 했지. 인간아, 세상사 너 혼자만 겪냐? 뭘 그렇게 여기저기 대가리 밀어 넣으면서 사냐?
사내	….
형	인간아… 얼마나 대충 생각하고 살면… 여기까지 오냐고. 몇 개월만 있다가 나오자.

술에 취해 머리를 끄덕이는 듯, 몸을 가누질 못하는 사내.
사내의 목을 조르려다가 그만두는 형.

형	인간이 불안하게… 왜 이러냐고.
사내	….
형	곧 온다니까… 그냥 있어 여기… 좋네. 좋다야.
사내	….
형	인간아… 대가리에서 반짝반짝 빛이 나던 놈이… 거울은 보고 사냐? 빛이 싹 꺼져버렸다.
사내	….
형	사는 게 뭐, 별일이냐? 그러니까 내가… 마지막이다. 그러니까 그만해야지 이제.
사내	(발음이 뭉개진다) 엉(형).
형	(혼자 말하고 답한다) 어두워서 안 보이지만… 여기 요양원 뒤에 잣나무숲이 있다는데… 바람이나 좀 들이마시고 별도 쐬고… 인간아… 빛을 좀 응? 당겨 봐라. 따라다니든가… 니 대가리 위로 빛이 다시 들어오는 순간… 너는 뭐

정영욱

냐? 걸은 말짱한 인간이… (고개를 꺾어 하늘을 올려다본다) 보고 우신다 인간아. 보여?

여자, 거리를 두고 서서 두 사람을 바로 보고 있다.

형   대책이 서면 보자고… 내 얼굴도 좀 서고… 내 인생도 좀 서고… 이번이 마지막이다… 나이 처먹고 더 할 짓은 아니라고… 알아 나도… 이번에도 떨어지면 접는다… 미련 없이… 깨끗하게… 니 명의로 빌린 돈은 내가 꼭 해결한다… 얼마나 되는지 감도 없지만, 갚는다고… 나만 좋자고 법법 하는 줄 아냐? 사람을 죽인다는 게 말이다. 한순간일 수도 있거든. 내가 원하지도 않았는데 매 순간 죽여버리고 싶은 감정으로 돌아버리게 만드는 그 순간이란 게 있다는 걸, 나도 알거든. 내 손에 너 죽는 꼴… 그거 안 만들려고 무지 애쓰는 거거든. 알고는 있어라, 인간아. 그러니까 우리 여기서 좀. 응? 삶을 좀 분리해 보자고. 응?

어둠 속에서 들리는 무거운 수레 끄는 소리.
그 끝에 서 있는 낙세.

사내   (발음이 뭉개진다) 그앙 가(그냥 가)… 엉(형).

5. 잣나무숲의 밤-과거 3

어둠 속, 낙세와 수위.
구덩이 속에 조금 전 진달래실에서 죽은 사체를 넣는 모양이다.

수위   비장하게 가시네. 자꾸 가르치려 들면 안 돼. 누가 좋아하나? 몰라서 죽어요. 안 그런가. 항상 상대가 어떨까 생각하면서 말을 해야지.

낙세는 사체 위로 흙을 덮고 발로 밟는다.
조금 떨어져 쪼그리고 앉는 수위.
아주 작은 소리라서 잘 들리지 않는데.

'이또 마끼마끼 이또 마끼마끼(실을 감는다 실을 감는다)
히떼 히떼 톤 톤 톤(땡기고 땡기고 통통통)'

수위   묻었다가 도로 파낼 거야. 니가 그렇지 뭘….

다시, 흙을 파내는 낙세.
수위, 주머니에서 낮에 주운 꽁초들을 꺼내 그 중 하나에 불을 붙인다.

수위   내가 그 할머니를 좀 많이 안다. 항상 하는 말이지만 여긴 딱 세 부류거든. 약이나 술에 해롱

정영욱

대거나… 치매가 왔거나, 그냥 늙은 것들. 그러니까 곧 죽어도 어느 누구도 의심할 리 없는 사람들. 참, 내가 그 할머니를 좀 안다고 했지? 한날은 괴화꽃잎을 이만큼 안고 날 찾아왔어. 튀겨달라고. 어이. 듣고 있나? 그이는 그냥 늙은이. 늙었다는 게 아직 덜 늙은 것들한테는 도저히 감이 안 잡힐 만큼 귀찮은 존재지. 어딘가에 치워 두고 죽었겠지 하고 사는 걸 선택하는 거야. 자꾸만 걸리적거리니까. 옮겨놓아야 잊거든. 살 사람은 살아야지 안 그런가.

뒤돌아서 낙세를 바라보는 수위, 꽁초 하나에 또 불을 붙인다.

수위　　어이! 그래서… 가족들이 언제 오는지 계속 보채는 늙은 것들이 있으면… 잠잠하게 하는 나만의 방법이 있어요. 내 입장에서도 귀찮으니까… 안 그런가? 여기서 내가 철문을 열고 닫는 일로만 먹고사는 것 같지? 오래 한곳에 있다 보면… 또 이곳이 나한테 원하는 게 있거든. 여기 어둠 속에서 우린 같이 늘 있어. 어이, 비밀인데… 알려줘? 말까? 비밀이니까… 말하고 싶어지네. 그냥 하는 말이니까. 그냥 거기 있어. 어이! 일단 그이 귀에 내 입을 바짝 갖다 대고… 조곤조곤 읊어준다. 저기요. 죽어도 안 와요. 그러니까 기다리지 마시라고… 그편이 덜

　　괴화나무 아래

쓸쓸하지 않겠어요? 왜 지지부진하게 사시냐고. 안 그런가? 어이! 그럼 어떤 일이 벌어지는지 알아? 조용히, 제풀에 죽기도 하고, 그런다고. 기다리는 시간을 알아서 당기더라고… 그런 거더라고. 어이… 그거 알아? 제일 고약한 건… 중독된 것들이야. 겉이 멀쩡해. 갑자기 돌변하거든. 꼭 어둔 밤에 파놓은 구덩이 같은 것들이지. 안 그런가. 어이! 그걸 뭐라 그러지? 허방, 허방다리? 함정? 함정이란 게 느닷없지. 안 그런가? 듣고 있어? 어이!

멀리 숲속에서 부스럭거리는 소리.
놀라 돌아보는 수위, 낙세는 구덩이에서 사체를 끌어올리고 있다.

6. 중독의 기미-과거 4

한여름의 요양원, 오전.
사내와 간호조무사가 요양원 본관건물을 빠져나온다.

괴화나무 아래, 참하게 생긴 여자가 서서 나뭇가지를 흔들어 보기도 하고 꽃잎이 떨어지면 빙긋이 웃기도 하면서 놀다가 사라진다.

정영욱

여자를 발견한 사내, 잠시 제자리에 멈췄다 다시 걷는다.

간호	대기자가 많아요.
사내	들었습니다.
간호	그러니까, 타인에게 민폐 끼치는 걸 각별하게 조심하세요.
사내	조심하지 않으면 쫓겨납니까?
간호	대기자가 많거든요.
사내	언제든지 내키면 나갈 수 있습니까?
간호	여기는요… 원장님의 승인과 보호자의 사인이 중요해요. …쫓겨나고 싶으세요?
사내	아직은….
간호	매일 아침마다 저 뒤쪽 잣나무숲으로 운동을 나갈 거고….
사내	개별 운동입니까?
간호	당분간 조별 단체 운동이에요. 치료 차원에서 '반딧물이 반신 풍욕장'을 만들고 있거든요. 가로 2미터 세로 4미터 깊이 1미터 정도를 여러 개 만들 겁니다.
사내	운동을 가장한 노동 같은데….
간호	잣나무숲에서 나오는 에너지는 돈으로 살 수가 없을 만큼 귀하단 건 아시죠? 피톤치드에 대해서 좀 아세요?
사내	phytoncide. 식물이 주위의 떠다니는 균에 대항하여 내보내는 휘발성 물질, 스트레스 완화와

괴화나무 아래

심리적 안정에 효과가 있다.

간호   우리 잣나무숲이 그런 곳이에요.

사내   면역력과 심폐기능 강화에 도움 되기도 하고.

간호   많이, 잘 아시는구나.

사내   아까 말씀하신 조별 운동과 관련 있는 걸로 들리는데….

간호   내일 가보시면… 귀한 곳에 오셨구나. 좀 느끼시라고.

사내   ….

간호   석식 전에 두 시간씩 한 달간 국가지원금으로 진행되는 자서전 쓰기 강좌가 있을 거고요.

사내   빠져도 됩니까?

간호   여기서 사회처럼 내키는 대로 하면 곤란한 건 아시죠?

사내   사회와 다르다… 무엇을 기준으로 다르다는 걸 알 수 있을까요?

간호   개인이든 주변이든 불편한 일을 만드는 조건들을 여기에 다 두고 가야 합니다. 쉽게 말하면 중독의 기미를 파헤치고 죽이는 거죠. 서서히 잠깁니다. 오늘은 발가락, 내일은 무르팍, 모레는 허벅지, 결국 버둥대느라 구해달라 소리 낼 수도 없는 게 알코올이라는 강이거든요. 잘 아시겠지만. 중독의 조짐을 본인이 알아차리고 인정하는 게 어디 쉬운가요? 저도 10년 전에 여기 요양 차 왔다가… 여기서 평생 할 일을 찾았어요. 사회에서 하시던 일이?

정영욱

사내	고등학교에서 생물을 가르칩니다. 지금은 요양 차 휴직원을 내고….
간호	해부할 때 마취를 먼저 시키잖아요. 그게 뭐였 드라?
사내	에테르. 솜에 묻혀서 코에 대면 작은 동물은 전 신마취도 가능하고.
간호	마취도 중독이 되나요?
사내	중독성이 있긴 하지만. 왜?
간호	(긴 족욕탕 앞에 주욱 앉아 담배를 문 무리들을 가리킨다) 저기, 보이세요?
사내	여기는 담배가 허락이 되나 보죠?
간호	모든 중독은 갑자기 강제적으로 끊으면 정서적 인 소요가 일어날 수도 있기 때문에… 배려 차 원에서….
사내	급변은 상황을 악화시키기도 하니까.
간호	…좀 전에 보호자분이 형 되시나요?
사내	….
간호	서약서에 사인을 하고 가셨는데… 우리는 국가 에서 지원금을 여유 있게 받기 때문에 보호자 입장에서는 경제적인 부담을 더는 만큼 환자분 들은 나름의 예의를 지켜야 하지 않을까요?
사내	아, 대기자가 많으니까?
간호	선생님이셔서 그런지….
사내	어떤 서약서인지, 내용은 어떻게 되는지?
간호	본격적으로 말씀드리자면… '여기서 있었던 모 든 일은 어떤 이유를 막론하고 감쪽같이 지우

괴화나무 아래

고 나간다'.

사내 아, 감쪽같이 지우고 나간다!

간호 그쪽 같은 부류한테 익숙한 블랙아웃….

사내 블랙아웃….

간호 잘 아시죠?

간호조무사와 수위의 눈인사.
환자들의 일탈을 알고도 모르는 척 무리를 그
냥 지나가고, 쪼그리고 앉아 담배를 물고 족
욕 중인 무리를 보는 사내.

여자를 찾아 여기저기 살피는 사내, 다행히
없다.

7. 사는 방-과거 5

간이화장터 화장실 안, 골방 입구.

막대걸레를 들고 바닥을 닦다가 골방에 걸터
앉는 낙세.
골방 작은 창문 밖에 괴화나뭇가지가 늘어져
있다.

잠시

정영욱

낙세는 골방 바닥에 쪼그리고 앉아서 바닥에 붙어 있는 '신장을 팝니다' 스티커에 분무기를 간간이 뿌리면서 떼어내는 중이다.
용변을 보러 들어왔다가 낙세를 발견하는 형.

형   어이, 좀 비키면 안 되나. (낙세의 나이가 가늠이 되지 않자) 네?

낙세   ….

형   이 건물은 딱 귀신 나오게 생겼네.

낙세   ….

형   이거 무슨 냄새야. 고약하네. 여기서 살아요?

낙세   (떼어내다 말고 답 없이 물끄러미 본다)

형   (떼어내다 만 스티커를 읽는다) '신장… 팝니다… 일억 오천.' 수요가 있으니 공급도 있는 거니까.

낙세   니즈랄… 스불….

형   정말 나쁜 새끼들 많지. 쑥쑥 나서 무럭무럭 자라.

낙세   니즈랄… 스불….

형   죄는 지은 자리를 벗어나지 않지만… 지울 방법은 얼마든지 있으니까….

낙세가 일어서자 형은 명함을 한 장 건넨다.

형   (골방 안을 들여다보며) 발은 뻗고 자야 되는데… 쪼그리고 자나?

괴화나무 아래

물끄러미, 작은 골방 사이로 난 창문 밖 괴화나무를 보는 낙세.

형, 고개를 빼고 낙세가 보는 창문 쪽을 보면.

들릴 듯 말 듯 꽃이 우는 소리

8. K요양원 철문 앞-과거 6

수위는 깡통에서 꺼낸 꽁초에 불을 붙인다.

간호   또 그러시네. 아저씨는 쓰레기에 미련이 많다 그지요?

수위   끄트머리에 꽤 있는데. 진짜 담배 맛은 요런 데 숨겨져 있거든.

간호   …자꾸 귀찮게 한다고요?

수위   본 걸 안 본 걸로 돌리기가 이렇게 힘이 듭니다.

간호   이제 뭐 말 안 해도….

수위   입원 서명을 할 때 몇 줄 첨가하는 건 어떨까 싶은데.

간호   어떤?

수위   눈과 귀를 세상에 던져놓고 들어와라. 수습도 귀찮지만, 찍찍짹짹 시끄러워 죽겠거든. 문을 열고 닫고 누가 들어오고 나갔나 기록하는 것만 해도 하루가 그냥 가는데.

간호	원장님께 말씀드려 보지요. 물품트럭 들어오는 날이 언제지요?
수위	내일 오전에 온다고 연락받았는데. 왜?
간호	잘, 관리하세요. 잘. 아시겠어요?

간호, 담배 한 보루를 던져주고 간다.

수위	참 이상하네. 잘, 관리하지 말라는 말로 들리는데… 안 그런가?

9. 숲속에서-과거 7

원장과 사람5가 숲속으로 들어와 있다.
낙세가 몇 발자국 뒤에 서서 나무에 걸린 이름표를 닦고 있다.
사람5는 자꾸 침을 입 안에 모아두었다 삼킨다.

원장	마주 보는 면담은 처음이죠?
사람5	네.
원장	…그래서, 뭘 원하신다고요?
사람5	나가는 기간을 당겨달라… 나가고 싶습니다.
원장	…숨을 깊이 들이마셔 보실까요?
사람5	(숨을 들이마신다)….
원장	계약기간이 얼마나 남았어요?
사람5	한 달 좀 넘게 있었나. 5개월 남았나 그럴 겁니다.

괴화나무 아래

원장	원래 누구나 낯선 곳에 익숙해지는 게 쉽지 않지만… 또 한 번 익숙해지면 빠져 허우적대는 게 익숙한 분들이라… 마음을 여시고 공기에도, 공간에도 중독될 필요가 있어요. 제 발로든 아니든 제가 알 바 아니지만, 참 그래요.
사람5	(숨을 들이마신다)….
원장	여기 잣나무숲이요. 세상 어디에도 이렇게 저렴하게 제공하는 곳은 없거든요. 몇 푼 가지고는 어디서도 마실 수 없는 피톤치드를 숨을 내쉴 때마다… 실은 익숙한 게 귀하다는 걸 아셔야 되는데… 남은 사람들 입장에서는 차별당하는 느낌이 참, 그럴 건데.
사람5	며칠 더 있다가 나가는 걸로… 그러면….
원장	또, 부탁할 일이 더 있을까?
사람5	물품관리업체에 추천서도 좀… 저기, 부탁이 아니라 제안하는 건데… 거래라고도 할 수 있는데… 겁도 좀 나시길 바라는데….
원장	….
사람5	취직 부탁 좀… 합시다.
원장	여기서 보고 들은 건… 어떻다?
사람5	어젯밤 일 모두 포함해서… 감쪽같이 지우는 걸로.
원장	좋다. 써드린다.
사람5	….
원장	참, 적당히 순하고 소박하시다.

정영욱

사람5는 요양원 쪽으로 이미 달려가고 있다.

원장, 덫에 걸려든 목격자 혹은 순진무구한 협박범을 바라본다.

바짝 다가와 있는 낙세, 화들짝 놀라는 원장.

10. 그래 여기, '어이'가 있다-과거 8

간이화장터 천막 뒤, 뒤돌아 앉아 노래 부르는 낙세.

'이또 마끼마끼 이또 마끼마끼(실을 감는다 실을 감는다)

히떼 히떼 톤 톤 톤(땡기고 땡기고 통통통)'

낙세는 허리춤에 차고 있는, 알코올이 담긴 분무기를 흔든다.

더미인형인 듯 보이는 사람1의 사체에 알코올을 뿌리고 닦는다.

(사람1은 옆에 앉아서 낙세를 보고 있다)

'이또 마끼마끼 이또 마끼마끼(실을 감는다 실을 감는다)

히떼 히떼 톤 톤 톤(땡기고 땡기고 통통통)

데끼따 데끼따 고비또 싼노 오꾸츠(만들었다 만들었다 당신의 신발)'

괴화나무 아래

간이화장터 근처, 길게 파놓은 족욕탕 앞.

장작 연기를 보호 삼아 담배를 피우는 사람들의 무리.

그들이 꽁초를 버릴 때마다 통에 주워서 담는 수위.

사람5는 허겁지겁 피우느라 양손에 담배를 들고 피운다.

사내도 쪼그려 앉은 그들 곁에 끼어 앉는다.

서로를 경계하면서 나누는 눈인사.

사람2   (예의바른 과도한 몸짓으로 악수하며) 처음 뵙습니다.

사내   ….

사람5는 플라스틱 물병 뚜껑을 열어 물을 따라 아껴가며 마신다.

간이화장터에 신경이 모여 있는 사람들.

사람3   이번엔 또 누구실까요(유)?

사람4   신도시 사립학교 교장이었다고.

수위   아무도 찾지 않았던 그 늙은 여자. 혼자 걸어 들어왔을걸.

사람2   저 할머니한테도 무덤 앞에서 과시 떨 만한, 한때가 있었겠지요.

사람3   다 한때지 뭐, 잘 가셔요.

수위   잘난 척, 있는 척이 이곳에선 독이지. 그걸 몰

정영욱

라 죽지. 몰라 죽어.

사람5는 침을 모았다가 삼키거나 몸을 자꾸 긁거나, 산만하다.

수위   여기 와 있다는 건 모두… 그것만으로도… 응? 안 그런가?

사람2   (사내에게) 저는 로봇 만들다가요 여기까지 왔습니다.

사람3   여기서는 사회는 잊고 밖에 나가서는 여기를 잊고… 안 들었어요?

사람2   (사내에게) 말짱하신데… 얼마나 있으세요?

사내   기간이야 뭐.

사람4   술 귀신이 쉽게 떨어지나?

수위   여기에서는 들이마시는 숨도 칼이 된다는 얘기가 있네. 안 그런가?

사내   그런가요?

사람3   간혹 가다 약물 귀신도 볼 거요.

사람2   (모래시계를 돌려놓는다) 이제 두 번 남았습니다.

사람3   이야기 하나 해드려요?

사람4   (사내에게) 이미 우린 다 아는 얘기….

사람5는 계속 몸을 발발 떤다.
빈 플라스틱 물병 뚜껑을 열었다 닫았다 반복한다.

사람3　　　어떤 남자가 있었어요. 돌 위에 걸어앉아서 넋 놓는 일이 잦았어요. 하루는 저 멀리 나무 아래 사람들이 쭈루미 앉아 있는 거요. 남자는 벨 생각 없이 그들을 그냥 딱 바로 보고 있었죠.

사람2　　　덧붙이면 넋을 바닥에 탈탈 털어놓고… 뚫어지게 봅니다.

사람3　　　근데 허공에서 불이 딱 하고 떨어지거든요.

사람2　　　살가죽이 불에 홀라당 타버렸다는 얘깁니다.

사람3　　　그니까 딱 타고 남은 뼈만 쭈루미 앉아 있는 거요. 사람들이 그 불길을 보고 마악 몰려와요.

사내　　　아, 기억술….

모두 멈춰 사내의 얼굴을 잠시 본다.
아무렇지 않다는 듯 다시 시작한다.

수위는, 사람들이 담배 피우는 모습을 지켜보다가 사라진다.

사람3　　　남자는 가족을 찾을 수 없어가지고 황망해하는 그들 앞에서, 정신을 바짝 차려야 했지요.

사람2　　　그 남자가 돌 위에 딱 올라섰습니다. 그러고 나서 한 사람 한 사람 입은 옷가지며 얼굴 생김새를 빠짐없이 설명했어요. 가족들이 사체를 수습해 돌아갈 수 있게….

뭔가 멍하게 생각하던 사람5, 혼자 슬그머니

　　　　　　　　정영욱

웃는다.

서로 허리에 끈을 묶어서 의지한 채 걸어 나오
는 노인 자매.

사람4 밥은 드셨는가? 산보 나가시게?

뒤에 선 노인이 갑자기 '까르르' 소리 내어 웃으
면 앞에 선 노인이 뒤돌아서 웃는 입을 때린다.
무안한 듯 조용히 앞으로 걸어 나가는 자매.

사람3 자꾸만 삐져 나오시네요.

사람2 (모래시계를 뒤집으며) 마음이 빠져나가는 병
이니까요.

사람4 (휴대전화로 검색한다) 이름이 뭐 이러냐. 어리
석을 치에 어리석을 매. 그러니까 어리석고 어
리석다는 뜻이네.

사람3 요즘 식으로 치면 인권침해 유형의 병명이요.

사람4 인권침해? 침해? (장난처럼) 치매요? 인권치매
요?

사람5 병이 죄지 인간이 죄냐!

사람4 그 말은 우리 엄마가 격려 삼아 하시는 그놈의
'술이 죄지 인간이 죄냐'처럼 격려가 큰 말에 속
한다.

사내 저분들은?

사람2 자매지간이라고 들은 것 같은데요.

괴화나무 아래

사내	아!
사람3	여긴 치매 쪽 환자 수가 가장 많을걸요. 잘 안 보여서 그렇지.
사내	인간의 밑바닥을 공부하기에 알맞은 병입니다. 아픈 쪽이나 돌보는 쪽이나… 인내의 끝을 보게 하니까.
사람3	보통 가족 넷 중 하나가 암, 하나가 치매… 러시안룰렛은 한 방에 끝나기라도 하지요. 병이 들면 지지부진한 시간과 싸워야 하니까.
사람4	내 생각에 보통 가족 넷 중 하나는 암, 하나는 치매, 하나는 알코올 중독, 남은 하나는… 스스로 목을 매달아… 공개적으로 알리는 거다! 내 손으로 끝냈다고….
사내	….
사람3	그니까, 길은 단순명료해요.
사람4	남 일이겠지? 알코올 중독에서 못 멈추면 알코올성 치매로 넘어가는 거야. 잠재적이고 미래적인 이 환자들. 어리석고 어리석고 또 어리석도다.

뒤에 선 노인이 갑자기 '까르르' 소리 내어 웃으면 앞에 선 노인이 뒤돌아서 웃는 입을 때린다. 무안한 듯 조용히 앞으로 계속 걸어 나가는 노인들.

| 사내 | 숲 깊숙이 들어가시는데요. |

정영욱

사람5는 바닥에 떨어진 꽁초들을 주워 이리저리 옮기는 일에 몰두한다.

노인들은 몸이 한쪽 방향으로 기울어서 잣나무숲 쪽으로 걸어간다.

사내　그냥 둬도 괜찮을까요?

사람2　감쪽같이 사라지고 또 돌아오고 그러십니다.

사람3　오거나 가거나 둘 중 하나겠지요, 뭐.

사람4　원래 저분들은 자유로워. (어딘가 있을 어이를 향해) 어이, 어이, 어이! 가신다.

사람2　(모래시계를 돌린다) 이제 마지막입니다.

사람3　슬슬 빠져나가는 걸 어쩔 것이오.

사내　저기 그런데… 통제는 누가 하죠?

사람2　…여기요?

낙세의 작은 노랫소리가 천막을 넘어온다.

'우사기 우사기 도꼬니 이꾸노
뿅뿅뿅뿅 하싯떼 도꼬니 이꾸노(산토끼 동요)'

사람4　어이! 거기 숲으로 들어가신다고.

사내　저분은….

사람3　그냥 혼자 일하지요.

사람2　이 요양원에서 가장 바쁜 분입니다.

사람3　지겹게 볼 거요.

사람2　빈손으로 보고 있기 민망하지요.

괴화나무 아래

사람4	그래서 내가… 그쪽으로 고개를 안 돌린다.
사람3	항상 생각 없이 뭔가 열심히 하는 사람이 문제 요. 건드리지 마라 해도… 부지런히 줄기차게 건드리거든.

사람5 한숨을 쉬면, 사람들 일제히 그를 바로
본다.

사람2	아직 잘 모르시겠지만… 여기는 방치하는 물 건들로 가득합니다.
사내	계속 부르는 게… 일본 노래 같은데.
사람3	뜻을 알겠어요? 어서 주워들었겠지요.
사람4	어이!
사람3	어이!
사내	이름이 '어이'인가요?
사람2	다들 그렇게 부르시네요. (양손을 흔들면서) 어 이!
사람3	하루 종일, 내내, 어이! 벌써 지치지요.
사람4	기대하니까 지치지.
사람5	(양 주머니에서 잣송이를 한가득 꺼낸다) 희한 해. 무지 잘 자라. 이걸 삭히면 뭐가 된다?
사람3	또 시작이요.
사람5	뭐든 급변하지 말자.
사람3	덜 익은 걸 가지고 참.
사람4	밀주는 골로 간다.
사람5	(노래하듯) 몰래몰래 익은 술맛, 나는 골로 가

정영욱

겠어요.

사내   원래 술 담글 때 따는 잣송이는 한여름에 따야 되거든요. 덜 익은 걸 잘라서 담가야 술맛도 좋고. 여름 잣송이로 담근 술은 신선이 먹는 불로장생 신비술이라고, 100일을 내리 마시면 수만 리를 한달음에 간다, 그러죠.

사람5   (자꾸 꺼내면서) 무지 잘 자라. 감당이 안 돼. 내일 운동하러 숲에 가서 확인해 보자. 잘 담가서 묻어놨거든.

사람3   들키면 어쩔 거요?

사람5   (노래하듯) 블랙아웃! 블랙아웃! 사망 확인시간 당신이나 읊어! 잘들 들어. 나, 여기 오래 안 있어. 안 있기로 했어.

사람3   또 시작이요.

사람4   누가 꺼내준대? 바깥으로 던져준대?

자매들처럼, 사람5가 '까르르' 웃으면 사람4가 그의 입을 딱 때린다.

사내   (천막 쪽을 보며) 저긴 뭐 하는 곳인데… 연기가 나죠?

사람4   거기… 궁금한 거 못 참지?

사내   그런가요?

사람3   얼마 안 됐지요?

사내   네.

사람4   알면 알수록 금세 지친다. 나갈 때 감쪽같이.

    괴화나무 아래

	알지?
사내	그런데… 여긴 원래 환자 돌보는 사람들이 적나요?
사람2	워낙 밖에서 문제가 많았던 사람들이라. 방목당하는 이 현실에 감사합니다, 저는….
사내	홀홀해서 좋긴 하지만….
사람4	심란하고 심심하지.
사람2	전 조금만 견디면… 나갑니다.

석식 시간을 알리는 종소리가 나자 일어서서 건물 안으로 들어가는 사람들.

사내만 남아 들릴 듯 말 듯 천막 안에서 새어 나오는 노래를 듣는다.

'이또 마끼마끼 이또 마끼마끼(실을 감는다 실을 감는다)
히떼 히떼 톤 톤 톤(땡기고 땡기고 통통통)
이또 마끼마끼 이또 마끼마끼(실을 감는다 실을 감는다)
히떼 히떼 톤 톤 톤(땡기고 땡기고 통통통)
데끼따 데끼따 고비또 싼노 오꾸츠(만들었다 만들었다 당신의 신발)'

낙세, 이리저리 들어 보려 하지만 무겁고 짐스럽다.

정영욱

태우기 좋도록 사체를 툭툭 잘라 가마 안으로
던져넣는다.
검은 연기가 오르면 낙세는 바깥으로 나간다.

멀리, 숲에서 내려오는 노인 자매들.

11. 스스로를 써나가다ー현재 3

차 한잔을 건네는 형.
손에 붕대를 말고 있어 굼뜨게 받아드는 낙세.

낙세　왜 저를 변호하시죠?
형　제 선택이기도 하고 아니기도 하고….

　　잠시

낙세　자서전 쓰기 수업에 대해 얘기하고 싶은데….
형　해봅시다.
낙세　처음 시작한 날입니다. 자서전 쓰기 수업… 자
　　기 자신과 마주 보라.
형　자기 자신과 마주 보라?
낙세　재미있는 얘기 하나 할까요?
형　열심히 하세요.
낙세　세상에서 가장 어린 연쇄살인마 나이가 10살
　　입니다. 10살 먹은 여자애가 옆집 꼬맹이를 목

졸라 죽였어요. 자기가 죽였다고 말하고 다녔
는데 아무도 믿지 않았죠. 죽은 남자아이의 사
인은 심장마비로 알려졌고 첫 번째 범행은 불
행히게도 조용하게 묻혔죠. 두 번째 세 번째 계
속해서 어린아이들의 시신이 발견되었습니다.
10살 갓 넘은 여자애가 죽은 아이들의 배에 자
기 이름을 써놓았어요. 왜일까요?

형   왜일까요?

낙세   아무도 어린 악마는 믿지 않으니까. 악마라고
하기에는 지나치게 어린 나이죠. 기자들 앞에
서서 10살짜리 연쇄살인범이 뭐라고 했는지 아
세요? (여자아이의 말투로) 눈이 부시네. 왜 자
꾸 찍어요? 살인이 나빠요? 누가요? 누구나 죽
는다 그랬는데… 걔들은 좀 일찍 죽은 거뿐이
에요.

형   실제 이야기입니까?

낙세   네. 믿기 힘들겠지만.

형   누구나 죽는데… 좀 일찍 죽는 거뿐인데… 웬
호들갑?

낙세   악마는 분명히 자기 죄를 인식합니다. 죄 감수
성이 지나치게 높아서 그 죄에 대한 감각을 온
전히 잃는 겁니다. 그러니까… 자기 자신과 끝
까지 마주 보라.

낙세, 찻잔에 비친 자기 자신을 물끄러미 보고
또 본다.

    정영욱

낙세의 침묵을 가만히 보고 앉은 형.

잠시

책상 위에 놓인 증거물들 중 조그만 보따리를 풀
어보는 형.
작은 돌덩어리 몇 개와 쓰다 남은 비누 쪼가리.

낙세   자신이 걸어온 시간을 되돌려 보라 빠짐없이….
형   (비꼬며) 이런 것도 당신이 지은 죄의 그거?

낙세, 손에 감은 붕대를 풀기 시작한다.
형, 가만히 그의 손을 볼 수밖에 없다.

12. 낯선, 낯설게 하는-과거 9

멀리서 트럭이 들어와 멈춰 서는 소리가 들린다.
뒤따라 철문이 열리는 소리.
수위, 트럭이 들어온 쪽으로 간다.
트럭이 빠져나가는 소리가 들리면 작가, 괴화나
무 아래 홀로 서 있다.
낮술에 약간 취해 들떠서 허공에 대고 미친 듯이
쏘아댄다.
자기도 모르게 자꾸만 취한 몸을 괴화나무에 부
딪는데.

    · 괴화나무 아래

작가   니가 지은 죄가 니 목덜미를 낚아챌 땐 이미 너 몰래 니 인생이 끝장나고 난 뒤야 새끼야. 항상 자기 미래는 늘 마지막에 인지하지. 머리 위에 이고 있는 내 죄는 남의 눈에 더 잘 띈다고. 아무도 모를 줄 아셨나? 나는 당신 죄의 직접적 증거다. 당신이 작가지망생들 데리고 돌린 더러운 대필공장 공장장이었으니까 내가. 니 발끝에서 시작한 그림자만큼이나 가릴 수가 없는 게 니 죄라고 새끼야. 그림자만큼이나 남의 눈에 잘 띈다고. 남의 글 한 줄 갖다 슬쩍 집어넣는 걸 부끄러워할 줄 알라고 누굴 위해서 침묵하길 바라지? 너? 나? 내가 말하는 진실은 이 새끼야. 좀 들으라고. 듣기 싫어? 죄의 높낮이를 따져서 뭐 하겠냐? 악의는 절대 선의로 해결 못 한다고 떠들지. 말만은 반듯해. 내 눈을 똑바로 봐. 그저 악을 상징하는 낮낮한 새끼. 어떤 각도에서 보면 누구나 죄인이므로? 피해 가는 논리 한번 멋지다 씨발. 너는 분명히 내 삶을 도용했어. 삶이 글이니까 넌 내 삶과 글을 도용한 거지. 약자의 글을 빼앗아 챙기는 그 태도를 어디서 배웠냐. 이 난장맞을 새끼야. 누군가 지은 죄 속에서 헤매면 죽음이라는데 나는 갇혔고 막혔고. 나는 싸울 의지가 없는 허여멀겋게 여린 새끼지 씨발. 헤매면 죽음이라는데, 끝장이라는데. 왜 나는 너란 새끼가 지은 죄 속에서 헤매고 있지? 나는 왜 이 그림

정영욱

자마저 부끄럽지? 어쩌면 좋지? 뻔뻔하고 낫
낫한 새끼. 그래. 시간은 이렇게 간다 이거지.
자발적 공범과 미필적 고의에 의한 공범. 내
침묵은 어떤 의미의 공범인가? 널 까발리려
면 나를 먼저 까발려야지 않겠냐. 총 한 자루
만 허락되면, 나는 니 그림자가 아니라 니 대
가리를 향해 쏜다. 이 무시무시한 충동을 조
장하고 조종하는 게 바로 너란 새끼. 너라는
새끼가 바로 악의 상징적 인물. 낯 뜨거워 미
치겠네 씨발. 태양은 이 내 머리 위에서 물끄
러미 빛나시고 씨발. 잘 들어. 들으라고. 듣기
라도 하라고. 그 뻔뻔하고 낫낫한 얼굴은 못
밟아도 니 그림자만큼은 열나게 밟아준다 씨
발. 그래. 나는 병들었고 술에 취했고 비열하
기 짝이 없는 새끼지. 게워낼수록 어이가 없
네 씨발. 세상 어이가 없어 죽겠다고.

말끝에, 그림자를 밟고 선 자신을 바라보는
작가.

13. 수위(水位)가 정해지다-과거 10

낙세는 상자를 들어 옮기고 수위는 앉아서 졸
고 있다.
멀리, 괴화나무 아래 작가가 기대어 서서 허

괴화나무 아래

공에 대고 미친 듯이 떠들다 목이 마른지 낙세에
게 다가가는 작가.

잠시 후

낙세가 가져다주는 물을 급히 마시는 작가.
또 슬그머니 허공에 대고 말한다.
수위, 놀라 낮잠에서 깨는데.

수위　　어이! 몇 통이니?

낙세　　….

수위　　어이!

낙세　　….

수위, 다가가서 상자를 빼앗아 들고 눈으로 센다.

수위　　오늘은 다섯 통이네… 어이! 잘 들어. 오늘은 네
　　　　통이다. 안 그런가. 어이! 이건 물이야. 애타게
　　　　찾는 이가 있으면 섞어주는 거지, 조금씩.

낙세　　(고개를 끄덕인다)….

수위　　난 알아. 사람들이 못 들고 간 물건들이 니 방에
　　　　가득하지. 안 그런가.

낙세　　….

수위　　겁먹지 말자. 세상엔 별일이 참 많아. 누구나 죽
　　　　어. 죽어도 몰라. 어차피 쓰레기야. 버리고 간 것
　　　　들은 다시는 못 가져가. 죽었다 깨어나면 또 모

　　　　　　　　　　　　　　정영욱

를까. 안 그런가.

낙세   (겁먹어서)….

수위   어이! 그러니까. 내 말이 어려운가? 인간적으로 말하면, 문을 두드리면 여는 게 내 일이고, 깨끗하게 치우는 건 니 일이고. 목마른 자에게 물을 주는 건 덤이야. 좋은 일 하는 거란 말이지. 어이! 안 그런가. 자, 네 통이다. (서류에 4를 써서 낙세에게 준다)

낙세 앞에 손가락으로 넷을 만들어 들이미는 수위.

수위   (통 하나에 붙은 라벨을 떼서 낙세 가슴팍에 붙인다) 심심할 때… 떼든지. 어이! 보기 좋네. 이쁘다. 별 하나 더 달았다 그지? 아니 해골 하나를 더 달았나? 안 그런가.

낙세가 상자를 들고 사라지면 수위의 눈 안에 들어오는 작가.

수위   철문 앞에 앉아 그저, 오가는 사람을 보는 게 내 일이니까… 근데… 여기는 그저 그냥 오가는 사람은 드물다. 저 인간은 또 어떡하다 하늘에서 뚝 떨어져서 저기 서 있나? 어이! 어이! 누구요 당신… 왜 허공에 대고 지껄이나. 미리 겁먹으라고? 여기는 다 지우고 나가는 곳인데.

그걸 모르면 안 되는데. 안 그런가.

14. 숲, 자신과 마주하는 일-과거 11

야외 소극장, 사람들 모두 편하게 앉아 있다.
병적으로 지나치게 물을 많이 마시는 사람5,
사람들 더위에 늘어져 있다.

작가가 들어와 무대 위에 선다.

맨 위, 돌 턱에 여자가 앉아 있다.

작가	다들 제가 온다고 들으셨습니까?
사람2	들은 거 같기도 합니다.
작가	저는 세상에, 인간에 관심이 많은 사람입니다.
사람3	어서 진행하십시다.
작가	자기 자신과 마주하는 일은 저기 뒤 숲으로 들어가는 일과 같고… 빛에서 어둠으로… 어둠 속에서 빛을 발견하는 일입니다. 우리가 왜 여기 있습니까? 왜 세상으로부터 분리되어 있습니까?
사람2	본론으로 쭈욱 들어갑시다.
작가	사느냐 죽느냐 갈림길이 있죠?
사람4	못 꺼내놓는 말들이 있지 누구나.
사람2	(사내에게) 저는 이제 보름만 견디면 삽니다…

정영욱

나갑니다.

사내　…·.

작가　바로 앞에 우리가 하고 싶은 말을 꼭 들어야 하는 사람이 있다 생각하고 말해 보는 겁니다. 자서전을 쓰기 전에 먼저 말해 보는 거지요. 자신이 하고 싶은 말을 맨 처음 자신이 듣는 겁니다. 혼잣말이든 누구 들으라고 하는 말이든, 분노든 뭐든 다 좋아요. 자신만의 지옥을 꺼내셔도 되고… 자신의 흔적을 돌아보는 일… 거기서 시작해 봅시다.

사람4　저 새끼는 말버릇 때문에 끝장을 보겠다.

사람3　(사람5가 가진 플라스틱 병에 자신의 물을 나눠 준다) 드셔요.

작가　자신이 가장 하고 싶은 말을 솔직하게 털어놓으시면 됩니다. 맡겨놓은 휴대전화는 돌려드리라고 보고하겠습니다. 발신이나 착신 금지는 풀어드릴 수 없지만 녹음은 가능하니까 다음 시간까지 녹음을 해오는 겁니다.

　　　　사내는 가만히 작가의 말을 듣고만 있다.
　　　　사람5, 빈 물병을 들고 불안한지 꼼지락거린다.

사람5　(발을 동동 구른다) 마실 거… 안 와?

사람3　(사람5에게 손을 들이대며) 아무거나 보이는 대로 막 드시겠네요.

사람2　아까 물 들고 따라오시는 거 봤는데….

사람4	어이! 물통 들고 어딜 또 헤매나. 이 모자란 새 끼는.
사람3	목은 마른데 어이가 없네. 그죠?
사람4	쓸모 있어야 되는 곳에서 항상 뒤로 빠지는 새끼.
사람3	바쁜 새끼.

맨 위 자리의 여자가 천천히 무대 위로 올라간다.
어느새 사내와 마주 보고 서 있다.

사내 외엔 아무도 보지 못하겠지만.

15. 죽음의 시원(始原)-과거 12

멀리서 서로를 몸에 묶은 노인 자매가 움직이는 게 보인다.
그 뒤, 물통을 등에 지고 뒤따르는 낙세.

사람3과 4가 다가와 우뚝 서서 낙세의 길을 막아선다.
사람2는 불안해하면서 망을 본다.

사람4	어이, 어이, 어이! 어디 가. 같이 가자.
사람3	(낙세의 물통을 낚아챈다) 어이고 되게 무거워요.

사람3과 4는 물통을 서로 던지고 받으면서 놀린다.

정영욱

낙세는 물통을 뺏으려고 실랑이를 벌인다.

사람3이 낙세를 뒤에서 끌어안으면 사람4는 낙세의 턱을 붙잡아 들어 올린다.

사람3　　사람새끼가 말도 제대로 못 하고… 어쩔 거요.

사람4　　(가슴에 붙은 해골을 쿡쿡 찌르며) 이건 누가 달았냐? 니가 달았냐?

사람2　　그냥 넘어갑시다.

사람3　　봐요, 놀잖아요.

멀리서 그들의 실랑이를 지켜보는 자매.
'꺄르르' 동생이 웃으면 뒤돌아 그 입을 때리는 언니.
무안한 듯이 웃음소리를 멈추는 동생.

낙세가 버티자 사람3과 4는 낙세에게 폭력을 가한다.
너무나 당연하게 맞으면서 버티는 낙세.

사람4　　어이! 인간은 얻어맞으면서 동물이라는 걸 느껴. 숨이 꼴딱 넘어가겠거든. 때리는 이 손도 느껴. 멈추자고. 근데 왜 때리냐고? 입이 없는 새끼는 맞아도 말이 없거든.

사람2　　어이, 어이, 어이! 난데없이 맞았으면 멱살이라도 잡으세요.

사람3 봐요, 장난이지요.

사람3은 자신의 목을 양손으로 쥐고 목을 조르는 시늉을 하고.

사람4 죽여? 살려? 그게 아니야?

사람3, 낙세의 얼굴을 쓰다듬고 머리를 끌어안는다.

사람3 (입을 벌려 낙세의 머리를 한입에 무는 시늉) 요놈의 대가리에 머시 들었을까요? 잘 안 익었을까요?

사람4 (달려들어 낙세 입을 벌린다) 혼자 처먹느라, 입을 닫고?

한순간, 사람3과 4는 자기 미래를 인식한 사람처럼.

사람3 오늘 서로가 지은 죄가 깊어서… 어째요.

사람4 어이, 어이, 어이! 고맙다 용서해줘서.

사람3과 4는 낄낄거리면서 다시 갈 길을 간다.
사람2, 처연하게 주저앉은 낙세를 바로 본다.
낙세는 별일 아니라는 듯이 툭툭 털고 일어선다.

정영욱

물통을 짊어지고 자매 뒤를 따라간다.

16. 쪼가리들-과거 13

어느새 낙세는 노인 자매를 앞지른다.
낙세가 뒤돌아서자 멈칫하는 노인 자매.

언니　　어이요. 우리 반피 왔나.

동생　　오빠야. 어데 갔다 오는데.

낙세는 물통을 잠시 내려놓고.

낙세　　안 돼. 안 된다 했지. 안 된다. 안 된다고.

자매의 허리에 느슨해져 있는 끈을 바짝 맨다.

언니　　빨리 도망가라꼬? 가지 마라꼬.

동생　　오빠야. 니 배고프믄 우짜지.

주머니에서 작은 보따리를 꺼내 낙세에게 내미
는 동생.

동생　　우리 반피 주까. 함 무볼래?

언니　　어이요. 무봐라. 억수로 맛있데이.

　　　　괴화나무 아래

작은 보따리를 열면 돌멩이 여러 개와 비누 쪼가리 여러 개.

낙세는 보따리를 다시 묶어서 노인 동생의 바지주머니에 넣어준다.

노인 자매의 옷매무새를 한참 다듬어 준 후 물통을 메고 사라지는 낙세.

남은 자매 노인은 서로 묶인 채 한 지점을 돌면서 뜻을 알 길 없는 노래를 부른다.

'이또 마끼마끼 이또 마끼마끼(실을 감는다 실을 감는다)
히떼 히떼 톤 톤 톤(땡기고 땡기고 통통통)
데끼따 데끼따 고비또 싼노 오꾸츠(만들었다 만들었다 당신의 신발)'

17. 블랙아웃의 조짐–과거 14

며칠 뒤 이른 아침 간이화장터, 낙세의 노랫소리

'이또 마끼마끼 이또 마끼마끼(실을 감는다 실을 감는다)
히떼 히떼 톤 톤 톤(땡기고 땡기고 통통통)
데끼따 데끼따 고비또 싼노 오꾸츠(만들었다

정영욱

만들었다 당신의 신발)'

가마에서 꺼낸 **뼈** 조각을 넣고 있는 힘을 다해
가루로 빻는 낙세.
삽을 등에 들고 숲으로 올라가는 중독자 무리들.
사내는 뒤에 처져서 천천히 걷는다.
사람5는 몸 상태가 심각해 보인다.

사람3	어이! 바쁘네요. 오늘은 또 누구세요?
사람4	신종 저승사자신가? 손만 대면 가게?
사내	….
사람2	(사내에게) 며칠 만에 얼굴이 왜 이러십니까?
사람3	알면 지친댔는데… 말이란 건… 그니까 우습게 생각하면 안 돼요.
사람4	죽을상이로구나. 서약서. 늘 명심해. 본 게 있으면 제때 비우고 들은 게 있어도 제때 비우고.
사내	….
사람4	덧붙이자면, 삼쪽같이….
사람3	우리가 이곳에 모인 이유지요… 블랙아웃.
사내	… 대기자는 흘러넘치니까….
사람3	좋네요. 조원끼리 이해능력이 서로 다르면 골치 아프거든요.
사람2	(자기도 모르는 사이) 이야 좋다.
사람3	뭐가 그렇게 좋아요?
사람2	살 겁니다. 다시는 안 옵니다.
사람4	나가야 나가는 거지.

괴화나무 아래

사람2   (정색을 하며) 술맛 떨어지게 왜 이래!

이들 사이에 오가는 어두운 침묵.

사내   삽 들고 땅 파는 게 노역일까 운동일까 생각은 해보십니까?

사람4   어이! 우리가 생각이 없어서 여기 이러고 있는 줄 아나?

사람3   인간이 레벨이 있지요.

사내   버림받은 것들이 레벨은 무슨.

사람2   어이! 우리끼리 이러지 맙시다. 사정 나름 다 알면서… 나가면… 다 엇비슷하지 않아요?

사람3   여기나 거기나 뭐, 거기서 거기지요.

사람4   놀던 자리는 감쪽같이 샤샤샥 지우고? (사람5를 걱정스럽게 본다) 며칠 밤사이 안녕 못 하신가?

사람5   놀리지 마라.

사람2   단체 조별 운동 후, 자서전 쓰기 강좌 있답니다.

사람들, 무언가 어딘지 고요해진다.

멀리, 숲에 들어와 있는 자매.

사내   저분들 또 오셨어요.

사람2   보지 마세요. 자꾸 본 척하는 거. 여기서는 죄 같은 겁니다.

정영욱

사내	위험한데 못 본 척하는 건 좀.
사람3	안 위험한 곳이 어디데요?
사람4	곳곳에 구덩이지. 풍욕장? 스스로 들어가느냐 아니냐의 차이지. 저 늙은이들은 스스로 찾아 다니잖아, 저 묻힐 구덩이를. 찾아다닌다는데 뭘 또 말리나.
사내	여긴… 최소한의 인간 도리도 못 합니까?
사람3	도리요? 인간이요? 아이고!
사람4	인간 도리를 알았다면… 여기까지 밀려왔겠 어? 그쪽이나 저쪽이나.
사람2	내려갑시다. 여기서 난리 피우지 말고….

사람들 아래로 서둘러 내려간다.
사내, 자매들을 보고 한참을 서 있다.

18. 다시 숲, 뒤풀이-과거 15

어둑해진 저녁.
작가, 조금 깊이 판 구덩이 끄트머리에 걸어앉
아 있다.
사람2, 3, 4는 쪼그리고 앉아 담배를 피우고
있다.
사람5는 라벨이 뜯어진 통 하나를 들고 천천
히 올라온다.

괴화나무 아래

사람3	(사람5에게) 되게 급하시죠?
사람2	작가님은 주로 어떤 글 쓰세요? 짧은 거? 긴 거?
작가	돈은 긴 글로 벌고, 예술은 짧은 글로… 노력 중인데 뭐 아직 별거 없습니다.
사람3	(사람5에게) 괜찮아요?

사람5, 겨우 올라와서 주변에 주저앉아 발발 떤다.

사람3	이게 또… 신비술이라나 뭐라나? 수만 리를 달려갈 만큼 힘이 난대요.
사람4	(사람5에게) 어! 잔이 없다.
작가	(뚜껑을 열며) 뚜껑에 따라 마시죠… 귀한 술인데요.
사람4	어차피 저흰 금주라서… 작가님 편히 드시면 됩니다.
작가	저만 마시기 민망한데….
사람2	(사람5에게) 언제 나가십니까? 저보다 먼저 가세요? 여기서 또 만나면 안 되는데요.
사람5	몰라 몰라… 속이 울렁거려.
사람4	속이 울렁거려서 더 있다 나가나.
사람2	(작가에게) 행여나 강권하지 마십시오.
작가	잘 압니다. (사람5에게 술 뚜껑을 건네며) 먼저 한 모금.
사람5	(고개를 조아린다) 아이고!

정영욱

작가	담가서 이렇게 주시는데… 제가 감사하죠.
사람2	(담배를 꺼내 작가에게 건넨다) 이건 흐드러지게 많아요.
사람3	사고 칠 일이 일절… 마음껏 태우시라고요.

뚜껑을 술잔 삼아 작가와 사람5가 서로 주고받는다.

사람2	어때요… 맛이 끝내줍니까?
작가	…담근 술이라… 이게… 말로 표현하기가 굉장히 묘한데….
사람5	(단말마의 비명처럼) 씨발!

갑자기 사람5가 쓰러져 버둥대다 뻗는다.
사람5를 둘러싸고 장난처럼 발로 툭툭 치는 사람들.

사람4	곳곳이 구덩이다 씨발.
사람2	(발을 구른다) 어, 이거 아닌데… 이러면 안 되는데.
사람3	아무나 불러봐요. 어쩌지요?
사람4	수위라도 불러? '어이'라도 불러! 또 그 새끼 뒤로 빠져서 안 보이지.
사람2	아니, 선생님 나가신다면서요? 황당하게 이거… 저 나가야 됩니다.
사람3	가만! 잠깐! 생각 좀 해보고.

괴화나무 아래

작가가 뒤이어 쓰러져 버둥대다가 **뻗는다.**
사람들, 어쩔 줄 몰라 허둥대며 죽은 이들을 살려 보려고 허튼 애를 쓴다.

멀리서 트럭 들어오는 소리.

여자, 괴화나무 밑동에 줄을 묶고 있다.
줄 끝을 말아 자신의 목에 걸고 나무 아래 앉는다.

19. 방치된 고독성 위험물질-과거 16

낙세가 사는 골방이 있는 간이화장터 화장실.

트럭에서 내린 비품상자를 들고 들어와 내려놓고 나가는 낙세.
해골이 그려져 있는 10리터들이 통을 양손에 들고 낑낑대며 들어온다.
두루마리 화장지 몇 뭉치를 어깨에 짊어지고 뒤따라 들어오는 사내.

낙세   (고마운 표현인 듯 굽실거린다)….
사내   낮에 숲으로 가신 환자분들 돌아왔습니까?
낙세   ….
사내   궁금해서요… 해가 곧 질 것 같은데….

정영욱

낙세는 대답 없이 트럭에서 내린 상자들을 들고 나른다.

사내	그분들은 여기 오래 계셨어요? 숲에서도 길을 안 잃으실 만큼?
낙세	(무언가 흥얼거린다)….
사내	안 들려요?
낙세	….
사내	아까 그 할머님 두 분 찾아야 하지 않겠냐 묻는 겁니다.
낙세	….
사내	(낙세를 가로막고 어깨를 흔든다) 어이… 내 말 안 들려?
낙세	(사내의 눈을 피하면서 자기 입을 때린다)… 말… 니 말에서 냄새나….
사내	여기 책임자 없어? 당신 말고 여기 아무도 없어?
낙세	(주눅이 들어) 왜요?
사내	다 어디 갔어?
낙세	왜요?
사내	그러니까요… 아까 숲으로 간 사람들… 여자들 아니 노인들 말입니다.
낙세	응?
사내	(새기듯이 말한다) 나는 아직… 이곳에 대해 아는 게 없어요. 여기는… 누가 관리하지?
낙세	(두 손으로 얼굴을 막 친다) 니즈랄… 스불.

괴화나무 아래

사내	골 때리네 이거….
낙세	선생님….
사내	그래….
낙세	저기….
사내	(천천히 새기듯이 말한다) 그분들 돌아왔는지 알아보려고 합니다.
낙세	응?
사내	(스스로에게 새기듯이 말한다) 자기가 있던 자리를 지우고 헤매는 그런 병이 든 사람들은… 돌아오는 길을 잃으면 끝이니까… 알아들어? 아니 멀쩡한 사람도 있던 자리를 잃으면 살기 힘들거든.

아랑곳하지 않고 물건을 한쪽에 쌓는 데 몰두하는 낙세.

사내	같이 숲에 가보자. 숲에 가서 확인하고 오자. 어이… 같이 가자. 니가 앞장서서. 어두워서 그러는 거면 허리를 서로 단단히 묶고, 그럼 되지 않아?
낙세	(고개를 돌린다) 안 돼.
사내	어이! 널 괴롭히는 게 아니야.
낙세	안 되는데….
사내	사실은 내가 불안해서 그래. 확인을 꼭 해야 할 일을 그냥 넘기면… 후회할 일이 생긴다. 끝장을 본다고. 그래서 지금 나는 확인을 꼭 해야겠

정영욱

거든. 해 지기 전에 두 분이 올라가는 걸 봤는
데… 내려오는 걸 보지 못했으니까… 가자.

해골이 그려져 있는 10리터들이 플라스틱통
뚜껑을 열어 분무기통에 덜어 담고 물을 붓는
낙세.
사내가 플라스틱통을 발로 차자 액체가 쏟아
진다.

낙세　　　(통을 바닥에 막 친다) 죄송… 죄송… 쓰불. 니
　　　　　　즈랄.

사내　　　이 새끼. 이거 뭐야. 뭔 냄새가 이래.

낙세　　　(금세 순해져서) 왜요?

사내　　　어디다 쓰는데… 아무 데나 쓰는 거 아닌데.

낙세　　　닦아… 닦는다.

중얼거리면서 바닥에 쏟은 액체를 막대걸레
로 열심히 닦는 낙세.

사내　　　세상 분간 안 되는 새끼가 참 꼼꼼하게도 닦는
　　　　　　다.

낙세　　　(콧노래를 부른다)….

사내, 뚜껑을 열어 냄새를 맡는다.
팔뚝으로 입과 코를 막는 사내.

사내	이거 아무 데나 뿌리고 그러면 안 돼⋯ 안 된다고⋯ 알아들어?
낙세	(고개를 끄덕인다)⋯.
사내	(작은 커튼을 열면서) 이 골방에서 살아? 이런 데서 먹고 잔다고? 이 잡동사니들은 어디서 주워왔냐?
낙세	(몸으로 가린다)⋯.
사내	너는 가리는 게 참 많네. 제발 내 상상을 넘어서지는 마라.
낙세	왜요?
사내	어이! 일단 해 넘어가기 전에 갔다 오자고⋯ 병든 사람들을 그렇게 방치하면 큰일 난다. 도저히 감당 못 하는 일이 벌어지는 거야. 알아들어?
낙세	어이! 어이! 어이!
사내	(혼잣말처럼) 사람 말귀를 못 알아듣고 마구 헤매네 이 새끼⋯.
낙세	(중얼거린다) 니즈랄⋯ 스불⋯.
사내	널널하게 산다 다들. 어이! 내 입을 똑바로 보고 따라 해. 니미럴⋯.
낙세	니즈랄⋯.
사내	씨발.
낙세	스불.

콧노래를 부르며 생각 없이 바닥을 닦는 데만 몰두하는 낙세.

정영욱

심란하게 생각 없는 낙세의 걸레질을 지켜보는 사내.

20. 그늘의 주인들-과거 17

숲속, 낮에 파다 만 구덩이에 두 노인은 나란히 걸러앉아 노래를 부른다.

'이또 마끼마끼 이또 마끼마끼(실을 감는다 실을 감는다)
히떼 히떼 톤 톤 톤(땡기고 땡기고 통통통)'

동생이 갑자기 '까르르' 웃으면 언니는 동생의 입을 딱 때린다.
웃음이 멈추고 진지해지고, 다시 웃는 걸 반복한다.

잠시

둘은 언뜻, 둘만 아는 이야기를 나누고 있다.

언니   문디 니는 머가 제일 묵고 싶다꼬?
동생   국시 생각나나 응가? 울음마가 쌂아주던 국시.
언니   멜치를 폭 쌂아가 그늘 밑에 쪼매 식혀놨다가.
(말하다 조는 듯하다)

괴화나무 아래

동생	밭에 뒹구는 호박 한 개 뜯어오니라 하몬. 고거 또 쌂아 또각또각 썰어놔 놓고….
언니	쪼매난 종지에 국간장 쪼매 담고 꼬추…. (말하다 조는 듯하다)
동생	응가? 자나?
언니	(퍼뜩 깬다) 문디야… 요서 자몬 안 돼….
동생	응가? 요가 맞나? 맨날 천날 찾는다꼬 와갖고 이래 헤미기만 하노. 요가 이래 짚었나?
언니	요가 원카 짚숙했다 아이가… 짚숙하이까 마이 끌꼬 와갖고 묻었삤지.
동생	응가… 니는 봤드나? 나는 봤다.
언니	문디야… 니캉 내캉 한자리에 있었는데… 니만 봤겠나.
동생	그 일본 아재야가 내 머리꼭지를 쓰윽 만지몬서 웃드만 그냥 가드제.
언니	니는 네 살 묵고 내는 여섯 살 묵고. 니가 까르르 웃으니까….
동생	(입을 막으면서) 응가가 내 입을 요롷게 막았드제….
언니	에리니까. 에리니까 살았지. 살리줬지.
동생	느무 에려서 끌고 가지도 몬하고… 그쟈?
언니	우리는 음마가 갈키준 노래 부르고 안 살았나?

'히떼 히떼 톤 톤 톤(땡기고 땡기고 통통통)
이또 마끼마끼 이또 마끼마끼(실을 감는다 실을 감는다)

정영욱

히떼 히떼 톤 톤 톤(땡기고 땡기고 통통통)
데끼따 데끼따 고비또 싼노 오꾸츠(만들었다
만들었다 당신의 신발)'

어둠 속, 구덩이 안에서 사람들이 나온다.
자매의 눈에는 보이지 않지만 자매의 말대로
움직인다.

동생   응가… 근데 진짜로 요 맞나?

언니   ….

동생   응가 안 무십나.

언니   머가?

동생   요 맞다고?

언니   요 밑에 괴화나무 있었드제… 엔날에도 그 있
         었그든. 내 똑똑이 기억한다. 요 맞다.

동생   요 맞나?

언니   와… 자꾸만 묻노. 무디야.

동생   한 줄로 싹 다 묶어갖고 세워놨었드제?

언니   그걸 와 또 꺼내노.

동생   음마가 딱 그기까지만 살았으니까….

언니   그릏네.

동생   근데… 와 살았는데 묻었실까?

언니   기찮아서.

동생   기찮다고 묻었쁘나?

언니   총도 칼도 다 아깝고 기찮아서. 사람끼리 굴비
         엮듯이 쭐쭐이 묶으갖고. 맨 꽁다바리에 선 사

괴화나무 아래

람을 발로 주 차삐면.

동생 내는 에리갖고… 구디에 빠져서 꿈틀거리는
기 억수로 우끼드라. 까르르 까르르… 내는 우
스버갖고… 응가. 꿈틀꿈틀 땅이 꼼지락거린
것도. 기억나나? 자꾸만 땅 우가 불룩불룩 꿈
틀거리니까. 우스버갖고… '까르르' 응가가 내
입을 딱 막아삤지.

언니 옆구리 총칼 찬 일본 아재가 니를 딱 째리보니
까. 내는 무시버서.

멀지 않은 곳에서 부스럭거리는 소리.

21. 묻고 묻히는 일, 감쪽같이-과거 18

사람2, 3, 4는 구덩이에 사람5와 작가를 밀어
넣는다.
모두들 반사적으로, 흙으로 덮는데 수위는 비
켜 쪼그리고 앉아 꽁초에 불을 붙인다.

사람2 (손을 떤다) 저기… 신고는요?

수위 내가? 왜?

사람3 시끄러워지겠네. 어쩌지요?

수위 잠잠해진다. 누구나 죽어. 안 그런가.

사람4 또 이렇게 엉키긴 싫은데….

수위 누구는… 엉키고 싶나?

정영욱

사람3	몰래 담근 술이 문제라니까요.
수위	몰래몰래. 야곰야곰. 그러다 가는 거지. 누가 몰래 담가서 맛있게 드시랬나?
사람2	이제 우리 어떡합니까?
수위	들어올 때 각자 쓴 서약서 있지 않나.
사람3	여기서 듣고 본 것 모두, 감쪽같이 지우고 나가요.
수위	옳지. 약속을 지킬 때가 왔다. 안 그런가.

사람3, 담배 한 개비씩 나눠 주면 각자 쭈그리고 앉아 피운다

22. 괴화나무-과거 19

어둠 속 숲길을 자매는 조심조심 움직여 걷기 시작한다.

동생	그 아재들이 꼬물락거리는 땅 우에 머슬 막 뿌리고 불을 질렀드제?
언니	(잊으려고) 절대로 불에 안 타는 나무가 뭔 나무?
동생	머였드라?

(요양원 입구, 괴화나무 위로 달빛이 비치고 꽃잎이 하나둘 떨어진다)

괴화나무 아래

언니 괴화나무가 가끔씩 온몸을 떨몬서 흐느낄 때가 있다캤제. 그 우는 소리를 들은 사람은 세상을 갑자기 다 알게 된다꼬. 딱 하루가 걸린다캤제.

동생 아! 봉사는 눈을 뜨고 귀머거리는 귀가 트이고. 벙어리는 말이 트이는데 딱 하루밖이 안 걸린다꼬. 우리 반피가 꽃이 우는 소리를 들었시몬….

멀리, 사내와 낙세는 노인 자매처럼 서로 허리에 고무줄을 묶고 잣나무숲을 오르고 있다.

동생 응가 내 춥고 무십다.

동생이 갑자기 '까르르' 웃자 언니가 입을 때린다.

부스럭거리는 소리의 끝, 어둠 속에 사람들과 수위가 있다.

언니 오빠야 왔나.

동생 어이요. 우리 반피 왔나?

언니 우리 데불고 갈라꼬 왔는가베?

동생 인쟈 내리가자꼬?

천천히 움직여서 소리가 나는 방향으로 나아가는 자매.

정영욱

구덩이 안에 사람5와 작가의 사체를 발견하는 자매.

과거의 그날, 대여섯 살 애기들처럼 두 손 꼭 쥐고 노인 자매는 엄마가 가르쳐준 그 노래를 미친 듯이 부른다.

'히떼 히떼 톤 톤 톤(땡기고 땡기고 통통통)
이또 마끼마끼 이또 마끼마끼(실을 감는다 실을 감는다)
히떼 히떼 톤 톤 톤(땡기고 땡기고 통통통)
데끼따 데끼따 고비또 싼노 오꾸츠(만들었다 만들었다 당신의 신발)'

어둠 속에서, 사람들 놀라서 귀신이라도 잡듯이 자매를 구덩이에 밀어 넣고 흙으로 대충 덮는 사람들.

놀라고 지쳐서 구덩이 주변에 앉는 사람2, 3, 4와 수위.

사람3   귀신 맞아, 맞아요.

사람2   아니면 안 됩니다. (스스로 다독인다) 여기저기 구덩이도 많고, 죽어도 아무렇지 않을 만큼 늙었고….

사람4   여기 아무도 없나? 없어?

수위는 앉아서 담배꽁초를 들어 불을 붙인다.

수위　어서 마무리하자고. 안 그런가.

사람4　가만 보니까 저 새끼는 입만 가지고.

사람3　몰라요, 몰라, 몰라.

사람2　이건 아니지 작가님. 이건 아니지요.

사람3　아니면 어쩔 건데? 뭐, 자기 자신을 마주 봐?

사람4　넌 세상에서 뭐 해먹던 새끼야?

사람2　(울음을 터트릴 지경이다) 다들 저한테 왜 이러세요!

수위　묻자. 묻을 건 묻어야 산다. 뭘 파헤친다고 그래. 감쪽같이 지우고 나간다! 여기서 겪은 모든 것들… 우리 모두 잠시… 이쯤에서 블랙아웃!

숲 밖으로 도망치는 사람들.
수위, 담배꽁초에 불을 붙인다.

수위　인간들이… 멀리 날아가지도 못할 것들이… 수습하러 누가 또 올 거야… 묻은 걸 또 파낼 놈… 늘 반복하니까… 근데 오늘은 좀 너무 많다. 그래서 어쩌자고… 마주 볼 건 봐야지. 뒷감당도 마지막 본 놈이 하는 거고… 어이! 근데… 많이 슬플라나….

들릴 듯 말 듯 꽃이 우는 소리

정영욱

바닥에 우그리고 앉은 낙세.
바닥에 펼쳐놓은 물품들을 정리하고 있다.

낙세, 휴대전화 여러 대와 두루마리 꽁다리
여러 개를 책상 위에 올린다.

형	(서류를 넘기다) 이게 절취물품들입니까?
낙세	(목록을 뒤적이고 살펴본다) 일부만 가져왔다고 말했는데….
형	(휴대전화를 든다) 누구 유품인가요?
낙세	주인 목소리가 담겨 있어요.
형	죽은 사람들?
낙세	그렇습니다.
형	이게 절취한 물건이라는 겁니까?
낙세	돌려주지 않고 제가 가지고 있었기 때문에….
형	(휴대전화들을 한쪽으로 치운다) 그러니까 정범이군요. (피식 웃으면서) 그럼 공범이 있습니까? 절취하는 데 도왔다거나.
낙세	…없습니다.
형	단독범행이네. 죽은 사람이 남기고 간 물건을 주인에게 돌려주지 않았다!
낙세	(타다 남은 신발들을 내민다)….
형	이것도 절취품목 중 하나입니까? 생각해 봅시다.

괴화나무 아래

낙세	(두루마리 꽁다리를 내민다)….
형	이것도 절취품목에 넣는다고? 뺍니다.
낙세	….
형	…남은 두루마리 쪼가리를 훔쳤으니 벌을 달라?
낙세	이건….
형	그럼 계속하시죠.
낙세	건물들마다 나오는 걸 모으면 한 달에 수백 개는 됩니다.
형	이걸 따로 모아둔 이유는 뭡니까?
낙세	….
형	어디 따로 쓸데가 있어서?
낙세	….
형	굳이 말 안 해도 됩니다.
낙세	….
형	(책상을 두드리면서) 괜찮습니까?

잠시

고개를 숙이고 있던 낙세, 감정이 격해지는지 자리에서 일어선다.

24. 숲에 남는 것-과거 20

어둠 속, 들릴 듯 말 듯 꽃이 우는 소리

정영욱

수위, 어떤 일인지 숲속을 헤매고 있다.

사내와 낙세, 어느새 숲 깊숙하게 들어와 있다.

사내 (팔뚝으로 입과 코를 감싸면서)… 여기 왜 이
래?

낙세 (대충 따라온다)….

사내 정신을 못 차리게 만드네.

사내는 자신만이 아는 여자가 뒤따르고 있다
는 걸 느낀다.

사내 (뒤돌아볼 수는 없으니) 그만하자고. 이제 그만
합시다. 그냥 못 본 척하는 게… 답이라 생각한
거지. 제가 어떻게 한 사람이 살고 죽는 걸…
제가 어떻게.

사내가 뒤돌아보면, 따라온다 여기던 여자는
없다.

몇 발짝 뒤에서 꾸물거리는 낙세.

'데끼따 데끼따 고비또 싼노 오꾸츠(만들었다
만들었다 당신의 신발)'

노랫소리가 돌고 도는 곳, 사내와 낙세는 노인
들이 무사한지 살핀다.

| 사내 | 여기 이렇게 오래 계시면 안 됩…. |

이미, 구덩이 안에 고꾸라져 있는 자매들과 사람5, 작가.

낙세는 습관처럼 구덩이 옆에 쌓인 흙을 양손에 쥐어 마구 덮다가 무릎을 꿇고 구덩이 안을 가만히 들여다본다.
낙세 문득 놀라 구덩이 안으로 달려 들어간다.
몸을 미친 듯이 흔들고 울부짖는 한 마리 짐승처럼.

사내, 우두망찰해서 그저 서 있을 뿐 움직일 수가 없다.
바닥에 놓인 라벨 뜯어진 병을 발견하고 주워 드는 사내.

25. 즐거울 '낙', 씻을 '세'-과거 21

두루마리 꽁다리가 담긴 투명비닐 자루를 들고 오는 낙세.
사내, 우울한 낯으로 간이화장터 근처 괴화나무 아래에 앉아 있다.

낙세가 천막 안으로 들어가는 걸 지켜보는 사내.

정영욱

어두워서 보이는 건 없다는 걸 알면서도 사내는
자꾸 눈을 부릅떠 천막 안을 엿보려 애쓴다.

사내   (겁에 질려 목소리에 힘이 없다) 당신… 뭐야?
사망진단서는? 어이… 없잖아… 가족은? 대체
여긴 무슨 서약을 주고받았길래… 이렇게 예의
도 없고… 망자에 대한 배려도 없이… 죽음에 이
르는 과정도… 어이! 이런 죽음을 바라는 사람
은 아무도 없지 않아? 생각이 없어서 당신이 지
금 하고 있는 모든 걸 알 수 없다 해도….

'이또 마끼마끼 이또 마끼마끼(실을 감는다 실을
감는다)
히떼 히떼 톤 톤 톤(땡기고 땡기고 통통통)
데끼따 데끼따 고비또 싼노 오꾸츠(만들었다 만
들었다 당신의 신발)'

천막 바깥으로 흘러나오는 낙세의 힘없는 노랫
소리.

사내   그러게… 무슨 상관이 있겠냐… 사는 거나 죽는
거나… 살았거나 죽었거나… 살거나 죽거나…
모두 개인일 뿐이지… 다 남이지 씨발… 서로 어
찌할 수 없는 남이라고 씨발. 어이! 그런데 어쩌
냐… 죄는 지은 그 자리를 벗어나지 않는다. 죄
는 지은 자리를 맴돈다 니가 죽을 때까지….

괴화나무 아래

들릴 듯 말 듯 꽃이 우는 소리

'우사기 우사기 도꼬니 이꾸노
뽕뽕뽕뽕 하싯떼 도꼬니 이꾸노(산토끼 동요)'

낙세는 더미 모형을 한 두 노인의 사체를 나란
히 묶고 있다.
분무기를 뿌려가며 두 노인을 꼼꼼하게 닦는
다.

잠시

낙세, 두루마리 꽁다리를 풀어서 더미의 눈을
정성스럽게 둘둘 만다.

'이또 마끼마끼 이또 마끼마끼(실을 감는다 실
을 감는다)
히떼 히떼 톤 톤 톤(땡기고 땡기고 통통통)
데끼따 데끼따 고비또 싼노 오꾸츠(만들었다
만들었다 당신의 신발)'

생각 없이 부르는 낙세의 노랫소리.
들릴 듯 말 듯 꽃이 우는 소리
섞이고 또 섞인다.

사내   어이! 생각났다. 당신 이름… 즐거울 '낙' 씻을

정영욱

'세', 낙세… 알면 못 할 일을 몰라 한다는 거지? 그게 당신이야… 낙세… 즐겁게 씻는다… 생각 없이 즐겁게 씻는다… 낙세….

화장터 옆에 쌓인 잣나무 단을 가마 안에 던져 넣는 낙세.

사내의 머리 위 괴화나뭇가지가 심하게 흔들린다.
들릴 듯 말 듯 꽃이 우는 소리
머리를 젖혀 위를 올려다보는 사내.
괴화나뭇가지가 심하게 흔들린다.

26. 가장 가까운 사람-과거 22

수레에서 꺼내 괴화나무 아래 땅 위에 자매의 뼛가루를 뿌리는 낙세.

괴화나뭇가지가 흔들리면 낙세 머리 위에 떨어지는 꽃잎.
낙세는 괴화나무 아래 서서 기둥에 이마를 대고 있다.
슬프지만 그 슬픔을 어찌 표현해야 할지 모르는 낙세.
나무의 기둥에 이마를 대고 반복해서 쿵쿵 찧

괴화나무 아래

는다.
혼자 '까르르' 웃고 자기 입을 딱 때리는 낙세.

27. 잣을 먹는 일-현재 5

형은 낙세가 늘어놓고 간 물품들로 가득한 작은 사무실 공간을 마주 보고 앉아 있다.

잣 자루에서 꺼낸 잣을 입으로 깨물어 보는 형.
잘 쪼개지지 않는다.

절취물품들에 올려놓고 간 휴대전화를 들어 내리친다.
대충 껍질이 쪼개진 듯.

생각 없이 휴대전화로 잣을 내리치고 먹기를 반복하는 형.

문득 액정이 다 깨진, 동생 사내의 휴대전화를 돌려 본다.

28. 이름표-과거 23

철문 앞에 앉아 있는 수위를 찾아온 사내와 낙세.

정영욱

낙세는 사내 옆에 서서 평소와 다르게 몸을 앞
뒤로 움직인다.

수위   소란 피우지 마라.

사내   (낙세의 가슴팍을 가리키며) 여기 가슴에 붙은
라벨 이거. 이 병에 붙어 있던 거 맞습니까?

수위   내가 어떻게 알아? 난 문을 닫고 여는 일만 하
면 돼.

사내   트럭이 오면 물품상자들 서류 작성은요?

수위   몇 개인지 적는 일도 하지… 그런데?

사내   하는 일이 아주 많으신데요.

수위   나는 문 앞에서 들어오고 나가는 사람들의 이
름을 기록해. 자동차번호도 기록하지. 누가 들
어왔는지 누가 나갔는지… 또 누가 나가지 않
았는지 기록해. 그런데?

사내   이 병에 담겼던 건 뭐죠?

수위   그걸 내가 알아야 되나? 내가 그걸 알 필요는
없어.

사내   …들어오고 나가는 물품을 기록하신다면서요.

수위   뭘 이렇게 자꾸만 따지고 물어?

29. 블랙아웃-과거 24

잣나무숲, 삽을 들고 지난번 구덩이를 더 파고
있는 사람들.

    괴화나무 아래

무리를 내려다볼 수 있는 곳에 완성된 풍욕장
이 있다.

거기 나란히 들어가 앉은 원장과 간호조무사.

거리를 두고 낙세가 보초 서듯이 서 있다.

원장　반딧불이가 안 보이네. 어두우면 보이나?

간호　아무래도 그렇겠죠?

원장　어이! 잘 보내드렸어요? 삼가 고인의 명복을
빌어야 되는데. 어이! 이제 좀 짐을 내려놓으세
요. 가실 만할 때 가셨지. 두 분이 손 꼭 잡고 가
셨다는 이야기는 전해 들었어요. 얼마나 다행
인지 몰라. 고독사를 막는 차원에서….

간호　지병으로 인한 자연사로 적어 올리면 되겠죠?

원장　병을 오래 겪다 보면… 스스로 목숨을 끊는 걸
막은 것만으로도… 이곳의 소명은 다했다고
봅니다.

나무에 몸을 자꾸 부딪는 낙세.

원장　(간호조무사에게) 다음 대기자 가족분들한테
연락하셨어요?

간호　바로 모시고 오겠다고….

원장　(숨을 깊이 들이마신다)… 이게 피톤치드 향인
가?

　　　　　　　　　　　　정영욱

간호   (따라서 깊이 들이마신다) 근데… 원래 이렇게…. (코를 막는다)

나무에 몸을 자꾸 부딪는 낙세.

원장   (숨을 깊이 들이마시다 코를 막는다) 몸에 좋아서… 향이 이렇게 독한가.

저 아래 사내가 뒤늦게 올라와 방관자처럼 그늘에 앉아 있다.
아무 일 없었던 일상처럼 가장하는 사람들.

사람4   '개똥벌레 반신 풍욕장'을 반복되는 '만 번 삽 뜨기' 운동으로 만들었다 치고… 우리도 사용할 권한이 있나 궁금하다.

사람3   운동에 무슨 대가가 있어요?

사람2   노동을 운동으로 가장하는 순간… 우리는 들어올 때 받아든 서약서를 반드시 기억해야 됩니다. 그러니까 제발 입 다무시라고.

사람4   교묘하고… 감쪽같게?

사람2   공짜는… 무덤 위를 뒤덮는 하늘밖에 없습니다. 저는 곧 나갑니다.

사람3   나가야 나가는 거지요.

이들 사이에 오고 가는 어두운 침묵.
살기 위해 말로 서로의 침묵을 덮는다.

괴화나무 아래

사람4	근데… 오다가 나무마다 치렁치렁 걸려 있는 건 뭐야?
사람3	수목장도 겸한 요양센터잖아요.
사람4	출입증을 끊는 순간, 매장까지 한 방에 해결되는 곳이구나.
사람2	숲이 깊고 클수록 음이온으로 가득하답니다.
사내	(혼잣말처럼) 중독치료 중인 개개인에 불과하므로 사회에서 가진 신분은 잊는다. 동시에 중독치료 프로그램을 이수하고 퇴원 시에는 요양원에서 일어난 모든 사건은 잊는다.
사람3	…우리가 사회에서 뭘 하던 인간이었든… 상관있어요? 이래저래 중독자 신세… 그니까 예의는 가지시오.
사람2	긍정적으로 보면 다 괜찮아요 괜찮습니다.
사람4	(사내에게) 어이! 해부실험도 하나?
사내	가끔… 합니다.
사람3	실험용 쥐, 그 이름이요?
사내	모르모트를 많이 쓰죠. 눈알이 새빠알간.
사람3	술 취한 것처럼 눈알이 새빠알간.
사람4	사람도 해봤나?
사내	비위가 약해서… 세부전공이 식생이거든요 식물생리….
사람3	오, 생리요?
사내	(점점 비꼬는 말투다) 도서관에서 여학생이 남학생 책상을 탁 치며 야, '생리 다했어?' 주변이 발칵 뒤집어졌다는 그런 일화가 있죠.

202   정영욱

사람3	근데 말이요. 모르모트 배는 산 채로 막 갈라요?

사내, 슬슬 그들의 쓸모없는 질문과 답에 화가 난다.

사람2	저는 7시간 뒤에 꼭 나갑니다.
사람4	근데… 모르모트 팔다리를 핀으로 고정하면 버둥거려?
사내	(말을 할수록 악이 담긴다) 먼저 시원한 에테르에 담급니다. 알코올과 엇비슷하죠. 취해서 뻗으면 일어날 수가 없겠죠? 핀셋으로 꼬리를 딱 집고 (사람2의 목을 잡고) 목을 쭈욱 잡아당깁니다. 뚝 소리가 나면서 척추와 목이 분리가 되죠. 눈치 없이, 심장은 계속 뜁니다. 그리고 배를 가릅니다. 메스로 살을 아주 섬세하게 발라내죠. 그 와중에도 이놈의 심장은 계속 뜁니다… 눈치 없이. 살을 하나하나 꼼꼼하게 발라낸다 그랬죠? 뼈만 쏙 남을 때까지 살점이란 살점은 다 발라냅니다. 그냥 실험일 뿐입니다. 그놈의 심장은 계속 뛰지요. 이제 좀 아시겠습니까? 느껴져요? 잊고 싶어도 잊을 수가 없네 씨발! 저기… 당신들 정말 몰라? 기억하는 거 없어?
사람2	다 지우고 나갑니다.
사람4	어이! 담가놓은 잣술 어디 묻었는지 알아? 한

괴화나무 아래

모금이라도 축일까? 목이 아주 심하게 마르다.
어이는 안 와?

사람3 (땅 한쪽을 판다) 여기 어디 아니요?

사람2 (미친 듯이 침을 몰아 삼킨다) 미쳐버리겠다, 씨
발.

사람들은 별일 아니라는 듯 그냥 서로 보고 있다.
사람3, 술병을 찾아서 흙을 털어낸다.
사내가 달려들어 잣술이 담긴 유리병에 코를
댄다.

사내 미쳤구나. 씨발. 어, 이 어리석은 새끼들 봐라.

팔로 입과 코를 막으며 사람들을 밀어낸다.

사람3 왜 이러세요? 그니까 예의는 가지시오.

사람4 왜? 뭐?

사람2 씨발. 어리석은 새끼?

사내 죽어요. 죽는다고.

사람3 이 씨발새끼는 뭐요.

사람4 이 인간이 말 몇 마디 섞어주니까 사사건건 가
르치려고 드네.

사람2 (이성을 찾으려고) 그만합시다.

사내 (술을 조금 쏟아서) 이거 어디서 담갔어?

사람3 저기요… 신비술이라면서? 그쪽이 여름 잣송
이 어쩌고 하지 않았어?

정영욱

사내   여기 뭘 들이부었냐고?

사람4   어이! 뭘 부어? 알코올을 부었지… 술… 알코올… ACH… 아니 그게 왜… 뭐?

사내   알코올을 누구한테 받았는데요?

사람2   선생님, 왜 긴장을 조장하십니까?

사내   죽는 거 알아요?

사람3   그래요. 내가 가르쳐줬어요. 일주일에 한두 번 트럭이 들어오고, 어이가 알코올을 5리터씩 몇 통을 받아 뒤로 챙긴다고요.

사내   그래서 그걸로 잣술을 담그셨어요? 죽은 사체 닦는 데 쓰는 걸로 술을 담가 드셨다? 세상… 씨발 이 어리석은 새끼들.

사람2   술맛 떨어지게 왜 이래!

사람2, 뒤에서 달려들어 사내의 목을 치면 사내 고꾸라진다.

사내   당신들… 당신들이… 알아?

사람3   몰라요 몰라.

사내   죽였다고.

사람2   누가 누구를? 우리가 당신을? 죽였습니까?

사람4   살아보면 다 아는 걸 자꾸 가르치고 끼어드네. 툭툭 끼어드는 데 인생의 의미를 두는 씨발새 끼가 오늘 참 싫다.

사내, 일어나 달려 내려가려고 애쓰지만 뒤에

       괴화나무 아래

서 그를 밀어 넘어뜨리는 사람2와 3.
낮에 파놓은 구덩이로 사내를 고꾸라뜨리고
밟는 사람들.
사내가 죽은 걸 확인하고 병에 남은 술을 그에
게 모두 붓는다.

들릴 듯 말 듯 꽃이 우는 소리
문득 겁에 질린 사람2, 흙을 퍼서 구덩이를 덮
는다.
사람3, 4도 삽으로 흙을 퍼서 구덩이를 덮는다.
모두 한순간에 미친 듯이.

사람2 난 이번이 마지막이야. 망칠 수 없다고. 씨발,
상관있어?

사람3 감쪽같이 덮을 수 있어 아무도 몰라. 어차피 우
리는 여기에 없었어. 누군가 발견하겠지. 마지
막 본 놈이 책임지는 게 여기 규칙이니까….

사람4 여기 누구 없지? 지금은 없어야 된다.

저 위,

원장 저기… 왜 저런데요? 며칠 동안 판 구덩이를…
왜 다시 덮지? 참 재밌는 사람들이네… 안 그
래요?

나무에 몸을 미친 듯이 부딪는 낙세.

정영욱

원장과 간호조무사가 낙세를 물끄러미 본다.

30. 최초의 사람-과거 25

한동안 텅 비어 있는 공간.

사내, 두루마리 꽁다리를 들고 들어와 괴화나
무 아래 앉는다.
낙세가 다가와 사내 앞에 두루마리를 펼친다.

사내가 자음과 모음을 바닥에 쓰면 낙세는 따
라 쓴다.
천천히 그리고 낱낱이 '낙세' 이름을 쓰는 사
내.

서로 마주 보고 고개를 끄덕이는 두 사람.

잠시
두루마리를 펼쳐 사내의 눈을 감아주는 낙세.

31. 끝인사-과거 26

사내와 낙세는 괴화나무 아래 서 있다.

괴화나무 아래

시간이 지날수록 여자도, 사람1도, 자매 노인도 괴화나무 가까이로 다가올 것이다.

들릴 듯 말 듯 꽃이 우는 소리

사내 낙세야, 잘 들어. 들으라고. 너는 듣기라도 하라고. 내가 말을 하면 너는 들어. 내가 하는 말은 나도 듣지. 사람은 누구나 자신이 앉은 자리를 알아야 한다… 몰라선 안 돼.

낙세 왜 안 돼?

사내 부끄럽고 자랑스러운 순간들도 몰라선 안 돼.

낙세 안 돼.

사내 낙세야.

낙세 내 이름은 낙세.

사내 너는 니가 무슨 일을 했는지… 알아야 해.

낙세 ….

사내 즐거울 '낙' 씻을 '세' 낙세야.

낙세 응… 내 이름은 낙세….

사내 어이가 아닌 낙세. 내가 지금 하는 말을 잘 들어야 해.

낙세 ….

사내 그리고 니가 한 모든 일을 잊지 말고 새겨. 이 온몸에 새겨.

낙세 …새겨.

사내 아니다.

낙세 아니다.

정영욱

사내	죄지은 자리를 조금이라도 벗어나려면 말을 배워야겠다.
낙세	….
사내	걱정하지 마… 하나부터 열까지 가르쳐줄게. 연약해서… 비위가 약해서… 독하지 못해서… 결국 우리는 끝까지 어리석고 어리석겠지만… 낙세야… 그럴수록 너는 너 자신을 기억해야 한다. 기억한다 해도 한 발짝 벗어날 수 없는 게 우리지만….

괴화나무 기둥에 머리를 쿵쿵 박는 낙세.
그럴 때마다 떨어져 날리는 꽃잎.

괴화나뭇가지를 흔드는 자매.
들릴 듯 말 듯 꽃이 우는 소리

사람2와 4가 낙세를 발견하고 다가온다.

어딘지, 무엇에 취한 것처럼 비틀거리고 그들이 내뱉는 말도 더 이상 말 같지 않다.
자매가 괴화나무 아래 서서 나뭇가지를 흔든다.
들릴 듯 말 듯 꽃이 우는 소리

사람2와 4, 낙세에게 시비를 걸려 하나 몸과 말이 비정상적이다.

두 사람 앞에 우뚝 서서 바로 보며 버티는 낙세.

해골이 그려진 물통을 넘어뜨리고 나가는 낙세.

달려들어 바닥에 쏟아진 것들을 쓸어 담는 두 사람.

남은 사내, 비정상적인 몸짓의 어리석은 사내들을 바로 본다

32. 火酒-과거 27

어둠 속, 잣나무 밑동에 묶여 졸고 있는 수위.
라벨이 뜯어진 갈색 병을 들고 들어오는 낙세.

낙세	눈을 감고 계시네요.
수위	(바짝 깬다) 어이! 나한테 왜 이러나.
낙세	(피식 웃는다) 아저씨… 당신은 왜 여기, 혼자, 쓸쓸히, 계실까요?
수위	이러지 마라.
낙세	(말투를 따라 한다) 이러지 마라. 저기 나뭇가지들이 막 부딪히면요. 불이 나거든요.
수위	어이! 넌 시키는 일만 해야지. 난 문 앞에 서서 누가 들어오고 나가는지 보는 게 내 일이야. 그

정영욱

	러니까. 여기 이렇게 묶여 있으면 안 돼요.
낙세	(말투를 따라 하며) 이렇게 묶여 있으면 안 돼요. 나는요. 안 돼. 이 말이 세상에서 제일 싫거든요.
수위	어이! 니가 싫든 좋든… 아무도 관심이 없어. 안 그런가.
낙세	(말투를 따라 하며) 안 그런가.
수위	인간이 갑자기 돌변하면 큰일 난다. 중독자들 봐서 알지? 알았으면 하는데.
낙세	(갈색 병을 들이대며) 기억나요? 목이 마른 사람에게 주는 덤.
수위	위험하다. 이러지 마라.
낙세	아, 그렇구나. 아, 위험하구나. 이 안에 든 게 뭔데요? 보여드려요?
수위	어이! 무섭구나. 입을 여니까 무서워.

낙세, 수위가 묶인 나무 주위에 병에 든 화주(火酒)를 뿌린다.

| **낙세** | 아저씨, 담배 한 대 드릴까요? (수위의 입에 꽁초를 억지로 물린다) 반딧불이가 날아와서 불을 댕겨드릴 거니까… 여기 가만히, 쓸쓸하게, 기다리시면 됩니다. |

바짝 얼어붙은 채 낙세를 바로 보는 수위.

괴화나무 아래

33. 어둠의 밑동-과거 28

괴화나무 옆에 쭈그리고 앉아 있는 사내.
낙세가 천천히 다가와 괴화나무 아래 우뚝 선
다.

사내   낙세야.

낙세   응?

사내   거기 아래 섰구나. 드디어 낙세가 어둠의 밑동
            을 보는구나.

낙세   응?

사내   괜찮아?

낙세   자꾸 뭐라뭐라… 말을 걸어서 잠이 안 와.

사내   그렇구나 낙세가 잠을 잘 수가 없구나.

낙세   꽃이 자꾸 울어서… 우니까 도저히 잠을 잘 수
            가 없어.

사내   도저히? 낙세가 그런 말도 아는구나.

낙세   난 알면 안 돼?

사내   아니… 모르면 안 돼….

낙세   안 돼… 그 말, 참 나 싫은데….

사내   내가 말한 적 있는데… 기억 안 나? 괴화꽃이
            말을 걸고 울기 시작하면… 넌 모든 걸 알게 될
            거랬지.

낙세   알게 되면 좋아? 나빠?

사내   좋을까? 나쁠까?

낙세   그러니까… 아는 게 좋아? 나빠?

정영욱

사내	낙세야 이제는 말이야… 꾸물대면 안 돼.
낙세	왜?
사내	생각 없이… 왜라고 물어서도 안 돼.
낙세	왜?
사내	그들이 오면 다시… 그대로… 오롯이… 시작하는 거다. 낙세야?
낙세	응.
사내	오롯이… 하나도 다름없이… 그렇게 끝내는 거다. (휴대전화를 꺼내 녹음을 시작한다) 나는 이 순간부터 말해야 한다… 내가 그녀의 죽음을 목격한 날, 과학실 실험탁자 다리에 목을 매고 죽은 나와 나이가 엇비슷한 계약직 선생… 눈을 부릅뜬 그 여자의 마지막 모습을… 왜 하필이면 내가 출근하는 그곳이었을까? 재계약을 앞두고 추근거리는 교감의 손길을 견뎌내는 그녀의 눈과 마주친 적이 있다… 피했어야 되는데… 피하지 않고 나는 그녀의 눈을 빤히 보고만 있었지. 그녀의 죽음을 빤히 본 것처럼. 나와는 아무런 상관이 없다는 듯이… 내 병은… 이미 깊었을 것이다. 아주 가까이 내 죄가… 나와 마주 보고 있었다고… 그러니까… 절벽에서 사람을 미는 건 사람이다. 바람이 아니라.

여자, 괴화나뭇가지를 흔들어댄다.

0. 끝나기 전에

스스로 우는 꽃–현재 6 그리고 과거 29

겨울.
앙상하지만 탄 데 하나 없는 괴화나무 아래.
멀리서 다가온 형이 서서 사내를 바로 보고 있다.

'실을 감는다 실을 감는다 땡기고 땡기고 통통통
실을 감는다 실을 감는다 땡기고 땡기고 통통통
만들었다 만들었다 당신의 신발'

간이화장터, 가마 앞에 앉아 장작을 넣으며 노래
부르는 낙세.
그를 가만히 보고 있는 사내.

서로가 서로를 엇갈리더라도 바로 보는 순간.
앙상한 괴화나뭇가지가 흔들리고.

들릴 듯 말 듯 꽃이 우는 소리

막.

정영욱

노크 연습

* 이 작품은 2018 국립극단 희곡우체통 3차 낭독회 초대작으로 6월 25일 스튜디오 하나에서 소개되었습니다.

진실

작가의 말

내 가족에서부터 나와 전혀 상관없다고 닫아둔 사람들에 이르기까지. 같은 비밀번호를 쓰지만 발소리만 아는 사람들의 이야기를 통해 우리는 그 발아래, 혹은 위를 지나며 매 순간 함께 살아가고 있음을 느낄 수 있다면 좋겠습니다. 이 희곡을 통해 문을 빼꼼 열게 된다면 더 바랄 것이 없겠네요.

등장인물

해도
할머니
201호
가스 검침원
둘째 며느리
302호
점쟁이
첫째 며느리
장남
부동산 남자
벨 누르는 아이
하나님
택배기사

*해도를 제외한 배우들은 역할을 겸할 수 있다.

무대

한 층에 네 가구가 사는 빌라.
이곳에 사는 입주자들이 거쳐야 하는 공동 현관이 1층에
있으며 빌라 바깥 공간이 존재해야 한다. 빌라는 점집,
해도의 방, 할머니 집 등으로 다양하게 활용된다.

1. 201호에서 생긴 일

빌라에 들어선 해도.

계단 옆 공간에 자전거, 음식물 쓰레기통, 버려
진 가구가 있는 틈에 스티커를 붙인다.

얼마의 시간이 흐르고 201호 앞에 택배가 탑처
럼 쌓여 있다. 비밀번호를 눌러 겨우 문을 연다.

해도   저… 실례하겠습니다.

        201호, 반쪽 난 얼굴이 보이고 순식간에 사라진
        다.

해도   (웃으며) 잘 지내셨어요. 식사는… 하셨어요?

        아무 반응 없다.

해도   오늘 한강에서 라면 먹기 딱 좋은 날인데. (사
        이) 그럼… 전… 할게요.

        상자를 하나씩 넣기 시작한다.

해도   날이… 진짜… 좋아요. 미세먼지도 없고….

        계속 옮긴다.

진실

해도 이러다 금방 여름… (끙끙대며) 되겠어요.

공동 현관문이 열리는 소리가 나자, 재빨리 문을 닫는다.

해도 (안심시키듯) 닫았어요, 닫았어요. 타이밍 완벽했어요! (사이) 거의 끝나가요.

누군가의 발소리가 꽤 오랜 시간 남는다.

해도 잠시만요. 늦게도 올라가네.

그때, 해도의 핸드폰에 진동. 냉장고에서 음료수 꺼내 마신다.

해도 (벌컥 마시고) 아아, 살겠다! 너무 시원해. 감사해요. 잘 마셨습니다. 아, 그리고 글… 감사해요. 저, 다시 백수 될 뻔했는데… 리뷰 써주신 덕에 살았어요. 자꾸 이상한 것만 시켜서 업체에다 말했거든요. 그러니까 일도 잘 안 주고…. 걱정, 위로, 수리, 청소. 딱 거기까지만 하겠다고 했는데… 애인 대행, 복수 전화 같은 건… 좀… 그렇잖아요. 알바는 선택도 못 하나. 사람마다 재능도 다 다르잖아요.

택배 상자 옮기고 문 닫는다.

노크 연습

201호, 거실로 나와 앉는다. 두 사람 사이 가로막힌 상자더미.

201호   …했어요?
해도   아, 아직요. 빨리할게요.
201호   아니… 천천히 해요. 그거 말고요. 아까 그 일.
해도   일이요? 아아… (이해했다는 듯) 아!

해도, 가방에서 칼을 꺼내 택배 스티커를 제거한다.

201호   그냥… 궁금해서요.
해도   결국 못 했어요. 아니, 안 했어요.
201호   왜요.
해도   그게 뭐라고 해야 하나….
201호   ….
해도   찝찝하다고 해야 하나.
201호   찝찝….
해도   쓸쓸하다고 해야 하나. 어딘가 텅 빈다고 해야
        하나.
201호   텅 빈다….
해도   꼭 한 방에 시원하게 안 떨어지고… 이름 한 자
        남거나, 전화번호 끝자리 네 개만 남아서 찝찝
        하고… 그런 상태 있죠. (손톱으로 박박 긁으
        며) 그래도 어찌저찌 끝은 냈는데… 뭔가가 들
        러붙어서 아예 자국이 남는 거 같더라고요.

201호	…어디에요?
해도	기억 같은데요. 무슨 도장 찍힌 것처럼 남더라고요.
201호	그쪽?
해도	둘 다요. 누군지 모르는 사람도, 나도. 그런 식으로 계속하는 건 좀….
201호	잘했어요.
해도	네?
201호	아… 잘한 선택인 거 같아서요.
해도	그래도 처음 부탁받은 건 중학생이었는데, 재밌었어요. 담임선생님인 척 전화해 달라는 미션이었는데, 엄마가 외박은 죽어도 안 된다고 했대요. 친구 집 가서 하룻밤 자는 건데… 귀엽죠.
201호	그래서요. 어떻게 됐어요.
해도	별자리 동아리! 그게 신의 한 수였어요. 별은 밤에 봐야 하잖아요. 애가 며칠 전에 거기 가입했다고 흘려놔서 30초도 안 걸렸어요. 담임선생님이란 엄청난 존재던데요. 분명히 엄마가 목포 사람이라 그랬는데 사투리도 싹 고치고… (흉내 내며) 어머, 선생님. 그러셔야죠. 콧소리부터 엄청났어요. 그게 운 좋은 케이스였나 봐요. 그 뒤로는 헤어진 남자친구며 과장님한테 연락해서 쌍욕하고 끊는 거… 온갖 욕이란 욕은 다해 본 거 같아요. 그게… 참… 얼굴도 모르는 사람인데… 앞으로 만날 일도 없

노크 연습

을 거고… 이상하게 목소리만으로 죄짓는 기분이 들더라고요.

201호	그냥 편하게 생각하면.
해도	'그냥 편하게'가 잘 안되더라고요.
201호	…미안해요.
해도	뭐가요?
201호	너무 쉽게 말한 거 같아서.
해도	아니에요.
201호	그래도… 대단한 거 같아요. 사람들… 사람들을… 편하게 만나는 거니까.

201호, 몸을 더 웅크린다.

해도	어디 불편하세요?
201호	(놀라서 뒤를 돌아보고) 아니, 아니에요.
해도	안에 물건도 꺼내드리면 더 편할 텐데. 하기야 뜯는 맛이 좀 있어야죠. 그게 재민데.
201호	….
해도	안 편해요. 사실은.
201호	….
해도	아까 사람들 편하게 만난다고. 저… 하나도 안 편해요. 그래서 이거 하는 건데요.
201호	전에는 그럼…?
해도	회사도 다니고 이것저것….
201호	…그랬구나.
해도	어딜 가도 팀장님 과장님은 다 있는데… 이상

진실

하게 그랬어요. 그 사람들은 원래 그렇게 태어
난 사람들같이… 전 죽는 날까지 대리 근처도
못 갈 거 같더라고요.

201호   왜요.

해도   쎄한 느낌이… 그런 건 이상하게 잘 맞잖아요.
6개월짜리 목숨줄 붙들고 사는 게… 뭐 알바나
다를 것도 없었어요. 증명하기 힘든 사람이 되
고 싶기도 했고.

201호   그건 어떤 건데요.

해도   회사 다니면 간단하잖아요. 이름 같은 건 없어
도 명함 한 장이면… 뭐. 근데 저를 증명할 방
법이 없어요. '어디 다니는 누구.' 그게 없으니
까. 설명하기 엄청 오래 걸리기도 하고… 근데
이게 좋아요.

201호   멋지네요. 증명하기 힘든 사람.

사이

201호   저… 히키코모리 그런 건 아니에요.

해도   아, 알아요. 그것도 한물갔잖아요.

201호   …그럼 요즘은요. 뭐가 유행이에요?

해도   그게… 음… 있는 듯 없는 듯?

201호   있는 듯 없는 듯….

해도   그런 사람이 많은 거 같아요. 그런 사람을 찾기
도 하고.

201호   그럼 둘 중 어느 쪽이에요?

노크 연습

해도	저는… 저야 뭐, 어느 쪽도 아니에요. 있어도 없는 것처럼. 없으면 더 없는 것처럼. 있다가 없다가 하는 사람이니까.
201호	(혼잣말로) 있어도 없느니만 못한 사람.
해도	지금처럼요.
201호	…이상하게 안 보고 싶은 사람이 많아요.
해도	그렇구나.
201호	아, 아니. 그쪽 말하는 거 아니에요.
해도	믿어도 되죠? 이 정도 거리감은 유지해야 돼요. 잘 쌓아둔 것도 한 방에 무너지니까… 우리처럼 이 정도가 딱 좋아요.

해도, 작업한 상자들을 안쪽으로 민다.
여전히 201호는 상자에 가려져 있다.

해도	안전거리 확보하겠습니다. 고객님. (사이) 그쪽 너무 좁진 않으세요?
201호	여긴 충분해요.
해도	그럼 조금만 더 밀게요.

해도, 택배 상자를 정리해 지나다닐 공간을 만든다.

해도	하나 알려드릴까요.
201호	…?
해도	인간 퇴치법! 이 일 시작하면서 알게 된 건데…

진실

	꽤 효과 있어요.
201호	…인간 퇴치법이요?
해도	이거 아무나 안 알려주는데 리뷰 써주셨으니까. 감사의 표시로요.
201호	궁금하네요.
해도	너무 드라마틱한 일이 많아서 자연스럽게 터득하게 된 건데 효과 있어요. 그러니까 오늘 하루를 한 편의 영화라고 생각하는 거예요. 모든 사람을 등장인물이라고 가정하는 거죠.
201호	가상 세계… 같은 개념이네요.
해도	어떻게 보면 그런데 어떻게 보면 또 진짜니까.
201호	음….
해도	그냥 간단하게 생각해서 내 영화에 등장하는 인물이라고 보는 거예요. 대사 없는 엑스트라도 있고, 주연도 있고… 만나기 싫은 사람은 슬슬 조연 자리로 밀어버리면 돼요. 가끔 나타났을 때는… 뭐 어쩔 수 없이 갈등을 위해 필요한 부분이겠지 해요. 또 너무 밋밋하면 재미없잖아요.
201호	(건성으로) 아….
해도	안 믿죠? 진짠데. 진짜 되는데.
201호	쉽진 않아 보이네요.
해도	하다 보면 된다니까요. 이 방법의 제일 좋은 점은요. 모든 인물이 언젠간 반드시! 퇴장한다는 거예요. 엔딩은 있어요. 그게 별거 아닌 것 같은데 엄청 힘 돼요.

노크 연습

201호	그다음은요?
해도	그리고… 그러고 나서…? 그러니까… 일이 없더라고요.
201호	(살짝 웃음 나서) 왜요.
해도	다 조연으로 밀어버려서 나만 남았나.
201호	퇴장당한 거 아니에요.
해도	그런가. (잠시 생각하다) 진짜 그런가.

해도, 무릎을 털며 일어선다.

201호	…벌써 다했어요? 고마워요. 오늘도.
해도	이야기하면서 하니까 빨리 끝났어요. 아직 하나 남았잖아요.

그 순간, 현관 벨 울린다.

해도	올 게 왔네요. 먼저 들어가세요.
201호	(방 안으로 들어가며) 부탁해요.

다시 벨.

해도	(사이) 들어가셨죠? (크게 숨 한 번 쉰다) 저, 그럼 열게요. 열어요!

쾅쾅 노크 소리와 벨이 동시에.
문을 열자, 검침원이 제집처럼 문을 밀고 들어

진실

선다.

검침원　　아가씨, 있었네!

해도　　아, 네. 안녕하세요.

검침원　　201호! 우리 동네에서 제일로 바쁜 아가씨. (신
　　　　　　발 벗으며) 잘 지냈어요? 시간 맞추기 너무 힘
　　　　　　드네. 그래도 오늘은 쉬나 봐.

해도　　이것 때문에요.

　　　　　　검침원, 가까이 보이는 의자에 우선 앉고 본다.

검침원　　아아, 다리야. (상자더미를 보며) 이사 가? 전세
　　　　　　지? 어머, 월세였어?

해도　　아무것도 아니에요.

검침원　　택배야? 어머, 다 택배네. 택배회사라고 해도
　　　　　　믿겠다. (신기한 듯) 나… 사진 한 장 찍어도 돼?

해도　　아뇨. 왜요?

검침원　　신기해서 그러지. 누가 이렇게 택배를 시켜.

해도　　그건 안 돼요. (사이) 안 하세요?

검침원　　해야지. 할 거야. (무릎을 몇 번 때리며) 오늘 엉
　　　　　　덩이 한 번을 못 붙였네.

해도　　바로 해주셔야 돼요.

검침원　　생일인가 봐.

해도　　그런 거 아니에요.

검침원　　그럼 이 많은 걸 아가씨가 다 시켰어? 어디 다
　　　　　　녀?

　　　　　　　　　　　　　　　노크 연습

해도	그게….
검침원	좋은 회사 다녀? 나, 물 한잔만. 보리차 같은 거 없지? (사이) 왜 그러고 있어?
해도	아, 물이 있나 생각하고 있어요.
검침원	그걸 뭘 생각을 해. 쌀 달랬다가는 굶어 죽게 생겼네. 아무거나 줘.
해도	잠시만요.
검침원	어디 봐봐. 물을 어디 장롱에 모셔놓고 살아?
해도	(막으며) 안 돼요. 기다리세요.
검침원	아가씨도 참 특이해. (다시 앉으며) 시집 안 갔지?

해도, 문자를 확인한 후에 냉장고에 있던 음료수 건넨다.

검침원	(음료수 병을 돌려 보며) 이거 유통기한 지난 건 아니지? 버릴 거 주는 거 아니야? 물 한 방울도 없으면서 이 많은 걸 다 시켜서 어디다 둬. 밥도 안 해 먹지?
해도	궁금한 게 참 많으세요.
검침원	냉장고도 텅텅 비었던데.
해도	보셨어요?
검침원	보이는 걸 어떡해. 그래. 이상하다 했어. 요즘 마트에 젊은 사람이 없더라. 아가씨들은 다 인터넷 편해서 시키는 버릇이 들어서 그래. 우리처럼 살림하는 사람들은 당근 씻어 나온 것도

진실

한 번을 안 사봤는데 아가씨들은 양파까지 다 벗고 있는 애들만 사데. 껍질에 영양분이 얼마나 많은데, 육수 낼 때도 다 써. 몰랐지? 파 뿌리 넣고 국물 내면 말도 못 하게 시원해. 그게 다 천연육수지! 눈으로 보고, 만져도 봐야 싱싱한지 알지. 일단 한 바퀴 돌아보고 하면 살 것도 생각나는데. 인터넷으로도 잘 시키네. 다 인스턴트겠지.

해도 (가스레인지 쪽으로 가서) 여기부터 보시죠?

검침원 봐. 인스턴트만 먹으니까 얼굴이 푸석푸석하잖아. 젊은 아가씨가 어떻게 나보다 못해.

해도 시간 나시면 이 말 한 번만 검색해 보세요.

검침원 뭐를?

해도 프라이버시.

검침원 이래 봬도 대학 근처 갔다 온 사람이야. 그걸 모르게? 아가씨는 좋은 대학 나왔어?

해도 아신다면서요.

검침원 프라이? 아가씨랑 나랑 벌써 몇 년인데.

해도 6개월에 한 번이니까 이제 두 번. 저… 진짜 시간이 얼마 없어서요.

검침원 요 바로 옆이야. 나도 이 동네 산다니까. (사이) 쉬는 날이라면서.

해도 한가하다고는 안 했어요.

검침원 (속삭이듯) 애인 만나는구나. 누가 있긴 있었네.

해도 다 들려요. 저 곧 나가야 돼요. 빨리요.

노크 연습

검침원   (건성으로) 해야지, 이제.

사이

검침원   혹시… 302호 본 적 있어?

해도   아니요.

검침원   위에서 이상한 소리 같은 거 안 나?

해도   글쎄요.

검침원   그 여자 보통 아니야.

해도   그게 저랑 무슨 상관이에요.

검침원   왜 상관없어. 바로 윈데 아가씨도 조심해야 돼.
벌써 다섯 번째라니까. 사람 갖고 장난치는 것
도 아니고 문자까지 보내서 그날 있겠다고. 편
하게 오시라고 분명히 그랬거든? 문자도 다 남
아 있어. (핸드폰 찾으며) 봐봐. 어디 있냐. 기
다려 봐… 꼭 찾으려고 하면 안 보여. 어디 갔
냐. 바꿀 때가 됐다. 공짜가 이래. (포기하고 핸
드폰 넣으며) 아니. 그래 놓고 가잖아? 문을 안
열어.

해도   바쁘신가 보죠.

검침원   일부러 안 연다니까.

해도   일부러요?

검침원   있다니까, 사람이.

해도   사정이 있겠죠.

검침원   무슨 사정!

해도   모르죠.

진실

검침원	다섯 번씩 엿 먹이는 얼마나 대단한 사정! 별 지랄 맞은 사정도 있네.
해도	제가 어떻게 알아요.
검침원	그 여자만 생각하면 괘씸해서 잠이 안 와. 가스 검침이나 하러 다닌다고 사람 무시하는 것도 아니고… 동네 사람들끼리 서로 이해하고 그래야지. 지랑 나랑 주민이야! 같은 쓰레기봉투 쓰고, 화목토 쓰레기 버리는 날도 다 똑같은 주민! 이웃이라고! 꼭두새벽부터 오라길래 밥도 안 하고 갔더니 문을 안 열고, 밤에 드라마 보다 말고 갔더니 또 문을 안 열고.
해도	너무했다.
검침원	베란다에서 여기 두 개 체크하는 데 1분도 안 있어. 30초면 하고 나가. 그게 뭐라고. 내가 남의 집에 가서 실수할 짓을 했으면 내 목을 비틀어도 할 말이 없어. 나처럼 조용하게 확인만 하고 나오는 사람 있나 봐. 아니, 그러면 TV 소리라도 끄든가. 안에 있는 거 대놓고 홍보하는 것도 아니고… 청소기 돌리고, 라디오까지 들으면서 '나 안에 있어요.' 일부러 그래. 나 들으라고! 요즘 말로 그… 소시지랑 비슷한 거 있잖아. 영어로 긴 거. 그 뭐야. 그… 사람 칼로 찌르고 웃는 거. 그런 사람 있잖아.
해도	소시오패스요?
검침원	그래! 뒤가 패스구나. 진단이 다 나와. 딱 그거라니까. 아가씨도 조심해.

노크 연습

해도　오늘 다른 덴 안 가세요?

검침원　아, 가야지. 내가 불을 지르러 가. 가스를 훔치러 가. 다 안전하자고 하는 거지. 내 식구 같고 딸 같아 그렇지. 나중에 지들 엄마가 이러고 다닌다고 생각해 봐. 먼 타지에 와서 밥도 잘 못 챙겨 먹고, 물 한 방울 없이 어떻게 사나…. (사이) 고향이 어디야?

해도　서울이요.

검침원　아… 서울이었어.

　　　검침원, 의자에서 일어선다. 드디어.

검침원　부모님은 같이 안 살아? …결혼은?

해도　글쎄요.

검침원　다 묻지 마라 이거지. 오케이. 프라이.

해도　(애원하며) 제발요. 점검 좀 해주세요.

검침원　그렇게 원한다면 한번 봐줄까. 점검 시작합니다.

　　　검침원, 콧노래를 흥얼거리며 가스레인지에 검침 기계를 빙빙 몇 바퀴 돌리고 가스 밸브를 한번 잠갔다 연다.

검침원　문제없어요.

해도　벌써 끝났어요?

검침원　끝! (기계 챙겨 넣으며) 프로 검침원은 다르지.

어디 더 해줘?

해도   아뇨. 고생하셨습니다. 고생하셨어요.

해도, 가방을 챙긴다.

검침원   애인 만나러?

해도   네, 네.

검침원   앞으로 인터넷 같은 거 적당히 하고 밥도 해 먹고 살아. 가스비 보니 여기 불 한번 안 켜고 사는 것 같은데. 해 먹기 시작하면 또 된다. 자꾸 안 해 버릇 하니깐 양파만 찾지. 시집가려면 된장찌개 정도는 끓일 줄 알아야 돼. 평생 혼자 살 거야?

해도   그냥 양파 안 먹고 평생 혼자 살까 봐요.

검침원   말이 그렇단 거야. 다음에 문자 갈 거니까 날 잡아 말해줘. 나, 바람맞히지 말고. 온 동네서 바람만 맞고 다니니까 뼈가 시려. 오늘같이, 알았지?

해도   네네. 그럴게요.

검침원   꼭 연락해. 꼭!

검침원, 퇴장. 고요해졌다.

해도   …시끄러웠죠. 오래 기다리게 해서 죄송해요. 빨리 퇴장시키려고 했는데 그게… 저도 애는 썼는데… 아까 말한 비법 그냥 취소할래요. 안

    노크 연습

되는 사람도 있네요. 그럼… 이만 가볼게요. 오늘 건 2시간으로 해주시면 돼요. 저… 문 앞에 있을게요.

해도, 201호에서 나와 문 앞에서 대기한다.
그러다 뭔가 생각난 듯 가방에서 스티커를 꺼내 손잡이에 붙인다.
그때 살금살금 계단을 올라오던 둘째 며느리, 해도와 눈이 마주친다.

둘째	(작은 목소리로) 위!
해도	…저요?
둘째	(더 크게) 위! 위층!
해도	…위요?
둘째	과일, 과일!
302호	…누구니?
해도	여기요. 아래… 누가….

둘째 며느리, 급하게 해도의 품에 과일박스를 안겨준다.

해도	…저요? 누구세요? 여기 2층인데요.
302호	…들어와.
해도	여기 계신… 선물을 보냈어요.
302호	…얼른 와.
해도	잠깐 내려오시겠어요? 그게요. 과일 같은데…

진실

	선물을 보낸 거 같아요.
302호	…거기서 뭐 해?
해도	저요? 전 그냥… 있는데요.
302호	…혼자 왔어?
해도	(둘째 며느리 보며) 그래 보이네요.
302호	…왔다 가지.
해도	전 무슨 상황인지 잘 모르겠고요. 잠깐만 내려오세요.
302호	사람 없어요!
해도	네?
302호	아무도 안 살아요.
해도	아니… 그게 아니라요. 저는 그냥 지나가는 사람이고요. 잠깐 내려오시면… (사이) 그냥, 아니… 그러면 제가 갖다드릴게요. 저 올라갈게요.

둘째 며느리, 머리 위로 크게 동그라미를 그리다 하트까지 만든다.
위층에서 두 사람 대화 나누는 소리를 유심히 듣는다.

해도	아니에요. 아니에요.
302호	갖고 가. 많이 갖고 가요. 얼른… 못 먹어… 나 혼자.
해도	아, 그만 주세요.
302호	더 담아! 더 갖고 가. 너무 많아.
해도	아니요, 이제 됐어요.

노크 연습

302호	갖고 가서 가족들하고 나눠 먹어.
해도	감사합니다.
302호	…주말에 오지?

둘째 며느리, 조금 더 올라와 두 팔로 강하게 엑스 표시를 한다.

해도	(내려오면서) 네? 안 되나 본데요. 안 된대요.
302호	….
둘째	들으셨어요?

해도, 품에 사과를 안고 내려온다.

둘째	201호?
해도	아니요.
둘째	(작은 목소리로) 금방 여기서….
해도	전 여기 안 살아요. 근데 누구세요?

둘째 며느리, 204호를 손가락으로 가리킨다.
해도, 사과와 봉투를 챙겨 넣고 나가자, 그 뒤를 둘째 며느리가 따른다.
빌라 밖으로 나오자 둘째 며느리의 목소리가 커진다.

둘째	잠깐만요. 너무 고마워요. 인사를 제대로 못 했네요.

진실

해도	저요?
둘째	그거 좋은 거예요. 홍옥. 비싼 건데… (사이) 아가씨가 다 갖고 가네.
해도	아, 좀 드릴까요?
둘째	아뇨, 아니에요. 내가 선물한 건데 도로 뺏는 거죠, 그럼.
해도	직접 드리시지.
둘째	그게… 조금 복잡해서. 잘… 받으셨죠?
해도	그냥 앞에만 갖다 놨어요.
둘째	고마워요. 저 여기 살아요. 204호.
해도	아, 204호.
둘째	곧 이사 가긴 할 건데. 떠나기 전에 이웃한테 인사하려고요.
해도	아, 네.
둘째	어때요? 보기엔 안 그런데 내가 의외로 부끄럼이 많아요. 벨 누르고 인사하려니까 좀 용기가 안 나서… 과일 하나 갖고 와서 생색내는 거 같기도 하고… 이별인사 같은 것도 거주창스럽잖아요. 몰래 놓고 가려고 했거든요. (사이) 혹시나 오해할까 봐.
해도	오해 안 해요.
둘째	아가씨를 좋아하더라고요.
해도	누가요?
둘째	우리… 아니, 윗집에서. 사과 주는 거 봐요. 인정이 많은 분은 아닌데.
해도	아, 잘 먹겠습니다.

노크 연습

둘째	그래 주면 좋죠. 여기 왔다 갔다 해요?
해도	일 때문에요.
둘째	무슨 일?
해도	…?
둘째	그냥 낯이 익어서. 몇 번 본 거 같기도 하고.
해도	가끔 오긴 했어요.
둘째	사실… 아까 왔다가 무서워서 못 들어갔어요. 아니, 어떤 여자가 구석에서 이상한 짓을 하니까. 처음엔 뭐 고치나 했는데… 혼자 계속 그러고 있잖아. 모르는 여자가.
해도	아, 아까 전에….
둘째	오죽 흉한 일이 많아야죠. 무서웠다니까. 아가씨, 맞죠?
해도	네. 작업하느라.
둘째	여기서? 무슨 작업을 해요?
해도	제가 시작한 일이 있어서요.
둘째	무슨 일 하는데요. 직업 있을 거 아니에요.
해도	없는데요.
둘째	…없어요?
해도	네. 없어요.
둘째	원래부터?
해도	네. 원래부터 없어요.

긴 정적이 흐른다.

둘째	…뭐 사람이 꼭 직업이 있어야 하나. 근데 그

집에서 돈 받던데.

해도   가끔 도와드려요.

둘째   도우미?

해도   그러고 보니 도움을 주긴 하네요.

둘째   그거 젊은 사람도 하나 보네요.

해도   네, 뭐.

둘째   체력도 좋고, 말도 훨씬 잘 통하고. 센스도 있
으니까. …도우미셨구나.

해도   그렇게 볼 수도 있겠네요.

둘째   정확히 어떤 일 하는지 물어봐도 돼요? 아니,
앞집에서 나오니까 반가워서 이사 가도 코앞
이라 오며 가며 또 만날 수도 있어요. 도와준
것도 고맙고. 꼭 같은 건물 살아야 이웃인가?
나 자주 왔다 갔다 해요.

해도   ….

둘째   아까 수상한 짓 했잖아요. 아가씨도 원인 제공
했어.

해도   그게 이제 준비 단계라서.

둘째   내가 빚지고 못 사는 성격이기도 하고… 아니,
너무 고마워서 그래요. 내가 그 일 도움 줄 수
도 있잖아요. 동문회 부회장 하거든요. 인맥이
괜찮아.

해도   저한테 빚지셨어요?

둘째   아까 과일.

해도, 망설이다 가방에서 스티커 하나를 떼어

노크 연습

준다.

해도   필요 없으실 거 같긴 한데.

둘째   큼직하게 좀 만들지. 처음인 티가 나네. 요즘 전단지 못 봤어요? 글씨도 대문짝만하게 쓰잖아요. 이렇게 조그맣게 만들어 어디다 써요.

해도   너무 크면 튈 것 같아서.

둘째   (가까이 보며) 하도 하도? 아, 해도네.

해도   네. 해도.

둘째   해도 해도… 너무하다 싶은 일들… 해결해 드립니다. 이게 다예요?

해도   네.

둘째   참 어렵게도 써놨다. 해도 해도 어려운 일이란 게….

해도   말 그대론데 너무하다 싶을 때 있잖아요.

둘째   뭔가 심오하네.

해도   그때 잠깐 도와주는 거예요. 이름 넣어서 만든 거거든요.

둘째   이름? 이름이 해결이에요?

해도   아뇨.

둘째   이름이 어디 있어요.

해도   여기요, 해도.

둘째   해결이 아니고 해도구나. 다른 해도는?

해도   …?

둘째   난 또… 해도 해도 그래서 둘인 줄 알았죠.

해도   저 혼자 해요.

둘째	그럼 사람도 죽여주고 그래요? 그건 너무 비싼
	가? (웃으며) 농담이에요, 농담. 지금 내 심정
	이 딱 이거거든요. 더 나아지지도 않아. 그렇다
	고 끝나지도 않아. 어쩜 이렇게 해도 해도 징글
	맞게… (한숨 쉬며) 해도 해도 참… 그죠? 사과
	좋은 거니까 갖고 가서 먹어요. 아침에! 또 봐
	요.

해도, 묵직해진 가방을 다시 고쳐 멘다.

2. 점집에서 생긴 일

붉은 커튼이 쳐진 점집, 그 앞에 무릎을 꿇고
긴장된 모습으로 해도가 앉아 있다.
노란색 부적 한 장이 커튼 틈으로 나온다.

점쟁이	자.
해도	(손을 뻗어서) 아, 네.
점쟁이	버릇없이! 두 손으로!
해도	아아… 네.
점쟁이	지금부터 잘 들어.
해도	(수첩을 열다) 저… 잠시만요.
점쟁이	그냥 들어.
해도	잊어버릴까 봐요.
점쟁이	적지 마. 적지 마. 부정 타.

노크 연습

해도	네.
점쟁이	부정 탈 짓은 하면 안 돼. 지금부터 신중하게 행동해.
해도	알겠습니다.
점쟁이	일단 그 집에 들어가.
해도	그러고요?
점쟁이	가유우고 불연손재(家有憂苦 不然損財)니….
해도	…?
점쟁이	이 집은 차가운 기운부터 막아야 돼.
해도	…제가 막아요?
점쟁이	거기에 붙여. 한쪽 벽에 차가운 기운을 품고 있는….
해도	차가운 기운….
점쟁이	이 집 좋은 기운을 정면에서 다 빨아먹고 있어. 그… 커다란 게….
해도	정면이면 현관에요?
점쟁이	야, (답답한지) 액자가 있다고. 액자. 그 집 가면 액자가 보여.
해도	아, 액자….
점쟁이	그 뒤에다 부적을 넣어.
해도	액자는 하나예요?
점쟁이	큰 거 하나야.
해도	들어가면 바로 알아볼 수 있어요? 크기는요?
점쟁이	큰 거 하나라고. 하나!

해도, 부적을 이리저리 돌려 본다.

진실

해도	방향은요? 어디가 정면이에요?
점쟁이	무슨 방향!
해도	동서남북이나 모서리. 아니면 정중앙 같은… 붙이는 위치가.
점쟁이	그냥 뒤에만 잘 넣어.
해도	이건 어디가 위예요? (부적을 앞뒤로 보며) 혹시… 접어도 돼요?
점쟁이	그걸 왜 접어!
해도	액자랑 안 맞을까 봐서요.
점쟁이	크다니까, 참.
해도	걱정돼서요. 부적 배달은 처음이라서.
점쟁이	어떻게든 잘만 붙여.
해도	…잘 안 붙으면… 테이프 써도 돼요?

사이

점쟁이	7878, 1 2 3 4 !
해도	숫자 다 외치고 붙여요?
점쟁이	뭘 외쳐. 그 집 비밀번호야. 아래랑 위랑 두 개야.
해도	아직도 1234를 다 쓰네.
점쟁이	…테이프 써.
해도	감사합니다. 청테이프는 그렇죠? 너무 끈적거릴 수도 있고.
점쟁이	그냥 되는대로 좀 붙이자.
해도	안전하게 풀을 쓸까요? 테이프는 나중에 떨어

노크 연습

질 수도 있고….

점쟁이   (귀찮아하며) 제발 그냥 붙이자. 응?

해도   죄송해요.

점쟁이   너 알아서 해. 가서 탁 붙이기만 하면 된다니까.

해도   부정 탈까 봐 그러죠.

점쟁이   그리고 제일 중요한 게 있어. 절대 잊지 마. 미시(未時)를 지켜.

해도   (주문 외우듯) 미시, 미시… 미시가 뭐예요?

점쟁이   1시에서 1시 반! 그때가 제일 좋다고. 16일! 미시에… 그 집에 들어가.

해도   아, 1시 반까지.

점쟁이   그럼 빈집이라 아무도 없을 거야.

해도   있으면요.

점쟁이   그날만 날이야? (한숨 쉬고) 주인이 문자 갈 거야.

해도   아, 네. 그런데요.

점쟁이   뭐.

해도   …31분 되면 부정 타겠죠?

점쟁이   그래, 탄다. 타!

해도   이거 금액 높은 거라서 완벽하게 처리해야 돼요.

점쟁이   참… 말 많다.

해도   그리고 죄송한데….

점쟁이   죄송할 말은 하지 마.

해도   하나만요.

진실

점쟁이	또 뭐!
해도	부적… 어떤 뜻인지 물어봐도 돼요? 한자도 아닌 거 같고 궁금해서.
점쟁이	알아서 뭐 하게.
해도	기왕 하는 거 좋은 뜻이면 좋잖아요.
점쟁이	사고 치지 말고 단단히 붙이기나 해.

사이

점쟁이	…병 나으라고. 요즘 세상에 제일 무서운 병이지.
해도	그럼 이거 치유 부적인 셈이네요. 그죠? 저는 이 치유 부적을 정성스럽게 붙이는 해결사 같은 거고… 가족들 염원을 담아서… 부정 안 타도록 제가 잘 붙일게요. 걱정 마세요.

점쟁이, 빠르게 커튼을 닫는다.
해도, 부적을 접으려다 머리끈으로 돌돌 말아 품 안에 넣는다.

해도	16일… 미시… 미시… 액자 뒤. 테이프 가능. 7878… 1234….

노크 연습

3. 공동 현관에서 생긴 일

첫째 며느리와 장남, 해도를 빤히 보고 있다.
해도, 두 사람의 눈치를 보고 서 있다.

첫째　　　젊은 분이 참….

장남　　　대단하시지. 이렇게 젊으신데 벌써 CEO시네.

해도　　　아뇨, 그런 거 아니에요.

장남　　　그러면 계속 이 일만…?

해도　　　이게 제 일이에요.

첫째　　　어머, 전문가시네요!

해도　　　이제 시작했어요.

첫째　　　시작이 반이죠.

장남　　　그게 반밖에 안 됐나.

두 사람 마주 보고 웃는다.

첫째　　　…반짝이더라고요.

해도　　　네?

첫째　　　그 손톱만 한 스티커가 반짝거리면서 빤히 보
　　　　　　　는 거 있죠? 고 조그만 게… 내 마음을 다 알
　　　　　　　고… 구원 같았어요.

사이

해도　　　그러면… 시작을….

　　　　　　　진실

장남	아, 언제부터가 좋을까? 저희야 빠르면 빠를수록 좋은데.
첫째	당장 오늘이라도.
장남	오늘은 좀⋯.
첫째	오늘이 어때서.
장남	정리를 해야지 우리끼리도.
첫째	무슨 정리가 필요한데?
장남	정보를 드려야 일을 하시지. 혹시 모르잖아.
첫째	그놈의 혹시. 이 상황에 다를 게 있어?
장남	잘 대비하자는 거지.
첫째	대비가 된 것 같아? 결국 이 꼴이 됐는데.
장남	아아, 알았어.
해도	저기.
첫째	네, 네. 말씀하세요.
해도	그래서 제가 할 일이란 게⋯.
첫째	꼭 좀 도와주세요. (사이) 한번 안아 봐도 될까요?

첫째 며느리, 해도를 갑자기 끌어안는다.

첫째	해도 해도⋯ 그 말이 왜 이렇게 제 가슴을 울리는지.
장남	자세히 봐. 어떻게, 되겠어? 돼?
해도	네?
장남	아, 일에 필요할지도 몰라서요.

첫째 며느리, 해도의 허리를 안아 보고 꼼꼼하게 어깨도 잰다.

장남 어때, 어때?

첫째 봐요, 한 치의 오차도 없어.

장남 내가 뭐랬어. 걸어올 때부터 느낌 오더라니까.

첫째 완벽 그 자체예요. 하늘이 보내준 분이야.

장남 아멘, 보내주셨네.

첫째 듣던 대로네. 정말.

해도 네? (사이) 이제 다 된 건가요?

첫째 그럼요. 그럼 부탁드릴 일에 대해서 말씀드리자면….

장남 우선 오후에 한 번씩… 아니, 뭐 그런 것도 없어요. 마음 내킬 때 그냥….

첫째 (장남에게) 뭐 해? 안 갖고 오고.

장남, 차에서 옷 몇 벌을 들고 뛰어온다.

첫째 입으실 옷.

장남 셔츠 몇 개는 제 건데 아주 크진 않을 거예요.

해도 아, 네. (옷을 팔에 걸쳐놓고) 이 옷들로 입으면 될까요.

첫째 아무렇게나 돌려 입어요. 나중에 마음에 들면 가지셔도 돼요.

해도 아, 아니에요.

장남 다 브랜드입니다.

진실

첫째	(눈치 주며) 다는 아니잖아.
장남	좋은 거 골라왔어!
해도	그러고요?
장남	가시면 돼요.
첫째	일주일에 세 번.
장남	편하실 때.
해도	그냥 가면 되나요? 그분 성격이나 주의해야 할 점… 특이사항 같은 거… 아니면 지켜야 할 거나 꼭 전해야 할 말 같은….
첫째	그런 거 없어요. (장남 보며) 없잖아? 그지?
장남	신경 쓰실 거 하나 없어요. 크게 위험한 일 없는지만 잘 봐주시고….
첫째	문단속만 잘 시켜주면 돼요.
해도	아, 문단속.
장남	그냥 내 집이다 생각하고.
첫째	가까운 편의점 간다 생각하고.
장남	동네 한 바퀴 돌면서 산책하듯 들르시면 돼요.
해도	아아, 네.
첫째	옷만 잘 입어주세요.
장남	제 것도 한 번씩. 아시죠?
해도	시간은요?
장남	오래 있어 주면 저희야 좋지만.
첫째	부담 갖지 마세요.
장남	어떤 날은 이야기가 술술 풀릴 수도 있고.
첫째	그러다 밥을 먹게 될 수도 있고.
장남	그럼요, 그럼요.

노크 연습

첫째	시간만 잘 체크해서 알려주세요.
장남	입금은 칼같이 해드릴 테니까.
해도	아, 네.
첫째	…모레 어떠세요?
해도	방문만 하는 건 어렵진 않은데요. 이게… 약간….
첫째	어려울 거 있어요. 말 그대로 방문만 하면 되는데.
장남	그냥 편하게 가시면 돼요.
첫째	…일단 한번 해보시는 게 낫지 않겠어요?
장남	백문이 불여일견! 한번 보는 게 저희 말보다 훨씬 낫죠. 혹시라도 하다가 어려운 일이 있으면….
첫째	(장남의 팔을 친다) 전문가신데 어려울 게 뭐 있어.
장남	그럼. 괜히 전문가겠어. 그러면 선생님만 믿고 가보겠습니다.
첫째	잘 부탁드려요.
장남	내 식구다 생각하고 편하게 하세요.

두 사람, 해도만 남겨놓고 재빨리 사라진다.

해도	옷 입기… 일주일 세 번… 내 집처럼….

복잡해 보이는 해도의 얼굴, 서서히 암전된다.

진실

4. 302호에서 생긴 일

부동산 남자, 큰 수첩 하나를 끼고 3층까지 터
벅터벅 올라온다.
부스스하고 짜증 난 얼굴로 계단 앞에 앉으면
302호 문이 천천히 열린다.

302호　　들어오지, 왜?

부동산　　저… 그냥… 됐어요.

302호　　들어와.

부동산　　금방 가야 돼요.

302호　　…어디 가게?

부동산　　가긴 어딜 가요. 부동산 나가야죠.

302호　　…다시 오지?

부동산　　이제 안 올 거예요. 분명히 말했어요. 안 온다고.

302호　　왜 안 와?

부동산　　전화로 하시면 되잖아요. 잘해드릴게요.

302호　　바빠서?

부동산　　바쁘죠.

302호　　주말은?

부동산　　저도 쉬어야죠.

302호　　배 안 고파? …거기 있지 말고 들어오라니까?

부동산　　그냥 여기서 이야기할 테니까 잘 들으세요.

302호　　거기 있으면 춥지. 바닥이 찬데.

부동산　　저요. 제가요. 출근 준비하다가 왔어요. 지금 시
　　　　　　　간이 6시예요. 제가 아침잠 진짜 많거든요. 아

노크 연습

침마다 5분만… 아, 3분만… 1분만. 저한테 막 빌어요. 치사할 정도로요. 그렇게 기적적으로 출근하는 거거든요. 그런데 매일! 5시부터! 알람처럼! 정확하게! 연락하시면요.

302호   거기가 찬데. 얼른 들어와서 밥 먹고 가.

부동산   죽겠어요. 매일 이렇게… 연락을 주시면… 어떡해요. 진짜 9시 1분도 돼요. 출근해서 커피 한잔 딱 마시고 대화 나누면 좋잖아요. 부동산으로 연락 주시면 더 친절하고 자세하게 말씀드릴 수 있어요. 번호 아시죠?

302호   알지. 3번.

부동산   (놀라며) 제가 3번이에요?

302호   3번. 부동산.

부동산   (체념하고) 네네. 영광입니다.

사이

302호   …올랐어?

부동산   무슨 집이… 배추도 아니고.

302호   …올랐어? 올랐냐고.

부동산   생선값 묻듯 그러세요.

302호   올라야 돼.

부동산   아니, 집값이 매일 춤을 추겠어요. 억 소리 나는데.

302호   억 소리 나? (웃으며) 억, 억! 억 소리 난다. 아이고!

진실

부동산	좋으시겠어요.
302호	오늘은 올랐어? 내일은? 또 언제 오르는데?
부동산	더 오를 수 있게 도와드린다니까요. 잘 들으세요. 진짜 고급 정보니까.
302호	그래. 말해 봐.
부동산	한번 오른 집값은 잘 안 떨어진다고 입이 아프게 말씀드렸어요. 그건 아주 기본으로 갖고 가는 거예요. 아시죠? 이 동네가 평지라 지리적 요건도 좋고 특히 위치가 죽이잖아요. 시장 가깝지. 병원, 마트, 우체국, 공항까지 30분. 말이 돼요? 여기는 신혼부부, 직장인들도 많아서 무조건! 잘 받게 돼 있어요. 그런데 딱 하나.
302호	왜, 왜?
부동산	3층이라는 점이… 아쉽죠. 여기 건물에 유일한 단점이 엘리베이터가 없는 건데. 생각해 보세요. 4층은 옥상이라도 쓸 수 있죠. 2층 가깝죠. 3층은 중간에 껴서 다리만 아프지. 힘들기만 하지. 찾아오기도 싫지. 장점이 전혀 없어요.
302호	3층이 높아서? 그래서 오기 힘들어?
부동산	당연히 싫죠! 3층까지 올라가는데. 더울 땐 짜증 나고 추울 땐 더 춥고.
302호	그러면… 여기보다 더 좋다는 거지.
부동산	네, 네.
302호	비싼 집이야. 여기….
부동산	그럼요! 비싼 집이죠. 2층은 더 비싸질 거고요.
302호	올랐어? 여기보다?

노크 연습

부동산	많이 올랐죠. 2층은 더 오를걸요.
302호	30년 전만 해도 상상도 못 하지. 봉천동보다 높지? 저기 문수동은?
부동산	비교 안 되죠.
302호	(웃으며) 그래? 비교 안 돼? 비교가 안 되지? 이 집하고는!
부동산	네네.
302호	또, 또 상암동은? 저… 저기 아현동은?
부동산	다 불러드려요? 여기서 아주 밤새요?

사이

302호	…204호는?
부동산	(자세 고쳐 앉으며) 오! 관심 있으세요?
302호	누가 거기가 더 좋다고 해서….
부동산	말해 뭐 해요! 입만 아프죠. 팔 때 생각해도 훨씬 낫고요. 그리고 투룸이라 가격도 확 달라진다니까요. 계단 몇 개 덜 오르는 거. 무시 못 해요. 진짜 신중하게 생각해 보세요.
302호	…2층이 더 비싸? 나중에도 더 비싸? 확실해?
부동산	더 비싸게 팔아드린다니까. 제 번호 아시죠?
302호	204호는 잘못했어. 비싼 집 버리고 어딜 가.
부동산	잘하신 거죠.
302호	아니야, 잘못했지! 큰 실수야.
부동산	여기 내놓으면 바로 나간다니까요. 가격 잘 받으실 건데 무슨 실수예요.

진실

302호	실수했다니까! 그것들이 멍청한 짓 했다니까!
부동산	저한테 왜 그러세요.
302호	멍청한 짓 했어. 멍청한 것들! 비싼 집을 내팽 개치고!

부동산 남자, 302호 목소리에 놀라 계단에서 일어선다.

부동산	진정하시고···.
302호	···후회할 거야. 이렇게 올랐는데. 비싼 집인데.
부동산	그러니까요. 3층보다 더 귀한 2층을 턱턱 내놓 고.
302호	여기를 두고 왜 가! 더 오를 거야. 여기! 최고 비싼 집 될 거야.
부동산	네네. 그렇게 되실 거예요.
302호	···2층이 더 비싸진다고?
부동산	그럼요. 3층보다 2층이죠.

302호에서 묵직한 비닐봉지 하나가 나온다.

302호	···2층이 더 비싼 집이란 거지? 갖고 가.

문이 닫힌다.

부동산	잘 먹을게요. 2층이 더 오를 거예요. 진짜로요! 근데 일어나자마자 저한테 전화하시면 안 돼

노크 연습

요. 204호에 관심 있으시면 연락 주세요. 하룻
밤 새에 바로 나갈 수도 있어요. 결정되는 대
로! 3번! 아시죠? 그리고 제발! 9시요!

5. 할머니 집에서 생긴 일

해도, 첫째 며느리에게 받은 하얀 정장을 입고
있다. 어쩐지 나이 들어 보인다.
할머니, 파란 화면에 소리만 나는 TV를 보고
있다.
다른 방에는 해도가 쓰는 캐리어와 바닥에 놓
인 전자레인지 한 대뿐.

할머니	…아가, 왔어?
해도	아. 네.
할머니	언제 왔어?
해도	아까부러요.
할머니	아까부러…?
해도	아까, 아까부러.
할머니	혼자?
해도	네. 혼자요.

해도, 캐리어에서 다른 옷을 찾는다.

할머니　　어디 가게? 왜, 벌써 가. 곧 밤 된다.

　　　　　　　진실

해도	3시밖에 안 됐어요. 이제 가야죠.
할머니	…애들 왔어? 고것들 학원 갔다 왔나 보네.
해도	네, 어머니. 애들이 왔다네요.
할머니	…자고 가. 늦었어. (이불을 손으로 톡톡 치며) 여기서 자고 가.
해도	그럴까요? (사이) 12시간이면 얼마야. 아저씨 뒷목 잡고 쓰러지겠네.
할머니	어떤 놈이 목을 잡아.
해도	할머니 아들놈이… 아니고요. 아범이 싫어해.

해도, 캐리어에서 칫솔을 꺼내 싱크대에서 대충, 이 닦는다.
할머니, 해도를 빤히 본다.

해도	설마.
할머니	…왔어?
해도	아!
할머니	언제 왔어?
해도	제발.
할머니	이를 몇 번을 닦아. 다 닳겠어.
해도	잠시만 있으세요. 아, 아… 무한반복이다. 무한 반복 구간.
할머니	어디 가? 이 밤에 어딜 가게 위험해. 얼른 문 잠가.
해도	아니요! 안 가요. 어디 안 가!

노크 연습

　　　　　　　해도, 캐리어에 다시 옷 넣는다.

해도　　　아직 안 가요! 안 가! 걱정 마세요. (혼잣말로) 여기가 무슨 집이야. 완전 늪이지… 내 집처럼? 편의점 가듯?… 사기꾼들. 무한반복… 늪에다 버려놨어. 그래, 나 같아도 안 오고 싶지.

　　　　　　　해도, 싱크대에 치약 뱉는다.

해도　　　진짜 희한하다니까. 우리 할머니는 멀쩡한 때도 있던데… 갑자기 기억이 반짝하면서… (할머니 보면서) 이건 너무 완벽해. 완전 다 녹아내렸어.

　　　　　　　해도, 칫솔 몇 번 털어 캐리어에 넣고 불편한지 치마를 고쳐 입는다.

해도　　　아, 불편해 죽겠네. 누가 요즘 이런 거를 입어. 아니… 시대극도 아니고 몇 년도야. 옷이… (첫째 흉내 내며) 마음에 드시면 가지셔도 돼요. 웃기고 있네. 내가 보기엔 버릴 옷 그냥 나한테 준 거야. 브랜드 좋아하네. 천사도 아니고 위아래 하얀 것도 무서워 죽겠는데 스타킹까지 하얀색을 어떻게 신으란 거야. 이게 벌칙이지… 내가 의류 수거함이냐. (스타킹을 벗으며) 아, 이거라도 벗자. 숨 좀 쉬게.

　　　　　　　　　　　　　　　진실

해도, 하얀 스타킹을 벗어 캐리어에 던져놓는
다.

해도　　할머… 아니, 어머니. 어때요? 시원하게 벗어
　　　　　버렸어요!

할머니　　잘했네! 예뻐, 예뻐.

해도　　화이트가 어머님 취향인진 모르겠지만 그건
　　　　　나중에….

할머니　　잘했어, 아가.

해도　　아, 이제 조금 살겠다.

　　　　　사이

해도　　…내가 누구라고요?

할머니　　누구긴.

해도　　누군데, 누굴까요.

할머니　　….

해도　　말해 봐요. 또 잊었지?

할머니　　아가.

해도　　몇 번째 아가일까요?

할머니　　…셋째.

해도　　땡, 땡.

할머니　　그러면 몰라.

해도　　나예요! 나. 내가 배신감이 크네. 계속 같이 있
　　　　　었는데 누군지도 모르고… 어머니한테 잘 보
　　　　　이고 싶어서 이렇게 차려입고 왔는데….

　　　　　　　　　　　　　노크 연습

할머니	알지. 왜 몰라!
해도	솔직히 셋째까지 갔다 오는 건 좀 아니다.
할머니	첫째. 1963년 6월 18일생. 장 산부인과… 11시 42분!
해도	오! 거기까진 모르는데.
할머니	…땡 아니야?
해도	잊으면 안 돼요. 오늘… 첫째네 다녀간 거. 바쁘고 힘들어 죽겠는데도 우리 어머니가 외롭게 보낼까 봐… 첫째가 와서 함께 보냈어요. 어제도 답답하다 노래를 하셔서 첫째가 할머니 전용 의자도 만들어줬잖아. 매직으로 이름까지 탁 박아서! 앞으로 쉬고 싶음 거기 가서 바깥 구경도 하고 그럼 돼요. 무릎 안 좋으니까 너무 자주 다니진 말고… 전화 걸지 말고. 아셨죠? 그거 다 누가 했어. 첫째! 첫째가 해준 거야.

할머니, 아무 반응 없다. 파란 화면의 TV만 보고 있다.

해도	리모컨! 어디 있어요?
할머니	몰라.
해도	(손으로 사각형 그려) 이만한 거 있잖아.
할머니	(이불 밑을 들어 리모컨 빼낸다) 여기.
해도	줘봐요. 계속 저렇게 볼 거예요?

진실

해도, TV 화면 설정을 눌러 이것저것 만져본
다.

해도   말을 하지.

할머니   …또 와? 언제 와?

해도   또 오지. 근데 나 되게 비싸요.

할머니   이리 줘.

해도   무슨 힘이 이렇게 좋아요. 잠깐만요. 있어 보라
           니까. 있을 때 해줄게요. 내일 못 오니까 오늘
           해놓게요. 인간들이 이런 거라도 좀 고쳐놓고
           가지. TV밖에 없는 집에….

할머니   그것들 다… 보기 싫어.

해도   이게 라디오지 무슨 TV예요. 사람 나오는 걸
           봐야지.

할머니   눈 아파. 가만히 둬.

해도   이것도 퍼레가지고 눈 아프겠는데?

할머니   애들 오면 해달라고 해야지.

해도   …누가 오는데?

할머니   내일 와.

해도   내일?… 누가?

할머니   (회상하며 행복한 듯) 내일 오지! 애들이 다 온
           대. 할머니, 우리 할머니 하면서 오는데… 손자
           들도 할머니 집 와서 너무 좋다고… 여기를 난
           장판을 만들어놓고 가. 걔가 만 바꾸야. 만 바
           꾸! 돌기만 하면 만 바꾸를 돈다니까. 아이고,
           정신없어. 그래도 우리 할머니 좋다고 또 오고

노크 연습

싶다고 그래. (비밀스럽게) 첫째 놈 아직도 장가를 안 가고 있어. 걔가 나이가 몇 개냐. 자주 까먹어. 그놈이 밤낮으로 밖을 쏘다니더니 여자 하나도 못 만나고… 영 숙맥이야. 속은 제일 별나도… 애들 중에는 최고로 예뻐. 착해. 나 죽기 전까지 그놈 결혼하는 건 봐야 하는데.

해도　(황당해하며) 아니, 그럼 난 누구야.

6. 그때, 1층에서 생긴 일

하나님, 품에 성경책을 안고 기도하고 있다.
이윽고 아이가 벨을 누른 뒤, 순식간에 1층까지 뛰어 내려온다.

아이　(숨 가쁘게) 일이 많대요.

302호　….

아이　일이 많대요. 바빠! 내일도 늦게 끝나고….

아무 반응이 없자, 아이 소리 높여 말한다.

아이　주말엔 어디 가야 돼요. 아빠가 몇 주 만에 쉬어서 가야 돼.

하나님　못 오신답니다.

아이　놀러 가는 거 아니고… 숙제라서 꼭 가야 돼요. 나만 못 갔단 말이에요.

하나님, 아이의 팔을 툭 친다.

아이   아아, 치킨! 주말에 프라이드 맛으로 보낸대요.

하나님   문 열어주셔야 합니다.

302호   ….

아이   (소리치듯) 아! 들려요? 엄마가… 아니, 아빠도… 다 오늘 어디 가고! 주말에는 바쁘고… 아니다. 아, 여기 못 온다고요!

하나님   정리해 드리면 주말에 어딜 가고 오늘은 바쁘답니다.

아이는 계단에 풀썩 앉아 핸드폰 게임을 시작한다.

하나님   …듣고 계시죠? 치킨도 들으셨죠?

302호   누구세요…? 집에 아무도 없어? 왜 안 들어가고?

아이   몰라, 학원 가야 돼.

하나님   저기… 제 음성이 들리십니까.

302호   하나님…?

하나님   네, 듣고 계셨군요.

아이   난 말했다!

302호   지금 어디 계세요?

탁탁거리는 소리가 들리자, 아이 게임을 멈춘다.

노크 연습

하나님	가… 거기! 꼼짝 말고 계세요.
302호	제가 직접 뵙고….
하나님	거기 그대로 계세요.
302호	찾아뵙고 드릴 말씀이 있습니다.
하나님	자, 침착하세요. 제가 여기 있다는 걸 믿으셔야죠. 믿음! 중요하잖아요.
302호	제가… 살아 있는 건가요? 살아서 주님을 만난 건가요?
하나님	아, 모든 것이 헛되도다.
302호	…살았습니까? 살아 있는 겁니까.
하나님	삶과 죽음을 구분 짓지 마세요.
302호	그러니까. 살았단 거죠?
하나님	네. 살아 계십니다.
302호	계속 벌을 받고 있습니다.
하나님	…벌이라면?
302호	다 용서하신다고 했죠? 죄를 사하여 주실 날만 기다렸습니다. 저 새벽마다 기도했습니다. 왜 대답을 안 하세요? 전지전능한 분이잖아요.
하나님	네. 그렇기는 한데….
302호	오늘도 지옥에서 깨어났어요.
하나님	지옥에는 집이 없습니다.
302호	….
하나님	주말도, 치킨도 없습니다.

사이

진실

302호	엄마는…?
아이	아까 바쁘다고 했잖아요. 계속 말했는데.
하나님	아, 하늘에 계신 어머니가 뵙고 싶군요. 참으로 깊은 효심입니다.
302호	…매일 기도드립니다. 하루도 빠짐없이 정말 매일요.
하나님	마음 같아선 당장에라도 보내드리고 싶죠. 헌금도 잘하고 계시나요?
302호	잘하고 있어요. …지금 어디세요?
하나님	전 어느 곳이든 있을 수 있고, 없을 수도 있지요.
302호	저를 제발! 여기서 구해 주세요. 부탁합니다.
하나님	고난의 길을 걸을 수 있는 지팡이를 손에 쥐어 드렸습니다. 잊으셨나요?
302호	…제발요. 내일은 없게 해주세요.
하나님	모든 건 자매님 마음에 달려 있습니다. 마음에 주님을 가졌듯, 이제부터는 세상을 받아들여야 합니다. 모두 품으셔야 돼요.
302호	저, 그동안 헌금도 많이 하고….
하나님	아… 너무 잘하셨습니다.
302호	작년에 에어컨도 내가 놓었어요!
하나님	할렐루야. 우리 자매님 박수!
302호	세 개나 놓었어!
하나님	여름엔 거기부터 들르겠습니다.
302호	…다 보고 계시는 거죠?
하나님	제가 누군데 당연히 보고 있죠.

노크 연습

302호	마지막 소원입니다. 주님 곁에 데려가 주세요.
하나님	오늘요?
302호	지금요! 지금 가!
하나님	많은 자들이 고통받고 있어… 오늘은 스케줄이 어렵겠네요.
302호	언제 되셔요?
하나님	정확하게는 어렵고….
302호	날… 날을 잡고 가세요.
하나님	그게….
302호	제 편이라면서요.
하나님	애써 보겠습니다. (목소리 가다듬으며) 자매님 외에도 힘들고 지친 영혼이 쉴 곳이 필요해 오늘도 변함없이 딱 3분! 말씀 전하고 떠나겠습니다. 누가 있건 없건, 혼자여도 낙원에 사는 것처럼 살라. 함부로 연락하지도 말지며 두드리지도 말고, 쉽게 응답하지 말라. 죽음을 두려워하지 말고 가족에게 감사하고 살아 숨 쉬는 온 우주 만물, 입속의 황홀함을 주는 치킨에게도, 오를 수 있는 계단도, 목구멍을 넘어가는 작은 밥알들까지! 이 모든 것에 감사하고 믿으며 모든 것을 바라지 말며… 모든 걸 견디느니라. 그래야만 영생을….
302호	(말 끊으며) 안 돼! 영생은 안 돼요! 그건 안 돼요.
하나님	아멘부터 하셔야죠.
302호	아멘! 저는 혼자라서 영생하면 큰일 나요.

진실

하나님	제가 곁에….
302호	아니요.
하나님	전 어떤 순간에도 곁에 있습니다. 다 보고 있어요. 자매님을 위해서라면 불구덩이를 뚫고라도 올 수 있습니다.
302호	혼자 있다니까! 나 혼자야. 데리고 가!
하나님	나 하나님이에요! 왜 반말해요?

아이가 놀라서 하나님을 보자 다시 평정심을 찾는다.

하나님	…아멘. 모두 다 같이 아멘.
302호	제가 죄를 지었습니다. 부디 용서하지 마시고 긴 잠을 주소서.
하나님	사랑하는 자에게는 잠을 주시는도다. 우리 자매님께도 이제 긴 잠이 필요한 것 같습니다. 제 곁으로 오실 수 있도록 기도드리겠습니다.
302호	다음에 오면 꼭 데려가세요!
하나님	그럼 오늘 말씀은 여기까지.
302호	꼭 데려가! 이놈아! 데려가야 돼.

하나님, 아이를 챙겨 밖으로 나간다.
탁탁거리는 소리가 들리다 잠잠해진다.

노크 연습

7. 다시, 할머니 집

해도, 장남이 건네준 셔츠를 입고 있다.
할머니, 해도와 캐리어를 번갈아 본다.

해도   아, 또…?

할머니   …왔어?

해도   아니야, 아닐 거야.

할머니   또 여행 가게? 못 써, 지금 돌아다니면. 어디 가
                려고?

해도   간 게 아니라 온 거야.

할머니   …어디 갔다 왔어?

해도   와.

할머니, 부엌 서랍을 열어 무언가 찾기 시작한다.

할머니   …밥은?

해도   안 먹은 건가.

할머니   먼 데 갔다 왔어?

해도   등퇴장도 멋대로고… 시공간도 막 날아다녀. 미
                치겠다. (할머니에게) 멀리 갔다 왔지.

할머니   비행기 타고?

해도   로켓 타고! 우주 반 바퀴 돌고 안드로메다도 찍
                고 그러고 왔어요.

할머니   어른 놀리면 못 써.

해도   오, 웬일이야. 제대로 도착했네.

진실

할머니, 다시 방으로.
해도, TV 설정으로 들어가서 한참 찾아본다.

해도 일단… 기다려 봐요. 내가 눈 호강시켜줄 테니까. 보기만 해도 기분 좋아지고, 죽기 전까지 못 잊을 얼굴들 보게 해줄 테니까 있어 봐요. 이게 만병통치약이야.

할머니 …죽었어.

해도 괜찮은 연하남으로 한번 찾아볼게요. 어떤 스타일이 좋을라나.

할머니 나를 54살에 놓고….

해도 그러게. 의리 없이 왜 혼자 가버리셨을까.

할머니 같이 가야지. 혼자 살겠다고.

해도 이번에 의리 있는 남자로 찾아볼게요.

할머니 …내가 죽어야 되는데… 빨리 만나야 돼.

해도 어떻게 오늘도 살았는데.

할머니 죽어야지. 애들이… 살지.

해도 또 살았으니 오늘 생일이네. 어머니, 축하드려요! 기왕 살 게 된 거 더 잘살면 되지.

할머니 못된 년.

해도 무슨 일이야. 오늘 쌩쌩하네.

사이

할머니 …이제 혼자야.

해도 그럼 나는, 난 귀신이에요?

할머니	…여기 다 젊은 사람들만 살아. 여기 건물에… 다 젊은데… 나 혼자… 늙은이야.
해도	다 이겼네, 그럼.
할머니	아무도 없어… 늙은이는.
해도	좋은 거지! 좋은 거예요. 음, 그러니까… 뭐가 좋냐, 잘 모르겠지만 뭐든 유일하다는 건 엄청난 거거든요. 요즘 세상에. 최소한 여기에서만큼은 유일하잖아. 우리 건물 유일한 할머니. 그게 쉬운 게 아니라니까. 좋은 거예요. 어머니, 이거 못 하겠어. 무슨 전원 버튼이 두 개씩이나 달렸어.

할머니, 부엌으로 가 냉장고를 열어보고 가스
레인지를 켠다.
계속 시도해 보지만 탁탁대는 소리만 난다.

해도	(조심스럽게) …뭐 하는 거예요?
할머니	밥 먹어야지.
해도	그거 안 돼요. 안 돼.

해도, 할머니를 말려보지만 계속 시도한다.

해도	안 된다니까.
할머니	고장 났어?
해도	고장 난 게 아니고….
할머니	불이 안 들어와. 밥해야 되는데.

해도	그거 처음부터… 아니, 내가 깜빡했는데.
할머니	왜?
해도	일부러 안 되게 한 거예요.

해도, 할머니를 비켜나게 한다.

해도	괜히 만지지 마요. 이거 이제 안 돼. 요리 잘하는 이모가 밥 갖다주잖아.
할머니	…밥을? 누가 밥을 갖다줘.
해도	아침마다 오잖아. 그래서 이거 꺼버렸지.
할머니	너 밥해 주려고 준비했는데?
해도	배불러. 밥 먹었어.
할머니	왜 이걸 꺼버렸어?
해도	위험하잖아요. 다칠까 봐.
할머니	…천년만년 살라고?

할머니, 화가 난 듯 방으로 들어가버린다.
해도는 주방에서 가스 밸브를 다시 확인한다.

해도	화났어요? 뭐 그런 걸로 화를 내.
할머니	…아무것도 하지 마? 그냥 가만히만 있어?
해도	그런 게 아니라… 위험하니까… 불나면 무섭잖아. 혼자 계신 어른들은 사고 날 수 있어서… 자다 불이 막 날 수도 있고, 뭐 끓이다 깜빡할 수 있으니까. 어머니도 자주 깜빡깜빡하시잖아.
할머니	꼼짝도 못 하게….

해도	위험한 일 생길까 봐… 다 걱정돼서 그런 거지.
할머니	누가 걱정해?
해도	걱정해.
할머니	누가!
해도	자식들 다!
할머니	….
해도	다 해! 첫째부터 넷째까지 다. 또 까먹었어?
할머니	….
해도	깜빡깜빡해도 절대 잊으면 안 될 게 있어. 자식들 다 걱정해. 그리고 천년만년 살면 어때. 자식 앞에 죽어야지, 죽어야지 그 말 하면 벌 받아서 하루 더 산대. 그러니까 진짜 오래 살기 싫으면 그런 말 내 앞에서 하지 마. (사이) 듣기 싫어 죽겠어. 자꾸 그 소리 하면 첫째 속상하지!

한동안 정적이 흐른다.

할머니	밥 먹고 가.
해도	그놈의 밥.
할머니	…먼 데 갔다 와서 밥도 못 먹고! 안 돼!
해도	먹어, 먹었다니까.
할머니	언제?
해도	아까? 아… 금방… 조금 전에?
할머니	여행 갔다가 왔는데 밥이라도 든든하게 먹어야지. 시간이 몇 시야. 저 안에 짜장면이 있었는데, 그게 어디를 갔는지… 저 안에도 없고. 애들이

진실

와서 다 먹고 갔나.

할머니, 커피믹스 몇 개를 해도에게 쥐여주고 방으로 들어간다.

할머니   너 다 먹어. 누구 주지 말고.

해도   저… 이제 진짜 갈게요. 가요! 아주 가는 거 아니고 또 올 거예요. 1층에 너무 자주 내려가지 말고요. 이 골목 벗어나면 안 돼요. 그리고 비 올 수도 있다니까 창문 꼭 닫고 자요. 아, 그리고 자기 전에 여기 문! 귀찮아도 3개 다 잠그고 자야 하는 거 알죠?

해도, 캐리어에서 자신의 옷을 챙겨 넣고, 커피 믹스도 넣는다.

해도   밥 챙기는 거나 좀 잊어버리지. 아, 생각났다! (목소리 높여) 어머니, 내가 진짜 좋은 거 하나 말해줄까? 저거 없애는 게 좋아요. 완전 행운이야! 가스 검침하잖아? 사람 잘못 걸리면 너무 피곤해. 그게 당해 보면 가스 발명한 인간이 미울 정도라니까. 누군 그게 괴로워가지고 사람도 쓰고 그러는데. 몰랐죠? 왔다 하면 눌러앉고 봐. 다 자기 이야기야. 무슨 사연이 그렇게도 많아. (고개 저으며) 아니다. 그 이모도 우리 어머니가 한 방에 이기겠다. 뭐, 좋은 게 더

노크 연습

많네. 그… TV는 답답해도 조금만 기다리세요.
아셨죠? 올 거야. 하루 자면 또 오는 거… 알
죠?

해도, 할머니가 있는 방을 한참 보다 나간다.
파란 화면 앞에 앉은 할머니의 뒷모습이 오래
남는다.

암전.

8. 204호에서 생긴 일

택배기사, 상자 두 개를 안고 204호 앞에 조용
히 밀어놓는다.
빠르게 사라지려는데 올라오던 할머니와 마주
친다.

할머니 거기!
택배 …아, 안녕하세요.
할머니 안녕 못 하지.
택배 그럼 좋은 하루 되세요!

할머니, 내려가려던 택배기사를 막아선다.

할머니 서봐. 가지 말고.

진실

택배	(당황하며) 저요?
할머니	(남자를 가만히 본다)
택배	저, 왜요? 몰라요… 저는.
할머니	…아저씨지?
택배	제가 뭐요. 전 아무것도 모르는데.
할머니	왜 남의 집 앞에다가… 누구 멋대로!
택배	아니, 204호 앞으로 온 거니까요. 이게 제가 보낸 게 아니고요.
할머니	(지팡이로 바닥을 치며) 당장 빼! 우리 애들 오면 어쩌려고….
택배	저는 배달만 하는 거예요.
할머니	우리 애들 온다니까!
택배	전 진짜 모른다니까요.

할머니, 택배기사를 향해 지팡이를 휘두르려 한다.

택배	오오! 잠시만요. 흥분하지 마세요. 자, 하나씩 해결하자고요.
할머니	해결하고 말 것도 없어!
택배	침착하세요. 우선 그 지팡이부터 내려놓으시고.
할머니	말을 안 들으니까.
택배	왜 이러세요. 저한테.
할머니	여기가 어딘 줄 알고!
택배	문제는 저놈의 택배… 저게 문제네요. 그럼 그

노크 연습

냥 반송시킬까요? 반송시켜버리죠! 자식들이 애써 보낸 건데 무시하고, 죽어도 안 받겠다고 하니 도로 갖고 왔습니다. 그렇게 전하면 되겠네요. 참 좋아하시겠다.

할머니　너는 맞아도 싸.

택배　전 배달, 그냥 놓고 가는 사람이라니까요.

할머니　저렇게 큰 거를 집 앞에다가 두면 여길 어떻게 오냐!

택배　아… 막상 들어 보면 가벼워요. 보실래요?

할머니　시끄러! 문을 떡 하니 막고! 온 자리를 다 차지해!

택배　아, 그게 싫으셨구나. 오케이. 그거였어.

할머니　그래, 치워!

　　택배기사, 상자를 204호 문 앞에서 멀리 떨어뜨려 놓는다.

택배　어때요? 됐어요? 까다로우신 할머니, 여기 두면 됐죠? 아, 자리 차지하는 것도 싫다 하셨지. 그럼 아예 뜯어버릴까요?

할머니　당장 빼라니까.

택배　빼라고요?

할머니　그렇게 큰 걸 어쩌라고! 빼!

택배　빼드린다니까요. 빼드릴게요. 이게 겉만 크지 안에는 요만해요. 막상 딱 열어보면 허무할걸요. (사이) 자! 그럼 과감하게 뜯습니다. 아니,

신실

어느 택배기사가 생선 가시 발라주듯이 이렇
게 테이프까지 다 벗겨주고… 너무 친절하다.
친절해. 나중에 너무 친절했다고 꼭 말해주세
요. 아셨죠?

할머니 …여기서 뭐 해?

택배 집 안으로 넣어드릴까요? 테이프로 범벅을 해
놨네요. 있어 보세요. 해드릴게요. 시원하게 한
방에 짝! 뜯는 건 아무나 못 해요. 자, 기술 들
어갑니다.

할머니 도둑이야? 도둑놈! 도둑 잡아가세요!

택배 아야! 언제는 빼라면서요.

할머니 몇 번을 말해! 애들 온다니까!

택배기사, 상자를 내팽개치듯 놓는다.

할머니 (가슴을 치며) 아이고, 답답해!

택배 아, 어떻게 하라는 거예요! 다시 넣어요, 말아
요?

할머니 내가 언제! 사람 잡네!

택배 와… 미치겠네.

할머니 지금 당장 빼. 빨리 빼.

택배 하잖아요.

할머니, 지팡이로 상자를 친다.

할머니 남의 걸 왜 만져! 너 한국놈이야? 어디서 왔

노크 연습

어? 말귀를 못 알아들어.

택배 누가 누구한테 할 소리예요.

할머니 시끄럽고 빼기나 해! 당장!

택배 아, 할머니! 제발요!

할머니 빨리… 말할 기운 없어.

할머니, 지친 듯 계단에 앉는다.

택배 제발 정신 좀 차리세요.

할머니 너나 정신 차리고 가서 차나 빼.

택배 …차? 무슨 차?

할머니 여기 앞에다 댔잖아.

택배 아닌데요.

할머니 그럼 누구야! 여기 누가 있어!

택배 전 아니라니까요.

할머니 너 입은 그 말밖에 못 하냐?

택배 아니니까 아니라고 하죠. 그럼 뺀다는 게 차…
차였어요?

할머니 말해! 어디다 댔어?

택배 그게… 뒤쪽에? 아니, 멀리 댔는데 하여튼 여
긴 아니에요. (사이) 그리고 어르신, 깜빡하시
는 건 알겠는데 제일 중요한 말을 생략하고 말
하면 무슨 수로 알아들어요. 다짜고짜 빼, 빼!
그러면 어쩌라는 거냐고요.

할머니 그놈한테 전화해.

택배 어디에요?

할머니 치우라고 전화해.

진실

할머니, 택배기사에게 핸드폰을 건넨다.

할머니   이따 우리 애들 오니까 나가라고 해. 빨리!

택배   아니, 전생에 주차관리원이었어요?

할머니   시간 없어. 곧 애들 온다니까, 얼른!

택배   할머니, 이 건물은 지정주차가 아니에요.

할머니   …누가 그래?

택배   누가 안 그래도 다 아는 거예요.

할머니   나, 여기 살아. 204호! 내가 주인이다, 내가! 너 몇 호 살아?

택배   주차하는 데 204호 주인입니다, 써진 거 봤어요? 아니면 계약서에 204호 어르신과 그의 자식들이 주차구역을 다 씁니다, 이런 조항이 있어요? 이게 우겨서 해결될 일이 아니라니까요.

할머니   터진 입이라고 말은 잘한다.

택배   건물 사람들 다 같이 쓰는 거예요.

할머니   (불쌍하게) 선생님, 내가 저 차 때문에 밖을 못 나갑니다. 도와주세요.

택배   왜 못 나가요.

할머니   이 늙은이가 꼼짝을 못 해요. 차가 막아서.

택배   금방 나갔다 오셨잖아요.

할머니   언제! 사람 잡는 소리 한다. 하루 종일 꼼짝도 못 하고 있었는데.

택배   금방 저기서. 올라오다 만났잖아요.

긴 사이

노크 연습

할머니	여기, 이사 왔어요? 처음 보는 총각이네.
택배	(머리를 긁으며) 아. 예.
할머니	201호? 언제 이사 왔어? 나 204호 살아.
택배	어제? 한 달 전? 모르겠어요. 저도.

사이

할머니	뭐 해? 빨리 전화해.
택배	아… 돌아오셨네.
할머니	안 된다고 해.
택배	그냥 차를 부숴버린다고 할까요.
할머니	그래!
택배	반쪽을 내놓겠다 그래야지.
할머니	옳지, 잘한다. 우리 아들 무서워. 혼내준다 그래.
택배	네. 해요, 할게요. (핸드폰만 귀에 대고) 여보세요. 다 들었죠? 차를 아주 부숴버릴 테니까 당장 빼세요. (할머니에게) 뺀대요, 바로.
할머니	(일어서며) 내려가, 가자.
택배	그냥 집에서 기다리세요.
할머니	애들 오니까 밖에 있으면 돼.
택배	언제 올 줄 알고요.
할머니	…이따 온대.
택배	연락 못 받으셨어요? 제가 받은 것 같은데.
할머니	온다 그랬어.
택배	그… 저기 둘째가….

진실

할머니	…못 온다고?
택배	네. 그렇대요.
할머니	여행 갔구나. 애들이 멀리 잘 가.
택배	그게 좋은 거죠.
할머니	첫째가 맨날 와 있어. 저기에 지 것도 그대로 있어.
택배	돌아오면 됐죠.
할머니	짐 싸서 여기저기 다니다가 꼭 나한테 와.
택배	…좋으시겠어요.
할머니	그럼, 좋고말고! 좋지! (사이) …가는 거야?
택배	저야… 그래야죠. 할 일 끝났으니까.

할머니, 집에 들어가려고 비밀번호를 누르는데 계속, 계속 실패한다.

택배	까먹었어요?
할머니	가끔… 늙으니까 깜빡깜빡해.
택배	차분하게 해보세요.
할머니	…이상하네.
택배	가끔 저도 그럴 때 있어요.
할머니	젊은 사람이… 안 되지. 아래 1층이랑 헷갈려서 그래. 가만있어 봐… 보자.
택배	고기를 끊어야 돼. 까마귀 고기.

사이

노크 연습

할머니	…재밌어?
택배	할머니 생각해서 한 농담인데. …누구 아는 사람 없어요?
할머니	없어.
택배	전화해 보실래요?
할머니	내버려 둬. 다… 바빠.
택배	혹시 모르니까.
할머니	넌? 내일은 못 와? 주말은?
택배	저는 이거… 상자가 있어야 와요.
할머니	(쓰다듬으며) 선물이네.
택배	네. 선물 보내면 오는 사람.
할머니	안 가도 돼? 얼른 가. 나 신경 쓰지 말고.
택배	기억났어요?
할머니	….
택배	보고 갈게요. 이것도 안에 넣어드리고….
할머니	괜찮으니까 가.
택배	같이 풀어볼까요? 비밀번호 정석은 기념일인데. 생일 언제세요?

할머니, 다시 일어나 비밀번호를 눌러본다. 실패가 계속된다.
택배기사, 초조한 듯 주위를 빙빙 돈다.

할머니	오! …언제 왔어?
택배	아, 안녕하세요! 오랜만에 뵙네요.
할머니	…밥은? 얼른 들어와.

진실

택배	네! 문부터 열어주세요.

경쾌한 소리와 동시에 드디어 문이 열린다.

택배	이걸 다 잊으시네. 앞으로는 칙칙 폭폭 기차놀이! 아니다. 도레미파? 그냥 1층하고 통일시켜버리세요. 하나만 외우는 게 낫잖아요. 그죠?
할머니	아가, 지금 왔어?
택배	아니, 아니. 전 아가 아니에요.
할머니	아범은?
택배	없어요.
할머니	혼자 왔어?
택배	아가는… 곧 올 거고요. (상자를 넣으며) 이거요. 여기 둘게요. 아셨죠? 다 할머니 거예요. 앞동네 사는 둘째가 보냈으니까 아끼지 말고 다 드시래요. 둘째요! 아셨죠?

택배기사, 상자를 204호 안으로 넣어주고 내려간다.
얼마의 시간이 흐르고… 둘째 며느리, 204호에서 나온 할머니와 마주친다.
할머니는 이마에 부적을 붙인 채 서 있다.

둘째	…어…?
할머니	…?
둘째	어디… 가세요?

노크 연습

할머니	누구실까요?
둘째	저요… 저. 저예요, 어머니.
할머니	여기 아무도 없어요.

둘째 며느리, 할머니 모습이 낯설어 다가가지
못한다.

둘째	어머니.
할머니	응?
둘째	어디 가시는데요.
할머니	…언제 왔어?
둘째	방금요.
할머니	조심히 가.
둘째	어머니는… 어디 가세요?
할머니	집.
둘째	누구 집이요.
할머니	내 집.
둘째	거기 집 아닌데. 없는데… 어머니… 이사했잖아요.
할머니	…나 살던 데로 갈 거야.
둘째	또 잊으셨구나. 302호에서 살다가 한 층 내려왔는데, 기억 안 나세요?
할머니	…너는?
둘째	이사 갔어요.
할머니	204호 두고?
둘째	이제 거기 어머니가 살죠.

진실

할머니	내가 살아?
둘째	네. 어머니가 살아요.
할머니	나… 혼자 두고 갔어?
둘째	혼자 두긴요. 저… 바로 근처에 살아요.
할머니	…내 집은?
둘째	여기잖아요.

사이

둘째	…이마에 부적은… 왜?
할머니	그놈이 죽어도 말을 안 듣는다. 잡으러 가야 돼.
둘째	누구… 누굴 잡으러 가요.
할머니	그놈한테 연금 아껴서 다 줬는데… 끝까지 안 데려가.
둘째	그래서… 거기 가세요?
할머니	가서 날개라도 한쪽 떼버리든지 해야겠어.
둘째	날개요?
할머니	더울까 봐. 그놈이 더위를 많이 탄다더라. 그래서 여름에 안 데려갈까 봐. 에어컨도 세 대나 사줬거든. 나쁜 놈.
둘째	그래서… 지금 그놈 만나러 가는 거예요?
할머니	…응.

할머니, 몇 개의 계단을 성큼 올라간다.

노크 연습

둘째	어머니! 잠깐만요. 좀 있어 보세요.
할머니	…첫째니?
둘째	아니요. 둘째요.
할머니	선물 보내주는 둘째구나….
둘째	그건 기억하시네요.
할머니	너는 내 둘째 아가. 내 며느리지?
둘째	맞아요.
할머니	나는… 뱀인가 했다.
둘째	…뱀이요?
할머니	소리도 없이… 쓱… 쓱….
둘째	…쓱?
할머니	열면 아무도 없는데, 쓱… 쓱… 뱀 놓고 간 줄 알았다.
둘째	아.
할머니	초인종이 고장 났었나 보지.
둘째	그건 아닌데요.
할머니	예나 지금이나 너는 뱀 같아.
둘째	…칭찬이에요?
할머니	첫째는…?
둘째	곧… 와요. 올 거예요.
할머니	바쁘지… 바빠. 우리 애들이 다 바빠.
둘째	있잖아요, 어머니….
할머니	다 못 보고 가겠네.
둘째	일단… 내려오세요.
할머니	난, 싫어.
둘째	거기 아무도 없어요.

진실

할머니, 몇 계단 더 오른다. 3층까지 올라간다.
둘째 며느리, 조금 더 올라가지만 할머니에게 쉽
게 다가가지 못한다.

둘째 잠깐 이리 와보세요! 거기 잠깐 계세요.

할머니 아가, 첫째한테 꼭 말해라.

둘째 뭘요?

할머니 2층이 훨씬 더 비싸단다. 내가 살던 3층보다
도… 너라면 더 비싸게… 최고 비싼 집으로… 잘
받을 수 있어. 너라면 할 수 있을 거야.

둘째 알고 있어요.

할머니 내가 어제까지 물어보니까 2층이 더 비싸다고…
계단이 몇 개 없어 더 좋단다. 원룸이지만 억지
로 벽 하나 세운 게 참 잘한 일이었어. 내 숨통
은 막혔지만 그게 뭐 어떠냐. 투룸으로 팔 수 있
다니 잘됐지. 오늘보다 더 비싸게 팔 수 있을 거
야… 내일은 어떨지 모르지만….

둘째 그건 걱정 마세요.

할머니 그래… 걱정 없어. 남겨줄 거라고는 이 집 하나
뿐이라서….

둘째 아녜요. 많이 올라서 괜찮아요. 진짜 그러고 가
실 거예요?

할머니 …별로니?

둘째 파스 아니고… 부적인 건 아시죠?

할머니 살아나는 부적이라면 꽝이야.

둘째 아, 아니에요.

노크 연습

할머니	돈만 버렸어.
둘째	…어떻게 찾으셨어요?
할머니	찾아온 거야. 제 발로.
둘째	어머니가 하도… 죽고 싶다 노래를 하셔가지고.
할머니	그런 거라면… 잘했다. 잘했어.
둘째	네. 더… 갖고 가실 건 없어요?
할머니	…없어.

둘째 며느리, 초조하게 1층을 내려다본다.

둘째	어머니… 자꾸 서두르지 말고… 갈 때 가시더라도 첫째는 보고 가세요. 조금만 더 있으면 온대요. 연락 왔어요. 어머니가 죽고 못 사는 그 첫째요. 그래야 서로 편하죠. 저 혼자… 이렇게 보는 건… 좀 부담스럽다고요. 아까부터 첫째, 첫째 찾으셨잖아요. 그러니까 조금 있어 보세요. (사이) 그리고 어머니도 참 그래요. 형님네 손주 낳았을 때 40수 내복 해주고… 미역국에 소고기도 훨씬 많이 넣고… 저희 때는 안 그랬던 거 아세요? 달랐어요. 저 다 기억해요. 분명히 달랐어요.
할머니	그래.
둘째	촉감부터 완전히 달랐다고요.
할머니	일부러는 아니었어.
둘째	그땐 정정하셨을 때니까, 잊었다는 건 안 통해

진실

	요.
할머니	…미안하구나.
둘째	그래도 위층에 어머니 모시고 산 건 저희예요.
할머니	…아, 그래?
둘째	그래라뇨!
할머니	…위아래층 사는 좋은 이웃이었지.
둘째	쉽게 말하지 마세요.
할머니	쏙… 쏙… 그래야 네가 왔다 간 거야.
둘째	편하시겠어요.
할머니	뭐가?
둘째	기억하고 싶은 것만 기억하니까.
할머니	그렇게 보여?
둘째	네. 그러는 형님은… 어떤 모르는 여자한테 인형처럼 옷까지 입혀서….
할머니	자주 왔었지. 걔는.
둘째	자주는 무슨… 갈 때 가더라도 그건 잊지 마세요. 진심으로… 어머니를… 끝까지… 아니, 완벽한 끝은 아니지만 최대한으로 제가 모셨어요. 302호, 204호가 어때서요. TV 소리, 쿵 소리, 물소리, 발소리, 의자 끄는 소리도… 다 저희 집으로 다 흘렀어요. 모르시죠? 언제나 대기 상태로 출동 준비하며 살았다고요. 요양원보단 여기가 더 나을 것 같아서… 전 어머니 놓고 인형놀이는 안 했어요.
할머니	…너무 많다. 잊지 말아야 할 게… 너무 많아.
둘째	그동안 잊은 게 많았으니까요.

노크 연습

할머니	내 탓이구나. 다….

긴 사이

할머니	갈게… 그거는 버려.
둘째	…?
할머니	밖에… 내가 앉던 의자… 혹시 다시 와서 앉을까 봐 싫다. 하루에 스무 번도 넘게 갔어. 기억 잃은 늙은이가 돌아올 길 모를까 봐… 아무데도 못 가고 거기만…. 바람 쐬고 앉아 있으면 참 좋았지. 현관 번호 잊을까 봐 손바닥에다 7878. 지워지면 다시 쓰고… 얼마나 지겹게 외웠나 모른다. 그게 한 번씩 깜빡해. 비라도 오면 못 나갈까… 거기가 세상 보는 유일한 내 시간인데… 그 박스 줍는 옆 건물 할미는 리어카 끌고 온 동네를 쏙쏙… 얼마나 잘 찾아다니는지… 나는 멍청이같이 또 잊어… 바람 쐬러 나와놓고… 애들 기다리고… 못 온다는데 까먹고 멍청하게 또 기다려… 얼마나 하루가 길던지… 지겨워….
둘째	…그럴게요.
할머니	걱정 마라. 편히 가는 거니….
둘째	이게 끝이에요?
할머니	…?
둘째	끝까지 첫째. 저한테 미안하지도 않으세요? 둘째는요? 해줄 말 없어요? 그 사람 어머니 생각

진실

얼마나 하는데.

할머니   …끝까지 미안하구나.

둘째   유언 같은 건요.

할머니   잘 팔아서 똑같이 나눠. 싸우지 말고….

둘째   네.

할머니   자기 전에 이 잘 닦고….

할머니, 계단을 더 오르고 올라 보이지 않는다.
둘째 며느리, 할머니가 사라진 계단을 한참 본
다. 서서히 암전된다.

204호에 둘째 며느리, 첫째 부부가 모여 있다.
정면에 가족사진이 걸려 있다.
며느리들은 부엌 서랍을 다 열어놓고 정리하는
중.
장남은 옆방에서 집 안 곳곳을 살핀다.

둘째   …신기하지 않아요?

첫째   느낌이 왔나 보지.

장남   무슨 느낌?

첫째   왜 죽을 때 되면 그렇게 정신이 멀쩡해진다잖아.
안 보이던 것도 보이고… 마지막에 남은 거 탈탈
털어 쓰듯이 기억도 한번 쏟아붓고 끝나나 봐.
그러니까 액자 뒤에 넣은 것까지 다 찾아내지.

둘째   이마에다 떡하니 붙이고… 이렇게 누워서….

첫째   상상된다. 아, 웃으면 안 되는데….

                                    노크 연습

둘째	그 집… 진짜 용한 거 같아요.
첫째	그러니까. (사이) 뭐 찾아?

둘째 며느리, 서랍에서 쓰레기봉투 한 장 꺼낸다.

둘째	충분하겠죠?
첫째	한 장이면 돼.
둘째	그릇이랑 칼은 따로 정리해야겠어요.
첫째	뭐, 몇 개 안 되네. 다 버려. 웬만한 건 그냥 다 담아.
둘째	혹시, 이사 올 사람….
첫째	괜히 욕먹어.

둘째 며느리, 한쪽에 걸린 가족사진을 본다.

둘째	저건….
첫째	아아, 나는 싫어.
둘째	…같이 버릴까요?
첫째	갖고 가. 가져도 돼. 나는 어쩐지… 볼 때마다 괜히 좀 그래. 저게 언제 적이야. 오십이 넘은 아들을 아기 때 사진으로만 보고 있으니… 저 지경으로 만든 탓도 있어. 어떤 때 '우리 아가' 하는 얼굴이… (팔을 만지며) 봐, 아직도 소름 돋아.
장남	…어떻게, 편해 보였어?

진실

둘째	너무나요.
첫째	약간 코미디 아니야.
장남	뭐가.
첫째	아버님도 비슷한 거 있었잖아.
둘째	그때… 우표였나? 안고 가지 않으셨어요?
첫째	엽서. 엽서였어.
장남	평생 수집하셨으니까.
첫째	엽서와 부적. 꽤 어울린다.
장남	이불은 갖고 갈까?
첫째	미쳤어!
장남	기념으로… 아니, 유품 같은 거 하나쯤 남겨놓는 거지. 좋아 보이는데?
둘째	안 빨았을 텐데.
장남	비단 같은 건 좋은 거 아니야?
첫째	그래서 죽을 때 안고 죽게?
장남	아니… 그래도 모르니까.

장남, 현관에 세워진 지팡이를 만지작거린다.

장남	이건 어디 쓸 데 없나. 애들 춤춘다고 하지 않았어? 마이클 잭슨! 어때?
첫째	미쳤나 봐. 당장 버려! 쥐. 그걸 어디다 써! (둘째 며느리에게) 아, 죽겠어. 뭘 못 버려.
둘째	(속삭이며) 저희도 그래요.
첫째	못 살겠어. 그 피가 어디 가.

노크 연습

둘째 며느리, 냉장고를 열어본다.

둘째   싹싹 다 드셨네. 과일까지 그새 다 드셨어요.

첫째   잘 먹더라니까.

둘째   먹는 거 보면 더 살겠다 싶었는데.

첫째   나도 불안 불안했어.

둘째   한번 체하지도 않고… 그죠? 밥도 싹 비워서
       내놓는대요.

첫째   어머, 그래? 매일 뭐 사다 나르느라 고생했어.

둘째   아니에요.

첫째   아무래도 가까이 사니까.

둘째   …네.

첫째   뭐… 이래저래 잘된 거지.

장남   (둘째에게) 저기… 그 사람하곤 얘기해 봤어
       요?

둘째   그 사람?

첫째   누구, 그 아가씨?

장남   아니, 집 정리해준 그… 부동산 주인.

둘째   이제 해봐야죠. 제가 알아볼게요.

장남   …뭐 없나.

첫째   야무지게 다 드셨어.

둘째   커피도 하나 없네요.

첫째   죽고 나서 아들이 밥 달랄까 봐 다 드시고 가셨
       네.

장남   저기 오래 걸리면 치킨이라도 시킬까?

첫째   왜 파티라도 하게?

진실

두 며느리, 서로를 보며 웃는다.

장남, 벽에 흠 없는지 자세히 보며 체크한다.

장남   그때보다는 올랐겠지. (선 하나를 당기며) 이건
인터넷 선인가?

첫째   …다 봤어?

장남   보고 있어.

둘째   옆방은 보셨어요?

장남   저긴 볼 것도 없던데.

둘째   그냥 전자레인지 한 대.

첫째   이따 나갈 때 갖고 가야겠다.

둘째 며느리, 현관에 쓰레기봉투 옮겨놓으며.

둘째   여기다 둘게요.

첫째   아직 묶지는 마.

둘째   네.

장남   그 사람들 한번 불러야지.

둘째   아, 업체요?

첫째   보이는 것만 버리고 나머진 사람 쓰는 게 나아.

둘째   대청소 한번 하면 좋겠네요.

장남   미리 하지 말고 입주일 맞춰서 하는 게 낫지.

둘째   아, 네네.

장남   전자레인지 되는 거 아니야?

첫째   그래서 어디다 쓰게.

장남   비상용으로 하나 있으면 좋지.

노크 연습

첫째	(장남 등을 때리며) 어지간히 좀 해. 진짜!
장남	아야! 왜 그래.
첫째	궁상이라고 말했지.
둘째	오래된 모델이라 그냥 버리는 게 나을 텐데.
장남	두 대 있으면 좋을 거 같은데…
첫째	될지 안 될지도 몰라. 방에… 짐이나… 잘 챙겨.
장남	무슨 짐?
둘째	캐리어 하나 있더라고요.
첫째	(재빠르게) 그거 당신이 챙겨!
둘째	…그 아가씨… 거.
장남	아. 여기 좀 앉아, 앉으세요.

세 사람 모두, 한방에 둘러앉는다.

둘째	자고 갔나 봐요.
장남	뭘 자고 가! 남의 집에서.
첫째	아니야.
장남	자고 가긴! 그런 적 없어. 없잖아? 없어.
첫째	나쁜 아가씬 아닌 거 같더라.
둘째	싹싹하게 잘해요.
첫째	책임감도 있고.
둘째	처음엔 좀 엉뚱해 보여서 걱정했는데.
장남	그렇긴 한데….
둘째	믿음이 가요. 시간도 잘 지키고, 일 처리는 야무지니까.
장남	준 만큼만 하던데, 뭐.

진실

첫째	요즘 다 그러지. 그런 당신은?
장남	나야 받은 것보다 더하지.
첫째	당신이 하지 그랬어.
장남	응?
첫째	돈 줄 테니까, 진짜 아들이 하지.
장남	…바빴잖아.
첫째	그랬으면 어머니도 더 좋아하셨을 텐데.
둘째	안 그래도 말씀하셨어요. 자주 왔다 갔다고….
장남	아, 어머니밖에 없다.
첫째	자주 가긴 했지.
둘째	…자주 와 있더라고요. 그 아가씨.
첫째	아니, 그게… 마음이 좋아서… 자기 할머니 생각이 난다고.
장남	언제?
첫째	…아닌가?
장남	딱 모르는 할머니 대하듯 하던데.
첫째	조용히 좀 있어. 입만 살아가지고.
둘째	그만하면… 살갑게 잘하던데요, 뭐.
첫째	그랬어? 그래, 그렇다니까. 그럴 것 같더라고.
둘째	듣기만 했는데 알겠더라고요.
첫째	뭐를?
둘째	…어머니랑 저렇게도 지낼 수 있구나.
첫째	진짜 겪는 우리랑은 다르지.
장남	아니, 뭐… 심각할 거 있어? 병원이나 요양원에서 비극적으로 돌아가신 것도 아니고 이만하면 재밌게 지내다 편히 간 거지. 좋게, 좋게

노크 연습

생각해.

첫째 그때 보냈으면 다 편했지. 동서도 고생 안 하고….

장남 요양원이 아니라 돈 먹는 병원이야. 매달 거기 들어가는 돈이면… 얼마나 계실지도 모르는데 나올 때 보면 전셋집 하나 된다니까. 동창 놈들이 하나같이 다 그래. 아니… 뭐, 꼭 그런 것보다 자식들하고 같이 살아야지. 위아래 잘 지냈잖아. 그리고 우리 엄마 다른 사람하고 같이 사는 거 못 해. 나도 그러잖아. 나, 엄마 닮았어.

첫째 효자 났다.

장남 그나저나 여기는… 어떻게?

둘째 저… 하나 확실하게 해두고 싶은데….

장남 얘기해요.

첫째 뭐, 심각한 거야?

둘째 제 말이… 어떻게 들릴진 모르겠는데… 이 집이… 어머니 고집부리는 걸 제가 설득해서 2층으로 옮겼고… 돈 들여서 리모델링까지 하고… 그래서 더 많이 오른 것도 사실이에요. 또 어머니 유언도 마음에 걸려서요. 둘째가 끝까지 모시고 산 거나 다름없으니까… 절대 똑같이 나누지 말라고….

장남 우리 엄마가 그런 말을 해요?

둘째 네. 마지막 순간에.

장남 오락가락하니까.

둘째 저하고 얘기할 땐 괜찮으셨어요.

진실

첫째	…얼마나? 얼마 정도… 생각하는지….
둘째	그동안 먹는 것도 제가 다 챙겼거든요. 유기농, 최고급으로만.
장남	인스턴트가 한 뭉친데… 무슨.
둘째	네?
장남	진짜 유언으로 그 말을 했어요?
둘째	네. 둘째가 조금 더 가져라… 자기 전에 이 잘 닦아라.
첫째	그게 다야?
둘째	편히 가는 거니 걱정 말라고도.
장남	유언에 이 닦으란 말 나온 거 보면 아니야.
첫째	아니긴 뭐가 아니야.
장남	오락가락할 때라니까.
첫째	마지막엔 괜찮으셨대.
둘째	그렇게 생각하고 싶으신 거겠죠.
장남	아니, 당연한 거 아니에요?
둘째	달랐어요. 지금까지랑은.
첫째	그동안 선물 고맙단 이야기도 다 했다는데?
둘째	…마지막엔 정말 선명했어요.
장남	기분 탓이야. 유언은 그냥 넘겨들어요.
둘째	…왜요?
장남	…?
둘째	틀린 말은 아니라서 넘겨듣기 싫은데.
장남	솔직한 말로 끝까지 모신 건 아니다.
둘째	저… 20분 거리 살았어요.
장남	이사 갔잖아요.

노크 연습

둘째	차로 5분이에요.
장남	까놓고 말해서 엄마 놓고 간 거지.
둘째	코앞이에요. 여기서.
장남	간 건 간 거지.
둘째	말은 참 쉽네요.

긴 사이

첫째	그만해. 동서 고생한 거 왜 몰라.
둘째	말뿐이잖아요.
장남	참 나, 혼자 모셨나. 갈잖은 선물에 식당 밥… 큰일 했네.
첫째	됐으니까, 당신도 그만해.
둘째	같이 살아보긴 하셨어요? 하루에도 수백 번 같은 말. 언제 왔니, 어디니. 누구니! 애들도 아직 어려서 정신없어 죽겠는데 할머니한테 한마디 하면 몇 시간을 입씨름하다 오고… 차만 댔다 하면 모르는 사람한테 버럭버럭. 싸움이나 걸고!
첫째	동서도 적당히 해.
장남	그러거나 말거나 갔잖아. 나라면 안 그래.
둘째	애들 때문에, 저도 사정이 있었잖아요.
장남	어떤 사정…? 그래도 어머니랑 같이 갔어, 나라면.
둘째	아주버님이 모시지 그랬어요. 말만 하지 말고.
장남	아니, 그게 현실적으로….

진실

둘째	어떤 현실이요? 그 마음이면 어떻게든 모셨어야죠.
장남	나라면 같이 갔겠다 그거지. 또 위아래 살면 되잖아.
둘째	다 지나서 듣네요. 나라면, 나라면. 그 말을.
장남	나라면, 그게 뭐?
둘째	살아 계실 땐 한 번도 못 들어 봐서요.
장남	나름 애썼어. 우리도! 비싼 알바까지 써가면서….
둘째	잘 속였죠.
장남	뭘 속여. 누가 속여.
첫째	그런 거 아니야.
둘째	치매 아니었으면 어쩔 뻔했어요.
장남	다시 말해 봐.
둘째	어머니가 알면 어떨까요?… 기분이.
장남	그게 어때서. 적적할까 봐 그런 건데.
둘째	다 알고 계실지도 모르죠.
장남	말동무 만들어준 게 그렇게 잘못이야? 그래?
첫째	(놀라며) 왜, 그 말을 하셔?
장남	알긴 뭘 알아.
둘째	하루는 형님, 어떤 날은 아주버님… 인형 옷 갈아입듯 옷만 바꿔 입고… 다 봤어요. 그 아가씨 열심히 연기하던데, 상 줘야겠더라고요. 그게 치매 걸린 어머님한테 할 짓은 아니죠. (사이) 여기 와본 적 있으세요? 집 들어온 건 처음 아니에요? 가짜 말고요!

노크 연습

첫째	누가 가짜야.
장남	…왜 없어? 왜.
둘째	이사 때도 안 오셨잖아요.
장남	비용은 내가 댔어. 그리고 이제 와서 왜 발을 뺴.
둘째	제가 언제요?
장남	그 알바 누가 소개해 줬는데.
둘째	소개해 줬지 속이라고는 안 했어요.

첫째 며느리, 두 사람을 떼어놓는다.
둘째 며느리는 괜히 쓰레기봉투를 다시 정리
한다.

둘째	우선… 여기 내놓을게요.
첫째	이따 같이 버리지?
둘째	아니, 이 집이요.
장남	집 내놓는다고? 그건 같이 결정하시죠. 언제 내놓을지 시기가 중요하니까. 나도 알아볼 테니까…. (사이) 그리고 어머니 유언은 못 믿겠어요.
둘째	편할 대로 생각하세요.
장남	내가 화나서 그러는 게 아니고… 말이 안 되니까.
둘째	네, 네.
장남	그… 사람 번호 나한테도 하나만 줘요.
둘째	…누구요?

진실

장남	부동산.
첫째	대충 좀 해… 이제 가자.
장남	의심하는 게 아니고.
첫째	얼마 전에 팔았는데 우리보다 더 잘 알지. 그냥 맡겨.
장남	내가 이 말까진 안 하려고 했는데….
둘째	그럼 하지 마세요.
장남	…?
둘째	안 하려던 말은 끝까지 하지 마시라고요. 앞으로도 쭉!
첫째	그만해… 가. 우리 먼저 갈게.
장남	뭐…?

첫째 며느리, 전자레인지를 챙겨 나갈 준비를
한다.
장남, 여자를 따라 나가려다가.

장남	엄마가 사람은 가끔 못 알아봐도 틀린 일이 없었네.
둘째	네?
첫째	캐리어랑 다 챙겨서 나와.
장남	둘째가 독하다고… 당신도 기억하지? 솔직히 그랬잖아. 애 잡아먹겠다고! 그랬잖아. 보니까 보통 독한 게 아니야. 돈독까지 올라서… 징그럽게 독해! 틀린 말 아니네. 엄마가 사람 잘 봤다! 진짜!

노크 연습

둘째	하지 말라고 했죠. 제가!
장남	하면 어쩔 건데!

둘째 며느리, 쓰레기봉투로 장남을 때리기 시
작한다.
그 틈에서 첫째 며느리는 전자레인지 내려놓
고 두 사람 말리기 바쁘다.

둘째	그러고도 네가 장남이야?
장남	더러우니까 너 다 가져!
둘째	네 더러운 속, 모를 줄 알아?
장남	유언 좋아하네! 다 갖고 가!
둘째	그래, 다 내놔!
장남	가져가 !
둘째	나중에 딴소리하지 마!
장남	독한 년!
둘째	이 쓰레기야!
장남	말 다했어?

세 사람, 현관 앞에서 뒤엉켜 정신없이 싸운다.
급기야 쓰레기봉투가 터지고… 장남은 지팡이
를 들어 방어한다.
둘째 며느리는 끝내 장남의 머리채를 잡고…
말리려는 첫째 며느리까지 합세해 세 사람 맹
렬히 싸운다.

진실

암전.

9. 해도의 방

단출한 해도의 방. 책상과 행거가 전부인 듯
휑하다.
캐리어를 정리하는 중에 전화가 온다.

해도　　아, 잘 지내셨어요. 안 그래도 받았어요. …다
　　　　행이다. 잘 팔렸어요? 이제 시원… 하시겠네
　　　　요. 시원섭섭하다고 해야 되나. (웃으며) 아,
　　　　자유요? 해방되신 거니까 축하 맞네요. 아, 저
　　　　야 뭐… 제가 더 감사하죠. 일도 다 정리했어
　　　　요. 아, 그땐 아니었어요. 이젠 제 것 시작했죠.
　　　　잠시만요. 1초만!

해도, 스피커로 바꿔놓고 다시 짐 정리한다.
둘째 며느리 목소리가 들린다.

둘째　　이제 어엿한 사장님이네. 축하해요, 해도 사장
　　　　님.

해도　　아니에요. 아직 어색해요.

둘째　　왜, 사장님도 잘 어울리는데?

해도　　감사해요.

둘째　　정신이 없었어요. 거기 팔고 치우고 하느라 이

　　　　　　　　　　　　　　　　노크 연습

제 한숨 돌렸어요. 그동안 정말… 너무 고생 많았어요. 우리 해도 씨 아니었음 어땠을까. 상상도 안 돼. 말하는 금붕어 만났다 생각하고 잊어버려.

해도 말하는 금붕어요?

둘째 우리 애가… 돌아서면 잊으니까, 금붕어가 말한대. 우리 집에서는 금붕어 할머니.

해도 귀여워. 제 든든한 파트너였는데 (사이) 달리기 엄청 잘하던데요. 쏜살같이 내려오는 거 못 보셨죠?

둘째 그거 한번 시키려면 게임기에 젤리 다 털어줘야 돼. 해도 씨보다 더 비싸.

두 사람, 웃는다.

둘째 우리 정리할 거 있죠?

해도 네. 추가 비용이 조금….

둘째 얘기해요. 해도 사장님.

해도, 캐리어에서 수첩을 꺼낸다.

해도 음… 보면서 말씀드릴게요. 22일 선물 배달한 날에 할머니가 저한테 차 빼라고 하는 바람에… 아아, 비밀번호 잊어버려서 같이 기다렸거든요. 배달 시간 포함해서 총 1시간 10분인데요. 1시간만 받을게요. 또… 14일, 16일, 18일…

진실

20일! 이날은 아침 6시에 들렀어요. 이것까지 다하면….

둘째 그것 말고는 없어요?

해도 (넘겨보며) 그날 외에는… 뭐 없는 것 같은데. 아, 제 짐에 성경책도 같이 딸려왔는데 어떻게 할까요.

둘째 앞으로 사업하면서 쏠 일 있을지도 모르잖아. 가져요. 우리 식구는 믿음이라곤 없어서 필요 없어. 그럼 추가 금액까지 계산해서 문자로 넣어줘요.

해도 감사합니다. 고객님! 들어가세요. 또 너무한 일 생기면….

둘째 바로 연락해야지. 해도 사장님한테.

해도, 전화 끊고 캐리어의 옷들을 행거에 하나씩 걸기 시작한다.
전부 어디선가 본 것 같은… 첫째 며느리의 정장, 장남의 셔츠, 택배기사의 조끼.
부동산 남자의 수첩, 성경책도 보인다.
그때 또 전화가 온다.

해도 해도 해도입니다! 말씀하세요. 그럼요. 사람 죽이는 일만 빼고 다 가능하다고 보시면 돼요. (웃으며) 농담이에요. 농담! 그쪽은 제 전문이에요. 연락 잘하셨네요. 그 마음 잘 알죠. 끝나지도 않고, 나아지지도 않고… 참 너무하잖아

노크 연습

요. 믿고 맡기셔도 돼요. 옷도 원하는 대로 입
을 수 있고요. 어떻게 보면 그게 더 편해요. 그
러면 나이가? 아아, 딱 좋네요. 우리 집이다 생
각하고 가면 되죠. 한번 보는 게 더 나으니까
모레쯤 방문할까요? 주소가 어떻게 되세요?⋯
위치도 좋네요. 그럼 몇 시쯤이 좋을까요?

해도, 급하게 수첩을 찾느라 캐리어 안이 어지
럽게 섞인다.
검은 봉지 속에서 흘러나온 사과, 커피믹스 뭉
치가 밝게 빛난다.
해도의 목소리는 열어지고 탁탁거리는 긴 발
소리 하나가 크게 남는다.

막.

진실

봄눈

* 이 작품은 2018 국립극단 희곡우체통 4차 낭독회 초대작으로 8월 27일 스튜디오 하나에서 소개되었습니다.

김미정

작가의 말

나는 첫차를 탄 사람들의 시련을 통해 어른들의 노련함과 따뜻함을 보여주고 싶다.

그들이 진정한 이 시대의 영웅임을 말하고 싶다. 첫차와 인생은 많이 닮아 있음을 보여주고 싶다.

등장인물

기윤   20대 중반의 여자, 무늬만 공시생

선옥   50대 후반의 여자, 기윤의 이모, 손가락 봉합 전문
           병원의 청소부

기백   60대 초반의 남자. 전, 전직 양아치이며
           전직 택시운전사. 지금은 선동에서 텃밭을 가꾸며
           살고 있음

정임   기백의 아내, 60대 초반. 장이 서는 날에는
           고추며 깨며 참기름이며 집에서 지은 농작물을
           팔러 장에 감

대규   20대 후반의 남자, 중고차 매매업을 함. 술에 취해
           하루걸러 하루 버스정류장에서 잠을 잠

성기   대규의 아버지, 70대 초반, 선동 토박이.
           선동에서 농사를 지음

연희   50대 후반의 여자, 전업주부, 전직 시향 첼리스트

철수   50대 후반의 남자, 대학교수, 연희의 남편

정식   50대 초반의 남자, 버스기사

춘희   50대 초반의 여자, 버스기사의 아내

갑득	60대 후반의 남자, 버스회사 사장
영찬	정식의 친구. 버스 실종 전날 자살함
기사	정식의 동료. 교대로 같은 버스를 운전함
어린 기윤	
대규의 엄마	치매에 걸려 요양원에 있음
	요양원 가기 전에 첫차를 타고 나가 집을
	잃고 헤맨 적이 많음

이 극은 누군가의 출상 날에 모인 사람들이 3년 전 사건을
회고하면서 진행된다.
연극적인 설정을 위하여 가면 쓴 사람들이 등장하여 극의
코러스 역할을 한다.
극의 등장인물들이 교대로 내레이터 역할을 한다.

2014년 3월 4일 새벽부터 3월 6일 새벽, 2017년 3월 6일

곳

해성시와 선동(가상의 도시와 도시 속의 농촌)

무대

정류장과 버스가 있다.
버스는 골격만이 보인다.
버스는 필요에 따라 찌그러져 보일 때도 있고
정상적으로 보일 때도 있다.
버스는 두 계단 정두 위로 올라가 있다.
버스의 뒤쪽으로 길이 나 있다.
버스는 길 쪽 출입문을 통해 탈 수 있다.
무대의 앞은 여러 가지 장소로 변용된다.

1. 새벽길

아직 달이 떠 있는 새벽이다.
기윤이 정류장에 앉아 있다.
기윤은 조금 둔해 보인다.
둔해 보이는 몸에 비해 목소리가 맑다.

기윤   지금은 새벽 5시 40분입니다. 저는 이 버스정
        류장에 나와 새벽을 맞이하는 것을 좋아합니
        다. 첫차를 타러 오는 사람들의 발소리와 말소
        리, 그리고 그들이 묻혀오는 바람 소리도 좋아
        합니다.

        길 위로 사람들이 하나둘씩 들어와 버스를 기
        다린다.
        서로를 쳐다보며 눈인사를 하고 안부를 묻기
        도 한다.
        버스에 불이 들어온다.
        사람들이 버스를 탄다.
        기사와 인사를 한다.
        버스가 출발한다.
        버스에 불이 꺼진다.

기윤   이제 막 첫차가 출발했네요. 303번 버스는 도
        시 속의 농촌마을인 선동에서 출발하는 유일
        한 버스입니다. 2014년 3월 4일, 백 년 만의 폭

김미정

설이 내렸다는 바로 그날에 이 첫차와 첫차 속의 사람들이 실종되었습니다. 3년 전 그날 우리들은 가혹한 봄눈을 맞으며 실종된 가족들을 찾으러 다녔습니다.

버스에 불이 켜진다.

기윤 다시 첫차에 불이 켜졌습니다. 저는 3년 전의 일을 이야기하기 전에 먼저 첫차에 대해 이야기할까 합니다. 첫차를 타는 사람들, 방송국에서는 해마다 1월 1일이 되면 제일 먼저 첫차를 취재합니다. 그러나 우리가 알고 있는 첫차는 1월 1일의 취재보다는 훨씬 넓고 깊으며, 활기차며 또 외롭습니다.

가면을 쓴 배우들이 의자를 가지고 들어와 의자를 무대의 곳곳에 놓고 앉는다.

기윤 알 수 없는 말을 하는 사람들이 있습니다. 그들은 우리 시대의 갑들입니다. 이 이야기에 등장하며 자본가를 대표하는 버스회사 사장 갑득, 유령 청소부들을 만들어낸 변호사 갑순 그리고 정치인 갑돌, 갑들이 이야기를 합니다. 그러나 그들의 언어는 합리적이지도 명확하지도 않기에 여러분께 대충 통역을 할 것입니다. 먼저 갑득 씨의 이야기입니다. 그는 버스회사 사

봄눈

장이면서 매일 BMW를 타고 출근을 했습니다.

갑득   스버 고사 나 라몰. 사기 새끼 어았졸.

기윤   버스 사고 나는 몰라. 기사 새끼 졸았어.

가면들이 일어나 버스의 곳곳을 청소한다.
버스는 고층의 빌딩이 된다.

가면1   우리는 매일 막차를 타고 출근을 하고, 첫차를
           타고 집으로 돌아옵니다. 우리의 일터는 변호
           사 사무실이 모여 있는 건물입니다.

기윤   저들은 유령 청소부입니다. 그렇다면 누가 유
           령을 만들어낼까요? 거대 로펌의 대표 갑순입
           니다.

갑순   마지이보 워러더 싹둑 져사라 리우 저에기오.

기윤   보이지 마! 더러워! 사라져! 우리 오기 전에.

가면1   우리들은 유령 청소부.

가면들이 자리에 앉는다.

기윤   저들은 직원들이 출근하기 전에 청소를 해놓
           고 첫차를 타고 집으로 돌아옵니다.

갑돌   는저 선최을 다니합다.

기윤   저는 늘 최선을 다합니다. 최선을 다한다는 정
           치인 갑돌입니다.

갑득   람들사의 이발 죽되 윗람 황이애 아득녹아곳
           차첫 생평의 땀피와.

김미정

기윤	사람들의 발이 되고 삶의 애환이 녹아 있는 곳, 첫차는 나의 피와 땀이야.
갑순	펌로는 이괴소 땀과피 지켜.
기윤	우리 로펌은 당신의 피와 땀을 지킵니다.
갑돌	는저 선최을 다니합다.
기윤	저는 늘 최선을 다합니다.
가면1	뮤직!

활기찬 교향곡이 흘러나온다.
가면2가 버스의 지붕 위로 올라가서 지휘를 한다.
가면2를 제외한 나머지 가면들이 버스 안을 헤엄쳐 다니다가 무대 전체를 헤엄쳐 다닌다.

기윤	저들은 첫차를 타는 물고기들입니다. 저들은 이 도시를 활어처럼 생생하게 만들어줍니다. 그러나 첫차를 타보지 않은 사람들은 모릅니다.
갑순	라몰? 생이인 차첫에 있어?
기윤	몰라? 인생이 첫차에만 있어?
갑돌	도나. 어봤타 거선때.
기윤	나도 타봤어. 선거 때.
갑순	만그!
기윤	그만!

음악이 멈춘다.

봄눈

버스의 빛이 사라진다.

가면들이 버스에서 나와 길을 따라 들어간다.

갑순이 의자 위로 올라가 지휘를 한다.

갑순   <u>어ㅂㅂㅂㅂㅂㅂㅂㅂ</u>.

기윤   지휘는 내가 하는 거야.

갑돌이 의자 위에 올라가 지휘를 한다.

갑돌   <u>어ㅂㅂㅂㅂㅂㅂㅂ</u>.

기윤   세상을 움직이는 것은 물고기들이 아니라 우리 인간이야.

갑득   <u>어ㅂㅂㅂㅂㅂㅂㅂㅂㅂㅂㅂㅂㅂㅂㅂㅂㅂㅂ</u>.

기윤   버스는 돈일 뿐, 첫차는 의미 없는 의미일 뿐.

갑득, 갑순, 갑돌이 들어간다.

기윤   의자요!

갑득
갑순   <u>어ㅂㅂㅂㅂㅂ</u>.
갑돌

기윤   이건, 내 이야기니까 내가 지휘해요! (손짓을 한다)

갑득, 갑순, 갑돌이 의자를 가지고 들어간다.

기윤   2014년 3월 4일 도시의 활어들이 첫차를 타러

김미정

이곳으로 옵니다. 그리고 활어들이 사라진 3일 동안 이 도시는 생기를 잃습니다. (하늘을 본다) 눈이 오는 날 버스를 타면 구질구질합니다. (객석을 향해) 그런데 오늘은 꽃이 환하게 피었군요.

기윤이 한쪽에 앉는다.
버스에 불이 켜지고 시동이 켜진다.
버스번호 303이 빨갛게 비춰진다.
대규가 술에 취해 들어와 의자에 앉는다.
전화기 소리가 들린다.
대규가 전화를 받는다.

대규   (혀가 꼬부라졌다) 여보세요? 아버지, 네 들어가요. 여기? 버스가 있네? 네에.

대규가 전화를 끊고 의자에서 일어나 무대를 한 바퀴 돌고는 버스정류장 팻말 앞으로 선다.

대규   (팻말에 대고) 다녀왔습니다.

대규가 의자 앞으로 와서는 신발을 벗고 의자에 누워 잠이 든다.
정식이 커피를 들고 들어오다가 대규를 발견하고 깨운다.
대규가 꼼짝도 안 한다.

봄눈

연희가 들어와 정식을 발견하고는 멈칫한다.

정식 타세요. 시동 켜놨어요.

연희가 아무 말 없이 고개만 끄떡이고 버스를 타려다가 대규를 보고는 정식을 본다.

정식 괜찮아요. 조금 있다가 깨워 보내면 돼요. 거 매일 여기서 버스 타는 아저씨 있잖아요. 아주머니가 요양원에 있다는…. 그 아저씨 아들인데 저렇게 하루가 멀다 하고 술 먹고 여기서 자요. 참 내, 남들은 첫차 타고 일하러 나가는데 저 자식, 저분은 첫차가 다닐 때까지 술을 처드시네요.

연희 ….

정식 애는 착한데…. 중고찬지 뭔지 하면서 싸돌아 댕기기만 한다고 지 아버지가 걱정이 태산이에요.

연희 잘 아시네요.

정식 잘 알죠. 하루 이틀인가요. 첫차가 그래요. (웃으며) 그다음 차는 안 그래요. 첫차만….

연희 (정식을 빤히 쳐다본다)

정식 그래요…. 오늘 내가 별 얘기를 다 하네.

연희가 버스에 올라가려 한다.

김미정

정식	친구놈 장례식장에 갔다 왔어요.

연희가 올라가다 말고 쳐다본다.

정식	영찬이라는 놈인데, 그놈도 버스를 몰았죠. 버스기사도 폼이 중요하대나 뭐래나, 그러면서 라이방을 늘 끼고 다니던 놈인데, 글쎄 이놈이 언젠가는 사람을 치여 죽였네. 그것도 둘씩이나. (사이) 매일 술만 먹다가 죽어버렸어요. (하늘을 한참 쳐다보다가 연희의 존재를 느낀다) 하이고 오늘 진짜 내가 이상하네. 죄송해요.
연희	(하늘을 본다. 얼굴에 눈송이가 떨어진다)
정식	앗! 차가워. 뭐여. 눈이여? 제기랄! 3월에 눈이 와, 어? 그냥 그칠 눈이 아닌데? 차라리 죽으라 죽으라 해라.

연희가 계속 하늘을 쳐다본다.
성식이 연희를 쳐다보더니 연희를 따라 하늘을 본다.

정식	저기에 갔을까요? 친구놈은?

선옥이 등장한다.
연희와 정식을 보더니 자신도 하늘을 본다.

선옥	왜요? 하늘에 뭐 있어요?

봄눈

연희가 선옥을 보고는 인사를 하듯이 고개를 숙이고 버스를 탄다.

정식	아니에요. 눈이 와서요.
선옥	(눈을 얼굴에 맞았다) 어? 그러네. 눈이네요. 3월인데….
정식	심란하죠?
선옥	그러게요. 눈 오면 사고가 많이 나요. 그러면 병원도 정신없어요.
정식	그 병원은 손가락 잘린 사람들이 많이 온다면서요?
선옥	네. 일하다가 다친 사람도 많이 오고 교통사고 환자도 많이 오더라구요.
정식	눈이 온다고 좋아하는 거는 우리 집 개새끼밖에 없을걸요. 눈 오면 길이 미끄러워 차가 느려지잖아요. 손님들은 길이 미끄러운 거는 생각도 안 하고 왜 이렇게 늦게 왔냐고 투덜거리지요. 원래 차가 오래돼서 느려요. 눈이 오면 더 하지요. 아이고 이놈의 눈 좀 안 오는 데서 버스기사 하고 싶다.
선옥	눈이 많이 와야 다음 해 농사가 잘된다는데요.
정식	그런가? 에이, 봄에 오는 눈은 안 그럴걸요? 그깟 농사가 잘되면 뭐 해요? 다 똥값에 팔려 나간다는데.

정임이 들어온다.

김미정

물건이 잔뜩 들어 있는 밀대를 밀고 온다.

정임   지랄도 풍년이네. 뭔 놈의 눈이 3월에 오고 그
        런데? (선옥을 보고) 왔어?

선옥   (짐을 가리키며) 뭐예요?

정임   참기름하고 들기름이지. 시래기 삶은 것하고
        무말랭이도 있고….

선옥   (정임의 짐을 들며) 장 구경도 재밌는데, 그걸
        한번 못 가네요.

정임   (같이 짐을 든다) 참기름 있어? 한 병 줄까?

선옥   지난번에 주신 것도 남았어요. 그렇게 다 주시
        면 뭘 팔아요.

정임   팔 거는 다 있어.

선옥   그래도요.

        선옥과 정임이 버스에 오르려다가 동시에 대
        규를 본다.

정임   불이야!

        대규가 벌떡 일어나서 신발을 신고 버스에 오
        른다.

정임   얼레? 오늘은 집으로 안 가고 버스를 타네. 불
        났다고 하면 벌떡 일어나 가두만. 아이고 어째
        술만 처드시면 여기서 처주무시나 몰라. 지난

겨울에 안 얼어 죽은 게 부처님 은덕이지. 나무 아미타불.

정식   내비두세요. 한 바퀴 돌고 와서 내리라고 하죠.

선옥과 정임이 버스에 올라가서 자리에 앉는다. 선옥은 뭔가 생각난 듯 전화를 걸지만 응답이 없다.
정임이 연희를 본다.

정임   아이고 또 보네요.

연희   (대답 대신 정임을 멀뚱히 바라본다)

정임   저 위에 진골 사시는 교수님 댁 사모님이지요? (연희의 말을 기다리지 않고) 우리 차 많이 타는 것 같던데 어디 가요? 나는 장날만 이 버스를 타거든. 알지? 동생은 매일 볼 거 아냐.

선옥   네. 안녕하세요?

연희   안녕하세요? 저는 아침에….

정임   기사 양반 밥 먹었어요? 떡 좀 드릴까?

정식   좋죠.

연희   (혼잣말로) 영어학원 가요.

정임이 가방에서 떡을 꺼내 창문 밖에 있는 정식의 입에 넣어준다.

정임   냉동실에 보니까 작년 추석에 먹다가 남은 송편이 아직 있네. 하하하!

김미정

정식	아, 맛있네.

정임이 선옥에게도 나눠 주고 연희에게 주려고 한다.

연희	아, 그게, 괜찮아요.
정임	아이고 하나만 잡숴요.
연희	죄송해요.
정임	그… 그래요.

연희가 망설이다가 자리에서 일어나 다른 자리로 옮긴다.

정임	얼레? 자리는 왜 옮긴데? 안 먹으면 그만이지.
선옥	그만하세요. 자꾸 말 시키니까 불편한가 봐요. 우리랑 다른 분 같아요.
정임	다르긴 개 코가 달라. 자기는 안 먹고 안 싸나? 매번 저래. 사람 무안하게….

갑자기 대규의 코 고는 소리 크게 들린다.

정임	깜짝이야! (대규를 보고) 아이고야. 코 한번 제대로 곤다.
선옥	그러게요.
정임	아이고 술 냄새. 안 되겠어. 이러다가 나까지 취하겠어. 총각! 총각! 일어나!

봄눈

대규는 전혀 움직임이 없다.

기윤이 전화를 바라본다.

선옥	애는 왜 이렇게 전화를 안 받아?
정임	조카?
선옥	네, 눈 오니까 든든히 입고 나가라고.
정임	참 내, 지극정성이다.
선옥	그렇지도 않아요.
정임	그럼 뭐 해. 애가 말도 없이 늘 뿌루퉁해서 는···.
선옥	제가 많이 못해서 그래요.
정임	아이고 내가 뭐 하냐. 자식 말은 함부로 하는 거 아닌데. 미안해.
선옥	기윤이는 저보다 어른이에요.
정임	맞네, 맞어. 세월이 가면 애가 어른 되고 어른 은 다시 애가 되는 걸 진정 난 몰랐었네.
선옥	지금 생각해 보면 끔찍한 일이죠. 그 일을 내가 기윤이한테 했어요.
정임	어? 무슨 일? 아이고 시끄러워서 뭔 말을 하는 지도 모르겠네. 총각, 총각, 일어나 버스 떠나.
선옥	봄눈이 와서 그러나 저 정류장이 차갑네요.

대규는 코만 더 심하게 곤다.

연희가 선옥을 바라본다.

정식이 버스에 탄다.

김미정

정식   출발합니다. 오늘도 저희 대통운수 303번 버스를 이용해 주시는 승객 여러분 행복한 하루 되세요. 출발합니다. 고고고!

정임   기사님, 오늘도 안전운전! 하하하하하!

버스 출발 소리가 요란하게 들린다.
뒤꽁무니에서 연기가 자욱하게 난다.
기윤이 연기 속으로 들어간다.
버스의 빛이 사라진다.

기윤   어릴 적 사고가 났습니다. 엄마가 죽었고 이모의 딸이 죽었습니다. 이모부는 딸이 죽은 후에 알코올 중독자가 되었습니다. 이모부는 나 때문에 딸이 죽었다고 생각했습니다. 그 말은 맞는 말입니다. 내 아버지는 엄마가 죽은 후에 어디론가 사라졌습니다. 버려진 나를 이모가 데려다 키웠습니다. 어느 날 이모부의 술주정이 못 견디겠어서 미친년처럼 울부짖었더니 이모가 나를 때렸습니다. 그러면서 의외의 말을 했습니다. 손가락이 잘린 사람들이 들으면 배부른 소리라고 할 거랍니다. 자식을 잃은 부모가 더 불쌍할까요? 아니면 부모를 잃은 아이가 더 불쌍할까요? 어쩌면 이모 말대로 손가락이 잘린 사람들이 더 불쌍할지도 모릅니다. 이모는 손가락이 잘린 사람들이 오는 병원에서 청소를 했습니다. (빗소리가 들린다) 버스정류장에

봄눈

오면 빗소리가 들립니다. 이모부가 술에 취해
부르던 노래에도 비가 들어 있었습니다.

버스에 불이 들어온다.
가면들이 앉아 있다.
선옥이 앉아 있다.
이모부가 술에 취한 채로 나온다.
가면들이 노래를 부른다.
이은하의 '봄비'*이다.

봄비 속에 떠난 사람
봄비 맞으며 돌아왔네.
그때 그날은, 그때 그날은
웃으면서 헤어졌는데.
오늘 이 시간, 오늘 이 시간
너무나 아쉬워
서로가 울면서 창밖을 보네
봄비가 되어 돌아온 사람
비가 되어 가슴 적시네.

이모부가 버스를 향해 돌을 집어던진다.
선옥이 내다본다.

기윤   이모부는 술집에서 술을 진탕 마시고는 새벽
          첫차가 출발을 기다리는 정류장에서 늘 끝장
          을 봤습니다. 나는 쓰러진 이모부를 업고 오는

김미정

걸로 하루를 시작했습니다. 이모부는 버스를
제일 싫어했습니다. 그다음에 싫어하는 것은
나, 나였습니다.

이모부가 기윤에게 침을 뱉는다.

선옥 술 취했으면 들어가 자요! 동네 챙피해서 정
말!

이모부 봄비가 되어 돌아온 사람, 비가 되어 가슴 적시
네.

선옥 들어가라구요!

이모부 어디 가?

선옥 어딜 가긴, 어딜 가요. 병원 가지.

이모부 독한 년.

선옥 독하니까 살지.

이모부가 운다.
기윤이 이모부의 앞에서 등을 내민다.

기윤 업혀요.

이모부가 기윤을 민다.
기윤이 나뒹군다.

이모부 니 엄마가 우리 소희 대신 너를 이렇게 밀었어
야 했는데. 저 괴물 같은 버스에 우리 소희 대

봄눈

신 니가 밝혔어야 했다구!

선옥 차라리 어디 가서 죽어요! 그만큼 애 고생시켰으면 됐잖아.

기윤 (일어나며) 그만해! 왜 그래? 엄마도 아니면서!

선옥 뭐?

이모부가 버스를 탄다.
선옥과 떨어져서 손잡이를 잡고 서 있다.
가면들이 멋지게 '봄비'의 클라이맥스를 부른다.

이모부 젠장할, 죽이네.

기윤 그날 이모부는 정말로 죽었습니다. 첫차를 타고 예전에 우리가 살던 집으로 가서 그 집 정류장 앞에서 버스에 몸을 던졌습니다. (사이) 나는 첫차를 탈 자격이 있을까요?

성기, 기백, 철수, 춘희가 손전등을 들고 길 위로 나와 여기저기를 비추어 본다.

기윤 3년 전 3월 4일에 친구가 실연을 당했다고 질질 짜길래 한잔 사줬습니다. 미친년. 나는 실연이라도 당해봤으면 좋겠다. 집에 돌아와 친구의 실연이 술안주였는지 모태솔로인 내가 술안주였는지 기억이 나지 않는다고 생각하고 있었는데 문득 오늘따라 이모가 많이 늦는다는 생각이 들었습니다. 전화를 해봤습니다. 받지 않았습니

김미정

다. 병원에 전화를 해봤습니다. 무단결근, 이모가 무단결근을 했습니다. 뭔가 이상하게 돌아가고 있다는 생각이 들었습니다. 밤새 이모는 들어오지 않았습니다. 그때처럼 이모가 도망갔나? 밤을 꼬박 새웠고, 경찰서에 가야겠다는 생각이 들어서 버스정류장으로 갔습니다. 전날 하루 종일 눈이 내려서 눈이 그쳤어도 길이 온통 새하얗고 발이 푹푹 빠지도록 눈이 쌓여 있었습니다. 그리고 이틀 후에 우리는 가족들을 찾으러 저 깊은 골짜기를 헤매게 됩니다.

철수   연희야!

기백   여보!

성기   대규야!

춘희   박정식! 이 개자식아!

암전.

2. 실종

무대가 밝아지면 철수, 기백, 기윤이 정류장에 앉아 있다.
얼굴 표정들이 어둡다.
대통운수 옷을 입은 남자가 그들의 옆에 앉아 있다.
성기가 그들과 떨어져 서 있다.

봄눈

성기 지유? 여기 선동에서 농사를 짓고 살지유. 여기 토박인 아뉴. 스산서 살다가 결혼하면서 왔슈. 그래도 한 오십 년 살았슈. 옛날에는 여기 선동이며 저 너머 죽동이며 다 산이고 개천이었는디 많이 바뀌었슈. 우리 아들놈은 선동서 죽동까지 매일 산을 넘어서 핵교에 가고 그랬쥬. 버스가 생기던 날 펄쩍펄쩍 뛰며 좋아했쥬. 그랬던 놈이 컸다고 사흘에 한 번꼴로 술 처먹고 버스정류장서 처자대유. 기사 양반이랑은 잘 알어유. 좁은 동네서 버스 타는 사람은 맨날 비슷하니께. 사람 참 좋았지유.

딸랑딸랑 상엿소리가 난다.
가면들이 작은 상여를 들고 들어온다.
어이어이 작은 소리를 낸다.

성기 상여가 나가네유. 우리 동네는 아직도 상여를 내지유. 상여는 죽은 사람들한테 산 사람들이 주는 최고의 선물인 것 같어유. 짧지 않은 길을 저렇게 서럽게 울며 배웅을 하니께…. 텔레비전 보면 혼자 죽는 사람들도 많고 죽은 줄도 모르다가 나중에 발견되는 사람들도 많다던데 저 정도면 괜찮쥬.

상여꾼들이 나가기 시작한다.

김미정

성기	3년 전이니께 2014년 3월 5일이유. 아침에 대규 새끼 욕을 하면서 정류장에 갔슈. 이틀이나 안 들어왔슈. 그 전날 버스정류장에서 전화하고 마지막인디, 썩을놈 들어오기만 해봐라 그러고 나갔슈. 눈이 엄청나게 와서 그날까지도 안 녹았슈. 저 긴골에는 눈이 쌓여서 나오지도 못했다고 허데유. 이상허게 평소에는 못 보던 얼굴들이 있데유. 같은 동네래두 워낙 넓어서 다 아는 것이 아니지만 첫차 타는 사람들은 늘 똑같거든유. 그런디 그날은 다 다른 사람들이유. 산디마을에 집을 짓고 이사 온 교수님은 알아보겠데유.

상여꾼들이 완전히 나간다.
무대가 조금 더 밝아진다.

성기	교수님이 아침부터 워딜 가실려구 나왔데유?
철수	저…. 그게, 볼일이 있어서요. 그런데 눈이 와서 버스가 올지 모르겠네요. 어디 가세요?
성기	마누라가 요양원에 있어유. 지는 영락없어두 이 시간이믄 나가니께유. 아니네유. 어제는 대규 이놈의 새끼가 안 들어와서 기다리느라 첫차를 놓쳤네유. 자식은 평생 웬수라더니, 아침 내내 기다려도 영 안 오더니 아직도 깜깜이유. 그나저나 오늘은 질이 이래서 버스가 올라나 모르겠네유.

기백	저기, 저 아시죠? 우리 별이 엄마도 아시고, 왜 장날마다 버스를 타는….
성기	아, 장날 물건 팔러 나가는 아줌니유? 그려 4, 9 장이니께 어제 버스 탔겠네. 알슈. 왜유?
기백	이놈의 여편네가 무슨 심사가 틀렸나, 어제 아침에 가만히 자고 있는 사람 다리를 오지게도 밟고 지나가더니 안 들어왔어요. 지랄, 세상 참 많이 좋아졌어요. 여편네가 외박을 다 하고.
성기	그래유? 우리 아들도 어제 버스정류장이라믄서 전화를 받긴 했어유. 다른 날 같으믄 집에는 들어오는디 아무리 기다려도 안 오더라구유. 날도 이런디, 또 워디 가서 술 처먹고 처자다 얼어 죽었나 모르겠네유. 자식이 아니라 웬수유.

세 사람이 뭔가 이상하다는 생각을 하면서 서로를 쳐다본다.

기사	어제 버스가 사라졌습니다.

세 사람이 기사를 쳐다본다.

기사	오늘은 제가 버스를 몰 차례인데 버스가 없어져서 실업자가 되었습니다. 어제 쉬고 오늘 버스를 가지러 갔더니 버스가 없답니다. 하루아침에 이렇게 되니 황당해서 앉아 있습니다.
기백	버스가 어디로 사라졌습니까?

김미정

기사	모르겠어요. 회사에서도 아무 말이 없었거든요.
성기	안녕하세유?
기사	아? 네.
성기	한 1년 됐나유? 우리 버스 모신 지가요.
기사	우리 버스….
성기	우… 리….
기사	참 고맙네요. 저는 한번도 우리 버스라는 생각을 해본 적이 없는데.
기백	우리 마누라도 우리 버스기사님이 어쩌고 그랬던 것 같네요.
철수	내 아내도 늘 첫차를 타길래, 왜 그렇게 일찍 일어나서 첫차를 타냐고 물어본 적이 있었죠.
기사	그랬더니 뭐랍니까?
철수	아무 말 없이 웃었어요. 원래 그런 사람입니다. 그러더니 "우리 버스 타러 갈게요" 하고 아주 작은 소리로 말했던 것도 같습니다.
성기	시끄러봐유. 그럼 우리 버스가 없어졌다는 얘긴데…. 그럼 우리 버스에 탄 사람들도 없어진 거예유?
기사	그렇게 되는 건가요? 뭐 사고라도 났을까요?
기백	사고요? 그러면 뉴스에도 나고 난리가 났을 건데.
철수	저, 사실은 저희 집사람도 어제 안 들어와서요. 걱정이 돼서 나와 봤습니다.
기백	우리 마누라, 교수님 사모님, (성기에게) 아드

봄눈

님은 버스를 탔어요?

성기 모르지유, 워낙에 도깨비 같은 놈이라서. 원래는 정류장에서만 자다가 기사 양반이 깨우면 집으로 왔거든유.

기백 (기윤에게) 아가씨야 아줌마야? 누가 버스를 탔어?

기윤 ….

성기 그냥 버스 타러 온 거여?

기윤 이모가 탔어요.

기백 이모가 매일 첫차를 타?

기윤 일하는 데도 출근 안 했대요. 그런데 왜 말을 아까부터 까세요? 아저씨.

기백 뭐?

기윤 저 아세요?

기백 뭐? 그게, 이모가 매일 첫차를 타냐구.

기윤 십 년 동안 한번도 안 탄 적이 없어요. 왜요?

기백 왜긴 왜야. 다 첫차를 탔는지 확인하는 거지…요.

기윤 이모는 어제 버스를 탔고 밤새 집에 안 들어왔어요.

성기 아이고, 그라믄, 뭔 사달이 난 것 아녀? 아이고, 대규야. 이놈아. 지발….

기윤 다들 작정을 했어. 나 하나 피 말려 죽이기로. 그냥 내가 그 버스에 처죽었어야 하는 건데.

철수 아가씨. 일단 진정해요.

성기 그려. 아직 몰러. 사고가 났으면 벌써 난리가

김미정

났을 텐데. 기사 양반이 뭐 잘못 안 거 아뉴? 버스가 고장 나서 고치는 것 아니냐구유.

기사   아닌데…. 어제 사장님이 경찰서에 신고를 했다더라구요. 버스가 없어졌다고. CCTV 뒤지고 난리가 났는데 아무 데도 안 찍혔대요.

기윤   어제 버스가 없어진 걸 알았다구요? 그럼 왜 우리한테 말 안 해줬어요?

철수   버스에 누가 탄지 몰랐겠지요. CCTV에 안 찍혔으니까.

성기   그 뭔 티브인가 뭔지에 안 찍히믄 누가 탔는지 모르는 거예유? 교수님?

철수   그렇겠죠. 버스 안에 있는 CCTV를 확인하면 몰라도요. 아마 이 정류장에도 CCTV가 없는가 봅니다.

기백   가만있자. 이거 불안하네. 버스가 어제 없어졌다. 그것도 하루가 지났다 이거잖아요?

철수   사고가 났으면 골든타임을 지났을 수도 있어요. 어서 경찰서에 갑시다.

기백   교수님이라 그런지 무서운 말도 참 부드럽게 하시네. 그런 끔찍한 말 마슈. 사고가 왜 나! 니미!

철수   저도 아니길 바랍니다.

성규   그려, 그래야지. 아녀야지. 경찰서에 가보자구.

기사   뭐 타고들 가시려고?

성기   버스 안 와유? 기사 양반은 워떻게 왔슈?

기사   저는 걸어왔습니다. 혹시 정식이가 버스 가지고 나타날까 해서요. 죽는 줄 알았습니다.

그제야 흠뻑 젖은 기사의 몰골이 보인다.

기백	몇 시간 걸렸어요?
철수	기사가 나타나다니요?
기사	한 세 시간 걸렸죠. 사장이 자꾸 헛소리를 하더라구요. 정식이가 차를 가져갔대나, 뭐래나. 미친 새끼. 그 고물 버스를 가져다가 뭐에 쓴다고. 버스가 하도 고장이 잘 나니까 정식이가 몇 번 들이받은 모양입니다. 사장은 짜른다고 벼르고요. 그런데 문득 정식이가 정말 버스를 몰고 나타날 것 같은 생각이 들더라구요. (사이) 아닌가 봅니다. 얼른 경찰서에 가서 신고하세요.
기윤	가요.
철수	일단 전화부터 겁시다.
기윤	씨발, 스물다섯 인생, 참 팔자 한번 세다.
기백	이놈의 여편네 들어오기만 해봐라. 우리 마누라는 처형들이랑 찜질방 가서 내 욕이나 실컷 하고 있을 겁니다.
성기	대규 이놈은 멀쩡히 회사에 갔을 거유. 회사에 전화를 걸어 봐야겠네유. 아이고 아직 너무 이르네유. 그러믄 친구한테 걸어보까?

철수, 성기, 기백이 전화를 건다.
성기가 전화를 건 상대는 전화를 받지 않는다.

김미정

철수	여보세요? 여기 선동인데요. 네? 민원실, 아니에요? 아, 돌려주세요. (사이) 여보세요? 거기 민원실이죠?
기백	처형? 이 서방입니다. 혹시 별이 엄마 안 갔어요?
철수	(기백의 소리가 너무 커서 못 듣는다. 손가락으로 입을 가리며 쉿 하라고 한다)
기백	네? 아, 아니에요. 안 싸웠어요. 끊겠습니다. 새끼, 지가 뭔데….
철수	어제 버스가 한 대 사라졌다고 들었는데요. 네, 그런데 우리 식구가 탄 것 같아서요. 네? 그런데 여기 선동이 눈이 막혀서 버스가 안 다닙니다. 네? 알겠습니다.
성기	뭐래유?
철수	직접 와서 말하랍니다.
기윤	버스 안 다닌다니까 뭐래요?
철수	알아서 오랍니다.
기백	교수도 별수 없네. 있어 봐요. 내가 차 가지고 나올게. 4륜구동.
철수	길이 이래서 버스도 못 다니는 데 차가 무슨 소용입니까?
기백	내가 택시 짬밥이 몇 년인지나 아슈?
성기	택시 짬밥이 몇백 년이래두 이런 길루는 못 갈렌디.
철수	아닙니다. 가다가 세워 놓고 걸어가더라도 타고 가봅시다. 차를 가져오세요.

봄눈

기백	네! (차를 가지러 나간다. 그러다가 문득 돌아서서) 아무리 교수래도 이거 해라 저거 해라거, 너무하는 거 아닌가? (성기에게) 안 그래요? 아저씨?
철수	아, 제가 아이들을 가르치던 게 몸에 배어서요.
기백	나도 한때는 애들 가르치고 그랬어요.
철수	그러십니까? 뭘 가르치셨습니까?
기백	연장 쓰는 것 좀 가르쳤수다.
철수	아, 네, 죄송합니다. 제가 마음이 급해서요. 제 아내가 좀 여려서 걱정이 되기도 하구요.
기백	우리 마누라는 그럼 안 여린 줄 아슈? 맨날 드라마 보고 질질 짜고, 또 고양이를 얼마나 무서워하는데. 우리 마누라도 엄청 여립니다.
기윤	아저씨! 지금 그런 얘길하고 있을 시간이 있는 것 같으세요!
기백	깜짝이야! 간다고.
성기	아이고, 아가씨, 아무리 그랴도 나이 먹은 양반한테 그러는 거 아녀. 그러지 말구, 같이 가유. 같이 가야 차 빼는 것도 도와줄 것 아뉴.
기백	아, 씨. 이게 무슨 일이야.

기사를 제외한 네 사람이 나간다.
기윤이 가다 말고 돌아본다.

기윤	아저씨는 안 가요?
기사	어차피 이리로 지나갈 건데요. 버스 짬밥 20년

김미정

인 내가 보기에 그 차는 집에서 나오지도 못할 겁니다.

기윤이 한숨을 쉬고는 하늘에다 대고 주먹질을 한번 하더니 길 쪽으로 걸어간다.

기사   어디 가요?

기윤   걸어가게요.

기사   정식이 이놈이 저는 디져도 승객들은 안 다치게 할 놈입니다. 걱정 말아요!

기윤이 말없이 길 위로 걸어 나간다.

기사   정식아! 살자! 살어!

기사가 기윤이 나간 길로 걸어간다.
버스에 불이 들어온다.
여기저기 찌그러졌다.

대규   (소리만 들린다) 지형을 좀 봤는데 여기로는 못나가요.

대규, 정임, 연희, 선옥이 들어온다.

정임   염병, 돌아도 돌아도 제자리네. 커다란 장독대에 들어온 것 같아. 다른 길이 있을까?

대규	있어도 못 찾아요.
정임	그럼 어쩌지?
대규	저는 찾을 수 있죠. 해병대니까.
선옥	버스가 없어졌으니까 찾으러 올 거예요. 버스 회사에서도 신고를 했을 거구요.
대규	그럴 시간이 없을지도 몰라요. 어쩌면.
정임	뭔 소리야?
대규	혹시 이 모든 게 음모가 아닐까 생각해 봤어요?
정임	음모?
대규	집에서 가만히 자고 있던 내가 깨어 보니 깊은 계곡에 있어요. 뭔가 이상하지 않아요?
정임	그렇겠지? 금방 찾으러 오겠지?
선옥	그럼요. 버스가 없어지면 금방 표시가 나잖아요.
대규	안 그래요? (연희를 본다)

연희는 넋을 잃고 멍하니 서 있다.

정임	뭐야? 넋이 나간 거여?
대규	저 혼자 가서 구조대를 불러 올까요?
정임	그러지 말고 기다려 봐. 총각 혼자 갔다가 총각 혼자만 못 찾으면 어떻게 해. 우리는 다 구했는데….
대규	아줌마. 나 해병대예요.
정임	해병대고 지랄이고 어른이 말하면 들어.
선옥	그래요. 조금만 기다려 봐요.

정임	그러지 말고 이 골짜기를 한번 올라가 볼까?
대규	내가 해병대 다녀봐서 알아요. 나라면 모를까 올라가다 떨어져 죽어요.
선옥	올라갈 수 있어요?
정임	그럼 총각이 올라가 봐.
대규	네? 그, 그럼 그럴까요? 그러려면 끈이 길어야 되는데 안 되겠네.
선옥	옷을 다 이어 볼까요?
정임	그래, 그러자.
대규	에이, 어림도 없어요.
선옥	꽉 묶어도 안 될까요?
대규	아주 군대를 안 갔다 온 티가 팍팍 나는 거지요. 질긴 군용 동아줄 아니면 어림도 없어요.
선옥	아, 그렇겠네요. 내가 뭘 아나.
정임	아이고, 이런 거는 다 남의 일인 줄 알았어.
선옥	그러니까요. 정신이 하나도 없어요.
정임	여기는 어딜까?
연희	사… 산디마을.
정임	산디마을? 가만있어 봐. 산디마을에서 갑자기 다른 데로 갔어.
연희	여… 열. 두. 산. 뒤.
선옥	열두 산 뒤? 맞아요. 산디마을 뒤쪽으로 산이 열두 개가 있다잖아요.
정임	여기가 거기라고?
대규	봐, 봐, 이것 봐. 시내 가는 버스가 갑자기 열두 산 뒤로 왜 오냐구.

봄눈

정임	아이고 삭신이야. 일단 앉아.

선옥이 연희를 부축해서 앉고 정임도 대규도
앉는다.

정임	기사가 왼쪽으로 가야 하는데 오른쪽으로 가더라고, 그래서 "아저씨 왜 이리로 가요?" 한 기억은 나는데 그다음에는 기억이 없어.
선옥	아저씨가 갑자기 고개를 숙였던 게 기억나요.
대규	나는 분명히 이 버스를 타지 않았거든요. 그런데 여기 이렇게 있잖아요. 이보다 더 황당한 일은 없을 거예요.
정임	기억 안 나? 버스에서 자고 있던데. 그렇게 흔들어 깨워도 안 일어나두만.
대규	그러니까요. 제가 왜 버스에서 자고 있냐 이거예요. 아버지한테 전화받고 바로 집에 들어갔거든요.
정임	말 나온 김에 물어보자. 왜 그렇게 술만 처먹으면 정류장서 자?
대규	몰라요. 에이씨. 술을 끊든지 해야지.
정임	그려 제발 덕분에 끊어라.
선옥	그런데 기사 아저씨는 어쩌죠? 계속 저렇게 못 깨어나시면 어째요?

정식의 신음 소리가 들린다.
네 사람이 버스로 들어가 정식을 살핀다.

김미정

정식	영찬아.
대규	(정식을 깨우며) 아저씨! 일어나 봐요!
정임	많이 다쳤나 봐.
정식	(정임을 보며) 벌써 다 팔고 오셨어요?
정임	어? 저 알아보겠어요?
정식	자리에 가서 앉으세요. 다행히 빈자리가 있네요.
정임	뭔 소리야.
선옥	여기, 가슴이 끼었어요.
정임	뺄 수 있어?
대규	(정식을 빼내려고 하는데 잘 안된다) 아, 안 돼.
정임	큰일 났네.
대규	기사가 깨야 왜 내가 여기 있는지 알 수 있는데.
정임	흰소리 그만하고 다시 빼봐. 이러다 기사 아저씨 돌아가시겠어.
선옥	같이해요.
대규	그럼, 내가 여기 누르고 있는 걸 들어 볼 테니까 기사를 잡아당겨 봐요.
정임	(대규의 뒤통수를 치며) 기사 아저씨가 니 동생이야? 따박따박 기사가 뭐야. 싸가지 없이.
대규	이 아줌마가 정말! 해병대 머리를!
선옥	얼른 들기나 해요.
대규	네!

대규가 힘을 써서 겨우 조금 들어 올린다.

대규	얼른 잡아당겨 봐요!

봄눈

정임과 선옥과 연희가 정식을 잡아당기지만
꿈쩍도 안 한다.

정임   왜 이렇게 꿈쩍도 안 해?
대규   아, 씨발, 힘들어. 빨리해요.
선옥   다리에도 뭐가 꼈나 봐요.

대규가 들고 있던 것을 내린다.

대규   안 돼요. 이러다가 더 박혀요.
정임   어쩌냐? 기사 양반 죽겠네.
선옥   아저씨, 아저씨 정신 차리세요.
정식   어? 아주머니.
선옥   정신이 드세요?
정식   아, 오셨네요.
선옥   네?
정식   아이가 많이 기다렸어요.
정임   머리를 다쳤나? 자꾸 헛소리를 하네.
선옥   아저씨, 머리 아프세요?
정식   그런데 그 아이는 어디 갔어요? 정류장에 있었
        는데.
선옥   그게 무슨….
정임   이러다가 사람 잡겠네.

정임이 정식의 팔을 주무른다.

김미정

정식	아주머니….
대규	어? 아저씨, 저예요. 저 아시죠? 울 아버지 아들 대규요.
정식	사고가 났습니까? 사고가 났어요? (일어나 보려 한다) 다들 안 다치셨어요?
정임	우리는 괜찮은데… 참, (주머니를 뒤진다) 전화기, 119, 아이고 왜 아무도 그 생각을 못 했어. 가방은 어딨어? 아이고 내 참기름, 다 깨졌겠네.

정임이 자기 짐을 찾으러 다닌다.

| 정임 | 이게 다 어디 있어. 아이고, 이럴 줄 알았으면 새벽에 나올 때 애들이랑 우리 집 양반 얼굴이나 한 번 더 보고 나올걸. |

네 사람이 돌아다니며 짐을 대충 찾고 핸드폰을 찾아 번호를 누르지만 되지 않는다.
네 사람이 지쳐서 앉는다.

정임	사람이 죽으려면 안 하던 짓 한다더니 하필 오늘 그 인간 허벅지를 냅다 차고 나올 건 뭐야.
선옥	우리 기윤이는 밥이나 먹었나, 말도 안 하고 빠졌으니 병원에서는 난리가 났겠네요.
정임	우리 엄마가 맨날, "이년아, 엄마 죽은 담에 후회하지 말고 있을 때 잘해라" 그랬거든, 진짜로 돌아가시니까 그 말이 맞더라고. 하이고 우리

봄눈

애들 어쩌냐. 나 죽으면 후회 많이 할 텐데.

대규 이 아줌마가! 죽긴 왜 죽어요. 사자가 물어가도 정신만 차리면 된댔어요.

정임 호랑이 아녀?

대규 지금 그게 중요한 게 아니잖아요. 이순신 장군 이 그랬어요. 생즉필통.

정임 뭔 통?

대규 살고자 하면 통한다. 뭐, 이런 뜻이에요.

선옥 생. 즉. 필. 사, 살고자 하면 죽고 사. 즉. 필. 생. 죽고자 하면 산다.

정임 얼레? 그걸 어떻게 알아?

선옥 불멸의 이순신에 나오던데요.

정임 맞다, 김명민이 그랬지. 그럼 뭐야? 우리가 죽 어야 산다는 거야?

대규 누님들은 유머 감각이 없으셔. 필통이나 필살 이나 그게 그거지.

정임 지랄하네. 뭔 통? 으이구, 버스정류장서 술 처 먹고 자빠져 잘 때부터 알아봤다.

대규 지금, 그게 중요한 게 아니잖아요. 이순신 장군 이….

정임 이순신 장군이 이번에는 뭐랬는데?

대규 신에게는 아직 열두 척의 배가 남아 있습니다.

선옥 히히히!

선옥이 생뚱맞게 웃다가 웃지 않는 세 사람을 보고는 무안해져서 웃음을 그친다.

김미정

정임	원래 웃음소리가 그랬어? 이게 어디 있을 텐데.
선옥	뭐요?
정임	동생 배꼽. 잘 찾아봐. 아까 떨어졌더라.
대규	푸하하하, 언제 적 개그를 치셔.

연희가 갑자기 다리에 쥐가 났는지 고통스러워한다.

선옥	(연희를 보고는) 어디 아파요?
연희	그게 아니라… 쥐가….

선옥이 연희의 다리를 주물러 준다.

정임	(자기 침을 묻혀서 연희의 코에 발라준다) 별거 아냐. 금방 찾을 거야.
대규	죽는다며.
정임	죽긴 왜 죽느냐며.

길 위로 가족들이 들어온다.
눈에 발이 푹푹 빠져가며 걷고 있다.
가족들이 잠시 서서 핸드폰을 누른다.
연희의 주머니에서 벨소리가 들린다.
연희가 주머니에서 핸드폰을 꺼내서 받는다.
실종자들이 연희의 핸드폰을 쳐다본다.

봄눈

연희	여보세요?
철수	여보세요?
연희	여보세요?
철수	아, 전화가 왜 이래.
정임	왜? 소리가 안 들려?
연희	밧데리가 없어요.
실종자들	에이!
기백	전화가 끊겼습니까?
철수	모르겠습니다. 지지직 소리만 납니다.
가족들	에이!
연희	제가 밧데리 채우는 걸 자꾸 깜빡해요.
대규	아, 밧데리. 어쩌면 마지막 희망일 수도 있는 건데.
기백	장난하슈?

가족들이 다시 길을 걸어간다.

정임	괜찮아. 우리가 죽어도 밧데리 없어서 죽는 거는 아닐 거니까. 밧데리 때문에 죽는 거는 좀 억울하잖아?
연희	사실, 남편이 아침마다 챙겨주는데 오늘은 남편도 깜빡했나 봐요.

정임과 선옥과 대규가 말없이 연희를 쳐다본다.
연희가 세 사람을 빤히 쳐다본다.

김미정

| 정임 | 어련하시겠어요. 부러워서 딱 죽겠네요. |
| 연희 | 감사합니다. |

정임이 어이없어서 웃는다.

선옥	십 년 만에 처음이네요. 첫차를 타고 병원에 안 가고 다른 데로 온 거는.
정임	그런가?
선옥	여기는 눈이 안 오고, 꽃이 피었네요. 봄 소풍 온 것 같아요.
대규	뭐래.
기백	아이고 어째 이놈의 길은 끝이 없어.
성기	마음은 급하고 길은 더디고 죽겠네.
철수	3월에 눈이라니.
기윤	(제일 힘들어한다) 이모는 아마 전생에 버스였을 거야.
기백	제일 젊은 사람이 제일 먼저 맛이 갔네.
기윤	헉! 헉! 그렇지 않고서야 이럴 수는 없는 기지. 이럴 수는 없는 거야. 이모마저 가면 이놈의 버스를 확 불살라버리고 나도 갈 거예요.
성기	예끼! 그런 소리 하는 것 아녀.
기백	냅둬요. 가든지 말든지.
철수	희망을 가집시다. 아직 아무것도 몰라요.
정임	그래! 까짓것 소풍 온 셈 치자.
대규	그러다 우리를 못 찾으면 어떡하구요.
정임	버스가 저 높은 데서 떨어졌어도 멀쩡한 것 보

봄눈

면 모르냐? 다음 달은 몰라도 이번 달에는 안
죽는다니까.

대규   그런가? 아 속 쓰려.

기백을 제외한 가족들이 길을 따라 나간다.

정임   아, 내 가방에 먹을 것 많아.

선옥   저도 도시락 싸왔어요. 오늘 제가 밥 당번이라
양이 좀 되네요. 어머나, 그러고 보니까 다른
사람들은 굶겠네.

정임   (웃으며) 하여튼 오지랖은, 누가 누구를 걱정하
는 거야. 걱정 마, 안 굶어. 밥 먹을 자리나 찾아
보자구.

실종자들이 일어나 움직인다.
무대가 서서히 어두워진다.
기백에게만 빛이 비추어진다.

기백   우리는 세 시간을 걸어 죽동으로 갔고, 거기
서 버스를 타고 경찰서로 갔습니다. 지금 생각
해 보면 정말로 긴 길이었습니다. 눈에 발이 빠
져 다 젖어도 시린 줄도 몰랐습니다. 이상한 것
은 택시가 다니는데도 누구랄 것 없이 처음 오
는 버스에 올라탔다는 겁니다. 그 버스가 동부
경찰서 앞을 지난다는 것은 버스에 타고 알았
습니다. 가족이 잘못된 걸 아는 순간 남은 가족

김미정

들은 그렇게 아무 생각이 안 나는 것 같습니다. 깜깜한 밤을 걷는 것처럼, 푹푹 빠지는 눈길을 걷는 것처럼 무섭고 추운 건가 봅니다. 겉으로는 센 척 아무렇지도 않은 척했지만 속으로는 너무 무서웠습니다. 별이 엄마를 다시는 못 볼까 봐 덜덜 떨렸습니다. (사이) 그때는 그랬습니다.

기백에게 비추어진 빛이 점점 어두워진다.

3. 축제

무대가 밝아지면 선옥, 정임, 대규가 버스 천장 위에서 도시락을 먹고 있다.
연희는 버스 옆 계단에서 따로 먹고 있다.
정식은 운전석에 껴 있는 상태로 주먹밥 같은 걸 먹는다.

선옥 이리 와서 같이 먹어요.
연희 (아무런 대꾸가 없다)
대규 (연희가 먹는 것을 보며) 누님은 샌드위치 드시네.
정임 하이고, 언제 봤다고 누님이야.
대규 누님, 이리 와서 같이 드세요.
선옥 그래요. 이리 와요.

봄눈

정임	아이고 그놈의 여편네. 해도 해도 너무하네. 아까부터 이렇게 통사정을 하는데 무슨 영화를 보겠다고 거기서 버려?
연희	(빵을 먹다가 목에 걸렸는지 가슴을 친다)
정임	으이구, 못살아. 거기 옆에 물 있네. 물 먹어.
연희	(물을 찾아 먹는다)
선옥	거기는 찰 텐데.
정임	차면 어련히 이리 올까. 참, 여러 사람 신경 쓰이게 한다. 왜 그래.
연희	원래 혼자 먹었어요. 그래서 누구랑 같이 먹으면 잘 체해요.
선옥	천천히 먹어요. 이리 오라고 안 할게.
대규	아줌마, 근데 이거 무슨 나물이에요? 진짜 맛있네.
정임	누구는 누님이고 누구는 아줌마냐?
대규	저 누님은 누님이고 이 아줌마는 아줌마죠.
정임	(대규의 숟가락을 뺏는다)
대규	왜 이러세요. 누님.
정임	아이고 잘 먹었다.
대규	짱!

정임이 정식에게 가본다.

정임	거의 안 먹었네. 많이 아파요?
정식	하늘이 작아 보여요.
정임	(정식의 손에서 밥을 가져와 정식의 입에 넣어

김미정

준다) 저 총각 말로는 이대로 가만히 있으면 더
다치지는 않는데요. 금방 데리러 올 거예요.

정식   맛있다. 춘희 솜씨 좋네.

선옥   (정임의 옆으로 와서 정식의 입에 물을 넣어준
다) 그래도 버스에 물이 있어서 다행이에요.

대규   관광버스도 아니고 물이 왜 이렇게 많아요.

정임   그게 다 사연이 있지. 어느 날 아이가 혼자 버
스를 탔더래. 그런데 꼴이 말이 아니더래.

도시의 소음이 시끄럽게 들린다.
가면들이 들어와 무대를 버스로 만든다.
운전 기사복을 입은 가면이 핸들을 잡는다.
젊은 정식이라는 팻말을 목에 걸었다.
가면들이 입으로 버스에서 나는 여러 가지 소
리들을 흉내 낸다.
차 문 열리는 소리.

젊은 성식   안녕히 가세요. 어서 오세요.

아이가 가면을 쓰고 들어온다.

젊은 정식   (아이를 보고 조금 놀란다) 자리에 가서 앉거
라.

아이가 앉는다.
기운이 없어서 쓰러지려 한다.

젊은 정식	얘야. 너 어디까지 가니?
아이	(힘없이 고개를 좌우로 돌린다)
젊은 정식	너 혼자니?
아이	(고개를 끄떡인다)
젊은 정식	부모님은 안 계시니?
아이	(고개를 좌우로 돌린다)
젊은 정식	어디 계신데?
아이	(위를 쳐다본다)
젊은 정식	너는 말을 못 하니?
아이	(고개를 끄떡인다)
젊은 정식	어? 미안하다.
아이	(무언가 손짓으로 말한다)
젊은 정식	목이 마르니?
아이	(고개를 끄떡인다)
젊은 정식	어쩌지? 물이 없는데….
아이	(힘없이 창밖을 본다)
젊은 정식	미안하다. (사이) 손님도 없는데 아저씨가 재미 있는 이야기 해줄까?
아이	(고개를 끄떡인다)
젊은 정식	아저씨가 이 버스에서 태어났거든. 아저씨 엄 마가 아저씨가 나올 날짜를 잘못 알고 있었대. 어느 날 버스를 탔지. 아직 나올 때가 안 됐다 고 생각해서 혼자 버스를 탔어.

가면이 배에다 바구니를 넣고 만삭인 산모가 돼서 의자에 앉는다.

김미정

목에다 정식 엄마라는 팻말을 걸었다.

젊은 정식　그런데 말이다.

젊은 정식이 목에 건 팻말을 뒤로 돌린다.
잠시 기사가 된다.

산모　아, 아저씨!
젊은 정식　왜, 왜요?
산모　아, 아기가!
젊은 정식　그래요? 어쩌지?
산모　병원으로!

가면들이 산모의 주변으로 몰려든다.
산모가 가면 한 사람의 머리카락을 잡는다.

가면　아, 악! 아저씨 빨리 병원으로 가요.
젊은 정식　그럼 손님들 양해를 좀 구하겠습니다. 급하신
분들은 여기서 내리셔서 갈아타세요. 이 버스
는 이제 병원으로 갑니다.
산모　아, 안 돼요. 나올 것 같아요!
젊은 정식　네? 안 돼요. 참아요.
산모　어떻게 참아! 이 새끼야! 아아아아아아!

가면 한 사람이 산모를 안고 다른 사람이 치마
를 걷는다.

　　봄눈

산모   으아아아아아! 박수길 이 새끼! 죽었어!

아이 울음소리 들린다.
치마를 걷었던 가면이 아이를 들어올린다.
일순간 감동이 그들 사이로 밀려온다.
눈물을 닦는 사람도 있다.

젊은 정식   (팻말을 다시 돌리며) 그렇게 내가 태어났단다.
아이   (희미하게 웃는다)

가면이 버스 서는 소리와 문 열리는 소리 낸다.
아이가 일어나 내린다.

젊은 정식   (일어나 아이의 손에 돈을 쥐여준다) 물도 사
먹고 밥도 사 먹거라.

아이가 인사를 한다.
아이가 터벅터벅 걸어 들어가다가 버스 안의
정식을 바라본다.
아이가 손을 흔든다.

정식   (손을 흔든다) 지금은 목 안 마르니?

아이가 고개를 끄떡인다.

정임   그래서 항상 버스에 물을 가지고 다닌대.

김미정

선옥	저도 한번 얻어먹은 적 있어요.
정임	아침을 급하게 먹고 물 안 먹고 나와도 버스 타면 물 있겠구나. 그런 생각 해봤지?
대규	그럼 뭐 해요. 운전이나 잘하지.
정임	총각은?
대규	네?
정임	총각이 제일 많이 얻어먹었잖아. 술 마시면 목 안 말라?
대규	누가 뭐래요? 기사 아저씨만 죽게 생겼으니까 그런 거지.

아이가 들어간다.
가면들과 가상의 버스가 들어가려 한다.

정임	버스 하면 나도 추억이 많지.

가면들이 놀라 다시 무대 앞으로 와서 버스를 만든다.

선옥	뭐요?
정임	우리 별이 아빠가 총각일 때 나를 3년 동안이나 쫓아다녔잖아.
연희	(물을 마시다 뿜는다)
대규	우하하하!
정임	왜? 왜? 사모님은 왜 그래?
연희	사레가 들려서요.

봄눈

선옥   그런데요?

정임   영화지 뭐. 그저 하는 일 없이 빈둥거리며 다녀
서 쳐다보지도 않았거든.

가면들 역시 버스의 소음들 흉내 낸다.
젊은 정임이라고 쓴 팻말을 목에 건 가면이 새
침하게 들어와 버스 의자에 앉는다.
기백이 들어와 버스정류장에 앉는다.
몇 정거장이 지나고 젊은 정임은 졸다가 퍼뜩
깨서 주위를 두리번거린다.
끽 문이 열리자 젊은 정임이 내릴 준비를 한다.
기백이 일어나 기타를 치며 노래를 한다.
가면들이 코러스를 넣는다.

젊은 정임   (손으로 얼굴을 가린다)

기백   (무릎을 꿇고 반지를 내민다) 겨, 결혼해 주십
시오. 정임 씨. 허락해 주실 때까지 못 내리십
니다.

젊은 정임이 반지를 받고 버스에서 내린다.
가면들이 박수를 친다.

선옥   멋지네요.

정임   멋있긴 개뿔! 어찌나 챙피한지, 얼른 버스에서
내리려고 반지를 받긴 받았지.

김미정

젊은 정임과 기백이 손을 잡고 들어간다.
가면들이 들어간다.

정임　　　그때 무슨 일이 있어도 그 반지를 받지 말았어
　　　　　야 했어. 내 팔자가 요 모양 요 꼴이 안 되게. 나
　　　　　는 드라마를 안 봐. 내 인생이 드라만데 뭐 하
　　　　　러 봐. 재미없게.

대규　　　아줌마 팔자가 어떤데?

정임　　　보면 모르냐?

대규　　　난 모르겠는데요. 평생 허리가 휘도록 농사만
　　　　　짓다가 치매 걸려 요양원에 들어간 우리 엄마
　　　　　보다 낫지.

정임　　　그걸 아는 놈이 맨날 술 처먹어.

대규　　　모르면 가만히 있어요!

선옥　　　(정임의 옆구리를 친다)

대규　　　에이, 맛없어. (수저를 밥그릇에 던지고 눕는
　　　　　다)

정임　　　다 처먹었구만.

선옥　　　그나저나 저 위는 난리 났겠네요. 사람들이 버
　　　　　스를 많이 기다리겠어요.

대규　　　지금 남 걱정해요? 우리가 죽게 생겼는데요.

정임　　　모르냐? 원래 사람들은 평생 남 걱정만 하고
　　　　　살다 죽는 거야. 자기 생각만 하고 살다 보면
　　　　　자식도 못 키우고 부모 생각에 울 일도 없지.
　　　　　안 그래?

선옥　　　그렇지도 않아요. 저는 평생 저만 생각하고 살

　　　　　　　　　　　봄눈

앉어요. 어떻게 하면 잊을까? 어떻게 하면 괴롭지 않을까? 여기 있으니까 오히려 마음이 편하네요.

정식 핸들을 잡고 삼거리까지 오니까 갑자기 머리가 하얘지고 마음이 꼭 죽을 것 같았어요.

네 사람이 정식을 바라본다.

정식 미안합니다. 내가 미쳤었나 봐요.

네 사람이 한동안 말이 없다.

정임 괜찮아요. 나가 봤자 이놈의 남편, 새끼들 때문에 속만 썩는데 꽃도 피었겠다, 꽃놀이나 하고 가지 뭐.

대규 에이씨, 나도 몰라요. 차 못 팔아서 빚만 늘고, 여기서 있다가 보상금이나 받아 빚 갚을래요.

정임 그런가? 보상금 줄라나?

대규 그럼 안 줘요? 당연히 주지. 어쩌면 텔레비전에도 막 나올 수 있어요. 버스 사고로부터 기적적으로 살아나다!

정임 그럼 기사 아저씨한테 고맙다고 해야 하나?

선옥 그런가요?

대규 못살아. 왜 이렇게들 순수하신지들, 이슬이야, 이슬.

정임 죽을래?

김미정

대규	버스에 이슬이는 없나? 참이슬.

갑자기 연희가 소리를 지른다.

정임	왜? 왜?
연희	멧돼지!
대규	아 정말. 멧돼지가 있네. 그럼 길도 있겠네요. 멧돼지 다니는 길.
정임	그런가?
선옥	지금 그게 문제가 아니라!
정임	맞다. 아줌마, 이리로 올라와.
연희	(고개를 저으며) 움직이면 달려들 것 같아요.
선옥	맞아요. 움직이지 마요.
정임	아니야. 얼른 도망 와.
연희	그럴까요?
대규	그러다가 우리까지 공격해요. 아줌마, 그 옆에 바위 위로 살짝 올라가 봐요.
연희	(움직이려 안나)
선옥	안 된다니까!
연희	그럼 어쩌라구요!
정임	멧돼지를 만났을 때는 눈을 마주치지 말고···.
선옥	아니에요. 눈을 마주치고···.
연희	제발 한 사람만 말해줘요.
정임	높은 곳으로 피한다.
선옥	저기 있는 돌을 다른 데로 던져서 멧돼지가 다른 쪽을 보게 해보는 게 어때요?

봄눈

멧돼지 소리가 난다.

정임   우리를 본 것 아니야?

연희   살려줘요!

대규가 돌 있는 곳으로 가서 집어던진다.

정임   됐다. 얼른 바위 위로 올라가.

연희가 바위 위로 올라가려는데 멧돼지 소리
가 요란해진다.
연희가 소리를 지르며 도망 다닌다.

정임   (대규에게) 어떻게 좀 해봐!

대규   내가 어떻게요!

선옥이 대규를 민다.
대규가 바닥으로 떨어진다.
이번에는 멧돼지가 대규를 쫓는다.
정임과 선옥이 연희에게 손을 내밀고 연희가
버스 위로 올라온다.
대규가 겨우 버스 위로 올라온다.
멧돼지가 버스를 머리로 쿵쿵 치는 모양이다.

정임   왜 이리로 왔어. 저리로 유인하지.

대규   이 아줌마가, 나도 울 엄마한테는 귀한 아들이

    김미정

거든요.

연희   무서워요.

일동 버스에 납작 엎드린다.
무대가 점점 어두워진다.
하늘에 별도 떴다.

정임   쟤는 지치지도 않나 보다.

연희   저….

정임   괜찮아. 미안하긴 바위 위로 올라갔으면 혼자 얼마나 무서웠겠어?

연희   그게 아니라.

선옥   왜요?

연희   고개 좀 옆으로 돌려주시면 정말 감사할 것 같아요.

정임   고개? 왜?

연희   입 냄새가 너무 나서.

정임   이 어펀네가 징말 기낏 구해줬디니. 이 마딩에 냄새가 중요해?

연희   이 마당이라도 냄새는 나니까요. 기분 상하셨다면 죄송해요.

정임   내가 말을 말자. (고개를 돌린다)

방귀 소리가 난다.

정임   아, 냄새! (대규를 노려본다)

봄눈

대규   나 아닌데? (턱으로 연희를 가리킨다)

연희는 모르는 척한다.
정임과 선옥이 낄낄대며 웃는다.
대규가 버스 밑을 본다.

대규   어? 멧돼지 갔네.

일동 살금살금 내려온다.
멧돼지 소리가 다시 들린다.
일동 도망간다.
무대를 왔다 갔다 한다.
정임이 큰 나무를 찾아서 대규를 준다.
대규가 나무로 멧돼지를 내리친다.

정임   엄마야. 빗맞았다.

실종자들 다시 무대 밖으로 도망간다.
쫓아가는 멧돼지 소리가 들린다.
실종자들이 다시 들어온다.
꼴이 말이 아니다.

정임   그놈의 멧돼지가 사람 잡네.

다들 지쳐서 무대에 주저앉는다.
정임이 갑자기 웃는다.

          김미정

다들 정임을 쳐다본다.

서로 쳐다보고 웃는다.

정식이 웃는다.

무대가 어두워지며 별만 보이다가 사라진다.

4-1. 추억 1

무대가 밝아지면 가면들이 작은 책상을 들고 들
어와 민원실이라고 써진 팻말을 걸고 나간다.

경찰서 민원실이다.

가면 한 사람이 가면을 벗고 경찰이 된다.

대통운수 사장인 갑득이 들어온다.

기백, 기윤, 철수, 성기가 들어온다.

춘희가 들어온다.

춘희   그때 경찰서 얘기를 하자면 말도 못 하죠. 대통
       운수 사장놈은 우리 남편이 버스를 가져갔다고
       철썩같이 믿고 신고를 하러 왔고 다른 사람들은
       버스에 탄 사람들이 들어오지 않았다고 신고를
       하러 왔어요.

       갑득과 가족들이 한꺼번에 경찰에게 말을 해대
       는 통에 정신이 없다.

춘희   (크게 말한다) 전날 사장한테 연락을 받았어요.

버스가 없어졌다고. 사장이 경찰서에 신고를 했고 CCTV까지 확인했었는데 아무 데도 버스가 찍히질 않았대요. 가만 안 두겠다고 윽박을 지르길래 무조건 죄송하다고 하고 전화를 끊었어요. 가만히 생각해 보니까 무슨 사달이 나도 단단히 난 것 같더라구요. 다음 날 경찰에서 연락이 왔어요. 사장이 우리 남편을 고발하러 왔다구요. 아무리 그래도 기사가 버스를 가지고 도망갔겠어요? 그런 고물 버스를 뭐에 가져다가 쓴다구요. 그 시간에 우리 남편은 죽어가고 있었던 거예요. (눈물을 닦는다) 여러분들한테는 정말 죄송합니다.

경찰   조용히 좀 해보세요. 그러니까 지금 오신 분들이 다 303번 버스를 타신 분들의 가족이라는 거죠?

일동   그렇다니까요.

경찰   어제 대통운수 김갑득 사장님이 오셔서 신고를 하고 가셨어요. 이상하게 CCTV 어디에도 버스가 안 찍혔어요.

갑득   그러니까, 박정식 이놈이 우리 버스를 어디에 숨겨 논 거예요.

춘희   우리 애 아빠는 그럴 사람 아니에요.

일동 춘희를 본다.

춘희   무슨 사고가 났을 거예요. 그깟 고물 버스 뭣에

김미정

쓴다고 가져간대요.

갑득   고물 버스? 이 아줌마가 말 다했어?

기백   이 아주머니 말이 맞네. 기사가 왜 그 버스를 가져가요?

갑득   내가 알아? 가져간 놈이 알겠지. 그놈이 맨날 버스노조니 만든다면서 기사들 선동해서 얼마나 대들었는 줄 알아?

춘희   버스가 고장이 나도 다 기사 책임이라고 돈을 내라고 하니까 그렇죠. 버스가 얼마나 자주 고장이 나는지 말도 못 해요.

갑득   뭐요? 이 아줌마가 지금 사태 파악이 안 돼? 당신 남편 고발하러 왔어. 나타나면 해고야.

춘희   해고 지랄이고, 사람이 어떻게 되지도 모르는데 그게 문제예요?

철수   그럼 기사님도 어제 안 들어온 거네요.

춘희   (가족들을 의식하고는 소리가 죽는다) 네… 아이고 이게 무슨 일인지 모르겠네요.

성기   그라믄 버스기사하고 버스하고 승객하고 다 없어진 게 확실하네유. 아이고 설마설마했는디. (주저앉는다)

춘희가 성기를 부축한다.

철수   사장님 말씀대로 잠시 버스를 가지고 어디 간 것은 아닐까요?

기백   맞아. 다 친하니까, 그럴 수도 있잖아요. 버스

    봄눈

	사고가 웬 말이에요? 버스 사고가 쉬워요?
춘희	아니에요. 절대 아니에요. 그건 제가 알아요.
성기	차라리 그런 거믄 좋겠네유. 아이고, 우리 대규 정류장서 자는 걸 보고도 '저도 나 뺏긴 게 있으니께 그렇겠지' 했슈. 이럴 줄 알았으면 다리몽 뎅이를 부러뜨려 놓더라도 막는 건디 그랬슈. 경찰 선상님, 선상님이 보기에도 사고가 난규?

가족들이 경찰을 쳐다본다.

경찰	그, 그러니까 선동에서 출발한 첫차가 없어졌고 그 버스에 박정식 씨 포함 다섯 분이 타고 있었다 이거지요? 다섯 분 모두 다 첫차를 탄 이후 본 사람이 없는 거고요.
가족들	네.
경찰	정황상 어제 눈도 많이 왔고 그래서 아무래도 사고가 난 것 같긴 한데요. 이게 확실히 확인이 안 되니까 애매합니다.
가족들	아! (탄식)
기백	버스는 어제 없어졌다고 신고를 했다잖아요. 그사이 뭐 했어요?
경찰	버스는 없어졌다고 신고는 들어왔는데 이게 확인이 안 되니까 누가 탔는지도 알 수 없구요.
철수	그렇다고 이렇게 손 놓고 있어야 합니까?
경찰	손 놓고 있을 수는 없지요. 그런데 하필 눈이 와서 길도 얼고 눈으로 막혀서 수색도 많이 더

김미정

	딜 겁니다. 선동이 생각보다 넓어요.
성기	버스 다니는 길은 사람도 댕기니께 사고가 났으믄 신고가 들어왔겠쥬. 산디마을 골짜기를 한번 보는 게 안 좋겠어유?
기백	어제라도 그렇게 했어야지. 하루가 지나도록 경찰은 뭐 했어요?
경찰	할 만큼 했습니다. CCTV 뒤지는 데도 하루가 갑니다.
기윤	가만히 앉아서 CCTV만 들여다봤다구요?
철수	자칫 잘못하면 골든타임을 놓쳐버릴 텐데요.
갑득	그러게. 내가 어제 신고를 했잖아. 하루 사이에 회사가 손해를 얼마나 본 줄이나 알아?
기윤	진짜, 돌아가실 때 싸가지고 가려고 그러나.
갑득	뭐?
기윤	돌아가실 때는 그깟 돈 못 가져간다구! 사람들이 없어졌어요. 지금 돈타령이 나오세요?
갑득	(손을 올린다) 이게 어디서 건방지게.

기윤이 핸드폰을 들고 갑득에게 다가간다.

기윤	가장 미안해야 할 분이 가장 큰소리를 치고 계시네요. 어떻게 한번 찍어서 돌려 볼까요?
갑득	미안하긴, 내가 왜 미안해. 기사가 그런걸.
기백	버스회사 사장이면 책임이 있지! 왜 없어요!
철수	아무리 시골 정류장이라도 CCTV는 있어야 하는 것 아닙니까?

봄눈

경찰	그게, 고장이 나서요.
기백	씨발! 그게 말이요? 막걸리요? 이놈의 나라는 뭐가 이렇게 엿 같어!
춘희	(가족들에게) 죄송합니다. 죄송합니다. 아무래도 저희 남편이 무슨 일을 냈나 봐요.
철수	잘잘못은 일단 사람들부터 찾고 얘기합시다.
경찰	일단 최대한 인력을 동원해서 찾아보겠습니다.
기백	가만있어 봐. 선동에는 군부대가 있잖아요. 군인들 좀 동원하면 안 됩니까?
경찰	그게 정 안 되면 그렇게라도 해봐야겠지만 생각처럼 쉽지는 않을 겁니다.
철수	왜요?
경찰	체계라는 게 있으니까요.
성기	선생님, 지금 사람 목숨이 걸렸어유. 그게 뭔 소리유.
철수	벌써 하루가 지났습니다. 눈도 많이 왔구요. 최대한 빨리 찾아야 합니다.
기백	구청장님을 만나자구요. 구청장님이면 빨리 손쓸 수 있잖아요. 아니지. 교수님은 높은 분들 좀 많이 알 거 아니요?
철수	친구 중에 구의원이 있긴 한데. 일단, 구청에 가보는 게 좋을 것 같습니다.
성기	일단, 우리가 다시 선동으로 가볼까유?
기윤	지금은 경찰이든 군인이든 다 동원하게 해달라고 하는 게 중요해요. 거기까지 다시 걸어가

김미정

	는 것도 한나절이에요.
성기	그려, 그려.
춘희	죄송합니다. 죄송합니다.

가족들이 나간다.
경찰이 나가려고 한다.

갑득	어딜 가? 박정식이 고소하러 왔다니까.
경찰	형사과 가서 고소하고 가십시오.

경찰이 나간다.
가면이 들어온다.
가면이 자신의 목에다가 '갑득의 머릿속'이라
는 글씨가 쓰인 스케치북을 들고 있다.
갑득이 의자에 앉으려는 것을 치우고 자기가
앉는다.
갑득이 엉덩방아를 찧는다.

갑득	(앉은 채로) 그나저나 사고가 났으면 보상금을 내가 해줘야 하나?

가면이 스케치북을 한 장 넘긴다.

갑득	그렇지, 무조건 기사 잘못이라고 해야지.

가면이 다음 종이를 넘긴다.

갑득　　구청장을 내가 먼저 만나 볼까? 지난번 촛불집
　　　　　회 때 인사도 했잖아.

가면이 그다음 종이를 넘긴다.

갑득　　그럼! 탄핵이라는 아픔을 같이한 사인데 모른
　　　　　척이야 안 하겠지.

갑득이 나간다.
가면이 의자와 민원실 팻말을 들고 나간다.
버스에 불이 켜진다.
실종자들이 앉아 있다.

정식　　눈이 많이 오는 날 버스정류장에 차를 대면 기
　　　　　다리던 사람들의 얼굴이 밝아져요. 아, 이제 버
　　　　　스를 탈 수 있구나. 행복이 별건가요? 그렇게
　　　　　기다리던 버스를 타는 게 행복이죠. 나는 행복
　　　　　을 운전해요. "춘희 씨. 그러니까 나랑 같이 살
　　　　　면 늘 행복할 수 있어요."

정임　　춘희는 누구신가?

대규　　첫사랑인가? 아줌마, 그때는 버스로 꼬시는 게
　　　　　유행이었나 봐. 아, 내 첫사랑은 지금쯤 뭐 하
　　　　　고 있을까?

정임　　첫사랑이 누군데?

대규　　우리 엄마.

정임　　엄마?

　　　　　　　　　　　　　　　김미정

대규	하긴, 우리 엄마도 버스하고 정류장을 좋아했어요. 치매에 걸리니까 툭 하면 버스정류장에 나가네. 버스를 타고 없어지는 거야. 몇 번을 가슴 졸이며 찾다가 안 되니까 요양원에 보냈어요. 그때부턴가 봐요. 술만 마시면 나도 모르게 정류장에서 자게 돼요. 엄마가 또 거기에 올까 봐.

정식이 길 쪽을 바라본다.
실종자들이 정식이 바라보는 곳을 바라본다.

정식	눈이 오면 버스를 많이 기다리는데.
연희	저기 있어요?
정식	저기에 있네요. 손님들이 발을 동동 구르며 서 있네요.
대규	아저씨는 점점 미쳐가고, 혹시 우리가 없어진 것도 모르는 것 아니에요?
정임	자자.
대규	잠이 와요?
정임	여기는 눈도 안 오고 따뜻하잖아.
선옥	아까 보니까 나무에 열매도 열렸던데요. 신기해요.
정임	원래 산 하나만 넘어도 별천지니까. 기사 아저씨만 아니면 열흘도 있겠다.
연희	저기에는 내가 있었어요.
정임	(하품을 하며) 저기에 있었다고?

봄눈

연희	저기에 있었어요.
정임	(코를 곤다)
선옥	(연희에게) 자요. (정식에게) 아프지 않아요?
정식	외딴집에 있는 것 같아요.
선옥	내일이면 구하러 올 거예요. 조금만 버티세요.
정식	그런데 외롭지 않아요. 새들이 우는 소리가 들려서 그런가. 새 우는 소리가 꼭 사람들 말소리처럼 들리네요.

선옥과 대규도 잠이 든다.
연희가 정식의 옆으로 가서 정식의 땀을 옷소매로 닦아주더니 그 옆에 눕는다.

정식	오른쪽에 영찬이가 서 있었어요. '영찬아! 추운데 거기 왜 서 있어. 어서 이 버스를 타. 아이고 내가 뭐 하는 거야. 영찬이는 죽었는데.' 바로 정신을 차려서 핸들을 돌리려고 하는데 차가 말을 듣지 않아요. 다 나 때문입니다. 다 나 때문이에요.
연희	쉬! 산이 소리를 내면 비가 온대요. 가만히 들어봐요.
정식	멋진 말이네요. 산이 소리를 낸다.

철수가 길 위로 나온다.

철수	우리들은 대학교 커플이었습니다. 아내는 첼

김미정

로를 전공하는 음악도였지요. 기악과의 정기 공연에서 연주하는 아내를 보고는 반해서 사귀고 결혼도 했습니다. 아내는 말이 없고 낯가림이 심한 편이었습니다. 졸업 후 시향에 들어 갔는데 거기서 은근히 따돌림을 당한 모양입니다. 결국 시향을 그만두게 됐고 그 후에 말도 더 없어지고 낯가림도 더 심해졌습니다. 그 좋아하던 첼로도 켜지 않았습니다. 그래서 혹시 시골서 살면 괜찮을까 싶어서 선동으로 이사를 왔습니다. 그러나 이사 온 후에도 별다른 변화를 보이지 않았습니다. 한 1년쯤 지났나? 어느 날 친정어머니가 편찮으시다는 연락을 받게 되지요. 마침 저도 학회가 있어 집에 없었습니다. 아내는 할 수 없이 첫차를 타게 됩니다. 그리고 어머님이 괜찮으실 때까지 매일 첫차를 타고 시내로 나가게 되었습니다. (사이) 어느 날 집에 돌아와 보니 아내가 첼로를 켜고 있었습니다. 그때의 감동은 이루 말할 수 없습니다. 아내는 그 첫차를 정말로 좋아했습니다.

정식   어? 정말 소리가 나요. (눈물을 흘린다) 너무 아름다워요.

버스정류장에 불이 들어온다.
머리가 많이 헝클어지고 신발을 신지 않은 여자가 앉아 있다.

봄눈

대규의 엄마가 앉아 있다.
그 옆에 어린아이가 앉아 있다.
어린 기윤이다.
대규가 일어나서 버스정류장을 바라본다.

대규   엄마?

엄마가 노래를 흥얼거린다.

대규   엄마, 거기 가만히 있어. 또 어디 가지 말고. 내가 지금은 갈 수가 없어.

엄마   이제 정류장에서 그만 자.

대규   아니야. 정류장에서 안 자.

엄마   추워. 입 돌아가.

대규   아빠가 엄마 찾으러 올 거야.

엄마   이제 첫차가 오면 엄마는 할머니 데리러 갈게.

대규   엄마, 버스 타지 마. 그럼 집 못 찾아.

엄마   첫차를 타고 가야 해.

대규   안 돼. 왜 그렇게 버스를 못 타서 안달이야. 이게 몇 번째야.

엄마   첫차를 타야 역에서 할머니를 모시고 오지.

대규   할머니는 돌아가셨는걸…. 기차 타고 오시다가 심장이 멈춰서.

엄마   할머니가 우리 대규 주려고 식혜 해오신댔어. 그 무거운 걸 들고 오시는데 마중 나가야지.

대규   첫차는 안 와. 내가 타고 왔어.

          김미정

엄마	첫차를 탔어?
대규	탔어.
엄마	우리 대규 이제 부지런해졌네.
대규	그러니까 집에 가.
엄마	(노래를 흥얼거린다) 기억나? 선운사 가서 동백꽃 툭 떨어지는 것 보고 울던 것. 어린데 뭘 알고 울까 싶어 엄마가 웃었네. 우리 대규 때문에 웃었어.

버스 소리가 들린다.
버스에서 빛이 나고 303이라는 번호가 켜진다.
엄마가 일어나서 버스를 타려 한다.

대규	엄마! 타지 마!

선옥과 정임이 일어나서 앉는다.

대규	이 버스는 안 돼. 죽어! 죽어?

엄마가 멈춘다.

대규	죽어?

엄마가 방향을 바꿔 길 쪽으로 걸어가서 선다.

대규	엄마! 이제 첫차는 가버렸어.

봄눈

대규가 흐느껴 운다.

연희   아저씨, 제가 첫차를 타고 얼마나 많이 웃었는
지 아세요? "어디 가세요? 조심해서 나오세요,
할머니. 자, 이제 버스가 출발합니다." 이 모든
말들이 좋았어요. 나한테 하는 말이 아니어도
따뜻했어요. 그래서 고맙습니다. 감사합니다.
행복했습니다.

대규가 일어나서 연희의 옆으로 간다.
선옥과 정임이 일어나서 앉는다.
연희가 앉아서 마치 진짜 첼로를 연주하는 것
같은 시늉을 한다.
철수가 눈을 감고 듣는다.
첼로의 선율에 따라 노래가 흐른다.
'애기 동백꽃의 노래'**다.
배우들이 따라 부른다.

산에 산에 하얗게 눈이 내리면
들판에 붉게 붉게 꽃이 핀다네
님 마중 나갔던 계집아이가
타다타다 붉은 꽃 되었다더라

애기 동백꽃 지면 겨울이 가고
봄이면 산에 들에 진달래 피네
울긋불긋 단풍에 가을도 가면

          김미정

애기 동백꽃 피는 겨울이 온다

무대가 서서히 어두워진다.

4-2. 추억 2

무대가 밝아지면 기윤이 들어온다.

기윤   이제는 제법 봄 냄새가 납니다. 3년 전에 첫차
는 봄에 차가운 눈을 맞으며 사라졌습니다. 그
봄에 눈은 왜 그리도 내렸을까요? 운명일까
요? '인간은 인생이라는 연극무대에서 연기를
하는 한낱 배우에 지나지 않는다.' 저는 늘 비
극 속에서 살았습니다. 그날은 모든 것이 파탄
이 나는 비극의 막장이었을까요? 모르겠습니
다. 그날 우리들은 하루 종일 이리저리 뛰어다
녔습니다. 구청도 가보고 시청도 가보고 경찰
서에도 다시 가보고 방송국에도 전화를 걸어
보고 심지어는 청와대 민원실에도 전화를 걸
었습니다. 매연에 눈이 매워 눈물을 흘리고 가
족이 걱정되어 한숨을 쉬었습니다. 도시를 표
류하는 시든 물고기들 같았습니다.

기윤이 내레이션하는 동안 가면들이 들어와
무대의 여기저기를 돌아다닌다.

봄눈

가면들이 버스 위로 기어 올라간다.

무대 가운데 빛이 비추어지고 기자라는 팻말을
목에 건 가면이 나온다.

기자　　어제 오전 다섯 시 오십 분쯤 선동에서 중앙동으
로 가는 버스가 실종이 되었습니다. 대통운수 김
갑득 사장은 평소에 회사에 불만이 많았던 기사
박정식 씨가 앙심을 품고 버스를 탈취했다고 판
단하여 박정식 씨를 고발하였습니다. 오늘 아침
동부경찰서에 총 다섯 건의 실종신고가 접수되
었으며 실종된 사람들은 실종된 대통운수 303
번 버스의 첫차를 타고 다니던 사람들로 확인되
었습니다. 버스가 평소 다니던 길의 CCTV는 고
장이 났거나 고장이 나지 않은 곳에서는 어떠한
영상도 잡히지 않고 있습니다. 어제 내린 폭설로
선동은 길이 막혀 오늘 오후에 복구가 되었으나
지금은 또 밤이 되어 수색이 어렵다고 합니다.
실종자들의 가족들은 회사와 경찰과 구의 대처
에 대해 강한 불만을 품고 지금 구청 앞에서 밤
샘구조를 촉구하고 있습니다. 가족들은 근처 군
부대의 협조를 강력히 바라고 있습니다.

버스 위의 가면들이 네티즌이 되어 댓글을 단다.

가면1　　대통운수 사장 구속시켜!
가면2　　나는 그 버스 승질나서 못 타잖아. 자꾸만 서서

　　　　　　　　　김미정

매일 늦어.

가면3 버스기사가 열 받아서 승객들 납치한 것 아니야?

가면1 헐! 너 대통운수 사장이지?

가면2 왜, 아직 수색이 안 되는 거지? 이거 뭐 생각나네.

가면3 다 죽었다고 봐야지.

가면1 승객들 중에 그 버스를 안 탄 사람이 있을 수도 있는 것 아닌가?

가면2 그럼 왜 아직 연락이 안 되는 거? 백퍼 버스 탔음.

가면3 우연의 일치? 차라리 그러면 좋겠네.

가면1 선동고개 깊던데 거기로 떨어진 것 딱 봐도 감 잡히는데 하여튼 등신들이야.

가면2 등신. 거기는 다 뒤졌다잖아.

가면1 등신, 아직도 우리나라의 구조 시스템을 믿다니.

가면3 기사가 졸다가 다른 데로 간 거야.

가면2 왜, 반대 방향을 조사 안 하지?

가면3 이런 경우, 우리나라 구조 시스템의 특징, 상상력이 제로다.

가면1 모두 다 아는 것을 혼자만 모른다.

가면2 사람이 먼저가 아니다.

무대의 앞쪽이 밝아진다.
가족들이 급하게 쓴 흔적이 역력한 피켓을 들고 쭈그리고 앉아 있다.

봄눈

'신속한 구조' '대통운수 사장 구속' 등의 글씨가
써져 있다.
버스 위의 가면들이 '동구청'이라는 팻말을 들었
다가 내려놓는다.
갑득이 한쪽에서 초조하게 서성인다.
구청장이 들어온다.
가족들이 구청장을 에워싼다.

철수　　구청장님! 지금 어디까지 수색이 된 겁니까?

구청장　아이고, 얼마나 걱정이 되십니까.

기자　　구청장님 앞으로 어떤 방식으로 수색을 하고 수
　　　　　색대는 어떻게 꾸리실 건지 말씀해 주십시오.

구청장　최선을 다하겠습니다.

철수　　저, 구청장님, 선동고개는 웬만큼 수색이 됐다고
　　　　　들었습니다. 저희 가족들 생각으로는 산디마을
　　　　　뒤쪽 골짜기들을 수색해야 하지 않을까 하는데
　　　　　요.

구청장　그럴 가능성도 있지만 전문가들은 버스가 그쪽
　　　　　으로 갔을 확률은 거의 없다고 봅니다. 그쪽으로
　　　　　갔다면 기사가 정말로 일부러 버스를 납치하기
　　　　　위한 목적이라는 겁니다.

기백　　전문가고 나발이고 수색할 수 있는 곳은 다 해봐
　　　　　야 하는 것 아닙니까?

철수　　아니, 그럼 기사가 진짜로 버스를 납치했다는 겁
　　　　　니까?

구청장　그럴 가능성도 남겨 두어야 합니다.

　　　　　　　　　　　　　　김미정

성기	구청장님, 지가 그 버스를 매일 타봐서 알어유. 그 사람은 그럴 사람이 아니에유.
구청장	그러니까 제 말은 그쪽을 수색하느니 다른 곳을 한 번 더 수색해 보는 게 낫다는 겁니다.
기백	아니, 납치를 했다 치고 그쪽을 수사하면 되는 것 아닙니까?
구청장	인원은 제한되어 있고 밤은 깊습니다. 무엇보다 가족의 안전을 위해 최선의 방법을 택해야 합니다.
철수	그러니까 하룻밤만, 아니 몇 시간만 군인들을 동원해 주십시오.
구청장	저도 노력하고 있습니다.
기백	아이고 속 터져! 노력이 아니라 수색을 제대로 해달라고요!

기백이 구청장에게 달려들 기세다.
철수가 기백을 말린다.

성기	구청장님, 물난리 나고 산사태 나면 군인들이 나와서 도와주잖아유. 안 되겠슈? 물난리가 아니라 안 되는 거유? 지들한테는 지금 물난리가 댈 게 아뉴. 세상이 무너졌슈. 안 되겠슈?
구청장	왜, 안 되겠습니까? 군부대도 하필 지금이 훈련 기간이랍니다. 일단 지금 수색하는 곳을 마무리 지어 봅시다.
철수	동시에 여러 사람이 넓은 곳을 조사하는 것이

봄눈

더 효율적이지 않습니까?

춘희 구청장님, 제발 덕분에 도와주세요.

구청장 도와드려야죠. 제가 지금 들어가야 빠른 조치를 취할 수 있습니다. 집에들 가셔서 기다리십시오.

기백 집에를 어떻게 들어갑니까. 마누라는 추운 데서 죽었는지도 살았는지도 모르는데.

구청장 희망을 가지세요.

철수 지금은 희망이 아니라 실제적인 도움이 필요할 때입니다. 저희들은 지금 피가 마릅니다.

성기 구청장님, 희망을 가질 때 가지더래두유, 지 맴은 뭣 때문인지는 몰러도 버스가 딱 산디마을 뒤 골짜기에 있을 것 같아유. 제발 좀 저희 말 좀 믿어주세유.

구청장 최선을 다하고 있습니다.

구청장이 들어가려 한다.

가족들 구청장님!

가족들이 구청장의 앞을 막아서며 못 들어가게 한다.

구청장 이러시면 업무방해입니다. 그만들 돌아가십시오.

김미정

구청장이 가족들을 밀고 가려다가 성기를 밀
어서 성기가 고꾸라진다.
철수가 구청장의 멱살을 잡는다.

철수　　보자 보자 하니까 너무하네. 또 하루가 가고
있어요. 이렇게 추운 날, 버스가 추락을 했다
구요. 아니지? 혹시 다 죽었다고 생각하는 겁
니까? 그래서 산디마을을 수색하지 않는 겁니
까?

구청장　산디마을은 선동이 수색이 끝나는 대로 바로
할 겁니다.

기백　　언제! 다 죽은 다음에?

갑득　　뭐 하는 거야. 구청장님이 최선을 다한다잖아.
그깟 다섯 사람 때문에 하루 종일 다들 얼마나
생고생을 하는데!

기백이 갑득의 멱살을 잡고 흔든다.

기백　　뭐 이 새끼야? 니가 사람이냐? 사람이야?

가면들이 호루라기를 불고 버스에서 내려와
가족들 사이를 막아선다.
기윤이 소리를 지르며 가면들 사이로 돌진한
다.
가면들이 기윤을 밀어 기윤이 나뒹군다.
춘희가 돌진한다.

　　　　봄눈

춘희도 가면들에게 떠밀려 나뒹군다.
가족들이 가면들의 서슬에 잠시 주춤하더니
다 같이 돌진한다.
다 같이 나뒹군다.
한 번 더 돌진한다.
또 다 같이 나뒹군다.
가족들이 이번에는 한참을 못 일어난다.
성기가 천천히 일어난다.

성기　　(허리를 깊이 숙인다) 구청장님, 지 아들놈 좀
　　　　살려주셔유. 군인들 보고 딱 한 시간만 산디마
　　　　을 좀 뒤져 보라고 해주셔유.

　　　　구청장이 말없이 들어간다.
　　　　갑득이 따라 들어간다.
　　　　가면들이 들어간다.

기백　　씨발! 아무것도 아니네, 아무것도 아냐. 우리는
　　　　아무것도 아냐.

　　　　가족들이 말이 없다.
　　　　남자가 한 사람 들어온다.

남자　　저….

　　　　일동 쳐다본다

남자	인터넷 보고 왔는데요. 제 차 블랙박스에 뭐가 찍혔어요.

남자가 스마트폰에 찍힌 영상을 보여준다.
가족들 영상을 본다.

기백	어? 어? 버스가 왜 저리로 가?
성기	맞네유. 산디마을 쪽으로 가네유.
춘희	미친놈이 왜 저리로 가아!
철수	이 영상을 보여주고 그쪽으로 지금 하고 있는 수색 인원을 보내달라고 합시다.
기윤	우리도 가요.
기백	가야지, 그럼.

기윤을 제외한 가족들이 뛰어서 길 쪽으로 들어간다.
기윤은 길에 남아서 하늘을 쳐다본다.

기윤	다른 가족들과 함께 이모를 찾아 미친 듯이 산디마을을 헤매고 다녔습니다. 경찰들도 왔습니다. 버스기사들도 왔습니다. 그리고 마을 사람들도 다 산디마을의 깊은 골짜기로 잃어버린 가족들을 찾으러 왔습니다. 그리고 이모가 나를 만나러 왔습니다. 나를 버렸던 그 정류장으로 어린 나를 만나러 왔습니다.

선옥이 무대 위에 홀로 서 있다.

기윤　　이모?

선옥　　기윤이니?

기윤　　이모, 왜, 이제 왔어?

선옥　　니가…. 여기에 어떻게 왔어?

기윤　　버스가 열 대 지나갔어.

선옥　　버스가 열 대가 지나갔어?

기윤　　이모가 꼭 올 줄 알았어.

선옥　　이모는 사실 도망치려고 했어.

기윤　　알아. 내가 이모래도 그럴걸. (주머니에서 초
　　　　코바를 꺼낸다) 먹을래?

선옥　　미안해, 미안해, 기윤아.

기윤　　괜찮아. 내가 엄마랑 소희한테 그랬어. 버스
　　　　타고 가자고…. 나 때문에 소희가 죽었잖아.
　　　　미안해.

선옥　　아니야, 너 때문이 아니야.

기윤　　나 때문이야. 소희는 멀미 난다고 싫댔어. 그
　　　　런데 엄마도 이모도 다 소희만 좋아하는 것 같
　　　　아서 일부러 떼를 썼어. 그때나 지금이나 나는
　　　　뚱보 떼쟁이야.

선옥　　기윤아! 아니야.

기윤　　그러니까. 괜찮아.

선옥　　소희가 너무 보고 싶어!

기윤　　알아!

선옥　　그래서 그 외로운 버스정류장에 너를 버렸어.

　　　　　　　　　　　　김미정

우리 소희만 외로울까 봐.

기윤　　그렇다면 실패네. 정류장은 외롭지 않았거든. 열 대의 버스가 지나갈 동안 내 주머니에는 점점 먹을 게 가득 찼으니까.

선옥　　아… 이제는 내가 이 정류장에 있네.

기윤　　이모엄마, 오늘은 첫차를 타지 말고 나랑 같이 소풍 갈래?

선옥　　기윤아! 엄마는 벌써 첫차를 탔는걸.

기윤　　그러지 마, 이모! 첫차를 타지 마!

선옥　　이제야 알겠어. 이모가 정말 예쁜 곳으로 소풍을 왔었다는 것을. 살면서 우리 기윤이가 이모를 정말로 많이 위로해 주었다는 것을.

기윤　　이모!

선옥　　이제 봄눈이 녹으면 진짜 봄이 오겠지? 그러면 우리 기윤이에게도 따뜻한 추억이 생겼으면 좋겠어.

선옥에게 비추었던 빛이 사라진다.
길 위로 손전등 빛이 비추어진다.
가족들이 길 위에 서서 실종자들의 이름을 애타게 부르며 찾으러 다닌다.

철수　　연희야!

기백　　여보!

성기　　대규야!

기윤　　이모!

봄눈

춘희	박정식! 여보!
철수	어? 저기 뭔가 빛이 보여요.
기백	어디요? 어? 저거?
성기	어디 봐유. 그러네?
춘희	여보!
기윤	이모!
성기	맞네, 맞어, 버스 불빛이네. 아이고 이렇게 가까운 데 두고 못 찾았네 그려. 대규야!
철수	연희야!
기백	여보! 별이 엄마!

정식이 버스 라이트를 껐다가 켰다가 한다.

| 정식 | 추워! |

정임, 연희, 선옥, 대규가 길 위에 서 있다.
무대가 환해진다.
너무 환해서 눈이 부시다.
그러다가 갑자기 암전된다.

5. 첫차와 상여

한참의 시간이 흐른다.
길 위에 빛이 비추어진다.
상엿소리 들리고 성기가 아내의 영정사진을

김미정

들고 있다.
정임, 선옥, 연희, 대규, 철수, 춘희, 기백, 기윤
이 길 위에 서 있다.
버스에 불이 켜진다.
영찬이 운전석에 있고 대규 엄마가 앉아 있다.
정임, 선옥, 연희, 대규가 가족들에게 꾸벅 절
을 하고 버스를 탄다.

성기   대규 엄마, 여기여. 여기가 대규 있던 자리여.
우리 대규 여기서 저세상 갔어. (사이) 당신도
한번 와보고 싶을 것 같아서.

대규와 대규 엄마가 서로 보고 웃는다.
무대 앞으로 정식이 휠체어를 밀고 들어온다.

정식   오늘이 3년 되는 날입니다. 버스가 실종되었고
3일 만에 발견되었습니다. 다섯 명이 탔고 그
중에 4명이 죽었습니다. 나는 살아남은 한 명
이 되었고 척추를 다쳐 허리 아래를 못 쓰게 되
었습니다. 버스회사는 들어놓은 보험으로 보
상을 해주었지만 회사의 잘못이 아니라 기사
인 나의 잘못으로 판명이 되어 아주 적은 돈
을 주었다고 합니다. 가족들은 시체처럼 누워
있는 나를 찾아와서 아무런 말도 못 하고 돌아
갔다고 합니다. 3년 동안 다섯 번의 수술을 받
고 우리 집은 열세 평짜리 임대아파트가 되었

      봄눈

습니다. 마누라는 임대아파트라도 이렇게 살아 있어서 좋다는 말을 하다가 입을 다물어버렸습니다. 나는 그 사흘 동안 삶과 죽음의 경계에서 살았다 죽었다를 반복했습니다. 경찰에서는 모두 다 사고 즉시 죽었을 거라고 합니다. 그러나 나는 들었습니다. 그들의 웃음소리와 우는 소리를, 말소리를 들었습니다. 그들과 대화도 나누었습니다. 그들은 나의 이마를 짚어보고 걱정을 해주었습니다. 그래서 나는 염치 없이 살았습니다. (사이) 이제부터 너무나 놀라운 그 3일 동안의 이야기를 할까 합니다.

가족들이 첫차에 꽃을 던진다.

정임　이 인간이 바람을 피워 놓고도 뻔뻔하게 이십 년을 미안해하지도 않고 사는 거야. 나도 잊어버렸지. 그런데 오늘 갑자기 그 생각이 나더라고 그래서 냅다 발로 차고 나왔지. 얼마나 속이 후련한지.

연희　(웃는다)

선옥　어제 어떤 사람이 손가락이 두 개나 잘려서 왔더라구요. 바닥에 피를 뚝뚝 흘리는데 그걸 치운다고 화장지를 가져다가 닦길래, 내가 닦았어요. 그랬더니 고맙다고 미안하다고 계속 그러는 거예요. 참, 착한 사람이구나. 안 그래요? 손가락이 두 개나 잘렸는데 바닥에 흘린 피를 닦는 사람이 어딨어요. 나는 나만 참 등신 같고 불쌍하다고 생각했는데 그 사람은 진짜 등신 중의 상 등신 아니에요?

정임   그건 아무것도 아니야. 장날 물건 팔다 보면 꼬부랑 노인네가 와서 나물을 한 이천 원어치를 사잖아. 그럼 내가 많이 주지. 이천 원어치를 사도 삼천 원어치를 줘. 그런데 한사코 덜어 놓고 가는 거야. 이렇게 주면 뭐가 남냐며 말이야. 그렇게 실갱이를 하다 보면 꼭 옛날 우리 엄마가 생각이 나. 용돈이라도 몇 푼 손에 쥐여 주면 그걸 꼭 내 주머니에 도로 넣어 놓고 가셨거든. 엄마도 바보, 나도 바보, 할머니도 바보. 손가락 잘린 그 아저씨도 바보.

정식   바보 천지네.

대규가 자다 일어난다.

대규   엄마! 물 줘!

정임이 대규에게 물을 준다.
대규가 물을 받아먹고는 다시 누워 잔다.

정임   그나저나 봄에 눈이 오니 봄눈인가? 봄눈아 너 안 반갑다.

선옥   그런가요? 그럼 이 차는 봄 차네요.

정임   으이구, 그걸 그렇게 가져다 붙여.

봄눈

대규   이모. 여기 봄 술 한잔이요.

정임   얼씨구.

모두들 한바탕 크게 웃는다.

가족들이 웃는다.

웃음소리 들리면서 무대가 서서히 어두워진다.

막.

* '봄비' 이희우 작사·김희갑 작곡

** '애기 동백꽃의 노래' 최상돈 작사·작곡

김미정

헤어드라이어

* 이 작품은 2018 국립극단 희곡우체통 6차 낭독회 초대작으로 11월 19일 소극장 판에서 소개되었습니다.

손성연

작가의 말

갑질의 피해자인 '을'들은 어찌해야 할 바를 몰라 서로의 상처를 난폭하게 후벼 판다. 그런데 '을'들은 서로의 머리를 감겨주고 잘라주고 파마해주고, 머리를 산뜻하게 말려주는 방법도 알고 있다. 복수하는 방법은 많은데, 용서하는 방법은 한 가지밖에 없다.

등장인물

김탁훈(30, 남)	기자였으나 현재는 미용사 보조
박만조(50대 중반, 남)	한덕기업에서 근무했으나
	현재는 무직, 서윤의 아버지
박서윤(27, 여)	과학 기간제 교사였으나
	현재는 무직
아줌마(40대 초반, 남)	영수미용실의 미용사
문혜령(27, 여)	서윤의 동료 국어 교사
교장(50대 중반, 남)	

때

여름

곳

영수미용실과 창고, 대성고등학교 보건실

프롤로그

만조, '영수미용실' 간판에 깔린 채로 누워 고통스러운 표정을 짓는다.

만조 위에 문건을 확인하면 알다시피 한덕기업에서 직원 공략집을 만든다는 말은 진실이었다. 스무 해를 한덕기업 식품 마케팅 기획부서에서 근무한 김보영 씨는 이 문건을 나에게 전달해 줬으며 진실을 밝혀달라고 부탁했다. 그는 직원들을 사찰하고 개인 사생활을 수집하고 분석해, 능력을 수치화한다고 했다. 이뿐만 아니라 싫어하는 것과 약점을 찾아내, 직원들을 컨트롤하고 필요 없다고 판명된 직원들은 제 발로 나가게끔 갑질 리스트를 만들었다고 한다. 이 공략집과 리스트로 인해 목숨을 끊은 직원들이 많다고 한다. 조사한 바에 따르면 직원 공략집이 존재한다며 인터넷에 최초 유포했던 A씨 또한 음독자살을 선택했다. 형법 제252조 2항 자살의 의사가 없는 자에게 결의를 일으킨다면 자살교사가 된다. 이 문건을 살펴보면 위력에 의한 범죄다. 내부 고발은 배신자란 프레임을 씌워버린다. 김보영 씨는 자신의 이름 석 자를 걸고 회사를 사랑하는 마음으로 용기를 낸 것이다. 한덕기업에 취재를 요청했지만 거절당했다. 서면으로 문건과 취재요청을 하니,

손성연

한 줄로 내부에서 조사해 봤지만 사실무근이란 답이 돌아왔다. 김보영 씨와 함께 포기하지 않고 끝까지 취재해 진실을 밝혀낼 것이다. 다음 주 두 번째 기사에서는 공략집을 만드는 유령부서를 조사해 발표할 예정이다. 김탁훈 기자.

만조, 간판을 밀어내 보지만 역부족이다.

1. 영수미용실—밤

열대야
영수미용실 간판이 떨어진 채로 있다.
만조, 뒷모습을 보이며 걸어간다.

아줌마 (혀를 차며) 나 봤잖아! 나 보고도 그래. 같이 가서 사과하자. 영수 뚜드려 패서라도 같이 가 사과했어 봐…. (간판을 보고) 영수 어기 있있을 거야.

서윤, 눈치를 살피며 나와 간판을 치운다.

아줌마 뭐.
서윤 옆으로 치워놓기라도 해야지.
아줌마 아비가 간판에 깔려 죽을 뻔했는데, 나올 생각을 않니?

서윤	나와서 봤어.
아줌마	그래. 쏙 들어가는 것도 봤다.
서윤	오죽했음 그랬겠어.
아줌마	도망 다녀 모르지? 아빠 얼굴 봐라. 대신 싸우느라 10년이 뭐야, 20년은 더 늙었어. 속 썩이지 말고….

서윤, 간판을 털썩 내려놓는다.

서윤	그만해, 이모.
아줌마	성질머린 똑 닮았네. 무서워라.
서윤	앉아서 쉬어, 치울게.

아줌마, 청소를 한다.
서윤, 아줌마가 들고 있던 청소도구를 빼앗아 직접 한다.

아줌마	의자 밑에 먼지 많네.

서윤, 바로 움직여 청소를 한다.

서윤	하는 김에 이모 집 청소도 해줄까?
아줌마	집에 가. 아빠랑 화해해.
서윤	싫어.
아줌마	가서 애교 좀 떨어줘.
서윤	싫어.

손성연

아줌마	못 이기는 척 밥 먹자고 해.
서윤	싫다고.
아줌마	이모가 같이 갈까?

서윤, 갑자기 밖으로 뛰어나가서 땅을 발로 차
고 비명을 지른다.
전구가 깜박거리다가 이내 꺼진다.

아줌마	그제 갔았는데 불량이네, 불량이야.

아줌마, 전구를 가져와 의자 위에 올라간다.
서윤, 들어와서 아줌마의 다리를 안는다.

아줌마	해장했니? 시원해? 잘했다.
서윤	조금만 이러고 있자.

아줌마, 잠시 움직이지 않는다.

아줌마	이건 왜 안 빠지고 지랄이니.
서윤	내가 할게.

아줌마, 열쇠를 서윤에게 준다.

아줌마	냉동고에 음식물 쓰레기 있어, 그거나 버려줘.
서윤	뽀뽀.
아줌마	놔, 놔! 자빠진다.

헤어드라이어

서윤, 아줌마의 손을 잡아준다.

아줌마, 조심히 내려온다.

서윤   먼저 가 있을게요!

아줌마 막걸리 말려놓은 거 옥상에 있거든, 그거 안으로

       들여놔.

서윤   뭐 하게?

아줌마 피부 상했잖아. 나 없음 어쩔래. 관리해줄게.

서윤   역시 이모.

서윤, 청소도구를 내려놓고 가방을 챙겨 나간다.

탁훈, 들어오려다가 서윤과 부딪힌다.

탁훈   씨… (작게) 발.

서윤   죄송해요.

탁훈   그러시겠죠.

서윤   죄송한데… 마감했어요, 손님.

탁훈   6분 남았어요.

서윤   이모 손님!

탁훈   (아줌마에게) 끝났습니까?

아줌마 아, 잠시만요. (서윤에게) 가.

서윤   같이 가, 기다릴게.

탁훈   가라고 하시잖아요.

서윤   청소까지 다 했어요.

아줌마, 서윤의 등을 밀어낸다.

손성연

서윤	아 몰라, 몰라. 알아서 해.

서윤, 뒤도 안 돌아보고 간다.

아줌마	딸이 드세요, 원래 저렇진 않아요. 실례했다. 근데 오늘은 일찍 닫을 거라….
탁훈	힘들게 왔는데 안 될까요?
아줌마	다음에 오시면 반값에 해드릴게요, 아예 쿠폰을 드릴 테니….
탁훈	아버지가 여기서 일하셨어요.
아줌마	아…. 아, 아. 어쩐지 닮았다 했어.
탁훈	생각보다 작네요.
아줌마	요 동네선 젤 전통이 있어요, 그래도.
탁훈	김탁훈입니다.
아줌마	알지, 알죠.
탁훈	말 편하게 하세요.
아줌마	그래야지. 차 한잔 하실래요? 녹차.
탁훈	머리만 자르면 돼요.
아줌마	소개팅?
탁훈	그냥 머리 자르러 왔어요.
아줌마	앉아요, 앉아.

탁훈, 의자에 앉는다.
아줌마, 커트보를 씌워준다.

아줌마	아깝다, 파마해도 예쁘겠네. 파마하실래?

헤어드라이어

탁훈	머리 자르러 왔어요.
아줌마	잡지 보여드릴까? 트렌디한 거 많으니까.

탁훈, 아버지의 사진을 건넨다.

아줌마	아버지가 실물이 낫네. 훨씬 미남이시잖아요.
탁훈	똑같이 잘라주세요.
아줌마	올드한데….
탁훈	알아요.
아줌마	후회하지 말고 얼른 골라요.
탁훈	똑같이 잘라주세요.
아줌마	한 번만 더 생각해 보지.
탁훈	많이 했어요, 정말 많이.

아줌마, 탁훈의 머리를 자른다.

아줌마	말 바꾸기 없기예요.
탁훈	예.
아줌마	아버지 건강하시죠? 안 본 지 꽤 돼서.
탁훈	아픈 데 없겠죠, 이제.
아줌마	무심해, 아들이 그렇지. 우리 아들이랑 똑같네.
탁훈	이제라도 살갑게 굴려고요. 아버지는 여기서 어땠어요?
아줌마	성실하셨어. 30분 일찍 나와서 청소해줬어, 하루도 거르지 않구.
탁훈	집에선 손가락 하나 꿈쩍 안 하는 양반이.

아줌마	설마, 그땐 바닥에 광이 났어요.
탁훈	힘들었겠다.
아줌마	힘들다 안 해. 웃지, 농담 잘하시잖아. 쉴 새 없이 웃었다니깐.
탁훈	말주변 없으세요.
아줌마	둘이 서먹해 그래. 밖에선 안 그러셔. 이 동네 아주머니, 할머니들한테 물어봐요. 태진아 저리 가라야.
탁훈	상상이 안 간다.
아줌마	그뿐인가, 트로트 꺾기는 프로야, 프로.
탁훈	음악 듣는 것도 부르는 것도 싫어하세요.
아줌마	…쌍가마네. 가르마는 반대로 해야겠어, 똑같이 하면 삐죽거려 안 예뻐.
탁훈	예쁘지 않아도 돼요.
아줌마	고집 있어, 그건 똑 닮았어.
탁훈	(웃으며) 더 얘기해주세요.
아줌마	뭐가 있을라나. 아버지가 아들 얘기 나왔다 하면 주절주절 끝이 없어.
탁훈	무슨 얘기요?
아줌마	아들이 잘생기고… 키도 크고… 공, 공부도 잘하구….
탁훈	거짓말.
아줌마	고개 숙여주세요.
탁훈	(고개 숙이며) 아버지가 다 거짓말한 거예요.
아줌마	맞는 말인데, 뭘. 겸손해. 하도 말을 하니 집중이 안 돼.

헤어드라이어

탁훈	지랄.

아줌마, 커트를 멈춘다.

탁훈	안 잘라요?
아줌마	오늘따라 어질어질하네……. 나이 먹어 이래.
탁훈	왜 그만두셨어요?
아줌마	내 말이, 어느 날 감쪽같이 사라져버렸어.
탁훈	아버지 돌아가셨어요.

아줌마, 실수로 머리를 잘못 잘랐다.

아줌마	아이고야, 아이고야. 잘못 쳤다, 어쩌나.
탁훈	스스로 걸어 들어가셨대요, 대낮에, 바다로.

아줌마, 바닥에 힘없이 쓰러진다.

아줌마	이게 무슨 날벼락이래.
탁훈	바다에서 겨우 끄집어내니 맨몸이었대요. 옷은 아직도 못 찾았어요. 파도에 이리 치이고 저리 치이면 발가벗겨진다나, 몰랐어요. 손톱발톱 일곱 개가 빠졌고 안구 하나가 빠졌어요, 이쪽이. 타투한 것처럼 몸이 울긋불긋한데, 얼굴은 평온해요. 가슴엔 해파리 쏘인 자국도 있고…. 기온 상승으로 해파리가 많아졌다나 뭐라나.

손성연

아줌마, 말없이 안으로 들어가서 세수를 한다.

탁훈	어디 가세요? 알코올 솜으로 닦았는데도 아버지한테서 짠내가 나요. 바닷물을 얼마나 많이 마신 건지….
아줌마	뭐가 뭔지 정리가 안 되고 무슨 말이에요?
탁훈	'아버지는 왜 자살했을까?'란 말입니다.
아줌마	그럴 분이 아니라… 진짜 아니라서….
탁훈	바닷물에 빠져 죽음 살이 불어서 쭈글쭈글해요. 고름이 막 쏟아질 것처럼….
아줌마	그만….
탁훈	듣기만 해도 괴롭죠? 본 사람은 어떨까요?
아줌마	괴롭죠, 당연히 괴롭죠. 미안합니다.
탁훈	거짓말하셨죠?
아줌마	괜한 얘기하면 가슴 아플까 봐 그래서 그런 거야. 오해 말아요.
탁훈	도대체 무슨 짓을 하신 거예요?

아줌마, 탁훈의 머리를 다시 자른다.

아줌마	박만조라고….
탁훈	누군데요?
아줌마	아버지랑 같은 회사 다녔대. 갑자기 데리고 와서 일을 시키래요. 아무거나. 문 열 때부터 닫을 때까지….
탁훈	왜 하필 여깁니까? 하고많은 데 중에.

헤어드라이어

아줌마	단골이라…. 처음 오픈한 날 첫 손님이었거든요.
탁훈	단골이 시킨다고 해서 시키셨어요?
아줌마	그래서 가시라, 여기 혼자 충분하다, 그리고 은 근히 어렵다. 아무나 못 한다 했는데…. 안 가요. 가면 잘린다면서…. 박만조는 매일 말도 없이 와 서 지적하고 지적하면 치우고 노래 부르고 땀 뻘 뻘 흘리면서 앉아 있지도 못하게 하고….
탁훈	어디에 서 있었어요?
아줌마	저기.

탁훈, 일어나 가리킨 곳에 선다.

탁훈	이렇게요?
아줌마	허리 쭉 펴고 손을 가지런히 모으고.
탁훈	오른다리 관절 안 좋으신 거 알죠? 절뚝이시잖 아요. 근데도….

탁훈, 미용실 안의 물건을 만지며 쭉 돌고 의자 에 앉는다.

아줌마	어찌할 바를 모를 거예요. 미치고 펄쩍 뛰지. 화 는 나고 어떻게 풀어야 할진 모르겠고 알아요, 알아. 아는 척하는 게 아니라 알아요….
탁훈	씨발.

탁훈, 의자에 앉는다.

손성연

| 아줌마 | 기분 나쁘겠지만 떨쳐내야 돼요. |
| 탁훈 | 수습하세요, 머리. |

아줌마, 떨리는 손을 부여잡지만 잘 안된다.
탁훈, 아버지가 서 있던 자리를 힐끔거린다.

아줌마	손이 떨려서 2분만 딱 2분만 쉬고 할게요.
탁훈	뭐라고요?
아줌마	아, 아니에요.

탁훈, 또 힐끔거리며 보다가 홀린 듯 일어나 아버지가 서 있던 자리로 가서 중얼거린다.

| 아줌마 | 얼음물 드릴까? |

탁훈, 다시 의자에 앉는데, 끌려가듯 아버지가 서 있던 자리로 간다.

| 탁훈 | 젖잖아, 놔, 놔. 놓으라고! |

아줌마, 천천히 다가간다.

| 탁훈 | 차, 차, 차가워! 하지 마. 죽기 싫어. |

아줌마, 탁훈의 환상에 동조하며 손을 잡고 필사적으로 당긴다.

헤어드라이어

아줌마	미, 미끄러진다! 꽉 잡아요.

탁훈, 겨우 빠져나온다.
아줌마, 보이지 않는 누군가의 등을 떠밀면서 문 쪽으로 간다.

아줌마	잘못 찾아오셨어. 일로 가셔야 돼. 저 윗길로 쭉쭉 올라가세요.

아줌마, 문을 열었다가 닫는다.

아줌마	갔지?
탁훈	가긴 누가 갑니까, 헛소리하지 마요.
아줌마	놀랐지, 가끔 넋이 나가 이렇게.

아줌마, 탁훈의 커트보를 풀어준다.

아줌마	수습해줄게요, 머리 감고.

탁훈, 머리 감는 의자에 눕는다.

아줌마	(머리를 감기면서) 온도 어때요?
탁훈	몰라요.
아줌마	뜨거워? 차가워?
탁훈	저 미치지 않았어요.
아줌마	알겠는데요, 손님. 뜨거우신가요? 차가우신

손성연

	가요?
탁훈	진짜로… 뜨겁게!
아줌마	요즘 뭐 해요?
탁훈	알아서 뭐 하게요.
아줌마	내 아들 친구 생각나서, 그래서 그래요.
탁훈	미쳤다고 생각했죠? 그래서 달래보려구요? 쓸데없는 짓 하지 마세요.

아줌마, 탁훈의 머리를 헹구고 샴푸로 박박 문지른다.

아줌마	이 작은 데서 버릴 수 있었던 게 이 두피마사지야, 다들 껌뻑 죽어.
탁훈	아버지 얘기나 마저 해주세요.
아줌마	얘기해줄 테니깐 일할래요, 여기서?
탁훈	놀려? 포클레인으로 여기 싹 다 박살내 다 죽여버릴 거야. 모조리 다 죽여….

탁훈, 운다.
아줌마, 수건을 가져와 탁훈의 얼굴에 덮어준다.

아줌마	아니, 저기 전구도 나가고 간판도 떨어지고 손님도 많아져서 혼잔 감당이 안 돼. 창고 하나 있어, 매트리스도 깨끗해. 삼시 세 끼에 자는 거랑 4대 보험에 월급도 알차게? 필요하면 더 조건 말해도 돼.

헤어드라이어

탁훈   더 세게.

아줌마, 있는 힘껏 탁훈의 머리를 마사지한다.
탁훈, 긴장이 풀린 듯 신음 소리.
아줌마, 아버지가 당했던 일들을 말한다.

2. 영수미용실―한 달 후, 아침

천둥과 번개를 동반한 폭우.
영수 글자가 떨어져 나가고 흔적만 남은 간판.
탁훈, 커트보에 묻은 머리카락을 턴다.
서윤, 손을 털면서 나온다.

탁훈   앞으론 머리 자르시면 안 돼요.
서윤   봤잖아요. 저 아줌마는 저 아님 머리 안 해요.
탁훈   알지만 불법이잖아요.
서윤   이모도 알고 있어요.
탁훈   공중위생관리법규 제6조 1항에 4번 국가기술
         자격법에 의한 이용사 또는 미용사의 자격을
         취득한 자만 머리 자를 수 있어요. 무면허인 거
         들키면 사장님 영업정지 당해요.
서윤   꼼꼼도 하셔라, 힘없는 저 말고 이모한테 따지
         세요.

서윤, 소파에 앉아 잡지를 펼쳐 신경질적으로

손성연

넘긴다.

탁훈, 청소를 한다.

탁훈   앉아 계실 거예요?

서윤   (누우며) 누워 있을 건데요?

탁훈, 뒤돌아서 미소를 짓는다.

서윤, 잡지를 보다가 일어나 여기저기 뒤적거리며 찾는다.

탁훈, 눈치 보더니 약통과 컵과 컵 받침대와 사탕을 가져와 소파 앞에 둔다.

서윤, 탁훈을 슬쩍 보고 소파에 앉아 약을 먹는다.

서윤   고마워요.

탁훈   아뇨, 뭘.

서윤   바닥에 구멍나겠다.

탁훈   (혼잣말처럼) 안 되지, 구멍나면 안 돼.

탁훈, 옆에 슬쩍 앉아 소파만 만지작거린다.

서윤, 잡지를 뒤적거린다.

서윤   그, 아…. 그, 아….

탁훈   뭔데요?

서윤   요즘 피곤하고 짜증이 많아요, 그냥 그렇다고요.

         헤어드라이어

탁훈	부스피론 먹고 있으니 나아질 거예요.
서윤	어떻게 알았어요?
탁훈	공부했어요. 전 환청, 환각… 조현병이라서요.
서윤	전 범불안장애예요.
탁훈	몇 주 먹었어요?
서윤	3주… 쪼금 안 되게.
탁훈	슬슬 효과 볼 거예요.
서윤	병원 다녀요?
탁훈	매주 가요.
서윤	의사 어때요?
탁훈	싸가지 없어요.
서윤	제가 다니는 병원 의사도 굳이 영어로 쌀라쌀 라….

탁훈, 책 한 권을 서윤에게 내민다.

탁훈	이거 읽어봐요, 적을 알아야 이기죠.
서윤	어려울까 봐.
탁훈	각주로 설명 다 돼 있고 세 번째 파트만 읽어 요. 모르면 물어봐도 돼요.
서윤	(기지개를 켜면서) 개운하다! 더 빨리 알았으 면 좋았을 텐데.
탁훈	동지 생긴 것 같네요.
서윤	손톱 모양으로 심리테스트 해줄게요.
탁훈	다 거짓부렁이에요.
서윤	재미로!

손성연

서윤, 탁훈의 손을 빼앗듯이 잡고 살핀다.

서윤　　세모면…. 칼 같은 심판관 이 유형의 사람은
　　　　정의, 규칙에 대해 민감하다. 맞네, 맞아. 아까
　　　　제8조 어쩌구저쩌구….

탁훈　　6조예요. 조심하는 거지, 그건 아니다.

서윤　　가족, 친구 아는 사람이 잘못을 해도 위험해
　　　　진다고 해도 소신껏 심판을 내린다. 소위 말
　　　　해 요즘 말로 하면 프로불편러다. 진짜 정확하
　　　　죠?

탁훈　　처음 듣는 말입니다만.

서윤　　인정할 건 하시죠. 이제 머리 자름 안 되겠다,
　　　　신고하지 말아요? 절대.

　　　　탁훈, 서윤의 손을 낚아챈다.

탁훈　　개념 없음 감당 불가, 능력 제로, 오지랖만 넓
　　　　은 유형. 잘 알지도 못하면서 참견해 일을 그
　　　　르치고 상황을 악화시키는 소위 요즘 말로 해
　　　　트롤.

서윤　　왜 이러세요.

탁훈　　기분 더럽죠? 앞으론 멋대로 사람 판단하지
　　　　마세요.

　　　　탁훈, 창고 안으로 들어가 문을 닫고 음악을
　　　　튼다.

　　　　　　　헤어드라이어

서윤, 창고 앞에 선다.

서윤   농담이었어요.

서윤, 노크를 한다.

서윤   똑똑. 들어갈게요.

서윤, 문을 연다.

서윤   재미로 한 거예요. 저딴 게 맞을 리가 없잖아요.
탁훈   음악감상 중입니다만.
서윤   뭐라고요? 안 들려요.

탁훈, 더 크게 튼다.
서윤, 음악을 끈다.

탁훈   듣고 있는데, 왜 꺼요.
서윤   미안해요.
탁훈   방해하지 말고 나가세요. 음악 좀 들읍시다.
서윤   친해지고 싶어서 그랬어요.
탁훈   심리 결과대로 보면 우리 상극이에요.

서윤, 문을 닫고 나왔다가 다시 들어간다.

서윤   다래향 갈 건데 뭐 먹을래요?

손성연

탁훈	지금 천둥번개 쳐요.
서윤	비 오는 날 산책하는 거 좋아해요.
탁훈	바람도 많이 불어요.
서윤	메뉴나 얼른 말해요.
탁훈	배달도 안 하는 날 거길 왜 가요.
서윤	상관 말죠, 그건.
탁훈	라조육이요. 간장이랑 고춧가루랑 식초는 따로 담아달라고 하시고 약간 맵게.

서윤, 문을 닫고 우산을 들고 나간다.
탁훈, 빨리 나오려다가 넘어진다. 다시 일어나 밖으로 뛰어간다.
탁훈, 서윤의 팔목을 잡고 안으로 들어온다.

서윤	아파요.
탁훈	미안합니다.
서윤	우산 고장 났네. 아끼는 건데.
탁훈	미안합니다.
서윤	물어내요.
탁훈	(서윤의 손을 보고) 손톱 동그랗네. 좋은 사람 유형이지… 않을까요? 다시 가서 볼까요?
서윤	피 나요.
탁훈	살짝 긁힌 건데요, 뭘. 팔목은 괜찮아요? 병원 갑시다.
서윤	오바는. 구급상자 없어요?
탁훈	가져올게요.

헤어드라이어

서윤	어디 있는데요?
탁훈	침대 밑에 있어요.

서윤, 창고로 들어가서 구급상자를 꺼낸다.

서윤	없어요.
탁훈	선반에도 없어요?
서윤	없어요.
탁훈	아침에 봤는데, 분명.

탁훈, 창고로 들어서자, 서윤은 구급상자에서
파스와 연고를 꺼낸다.

서윤	뭘 빤히 봐요.
탁훈	발라드릴까요?

서윤, 파스를 건넨다.
탁훈, 서윤의 팔목에 파스를 발라준다.
서윤, 탁훈의 손에 연고를 발라준다.

서윤	흉 안 지게, 메디폼 붙여요.
탁훈	맞아요, 맞는 말이에요. 제 성격이 그래요. 성격 때문에 망해도 여전히 그래요.
서윤	무슨 일이 있었어요? 아, 나도 망했거든요.

사이

손성연

서윤   힘들면 말하지 마요.

탁훈   말하고 싶은데, 정말 하고픈데 못 하겠어요.

서윤   어! 나도 그런 거 있어요.

탁훈   뭔데요?

사이

탁훈   힘들면 말하지 마요.

서윤   고등학교에서 약간 일했는데, 적성에 안 맞고….

탁훈   선생님이에요?

서윤   '기간제'도 선생이라면?

탁훈   기간제 교사 비율이 2018년도 기준으로 44만 7633명이에요. 매년 꾸준히 증가하고 있어요. 나중엔 50만, 60만, 넘을걸요? 그런데도 마땅한 대비를 안 하잖아요. 벼랑 끝에 몰림 그제야 바꿔야겠네 생각이라도 하겠죠. 제 말은 선생님이시란 거구…. 미안합니다. 또 이러네.

서윤   모르는 게 없네요, 정말.

탁훈   기자였어요.

서윤   계속하지. 왜 여기 있어요?

탁훈   모르겠어요. 사실 모르는 것투성이예요.

서윤   같이 알아가죠, 정신질환 동지.

서윤, 손을 내민다.

탁훈, 손을 잡고 악수를 한다. 손을 놓지 않은

채로 음악을 켠다.

음악이 흐르고 요란한 천둥번개 소리.

서윤과 탁훈, 키스를 하고 서로의 옷을 벗긴다.

아줌마, 우산을 내려놓고 우비를 벗으며 창고로 간다.

서윤과 탁훈, 놀라 서로 밀치면서 떨어진다.

서윤　　이모 밥 먹었어? 약이 어디 있더라, 약 좀 찾느라구….

탁훈　　(옆에 있는 구급상자를 들고) 찾았다! 코앞에 두고 몰랐네.

아줌마, 반쯤 벗은 우비를 도로 입고 우산을 들고 밖으로 나간다.

탁훈과 서윤, 밖으로 나왔다가 서로의 얼굴을 보고 웃는다.

탁훈　　파스 찾았으면서 왜 불렀어요?

서윤, 탁훈에게 키스한다.

탁훈과 서윤, 키스하며 함께 창고 안으로 들어간다.

　　　　　　　손성연

3. 영수미용실—3주 후, 밤

서윤, 소파에 잠들어 있다.

서윤   (잠꼬대) 살려줘!

탁훈과 아줌마, 시선이 서윤에게 향한다.

아줌마   사업은 잘돼 가니?
탁훈   사업이라뇨?
아줌마   연애사업.

탁훈, 담요로 서윤을 덮어준다.

탁훈   급성장 중입니다.
아줌마   잘 돌봐줘.
탁훈   그러고 있어요.
아줌마   무슨 일이 있더라도 믿어. 믿으면 다 돼.
탁훈   불안하게, 서윤이가 뭐라고 했어요?
아줌마   아냐, 아냐. 먼저 가서 파티 준비할 테니깐, 연
           락하면 둘러대고 데리고 와.
탁훈   여부가 있겠습니까. 사장님.

아줌마, 웃으며 나간다.
탁훈, 양복을 들고 창고 안으로 들어간다.
서윤, 살짝 일어나 들어가는 탁훈을 보고 웃다

헤어드라이어

가 다시 자는 척을 한다.

만조, 케이크를 들고 미용실 안으로 들어와 서
윤 앞에 선다.

만조   안 자는 거 다 알아.

서윤, 뒤척인다.

만조   안다니깐.

서윤, 어색하게 기지개를 켜면서 일어난다.

만조   살 빠졌다.

서윤   똑같구만. 식사했어요?

만조   생일 축하해.

서윤   고마워요.

만조   식당 예약했어.

서윤   …어디로?

만조   맞춰 봐.

서윤   모르겠다.

만조   재미없게. 복주 초계국숫집 알지?

서윤   거기 없어졌잖아.

만조   복주 할매한테 사정사정했어. 내 딸이 생일인
데, 한 번만 만들어 달라구.

서윤   돌아가신 줄 알았어.

만조   팔팔하셔. 집에 있어, 얼른 가야 맛있게 먹지.

               손성연

서윤	건강하셔서 다행이다.
만조	옷 입어 빨리.
서윤	친구랑 선약이 있어.
만조	불러, 같이 가자.
서윤	낯가려, 미루기도 애매하고.
만조	우리 얼마 만에 만나는지 알아?
서윤	미안.
만조	먹고만 가.
서윤	이미 많이 기다렸어. 가야 돼. 미리 연락하지.
만조	내가 언젠 연락했냐?
서윤	왜 화를 내.
만조	화 안 냈다.
서윤	아빠 전부 고마워. 근데 힘들 것 같네.

만조, 케이크를 내려놓는다.

만조	내일은?
서윤	저녁 같이 먹자. 그러면 되겠다. 갈게, 집으로.
만조	문혜령 알지? 그 여자랑 같이 먹자.
서윤	그 여자를 어떻게 알아?
만조	자고로 약한 것들은 뭉쳐야 산다. 같은 처지니 도와줄 거야.
서윤	그 사람 어떻게 알았어.
만조	연락했지.
서윤	어디까지 가려고? 얼마나 더 망신 주려고 그래.
만조	내가 할 말이다. 피해사실 인정했음! 다시 선생

헤어드라이어

질하고도 남지.

서윤   아무 일도 없었어. 적성 안 맞아서 그만둔 거야.

만조   아비 무덤에서도 그 말 할래?

서윤   아빠 무덤 볼 일 없어. 나 먼저 죽을 것 같거든.

만조, 서윤의 볼을 꼬집고 잡아당긴다.

서윤   때려, 하고 싶은 대로 하세요.

탁훈, 위에 셔츠와 타이를 하고 밑에는 추리닝을 입고 밖으로 나온다.

탁훈   안녕하세요.

만조   누구?

탁훈   아, 저는….

서윤   (만조의 등을 밀며) 나가서 얘기하자.

탁훈   동… 료입니다.

서윤   여기서 일해.

만조   아줌씨 함부로 사람 안 쓰는데. 반가워요.

서윤   나가자. 잠깐 나갔다 올게, 기다려.

만조   같이 가죠? 서윤이 생일인 거 알죠?

탁훈   말씀은 감사하지만 두 분이 함께 알콩달콩 시간 보내세요.

서윤   얘기 거의 끝났어. 5분 아니, 10분만.

만조   더워 나가긴 어딜 가. 여기서 해.

서윤   (애써 웃으며) 가면서 얘기하면 좋잖아.

손성연

만조	창피하냐? 아버지한테 이따구로 하는 게 창피한 건 알아?
서윤	아빠.
만조	목소리 깔면 어쩔 거야.
탁훈	제, 제가 나가 있을게요.
서윤	초계국숫집이요. 때릴 때마다 나 데리고 갔었잖아. 아리고 아파서 입맛도 없는데 꾸역꾸역 그 국수 먹였잖아. 또 맞을까 봐 허겁지겁 맛있게 먹는 척했어. 그 짓을 또 하라고? 없어질 때 얼마나 행복했는지 알아? 그걸 생일에 또 하라고?
만조	너 잘되라고, 꿀밤 때린 거지.
서윤	나 요즘 살 것 같아, 집으로 가세요. 그게 선물이야.
만조	남자친구세요?
탁훈	그, 그게, 그, 먼저 말씀드려야 했는데….
서윤	남자친구 맞아.
탁훈	인사가 늦었…. 아, 저, 제 이름은 (섬섬 삭아지면서) 김탁훈….
만조	아비는 회사도 때려치우고 이러고 있는데 연애질이냐? 애가 나이 먹을수록….

서윤, 케이크를 밟아버린다.

서윤	아빠보다 나은 인간이야, 내 눈앞에서 꺼져줘.
만조	선 넘었다.

탁훈	죄송합니다, 죄송하다고 해.
서윤	오빠가 왜, 왜. 뭐가 죄송해.
만조	철 좀 들어.
탁훈	사과드려, 얼른.
서윤	최고의 생일이야. 고마워 죽겠어, 다들.

서윤, 밖으로 나간다.

탁훈, 쫓아가려고 한다.

만조	혼자 있어야 돼, 저럴 땐.
탁훈	그래도.
만조	생각할 시간 줘야지.

탁훈, 케이크 상자를 살핀다.

만조	아까워라. 줘요, 가는 길에 버리게.
탁훈	먹을 수 있을 것 같아요.
만조	듣기 좋네. 왜 홀렸는지 알겠어. 나랑 반대야. 종종 봅시다.

탁훈, 만조의 팔을 잡는다.

탁훈	아버지, 제가 마사지 기가 막히게 합니다.
만조	괜찮아요.
탁훈	에이, 누우세요. 스트레스 팍팍 풀어드릴게요.
만조	아줌씨 있을 때 올게.

손성연

탁훈, 만조를 머리 감는 의자에 눕힌다.

탁훈   사장님만큼은 아니지만 꽤 합니다.
만조   정도껏 민폐 부려야 하는 건데….
탁훈   민폐라뇨. 아닙니다. 온도는 괜찮으세요?
만조   괜찮은데… 거참…. 열이 나네, 차게.

탁훈, 만조 얼굴에 수건을 덮고 머리를 헹궈준
다.

만조   딸 키우기 참 힘들어, 이래도 싫다, 저래도 싫다.
탁훈   서윤이가 잠꼬대하면서 '아빠'를 그렇게 불렀어
          요.
만조   엄마 닮아서 솔직하질 못해.
탁훈   은근 강해요. 학교 얘기만 좀 뒤로 미루고 기다
          려주면 언젠가는….

만조, 수건을 살찍 든다.

만조   쟤가 무슨 짓을 당했는지 알아요?
탁훈   말하기 싫어서 기다리겠다고 했습니다.
만조   말 안 할 거야. 나도 심장이 벌렁거렸으니….
탁훈   생각이 짧았습니다.
만조   감히 누굴 건드려.
탁훈   저도 옆에서 도울게요, 친오빠처럼.
만조   회사 다닐 때보다 지금이 더 힘들어.

헤어드라이어

탁훈	무슨 일하셨어요?
만조	한덕이라고 작은 데서 전무하다가 나왔어요.
탁훈	…아버지가 한덕이셨어요.
만조	오 그래? 가족이네, 가족. 청년은 미용사가 꿈인가?
탁훈	모르겠습니다.
만조	몰라?
탁훈	일단 여기서 해볼 수 있을 때까지 해보려구요.
만조	원래는 무슨 일을 했나?
탁훈	글 쓰다가 그만뒀어요.
만조	어렵지, 글 쓴다는 게 참. 나도 왕년엔 시 썼어.
탁훈	선배님, 전 재능이 없어서. 지금이 더 좋고 열심히 살려고 합니다.
만조	말하는 것만 봐도 알아. 듬직해. 요즘 것들 패기도 없고 말야. 어느 놈은 혼냈더니 다음 날 부모가 연락을 했어, 회사로, 진짜로 말야.
탁훈	아버님 세대만 저희가 못하죠.
만조	거기, 거기. 뒷목이 많이 뭉쳤어.
탁훈	요즘 잠 설치시죠?
만조	박사네, 어떻게 알았어?
탁훈	쓸데없는 것들을 공부하는 게 취미라.
만조	다 쓸데 있지. 요즘 악몽을 꿔가지고. 별짓 다 해도 소용이 없어.
탁훈	해몽해 드릴까요?
만조	악몽은 풀어봐야 악몽이야.
탁훈	악몽이 때론 길몽인 경우도 많아요.

손성연

만조	그래? 항상 깔려 있어. 간판에 깔린 적도 있고 자동차에 깔린 적도 있고 뚱땡이한테 깔린 적도 있고 철근에 깔린 적도 있고…. 하여간 숨이 안 쉬어지고.
탁훈	깔려 있는 상태만 기억나세요?
만조	아니, 기사를 읽어. 읽기 싫은데 계속 읽어.
탁훈	기사 내용 기억나세요?
만조	한덕 접때 검색어 오르락내리락했잖아. 발칵 뒤집어졌지, 전쟁이었어, 전쟁.
탁훈	봐, 봐… 봤죠.
만조	하여간 기자질한단 새끼가 소설을 써재끼니.
탁훈	요즘 기자들 형편없잖아요.
만조	기생충 같아. 비겁한 새끼들.
탁훈	아….
만조	기사라도 썼어?
탁훈	아뇨, 그럴 리가.
만조	왜 그래?
탁훈	저어…. 에이, 아닙니다.
만조	하면 하고 말면 말아야지. 하다 마는 거 딱 질색이야.
탁훈	별것도 아니라….
만조	답답한 것도 딱 질색이야.
탁훈	혹시 언제부터 단골이셨어요?
만조	언제더라…. 몇 년 됐지? 건 잘 모르겠는데 처음 문 연 날.

사이

만조	가만있자, 까마득하네. 서윤이 여섯 살 땐가….
탁훈	서윤이가 이모, 이모 해서 가족인 줄 알았어요.
만조	가족이지. 서윤이 태어나자마자 이혼했고 아줌씨가 돌봐줬거든.

탁훈, 안절부절못한다.

만조	힘 좋은 거 알겠어, 살살해줘.
탁훈	예, 예. 잠시만요.
만조	풀이해 줘야지 꿈.
탁훈	복이에요, 어마어마한 복에 깔리신 거예요.
만조	지어낸 거지? 기분 좋으라고?
탁훈	아닙니다. 앞으로 보세요, 어떻게 되나.
만조	한숨 돌렸네, 서윤이 잘 풀리려나 보다. 그럼 그렇지.

탁훈, 서윤이란 이름을 듣고 가위를 서서히 내려놓는다.

탁훈	기다리셨죠, 많이.
만조	아냐, 아냐. 앞으로 자네한테 맡겨야겠어.
탁훈	언제든 오세요.
만조	아차차, 이름이 뭔가? 물어볼 생각도 못했네.
탁훈	아까 말씀드렸는데, 제 이름은 김탁훈입니다.

손성연

만조	탁훈? 탁훈 많이 들어봤는데….
탁훈	정말요? 흔하지 않다고 하는데, 다들. 아버지가 보영이예요. 여자 이름 같다고 놀림받았나 봐요. 뜻은 갖다 붙이면 된다면서 남자다운 발음 찾다가 그렇게 지었대요. 듣고 얼마나 어이가 없던지.

만조, 수건을 치우고 탁훈을 바라본다.

만조	아버지가 지금은 뭐 하시지?
탁훈	저기 서 계세요.
만조	(가리키는 곳을 보고) 응?
탁훈	아, 돌아가셨는데 항상 같이 있다고 생각하거든요.
만조	괜한 걸 물었어. 아쉽네, 아쉬워. 회사에서 만났음 좋으련만. 인연이 야속해.
탁훈	그래서 흥미롭기도 하죠.
만조	슬슬 일어나야겠어. 할 일이 있어서.
탁훈	괜히 붙잡았네요, 빨리 헹궈드릴게요.

탁훈, 일부러 머리를 거칠게 헹구고 만조의 옷이 젖도록 한다.

탁훈	죄송해요! 이런 실수 안 하는데, 여벌 옷 있으니 드릴게요.
만조	젖지도 않았어.

헤어드라이어

탁훈	많이 젖었는데….

만조, 일어나 수건으로 물기를 털어낸다.

탁훈	앉아 계세요.
만조	염치없게 이 정돈 해야지.

만조, 수건을 들고 물기를 털어낸다.

탁훈	드라이도 하실 거죠?
만조	아니, 아니. 급해서, 운전할 거라….
탁훈	화장실 잠시 다녀오겠습니다.
만조	그러세요.

탁훈, 들어가고 잠시 뒤 요란한 소리가 들린다.
만조, 수건을 걸어놓고 현금을 몇 장 꺼내 올려
두며 나간다.

4. 대성고등학교 보건실―다음 날, 저녁 무렵

침대의 하얀 천으로 된 가림막이 옆으로 밀린
다.
만조, 침대에서 일어나 링거를 보고 탄식.
혜령, 들어온다.

손성연

혜령	다행이다.
만조	놀라셨죠? 주접이야, 더위를 먹었나….
혜령	이만하신 게 다행이죠. 수액 반이나 남았다, 눈 붙이세요.
만조	거추장스러워. 빼버려야지.

혜령, 만조를 말리며 눕힌다.

혜령	속이 매스껍다거나, 어지럽거나, 두통이 있다거나, 배가 아프다거나 손발이 저린다거나….
만조	그런 증상 없습니다.
혜령	그 밖에 증상은요?
만조	없어요. 의사 선생님 같으셔.
혜령	보건 쌤이 물어보라고 했거든요.
만조	약간 피로한 것 빼곤 없습니다.
혜령	적어놓을게요. 그리고 서윤 쌤한테 연락했어요.
만조	온대요?
혜령	연락이 안 돼서, 서윤 쌤 이모가 오신답니다.
만조	일이 커졌네.
혜령	병원 같이 가셔야죠.
만조	할 말이 많은데….
혜령	다음에 해요, 그건.
만조	하루가 급해.
혜령	좀 더 주무세요, 필요하신 거 있으세요?
만조	얘기하고 싶습니다.

헤어드라이어

혜령, 의자를 가져와 앉는다.

혜령   여기서 해요.

만조   사람 도리가 있지.

혜령   아픈 거 낫고 봐야죠.

만조   낯부끄러워.

혜령   뒤돌아 있을까요?

만조   그러지 마, 무안하게.

혜령   농담, 농담이에요, 분위기 풀라고요.

만조   빙빙 돌리는 재주가 없어요, 기분 나쁘게 듣진
        말아요.

혜령   잘 맞아요, 그런 분들이랑. 워낙 그러질 못하거
        든요.

만조   몹쓸 짓 당하신 거 압니다. 서윤이도 그렇구. 입
        에 담고 싶지도 않아요, 추악해.

혜령   서윤 쌤한테 무슨 얘기를 들었어요?

만조   걘 입도 뻥긋 안 해요.

혜령   어디서 들으셨어요?

만조   병든 거 보고 알았지. 몸도 마음도 병든 거 보고.

혜령   그 생각만 하면 맘이 편치 않아요.

만조   나보다 더하면 더했지. 보고 겪었으니….

혜령   서윤 쌤 오셨을 때부터 이상했어요. 그때 말했어
        야 했는데…. 병원 가보라구.

만조   첫날부터 그랬습니까?

혜령   예.

만조   악질들이야.

손성연

혜령	서윤 쌤 학교 오시기 전에 어땠어요?
만조	그게, 그 일 있기 전엔 과묵했달까.
혜령	말 많으세요, 통 무슨 일 있었는지 그것만 얘길 안 해서 그렇지.
만조	아시잖아요.
혜령	모르지만 응원하고 있어요, 저뿐만 아니라 선배 쌤, 아이들, 교장, 교감 모두가.
만조	우리 서로 다른 나라 말 하고 있습니까?
혜령	…어지러우세요? 어지러우시면 미뤄도 돼요.
만조	사람 빙신 만들고 응원을 해? 개새끼들.
혜령	혈압 올라요, 진정하세요.
만조	개념 없는 것들 전부 단두대로 보내 죽여야 돼.
혜령	수액 다 맞고 얘기할까요?
만조	질질 끄는 거 싫습니다.
혜령	기분 나쁘게 해드리기 싫고….
만조	그새 협박당하셨어?
혜령	협박은커녕 너무 잘해주세요, 다들. 젠틀하게.

만조, 혜령이 말려도 일어나 서류뭉치를 가져와 건넨다.

만조	젠틀한 게 있나, 읽어보십쇼.
혜령	(서류를 넘기며) 고통스러워요.
만조	당할 수만은 없잖아요, 반격을 해야죠.
혜령	서윤 쌤은 스스로 휴식을 선택하셨어요, 그뿐입니다.

헤어드라이어

만조	휴식이 아니라 지옥으로 떨어뜨렸죠.
혜령	따님 사랑하는 마음 알지만 여긴 아이들을 가르치는 특수한 곳이에요.
만조	특수한 곳이 이 지경이니 말이 됩니까?
혜령	학생들 붙잡아 캐물으시고 쌤들 미행하시고 교장 선생님 집 앞에 계시고…. 이런 방법들은 서로한테 해가 돼요.
만조	선생님이 곤란해지셨죠? 그래서 이렇게 하시는 거죠?
혜령	곤란해졌죠, 모두.
만조	앞으론 그런 행동 안 하겠습니다, 맹세해요.
혜령	고맙습니다.
만조	나도 미안해. 딸 같은 사람한테 이러기가….

만조, 혜령의 손을 붙잡는다.

만조	그래도.

혜령, 손을 서서히 풀고 일어났다가 앉았다가 안절부절못한다.

혜령	오늘 이후로 학교에 명예를 훼손하는 그 어떤 행동도 하면 안 됩니다. 교육에 방해가 되는 것을 더 이상 지켜볼 수만은 없단 결과에 따른 조치입니다. 만약, 만에 하나 연락을 하고 싶다면 변호사를 거치셔야 해요. 번호는 여기….

손성연

혜령, 명함을 준다.

만조　수고했어요, 말하느라. 정말.

혜령　변호사는 만나봤는데, 수더분하시고 친절하세요.

만조　한시름 놔도 되겠어. 확 쪼그라들었어.

혜령, 일어나 고개를 숙인다.

혜령　이렇게밖에 못 해 죄송합니다.

만조　아냐, 내가 죄송해. 고생했어요, 정말로.

혜령　(손부채를 하며) 아휴 뜨거워라. 얼굴 빨갛죠? 덥다.

만조　예뻐요. 우리 애 잘 가르쳐요?

혜령　수업 참관한 적 있는데, 설명을 조리 있게 잘 해요.

민조　적성에 맞는 것 같아요?

혜령　타고났어요.

만조　다음 주에 식사할래요?

혜령　변호사를….

만조　나 기다릴게. 보채지 않을게요. 잘못했어. 밥 먹어요, 그냥.

혜령　주말이면…. 서윤 쌤도 같이….

만조, 서류뭉치를 혜령에게 준다.

　　　　　　　헤어드라이어

만조	그래요. 읽어보려면 봐요. 발품 많이 팔았어.
혜령	다 읽을게요.

혜령, 서류뭉치를 들고 일어난다.

혜령	올 때가 됐는데 연락해 볼게요, 쉬세요.

혜령, 나간다.
만조, 나간 것을 보고 베개에 얼굴을 묻고 비명
을 지른다.
탁훈, 들어온다.

만조	자네가 왜….
탁훈	사장님 대신 왔습니다.
만조	안 그래도 되는데….
탁훈	문혜령 씨도 봤어요, 다시 오신다고 하네요.
만조	집에 가야지.
탁훈	병원으로 가죠.
만조	필요 없어. 개운해.
탁훈	같이 가려고 연락했는데, 왜 안 받으셨어요.
만조	면목 없어서 그랬어.
탁훈	그렇게 말하시면 제가 뭐가 됩니까. 얘기도 못 했겠다.
만조	많이 했어. 다음 주에 식사도 할 거야.
탁훈	조마조마했어요. 안 될 줄 알았거든요.
만조	미안하네.

손성연

사이

탁훈	뭐가요?
만조	아….

혜령, 디퓨저 선물 상자를 들고 들어온다.

혜령	선물 받아주세요.
만조	선물은 내가 줘야지, 도로 가져가요.
혜령	몰랐어요. 결혼하시는 줄….
탁훈	이거 받으려 말한 게 아닌데, 감사합니다.
혜령	미리 알았음 더 좋은 거 드리는 건데, 죄송합니다.
만조	결혼?
혜령	왜 말씀 안 하셨어요, 사위분이 듬직해서 좋겠어요.
만조	시기가 시기인지라….
혜령	축하드립니다.
탁훈	저야말로 축하드려요.
혜령	축하받을 일이 생겨야 말이죠.
탁훈	정식 교사로 부임하셨잖아요. 대단하세요.
혜령	…별건가요, 그게.
탁훈	(만조에게) 모르셨어요?
만조	아냐, 축하드렸어. 오늘 회식 자리 가신다고 하지 않으셨어요?
혜령	아, 예, 아 보건 쌤 오면 가야죠.

헤어드라이어

탁훈	앉으세요, 다리 아프게.
혜령	나가 있을게요.
탁훈	할 얘기가 있어서요.
혜령	다 얘기했어요.
만조	입이 바싹 타네, 미안하지만 물 좀….
탁훈	타이밍이 절묘합니다.
혜령	물, 물 가져다드릴게요.
탁훈	피해자 서윤이가 쫓겨났다. 쫓겨나고 얼마 안 돼, 똑같은 피해를 입은 동료 교사가 정식으로 채용된다. 아귀가 딱딱 떨어져서.
혜령	TO가 갑자기 나서, 그리고 이미 예전에 오고 가던 얘기가 있었어요.
탁훈	그러셨구나.
혜령	평생 쓸 운 다 썼죠.
탁훈	그런데도 도와주신다니, 정말 감사합니다. 이 말 하려고 했어요.
만조	아까 다 말했다니깐. 둘이 얘기할 게 있어서….
혜령	눈치가 없었네요.

탁훈, 하얀 가림막을 친다.

탁훈	주무세요, 나가서 얘기할까요? 시끄럽죠?
만조	아냐, 여기서 해, 여기서.
탁훈	앞으로 어떻게 해야 될지 말해주세요. 페이스 가 맞아야 하니깐요.
혜령	그게, 그러니깐….

손성연

탁훈	예?
만조	다음 주에 얘기해. 급하면 잘될 일도 어그러져.
탁훈	시간 없다고 하셔서, 실례했습니다.
혜령	…예. 최대한 서윤 쌤을 돌봐드리세요. 그게 여러분에게 할 수 있는 제 최선입니다. 더 이상 학교는 잠자코 있지 않을 겁니다.
탁훈	환승하셨구나, 가해자로.

만조, 기침을 한다.

만조	에어컨 좀 꺼줄 수 있나?

혜령, 에어컨을 꺼준다.

만조	오한이 온다, 몸이 떨리는 것이.
혜령	뜨듯한 차 한잔 드시면 괜찮아질 거예요.

탁훈, 두꺼운 이불을 만조에게 덮어준다.

탁훈	됐죠?
만조	왜 이럴까….
탁훈	저기요, 도망가지 마시구요.
혜령	도망이라뇨?
탁훈	가해자가 잘하는 거 도망치기잖아요.
혜령	왜 이러시는지 모르겠네요.
탁훈	나도 아는데 왜 몰라요. 어떻게 모를 수가 있어

헤어드라이어

요. 보고 듣고 아, 당한 거 고대로 답습하시고 하셨을 수도 있겠다? 그런데도 모르신다니, 왜 그래요?

혜령 변호사가 설명할 겁니다. 명함 드렸으니, 지금도 가능할 거예요.

탁훈 변호사도 아는데, 왜 몰라요?

혜령 말씀이 지나치세요.

만조 사, 사위가 속상해서 그래요. 무시하고 나가세요.

탁훈 뻔뻔하시다.

혜령 제가 할 말입니다.

만조 그만들 하고….

만조, 하얀 가림막을 옆으로 걷는다.

탁훈 저 얼굴을 보고도 몰라요? 저 얼굴 보면 무슨 생각이 들어요? 아무 생각도 안 들어요? 저 얼굴이 억울한 사람들이에요.

혜령 지금 너무 억울하네요.

만조 가세요, 가세요.

혜령 보건 쌤 보낼게요.

탁훈, 혜령을 붙잡는다.

혜령 이러지 마세요!

탁훈 우리가 별짓 다해도 당신들 못 이겨요. 절대

	못 이겨. 미친 새끼들 취급이나 안 당하면 다 행이지.
혜령	놓고 얘기해요.
만조	하지 마!
탁훈	할 수 있는 거 이것뿐이야. 이렇게 욕이라도 시원하게 하는 거.
혜령	놓고 해요, 놓고….
탁훈	아파? 아파야지. 앞으로 네 눈에서 피눈물 질 질 흐를 거고 사지가 잘려나가는 고통 속에 뒹굴어 다닐 거야. 그게 네 미래야.
혜령	웃기지도 않네.
탁훈	언젠간 똑같이 당할 거야! 아버지! 그렇죠? 제 말이 맞죠.

만조, 일어나서 탁훈을 말린다.

혜령	말려주세요. 말려 봐요.
만조	진정해, 진정하고 내 말 들어.
탁훈	제 말이 맞다고 해주세요.
만조	그래, 다 맞아. 맞으니깐 앉아. 앉아서….
탁훈	그렇게밖에 선생이 될 수 없는 네 인생이 안 타깝다.
혜령	그래요, 맞아요. 다 하셨죠.
탁훈	화가 날 때마다 찾아가서 말하고 또 말할 거 야.
혜령	(만조에게) 내가 쫓겨났으면 서윤 쌤은 어땠

헤어드라이어

을까요? 따님이요, 어땠을까요?

만조, 말하려다가 그대로 기절해버린다.

혜령   대답해 보세요. 하라구요.
탁훈   비켜요.
혜령   그랬다면 달랐을까요?
탁훈   놔, 이… 거… 놔….
혜령   아니라고 말 못 하죠? 못 하겠죠?
탁훈   자기 위로하지 마.

탁훈, 핸드폰을 꺼내 119에 전화를 한다.

탁훈   예… 여기 대성고등학교인데… 60대 초반인데
         기절해서… 숨이랑 맥박은 정상인데…. 예, 빨
         리 와주세요.

혜령, 헝클어진 옷매무새를 만지고 머리카락
을 정돈한다.

혜령   보건 쌤 모시고 올게요.
탁훈   앞으로 자주 봅시다.

혜령, 절뚝거리며 나간다.

탁훈   연기 잘하시네요.

손성연

만조, 일어난다.

만조   눈썰미 좋네.

탁훈   기절 타이밍 작살났어요. 후련하죠?

만조   엄한 사람한테 화풀이했어.

탁훈   이렇게라도 해야 살죠.

만조   미안하네. 내가 한 짓 모두 미안해.

탁훈   울 아버지가 들었음 좋을 텐데.

만조   내가 개새끼야, 서윤인 봐줘.

탁훈   알아서 다행이고 서윤인 앞으로 걱정 마세요.

만조   자네 말이 맞았어, 참고 기다려야 돼, 괴로워
서들 저래.

탁훈   왜 먼저 찾아올 생각을 안 하셨어요? 기다렸
는데.

만조   잘못했어. 잘못했네, 잘못 살았어.

탁훈   참 잘못한 사람들 편하겠어, 잘못했다, 미안하
다 하면 끝이잖아요. 안 그래요?

탁훈   뭐라도 할게, 뭐든.

탁훈, 디퓨져를 꺼낸다.

탁훈   향 좋다. 맡아보실래요?

만조   아버지 일은 유감이야. 비통해. 죽을 맛이야,
후회하고 있어.

탁훈   저도 유감입니다, 연락 왔어요?

만조   무슨 연락을….

      헤어드라이어

탁훈	경찰들 이거 일처리 느리네.
만조	경찰이 왜 나오는지.
탁훈	서윤이 때리셨잖아요, 상습적으로. 가정폭력으로 고소했어요. 피해자 진술도 마쳤습니다.
만조	이건 아니지.
탁훈	서윤이 뜻이에요. 아마 오늘 중으로 연락 갈 거예요. 접근금지라 말해줄 거예요. 근처에 오면 가중처벌 돼요. 불구속으로 취조할 날짜만 정하시면 돼요.

만조, 탁훈의 멱살을 잡는다.

탁훈	구겨집니다.
만조	당장 되돌려놓지 않으면….
탁훈	되돌릴 수가 없어요. 이미 깨지고 엎질러졌어요.
만조	당장 되돌려….

만조, 핸드폰 벨소리가 울린다.

탁훈	받으세요. 받을 때까지 연락 갈 거예요. 앰뷸런스도 곧 오겠다.

만조, 멱살을 풀고 어깨를 부여잡으며 고개를 숙인다.

만조	보영이랑 나랑 둘도 없는 친구였어.

손성연

| 탁훈 | 그 둘도 없는 친구 돌려주세요. 되돌려 달라고요. |

탁훈, 나간다.
만조, 책상도 엎고 의자도 던지고 다 쥐어뜯고 부순다. 힘이 빠진 채로 바닥에 넘어진다.
전화를 받는다.

5. 영수미용실—일주일 뒤, 새벽

귀가 찢어질 것처럼 고동치는 헤비메탈.
탁훈, 상의를 벗은 채로 땀을 뻘뻘 흘리며 음악에 맞춰 몸을 흔든다.
아줌마, 에어컨을 켜고 안으로 들어가서 음악을 끈다.
탁훈, 마저 몸을 흔들다가 의자에 앉는다.

| 아줌마 | 뭐라도 걸쳐라. |

탁훈, 티셔츠를 입고 나온다.

탁훈	담배 태우셨어요?
아줌마	냄새나?
탁훈	많이. 피우시는 줄 몰랐어요.
아줌마	땡겨서 하나 피웠어. 줄까?

헤어드라이어

탁훈	끊었어요.
아줌마	멀리서도 들리더라. 동네 사람들 올까 무섭네.
탁훈	그랬어요? 운동 좀 하느라 뱃살 때문에.
아줌마	보기 좋은데, 뭘.
탁훈	서윤이가 빼라고 했어요. 가려던 참인데, 계속 계실 줄 알았어요.
아줌마	난 내일 아침에 가려고 서윤이 옷이랑 속옷 챙겨야지.
탁훈	어쩌다 그런 거래요? 울기만 하고 말을 안 해줬어요.
아줌마	서윤 아빠가 학교 가서 때려 부수고 낙서하고 오줌 싸고 똥 싸지르고 말도 마.
탁훈	(한숨) 울 만하다, 울 만해.
아줌마	신나를 마시고 붓고, 성대가 상했대. 말 못 할 수도 있다고 하더라.
탁훈	미친다.
아줌마	서윤 아빠 성격은 꼬였어도 그 정도 깡다구는 없는데.
탁훈	화나면 그렇게 되잖아요.
아줌마	서윤이 손을 잡고 놓질 않아.
탁훈	당장 가야겠다, 같이 나갈까요?
아줌마	가지 마.
탁훈	오라고 했어요.

아줌마, 기자증을 탁훈에게 건넨다.

손성연

아줌마	이걸 왜 버렸어.
탁훈	그만뒀잖아요. 필요 없어요.
아줌마	가지고 있어. 돌아가야지.
탁훈	갈 데 없는 거 아시잖아요.

아줌마, 봉투를 탁훈에게 준다.

탁훈	(봉투를 확인하고) 많다.
아줌마	그동안 고마워, 모자라면 말해.
탁훈	잘린 겁니까?
아줌마	퇴직금 주는 거야, 덕분에 편했다.
탁훈	뭐 잘못했어요?
아줌마	잘못은 없어. 서윤 아빠랑 너 이러다 둘 중 한 명은 죽겠어, 그래서 그래.
탁훈	아버지가 멀리 가시겠죠.
아줌마	할 만큼 했잖아, 가.
탁훈	붙잡을 땐 언제고 왜 이래요.
아줌마	미안해.
탁훈	지겨워요. 죄다 미안하대!
아줌마	멈추자, 너가 더 아파.

탁훈, 박스를 들고 와서 미용 용품들을 주워 담는다.

아줌마	왜 그러니, 정말.
탁훈	아버지 돈으로 다 산 거잖아요. 가져가게요.

헤어드라이어

아줌마, 박스를 가져와서 똑같이 주워 담는다.

탁훈	내일 용달 보낼게요. 큰 물건들 챙겨주세요, 빠짐없이.
아줌마	가져가서 뭐 하려고?
탁훈	태우게요.
아줌마	활활 태워. 다 태우고 비우고 그래. 그래야지.
탁훈	영수 친구 얘기 해주세요.
아줌마	해서 뭐 해.
탁훈	해주세요, 제가 하기 전에.
아줌마	한꺼번에 정리해줄게, 너는 먼저 가.
탁훈	영수가 그 친구 괴롭혔죠? 사장님 단골이 저희 아버지한테 한 것처럼.
아줌마	우리 애가 잘못했지, 큰 잘못했어.
탁훈	그걸 알면서 이러세요?
아줌마	네가 좋아서 그래.
탁훈	사람 가지고 놀지 마요.
아줌마	정이 가. 우리 애 과일 깎는 칼에 열한 번 찔렸어. 과다 출혈로 쇼크사했어.
탁훈	사장님은 내가 왜 이러는지 알잖아요.
아줌마	알지 안다고 했잖아. 화나잖아. 떨리지? 몸이 마구. 눈동자 실핏줄은 다 터지고 눈물은 뚝뚝 흐르고 나는 더했어. 영수 살려내라고 찾아가서 때리고 부수고 말도 마.
탁훈	알아요, 그렇게 해야 살아지잖아요.
아줌마	아냐, 살아지는 거 아냐. 생각해 봐, 사람들이

손성연

우리 애랑 나만 불쌍하대. 서건호 걘 사이코패스래. 우리 애도 똑같아. 못됐어, 나는 더하지.

탁훈, 나가려고 한다.
아줌마, 탁훈을 붙잡고 늘어진다.

아줌마　　듣고 가. 건호 손을 봤어. 칼에 베인 상처가 잔뜩 있더라. 걔도 열한 번 베인 거야. 아프겠지, 아픈 거 알면서 또 찾아가 저주했어. 걔 미쳐서 병원에 입원했어. 에미아비도 구별 못 해. 사과하고 싶어도 말귀를 못 알아들어.

탁훈, 아줌마를 안아준다.

아줌마　　그러지 마라. 이만한 건호가 아직도 날 쫓아다녀.
탁훈　　어디에요?
아줌마　　너 (손가락으로 가리키며) 옆에….
탁훈　　여기요?

탁훈, 옆을 보고 무릎을 굽혀 앉는다.

아줌마　　가지 마, 칼 들고 있어.
탁훈　　내놔, 위험한 거야, (손을 내밀고) 다 끝났어, 떨지 마. 칼 없어도 넌 강해.

탁훈, 칼을 든 것처럼 아줌마에게 준다.

탁훈　　높은 데 놔요, 애들 못 꺼내게.

아줌마　그, 래.

탁훈　　(아줌마의 등을 밀고) 멀뚱히 뭐 해요, 말해 야지.

아줌마　…아줌마가 미안해. 거짓말쟁이로 몰아서 미안해. 영수가 괴롭힌 것도 미안해. (가슴을 치며) 나만, 나만 살아남아서 증말 미안해.

탁훈, 문을 연다.

탁훈　　저 위로 쭉 가. 쭉쭉 앞으로 가. 엄마아빠 목 빠지게 기다려.

아줌마　뛴다, 뛰어. 넘어질라! 조심해.

탁훈　　저도 갈게요.

아줌마, 창고 안으로 들어가서 헤비메탈을 튼다.
탁훈과 아줌마, 온몸을 흔들고 부딪치고 난 장판으로 만든다.
탁훈과 아줌마, 힘이 빠질 때까지 흔들다가 천천히 쓰러진다.
탁훈, 기듯이 창고로 가서 음악을 끄고 나와 바닥에 눕는다.
아줌마, 누워서 핸드폰을 꺼낸다.

　　　　　　손성연

아줌마	예. 배달해요? 영수미용실인데, 매운 족발 대짜리 하나.
탁훈	무진장 맵게.
아줌마	맵게요, 빨간 뚜껑 다섯 병이요.
탁훈	소맥….
아줌마	잠깐, 잠깐 맥주도 열 병이요.

아줌마, 전화를 끊는다.
탁훈과 아줌마, 서로의 숨소리만 들린다.

6. 대성고등학교 보건실―일주일 뒤, 낮

보건실은 난장판이다.
벽엔 래커 스프레이로 단두대가 그려져 있고 사람 목이 잘려 있다. 침대는 찢어졌고 창문은 부서졌다. 의자와 책상도 전부 바뀌어져 있다. 서윤, 고개를 들지 못한다. 교장, 팔짱을 끼고 있다. 혜령, 교장 옆에서 서류를 들여다본다.

교장	제 방에서 얘기하면 좋은데, 냄새가 지독하고 다른 데도 마찬가지라…. 그나마 여기가 양호해.
서윤	죄송합니다.
교장	우리 사이에 됐다 그래. 가만 아버지랑 나랑 또래죠? 이런 정력이 어디서 나오는지 비결이 뭘까나.

헤어드라이어

서윤	아버지와 함께 정식으로 사과하러 오겠습니다.
교장	용서했어요. 근데 대성고등학교 학생, 학부모, 선생님들은 모르지.
서윤	한 분, 한 분한테 사과드릴게요.
교장	언제 다 해요, 그걸.

교장, 혜령에게 귓속말을 한다.

혜령	사과문은 자필로 작성해서 보내주시면 돼요.

서윤, 편지 봉투를 내민다.

서윤	써왔습니다.
교장	이거 학생들도 보게 복도에 붙이세요. 아버님 것도 자필로 보내주세요.
서윤	언제까지….
교장	빠르면 빠를수록 좋지. 완쾌하시면 보내줘요.

교장, 손짓으로 혜령에게 눈치를 준다.

혜령	그건 개인적으로 따로….
교장	두려운 거 알아요. 말하기 힘들지, 그래도 해야지.
혜령	남자친구 있으시잖아요, 그치요?
서윤	예. 아버지 때문에… 만나셨죠? 죄송합니다.
혜령	만났는데 그분이….

손성연

교장	맞은 건 아니죠?
혜령	사소한, 언쟁 아니 논쟁….
교장	혜령 선생님이 착해서 각색을 하신 거지, 가관이었답니다.
서윤	…말했나, 말했겠지. 경황이 없어가지고 요즘. 죄송합니다.
혜령	아뇨, 생각해 보니 논쟁이 아니라 가벼운 의견 차이예요.
교장	결혼한다면서요, 신랑 꽉 잡아놔야 돼. 벌써부터 개판이야. 식 끝나면 더해.

서윤, 혜령을 쳐다본다.

혜령	결혼하신다구.
서윤	그렇게 말해요?
혜령	선물 디퓨져 보냈어요.
교장	선물을 줬는데도 그랬던 겁니까? 이러니 다들 트라우마 생겼지.
서윤	제 불찰입니다.

교장, 혜령에게 귓속말을 한다.

혜령	여기 서류를 보시면 학교 기물 파손된 것들 리스트….
서윤	빠른 시일 내에 보상하겠습니다.
교장	돈 얘기하기 껄끄럽죠.

서윤	합의해주시는 것만 해도 감사해요.
교장	3분의 1은 학교 측에서 배려했어요. 제외한 금액 맞죠? 말했잖아, 어제.
혜령	제외했습니다.
서윤	전부 보상하겠습니다.
교장	부담 갖지 마요. 동료잖아요, 우리.
서윤	…그래도 지금까지 한 행동들이….
교장	(시계를 보고) 고마우면 용서하세요, 앞으로 저처럼.
서윤	예.
교장	(일어나면서) 학교 평가단이 올 수도 있어서, 먼저 일어나 볼게요.
서윤	귀한 시간 내주셔서 감사합니다.

교장, 영화 티켓을 꺼내서 서윤에게 준다.

교장	아버지 일 그만두셨죠?
서윤	예.
교장	그때 우울증 와요. 그래서 그런 것 같아. 취미 좀 같이 만들어 보세요. 그거 재미있대. 이틀만에 이백만이 넘었다나….
서윤	꼭, 꼭 같이 보러 갈게요.

서윤, 고개를 끄덕인다.
교장, 나가려다가 혜령에게 귓속말을 한다.

손성연

| 교장 | 믿고 갑니다. 건강한 하루 되세요. |

혜령과 서윤, 일어나서 교장에게 인사한다.
혜령과 서윤, 앉는다. 어색한 기류.

혜령	꼴 뵈기 싫죠, 얌체 같은 짓만 골라해.
서윤	모르겠어요.
혜령	귀싸대기 한 대만 때리면 소원이 없겠다.
서윤	마무리해주세요.
혜령	남친한테 사과드린다고 전해주세요. 제 잘못이 더 커요.
서윤	번호 아세요?
혜령	아, 아뇨.

서윤, 번호를 적어서 혜령에게 준다.

서윤	제가 그런 거 아니잖아요. 둘이 해결하세요.
혜령	그게… 그렇죠.
서윤	됐죠?
혜령	아, 아뇨.
서윤	뭔데요?
혜령	글쎄…. 아! 3분 1은 해결한다는 거 순 뻥이에요. 오히려 덤터기 씌웠어요.
서윤	저한테 말해도 돼요?
혜령	눈 하나 깜빡 안 하고 뻥을 치니깐….
서윤	비밀로 할게요. 됐죠?

헤어드라이어

혜령	아, 우리 말 놓을까?
서윤	했던 게 익숙해서 좋아요.
혜령	중학교 3학년 때 5반 맞지?
서윤	⋯어제가 며칠인지도 기억 못 해요.
혜령	우리 같은 학교였어. 창문여중.
서윤	그랬구나. 근데 존칭이 편하네요.
혜령	섣불렀죠.

서윤, 일어나서 인사를 하고 나가려 한다.

혜령	(다급하게 일어나면서) 읽어보세요.

혜령, 서류를 서윤에게 준다.
서윤, 읽다가 의자에 돌아가 앉는다.

서윤	철두철미하다.
혜령	서류 가지고 가셔서, 변호사와 함께 자리 마련 하면 될 것 같아요.
서윤	공증할 때 꼭 그래야 되나? 변호사끼리 만나면 되지 않을까요.
혜령	추후에 연락을 드릴게요. 그게 편하신 거죠?
서윤	편치 않네요.
혜령	학교가 진짜 못됐어요. 이렇게까지 하고 말야.
서윤	당연히 이래야죠. 계약기간도 못 채웠는데 학 교를 이 꼴로 만들었으니⋯.
혜령	오늘 끝나고 병원 가도 될까요?

손성연

서윤	오지 마세요.
혜령	가면 더 불편하실 수도 있겠네요.
서윤	착하세요.
혜령	착한 척하는 거 아시잖아요. 고질병이에요.
서윤	선생님 블랙홀이 어떻게 생겼는지 아세요?
혜령	과학은 젬병이에요.
서윤	블랙홀은 빛이 없어서 블랙, 홀인 거예요. 빛의 속도로도 블랙홀에선 빠져나올 수가 없거든요. 영화에서 다 만들어낸 거예요. 다 상상해서 지어낸 거예요. 저도 상상을 해봤어요, 블랙홀은 어떻게 생겼을까? 딱 선생님처럼 생겼어요. 어둡고 찝찝하고 춥고, 가도 가도 출구가 없는 블랙홀. 하필 제가 거기 갇혔네요.
혜령	(어정쩡하게 웃으며) 나가셔야 되는데…. (창밖을 보며) 비 오겠다, 에고.
서윤	우리 아무 일도 당한 거 아니죠?

사이

서윤	불쑥 착각할 때가 있어요, 고마워요. 솔직하게 말해줘서.

혜령, 아이처럼 운다.
서윤, 휴지를 뽑아서 혜령에게 준다.

혜령	(울면서 고마운 듯 고개 끄덕) 귀싸대기 한 대

헤어드라이어

만 때려주세요.

서윤 싫어요, 몹시 싫어요, 선생님.

혜령 하나, 하나만 더 물어볼게요.

서윤, 문을 열고 서 있다.

혜령 쇼트 커트가 어울려요? 빈말인지 아닌지 궁금
했어요.

서윤, 미소 지으며 고개를 끄덕이고 나간다.

혜령 그러면 다음에 잘라주세요.

혜령, 창문을 열고 밖으로 상체를 반쯤 내민다.

7. 영수미용실―그날 밤

탁훈, 연습용 마네킹으로 커트 연습을 서툴게
한다.
서윤, 미용실 문을 열고 들어온다. 비에 쫄딱
젖었다.

탁훈 우산 챙겨줬잖아.

서윤 잃어버렸어.

손성연

서윤, 구석구석 살피면서 뭔가 찾는다.

탁훈   덜렁아, 뭐 해.

서윤   아냐.

탁훈   있어 봐, 잠깐.

탁훈, 창고로 들어간다.
서윤, 미용의자에 앉아 빙글빙글 돈다.
탁훈, 나온다.

탁훈   꺼내놨어, 싹 다 갈아입고 와.

서윤   싫은데?

탁훈   왜 그래? 친구랑 싸웠어?

서윤   애냐, 싸우게.

탁훈   애처럼 굴잖아. 불어, 빨리.

서윤   (마네킹을 가리키며) 이건 뭐야?

탁훈   자격증 따야지. 보조딱지 뗄 거야.

서윤   박수.

탁훈   진정성이 없니. 스트레스 풀긴커녕 잔뜩 싸매고 왔네.

서윤   아니거든.

탁훈   아버지 보고 왔어. 수술 잘 마무리됐더라.

서윤   아빠한테 미안해.

탁훈   약해졌네, 또. 그러지 마. 너 잘못 아냐.

서윤   고소할 것까진 없었어.

탁훈   때렸잖아. 한두 번도 아니라며, 악습이야. 고쳐야 돼.

서윤   우리 아빠 싫지?

타훈, 가위질을 하다가 손가락을 베인다.

타훈   손가락 남아나질 않겠어.

서윤, 반창고를 가져와서 손가락에 붙여준다.

서윤   조심해.

타훈   너 때문에 그래. 아버지 좋아, 좋은 분이셔… 나름.

서윤   싫잖아. 나도 싫은데 오빠야 말 다했지.

타훈   병원도 갔다 왔다니깐.

서윤   경찰에 고소해야 된다고 왜 꼬셨어?

타훈   말을 그렇게 하냐?

서윤   경찰에 고소해야 된다고 왜 설득했어?

타훈   충격받으면 안 하시겠지, 싶었다. 됐니?

서윤   충격받아서 이렇게 됐잖아.

타훈   네 잘못도 내 잘못도 아냐. 그렇게 될 수밖에 없는 일도 있어.

서윤   말리지.

타훈   하고 싶다 했잖아.

서윤   화나면 무슨 말을 못 하겠어.

타훈   그래, 잘못했어. 옷 갈아입어. 사장님 댁에 데려다줄게.

손성연

| 서윤 | 귀찮아. |

탁훈, 드라이어를 콘센트에 꽂고 머리를 말려준다.

탁훈	가만히만 있어. 다 해줄게.
서윤	학교 갔을 때 어땠어?
탁훈	말했잖아.
서윤	또 듣고 싶어.
탁훈	비명소리가 들렸어. 들어가 보니 선생님이 사색이 됐어. 보니깐 쓰러져 계셨어, 아버지가…. 그래서 119에 전화했지. 앰뷸 도착하고 끝이야, 그게.

서윤, 드라이어 코드를 뺀다.

탁훈	왜 빼.
서윤	디퓨져 어디 있어?
탁훈	디퓨져라니?

탁훈, 코드를 꽂는다.

서윤	문혜령이 준 거. 어디 있어?
탁훈	친구 안 만났어?
서윤	오늘 학교 갔다 왔어.
탁훈	다음 주에 같이 가기로 했잖아.

헤어드라이어

서윤	나도 자존심 있거든? 오빠 끌고 가면 내가 뭐가 돼.
탁훈	왜 거짓말을 했어? 말이라도 해주면 좋잖아.
서윤	디퓨저 어디 있어?
탁훈	버렸어.
서윤	왜, 결혼선물로 받은 거잖아. 넙죽 받고 왜 버려. 받질 말던가.
탁훈	…망가지지 않고 잘 사는 거 보여주려고 그래서 결혼할 사이라 한 거야.
서윤	그렇게 깊은 뜻이 있었어? 오빠나 거짓말하지 마.
탁훈	솔직히 말했어.
서윤	문혜령을 때렸어?
탁훈	맞았대? 속지 마. 그런 적 없어. 살짝 겁만 줬지.
서윤	도대체 왜?
탁훈	정교사로 계약했대. 속이 뻔히 보이잖아.
서윤	아빠랑 뭐가 달라?
탁훈	말이야? 방구야?
서윤	똑같거든!
탁훈	너 도와주려고 그런 거야.
서윤	그 말 아빠 레퍼토리야.
탁훈	말 안 한 건 그래, 잘못했다.
서윤	말 안 한 것만? 오늘 나 용서해주셨어. 오빠가 나 잘못한 거 없냐며? 잘못은 오빠가 한 거잖아. 근데 왜 내가 죄인처럼 빌고 용서받아야 돼?
탁훈	고생했어. 고생한 거 알겠다, 쉬었다 얘기하자.

손성연

서윤	싫어. 나도 꼴리는 대로 해보자. 너처럼 속 편하게 살고 싶어, 나도.
탁훈	가, 가서 자.
서윤	얘기 안 끝났거든?
탁훈	나중에 하자.
서윤	사과문 써서 그년한테 가서 빌어, 내가 한 것처럼 똑, 같, 이.
탁훈	할 필요 없어. 사과는 걔가 너한테 해야지.
서윤	나한테 사과하게 만들어 봐. 쉬우면 해보라구. 번호 줄게.
탁훈	지금 바쁜 거 안 보여? 정도껏 해.

탁훈, 서윤의 의자를 붙잡는다.

탁훈	제발 가.
서윤	명령하지 마.
탁훈	너만 참니? 나도 하고픈 말 다 못 하고 살아.
서윤	뭘 참아, 니가.
탁훈	그래. 너 임용고시 떨어졌지. 노력을 덜했겠지. 해도 안 되거나 가르칠 역량이 미달이란 거야. 너의 존재 자체가 자격이 없단 거지. 그걸 누굴 탓해. 딱 니가 한 만큼 대우받는 거야. 학교에서 널 어떻게 보겠냐? 같잖지, 계약직 주제에 선생이랍시고 교무실 앉아 있는 거 보면. 애들도 다 알아, 너가 루저라는 거. 나도, 니 아버지도 사장님도 다 알면서 너 도와주잖아. 혼자 찡찡거리고

짜증 내질 말던가. 아픈 티는 퍽퍽 내면서 무슨 일이냐고 물어보면 입 다물고. 어쩌자구. 요즘 애들도 부모가 때리면 신고해. 멍청하게 맞고만 있지 않아. 도대체 넌 뭘 하고 사는 거냐? 아, 궁금해. 대답해, 꽁한 표정 짓지 말구.

서윤, 일어나 문을 잡는다.

서윤   나갔다 다시 들어올게. 들어오면 리셋 돼.

서윤, 나간다.
탁훈, 문을 계속 힐끔거리면서 쳐다본다.
서윤, 들어온다.

서윤   오빠! 잘 놀다 왔습니다. 별일 없었습니까?

탁훈   하지 마.

서윤   뭘, 뭘. 뭐 해?

탁훈   알잖아.

서윤   몰라.

탁훈   연습 중이야. 시험 보려고.

서윤   그렇게 자르면 다쳐. 벌써 다쳤구만.

탁훈   미안해. 잘못했어.

서윤   혼낸 거 아냐. 못된 년 만드셔, 이 오빠.

서윤, 탁훈이 들고 있던 빗과 가위를 빼앗아 든다.

손성연

서윤	이렇게 빗으로 쓱쓱 정돈해주고 딱 이만큼 잡아. 집중하세요.
탁훈	응. 알겠어.
서윤	왼쪽에서 오른쪽으로, 리듬을 타면서 이렇게 하는 거야.
탁훈	아차차, 사장님도 그렇게 하라고 했어.
서윤	반복해. 익숙해질 거야.
탁훈	홧김에 한 거야. 화나서, 내가 속이 좁아 그래.

서윤, 가위와 빗을 준다.

서윤	해봐.

탁훈, 서툴지만 아까와는 다르다.

서윤	훨씬 편하지?
탁훈	그러네. 역시 신입은 이래서 안 돼.
서윤	이제야 아셨어요?
탁훈	심야영화 보러 갈까? 야식 먹을까? 아님, 산책할까? 아이스크림 먹을래?
서윤	옷 갈아입고 병원 가봐야지.
탁훈	같이 가.
서윤	오빠는 연습하셔야죠. 한 방에 합격하셔야죠.
탁훈	가지 마.

서윤, 탁훈을 뒤에서 안아준다.

헤어드라이어

탁훈	머리라도 말려줄게.
서윤	촉촉해, 시원하고 이러고 갈래.
탁훈	까먹었다, 손 다치면 어떻게 해. 다시 알려줘.
서윤	하다 보면 기억날 거야.
탁훈	안 날 거야. 가르쳐줘. 한 번만, 한 번은 되잖아.

서윤, 나가려고 한다.

탁훈　나. 나, 말할 수 있어. 말할게. 아버지. 우리 아버지 말야. 만취해서 회사 비밀을 말해줬어. 절대 알려져선 안 되는 비밀을…. 그걸 기사로 쓴 다음 올리기 전에 말했어. 하지 말아달래. 목숨이 달린 일이래. 너무 화가 났어. 애걸복걸하는 아버지가 너무 싫고 수치스러웠어. 당해 보라고 아버지 이름 까발리고 인터뷰한 것처럼 거짓말로 수정해서 올렸어. 동네방네 난리가 났어. 선배들은 한 건 더뜨렸다고 독한 양주 사주고 부어라 마셔라…. 완전 취했는데, 아빠가 찾아와서 인연 끊자고 하더라. 돌아서는 아버지한테 온갖 욕을 다했어. 더럽고 비열한 돈으로 살고 싶냐고 소리 지르고…. 그 뒤로 연락 안 했어, 단 한 번도. 몇 달 뒤 아버지가 자살하셨대.

서윤　오빠는 아버지 마음을 몰라. 거기 없었잖아. 오빠는 내 마음도 몰라. 거기 없었잖아. 오빠는 비겁해. 없었으면서, 정작 그땐 없었으면서….

　　　　　손성연

서윤, 나간다.

탁훈, 싹둑 머리를 잘라버린다.

8. 영수미용실—세 달 후, 낮

탁훈, 멍하니 삐딱한 자세로 중얼거리고 있다.

아줌마, 미용실 안으로 들어간다.

아줌마　　얘.

　　　　　사이

아줌마　　훈아.

탁훈, 무심하게 아줌마의 머리카락에 묻은 먼지를 떼어낸다.

탁훈　　　청소해야겠다, 먼지가 많아요. 치워도 끝이 없어.

아줌마　　요즘 병원 가니?

탁훈　　　다 나았어요.

아줌마　　…그래 보여. 아, 철물점 할아버지가 이거 주래.

탁훈　　　뭘요?

아줌마, 꾸깃꾸깃한 만 원을 준다.

탁훈　　와, 부자 되겠다.
아줌마　　손님 또 뺏겼어, 네가 사장 해라.

탁훈, 돈을 아줌마 앞치마에 넣어준다.

탁훈　　넣어두세요.
아줌마　　용돈이래. 이발한 거 맘에 쏙 드신다구.
탁훈　　받았다 치죠. 돈 있어도 쓸데가 없어요.
아줌마　　왜 없어, 싸돌아다니면 되지.
탁훈　　껀덕지도 없는걸요, 뭘.
아줌마　　후줄근해. 옷이나 몇 벌 사 입어.
탁훈　　예약 손님 일곱 분 있어요.
아줌마　　휴가 써, 너 없어도 여기 잘 굴러가.
탁훈　　…지금 가도 될까요?
아줌마　　그럴래? 좋지, 푹 쉬다가 와.
탁훈　　휴가 다녀오겠습니다.
아줌마　　짐 싸는 거 도와줄까?
탁훈　　혼자 할게요.

탁훈, 방으로 들어가서 소주에 빨대를 꽂아 마시며 전화를 한다.

아줌마　　하고 있니?

손성연

아줌마, 창고 안으로 들어간다.
탁훈, 소주를 슬쩍 숨긴다.

아줌마   또, 또 전화했지?

탁훈   친구예요.

아줌마   친구 누구?

탁훈   서윤이요.

아줌마   미련 떨지 말구 짐이나 싸. 2주일 푹 쉬다 와.

탁훈   여기가 휴가지예요.

아줌마   다 보여. 그건 또 뭐니? 먹지 말랬잖아.

탁훈   소주 드실래요?

탁훈, 뺏길까 봐 쭉쭉 빨아 마신다.

아줌마   여자 소개시켜주겠단 사람들이 줄 섰어. 들었잖아.

탁훈   바람 안 피웁니다.

아줌마   전화도 안 받지, 너 만나주지도 않잖아. 그게 사랑이냐?

탁훈   아파서 그래요. 회피성 인격장애예요. 모든 것들을 다 피하고 싶은 거죠. 피하기 싫고 만나고 싶은데, 용기가 안 나는 거예요. 마음 깊숙한 곳에 진짜 욕망은 '날 찾아줘!' 이러니 전화도 하고 문자도 하면서 자존감 올려줘야죠.

아줌마   독한 기집애가 뭐가 좋다고 이래?

탁훈   직원의 사생활 침해는 여기까지….

헤어드라이어

아줌마, 등짝을 때린다.

아줌마 맞아야 돼, 이건 진짜.

탁훈 폭력은 행사하지 맙시다.

아줌마 맙시다? 가면 갈수록 더하니 징그러.

탁훈, 때리는 아줌마를 막다가 안긴다.

아줌마 달라붙지 말어.

탁훈 따듯해요. 조금만 이러고 있을게요.

아줌마, 가만히 있어 준다.

탁훈 서윤이 어릴 때 얘기해주세요.

아줌마 지겹지도 않아?

탁훈 해주세요, 해줄 때까지 이러고 있을 겁니다.

아줌마 말문 탁 트일 때, 조잘조잘 대면서 서윤이가….

만조, 문을 열고 들어와 똑똑 두드린다.

아줌마 왔구나.

만조, 고개 끄덕.

아줌마 앉아, 염색해줄게. 새치가 더 늘었어.

손성연

만조, 양쪽으로 고개를 돌린다.

아줌마   앉아, 앉아서 얘기하자.

만조, 의사소통 IT보조기계를 꺼내 출력한다.

소리   후배가 낚시터 한대, 낚시터 일 도우러 갈 거야.
가기 전에 서윤이 보러 왔어. 얼굴만 보고 갈게.

아줌마   서윤이 여기 없어. 그렇잖아도 오늘 집에 가려고
했는데, 없어?

탁훈, 나와서 목례를 한다.
만조, 인사를 받지 않는다.

소리   여기 있는 거 알고 왔어.

아줌마   없다니깐.

만조, 말을 하려다가 안으로 불쑥 들어가 찾는나.

아줌마   정말 없다니깐 네가 그럴 때마다 죽을 것같이 불
안해.

만조, 나와서 말을 하려고 하지만 잘 안 나온다.

아줌마   천천히, 또박또박, 해봐.

    헤어드라이어

만조, 답답해 가슴을 친다.

탁훈   애도 아니고 금방 돌아올 거예요, 가봤자 어딜
             가겠어요.

아줌마   성치 않은 애니 그렇지.

소리   집에 있던 서윤이의 모든 물건이 사라져버렸
             어. 전부 다. 그걸 들고 갈 데가 아줌마 말고 또
             어디 있어.

아줌마   물건이 전부 다?

만조, 고개를 끄덕인다.

탁훈   (혼잣말처럼) 나 같아도 집 나가지.

만조, 보조기계를 만지다가 잘 안되자 망가뜨
린다.

아줌마   넌 말 좀 가려 해라.

만조, 탁훈에게 쏟아내듯 알아들을 수 없는 말
을 한다.

탁훈   제가 왜 서윤이를 숨기겠습니까? 숨길 집도 돈
             도 없어요!

만조, 또 탁훈에게 쏟아내듯 알아들을 수 없는

말을 한다.

탁훈   난! 서윤이한테 화, 화, 화풀… 화풀이 안 합니다! 죽였음 당신을 죽였지.

아줌마   스톱. 둘이 뭐 하는 거야?

탁훈   대화하잖아요!

아줌마   저 말을 알아들었어?

탁훈   못 알아먹겠어요. 이해가 안 가요, 정말 미치신 겁니까? 예? 예, 그러세요?

아줌마   (탁훈을 붙잡고) 서윤 아빠 말이 들리냐고!

탁훈   예, 아주 잘 들립니다.

아줌마   난 안 들려.

만조, 또 알아들을 수 없는 말을 한다.

아줌마   뭐라고?

탁훈   1분 딱 60초만 쳐다보고 갈 테니, 서윤이 좀 데려와 달래요.

아줌마   없다니깐….

만조, 탁훈에게 달려가려는데 아줌마가 말린다.

아줌마   얜 미용실 전방 10미터 이상 나가질 않았어. 그리고 말야, 내가 알았음… 알았음…. 설마, 설마 아니겠지?

탁훈   뭔데요?

아줌마	아니야.

만조, 벽을 쾅쾅 두드린다.

탁훈	말해요, (만조를 가리키며) 말하래요!
아줌마	야반도주를 도와주는 회사가 있어. 그 회사를 알려줬어.
탁훈	왜 그래요? 어디 아프세요?
아줌마	괜찮아. 할 거면 나한테 다 말한다고 했어.

만조, 아줌마에게 알아들을 수 없는 말을 한다.

탁훈	아줌씨 미쳤어? 걔 지금 상태가 애야, 애. 한시도 눈을 떼면 안 된다구! 그런데 그런 짓거리를 하면 어쩌자구! 걔 혼자 뭘 어떻게 살아간다구! 제 말이 그 말입니다.
아줌마	멍청한 새끼들아!

사이

아줌마	서윤이 죽을 뻔한 건 알아? 목욕탕에서 피 흘리면서 쓰러진 걸 보는데 억장이 무너지더라!
탁훈	넘어졌어요? 기절했어요? 어디 아파요? 암이래요? 아 미치겠네 빨리 말해 봐요.

아줌마, 손목을 긋는 시늉을 한다.

손성연

만조, 알아들을 수 없는 말을 하고 탁훈을 친다.

탁훈 더, 더, 더! 같이 있어 줘야지.

아줌마 그동안 같이 있어 줘서 어떻게 됐니? 좋아졌
니? 서윤이 바짓가랑이 잡고 늘어지지 마. 창피
하지도 않아?

만조와 탁훈, 아줌마를 빼고 작전회의를 하는
것처럼 서로의 언어를 주고받는다.

아줌마 아직도 모르겠어? 그래?

탁훈 사장님 그 회사 연락처랑 위치 좀 알려주세요.

아줌마 지하철역 안에 있는 가운데 공중전화 박스에서
걸어야 돼.

탁훈 그거 불법이죠?

아줌마 그치.

만조, 알아들을 수 없는 말을 한다.

탁훈 지는….

만조, 탁훈의 입을 막는다.

아줌마 욕했지?

탁훈 (만조를 힐끔 보고) 안 했어요. 번호 문자로 남
겨주시면 갈게요.

헤어드라이어

아줌마	알겠어, 서윤 아빠랑 여기서 기다릴게.
탁훈	같이 가야 돼요.
아줌마	몸도 성치 않잖아.

만조, 문을 열고 나가려고 한다.

탁훈	거기서 만약 안 알려주면 경찰에 신고해야 되잖아요. 법적 보호자가 같이 있는 게 낫죠, 일단.

만조, 손짓으로 재촉한다.

아줌마	나랑 다른 데서 찾아보면 되잖아. 그리고 신고할 필요까진 없어.
탁훈	아줌씨 사태의 심각성을 몰라? 지금 비상이야, 비상. 그렇답니다.

만조, 재촉하다가 나간다.

탁훈	같이 갑시다.
아줌마	훈아, 서윤 아빠 돌봐줘.
탁훈	서윤이 꼭 찾아올게요.
아줌마	난 서윤이가 갈 만한 데를 찾아볼게.
탁훈	알겠어요.

자동차 경적이 울린다.

손성연

탁훈, 나간다.

아줌마   조심해!

아줌마, 초조하게 있다가 전화를 한다.

아줌마   나야. 하라는 대로 했다.

아줌마, 전화를 끊고 미용실 문을 닫으면서 영업이 끝났단 팻말로 바꾼다.

9. 영수미용실—삼 일 뒤, 밤

아줌마, 유리창을 박박 닦는다.
서윤, 창고에서 나온다. 머리부터 발끝까지 전부 젖었고 물이 뚝뚝 떨어진다.

서윤   짜잔.

아줌마, 유리창에 입김을 불고 더 박박 닦는다.

서윤   물귀신 같지?
아줌마   그래.
서윤   성의 없게, 보고 좀 말씀해주시죠?
아줌마   말하면 듣기나 해?

서윤	까칠해.
아줌마	이게 안 닦이잖아.
서윤	피 말린다. 말로 해, 말로.
아줌마	(걸레를 내팽개치고) 이런 짓을 꼭 해야 되니?
서윤	이래야 다들 정신 차리지.
아줌마	밥 먹음서 얘기해도 되잖아. 이런 생쇼를 해야겠어?
서윤	생쇼라니, 얼마나 노력해서 짠 시나리오인데.
아줌마	널 어떻게 해줘야 될까?
서윤	예전처럼.
아줌마	니가 예전 같지 않잖아.
서윤	여행도 가고 밥도 같이 먹고 싸우고 화해하고 웃고 떠들고….
아줌마	다 그러고 싶어 해. 근데 있었던 일을 어떻게 없던 일로 만들어.
서윤	나도 잊었는데, 왜 못 잊어.
아줌마	너 힘든 거 땅이 알고 하늘도 알아. 근데 넌 왜 다른 사람 힘든 건 모르니?
서윤	알아 그래서 이 생, 쇼를 하는 거잖아.
아줌마	개뿔. 기억나? 일했던 아저씨?
서윤	레옹 닮은 아저씨? 두 번인가 봤지.
아줌마	그 아저씨가….
서윤	아저씨가 뭐.
아줌마	잘생겼지. 생뚱맞게 생각나서 그래서 그랬어.
서윤	…무섭지? 알겠어. 이모는 빠져. 나 혼자 해

손성연

도 돼.

아줌마, 미용 분무기를 들고 서윤에게 다가간다.

아줌마   눈 감아.

서윤   정말 괜찮아. 괜찮으니깐 안 해도 돼.

아줌마, 서윤이 눈을 감자 분무기를 뿌려준다.

서윤   다 같이 평범하게 행복하게 살고 싶어. 그게 다야.

아줌마   물귀신 같다.

문이 열린다.
서윤, 놀라 바닥에 웅크린다.
혜령, 문을 열고 들어온다.

혜령   안녕하세요.

아줌마   문 잠그는 걸 깜빡했네. 오늘 가족행사가 있는
데, 손님.

서윤   또 무슨 일 생겼어요?

혜령   아뇨, 아뇨…. 감기 드시겠다.

아줌마   누구신지?

서윤   학교 선생.

혜령   쇼트 커트를 하고 싶어서요.

아줌마   조금만 일찍 오셔도 해드리는데, 중요한 행사라
서요.

헤어드라이어

혜령	다, 다음에 또 오면 돼요. 예약은 가능한지?
서윤	도와주세요.
혜령	예. 그래야죠!
아줌마	얘가 제정신이 아니라, 예약은 언제로?
서윤	이모는 가. 문혜령 선생님이랑 할게.
아줌마	니 멋대로야.
서윤	이모 힘들게 하기 싫어.
아줌마	할 거야.
서윤	싫다며.
아줌마	이 기집애가.
혜령	싸우지들 마시고요. 뭔지 모르겠지만 가, 같이 하면 좋죠.
서윤	일단 앉아 계세요, 얘기할 게 있으니깐.
아줌마	박서윤!
서윤	뭐!

혜령, 아줌마와 서윤의 가운데에 선다.

혜령	싸우면 될 일도 안 돼요.
서윤	이제 곧 온단 말야, 갈 거면 지금 가.
아줌마	입만 아프지, 내 입만 아파. 앉으세요, 머리 해드릴게.
혜령	아….
서윤	변덕은 진짜…. 앉아요.
	혜령, 미용의자에 앉는다.
아줌마	머릿결이 다 상하셨네. 윤기도 없고….

손성연

서윤	선생님, 그 어떤 일이 생겨도 제가 안 보이는 척 해주세요.
아줌마	원랜 저런 애가 아니에요, 오해 마세요.
혜령	아, 알죠. 근데 왜?
서윤	설명할 시간이 없어요.
혜령	알겠어요, 하다 보면 알겠죠.

자동차가 들어오는 소리.
서윤, 창고로 들어간다.

서윤	모두 긴장하시고 이제 시작됩니다.

아줌마, 커트보를 혜령에게 씌워준다.

아줌마	예쁘게 해드릴게.
혜령	솜씨 좋으시다고 해서 기대돼요.
아줌마	부담되게. 요만큼 자를까?
혜령	더 많이.

탁훈, 다리에 깁스를 한 채로 들어온다.

아줌마	다쳤어?
탁훈	인대가 살짝 놀랐대요.
아줌마	어쩌다 그랬어?
탁훈	넘어졌어요.
아줌마	넘어져서 그렇게 돼? 어디서 어떻게 넘어졌어?

헤어드라이어

탁훈	일주일만 하면 돼요.
아줌마	조심하지. 서윤 아빠는?
탁훈	서윤이는?
아줌마	왔음 연락했지.
탁훈	찾으러 금방 또 나갈 거예요.
아줌마	서윤 아빠는 어디 있는데?
탁훈	안 왔어요?
아줌마	싸웠어? 싸웠구만.
탁훈	몰라요, 여기로 금방 올 거예요.
아줌마	어련히 그러시겠죠.
탁훈	20분만 잘게요. 꼭 깨워주세요.
아줌마	알겠어.
혜령	오랜만이네… 요.
탁훈	뭡니까?
아줌마	구면이야?
혜령	머리 안 한 지 한참 돼가지고.
탁훈	사장님, 제가 할게요.
아줌마	눈 붙여야지. 잠도 못 잤잖아, 며칠째.
탁훈	아뇨, 꼭 해드리고 싶어서요.
혜령	죄송해요, 그때 제가 한 말들….
탁훈	제 말이 다 틀렸네요. 피눈물이 나긴커녕, 다리를 절뚝거리긴커녕 살찌셨네. 건강하셔.
혜령	얘기 들었습니다. 서윤 쌤 같이 찾으러 가요.
탁훈	나가.
혜령	이해합니다, 화내시는 거 하지만….
탁훈	나가!

손성연

아줌마	조용하지. 니가 사장이니?
탁훈	서윤이한테 뭔 짓을 했는지 아세요?

음악이 흘러나온다.

탁훈	알면 그렇게 말… (창고를 바라보면서) 하면 안….
아줌마	소파에서 자.
탁훈	창고에 누구 있어요?
아줌마	없어.
탁훈	이 음악은….
아줌마	무슨 음악….
탁훈	아녜요.
아줌마	잠을 못 자서 그래. 자면 개운해질 거야.

음악이 서서히 꺼진다.

혜령	아무 소리도….
탁훈	압니다.
아줌마	내일은 병원 가봐.

창고에서 물이 흘러나온다.
탁훈, 창고로 들어가려고 한다.
서윤, 창고에서 나온다.

탁훈	서윤아.

헤어드라이어

서윤	기다렸어.
탁훈	사장님, 사장님!
아줌마	왜?
탁훈	서윤이 있잖아요, 여기.
아줌마	어디! 나도 여기 있었으면 좋겠다.
탁훈	여기 분명히….
혜령	힘드시죠, 같이 찾아요. 천천히 처음부터 다시 찾아보면 돼죠.
서윤	나 죽었어.

탁훈, 죽었단 말에 서윤을 외면한다.

탁훈	서윤이 찾아올게요.
아줌마	어딜 가. 나가지 마.
탁훈	찾아야죠. 경찰 새끼들은 뭐 하는 건지….
서윤	오빠, 이미 늦었어. 못 찾아.
탁훈	위험하게 혼자 구석에서 떨고 있을지도 몰라요.
서윤	끝났어.

아줌마, 탁훈을 붙잡고 창고로 들어가게 하려고
한다.
탁훈, 거칠게 아줌마를 밀어낸다.

아줌마	같이 가자, 병원. 알잖아. 너 요즘 이상해. 다시 도진 거야.

손성연

탁훈, 창고로 들어간다.
아줌마와 서윤과 혜령, 혼란스럽게 몸짓으로
서로 애기를 한다.

서윤   추워, 오빠.

창고 안에서 벽을 치는 소리가 들린다.

아줌마   (작게) 그만하자, 쟤 저러다 정말 돌아.
서윤   추워, 오빠.

탁훈, 걸어 나온다.

서윤   부탁하고 싶은 게 있어서 왔어.

탁훈, 헤어드라이어 코드를 콘센트에 꽂는다.
서윤, 의자에 앉는다.

아줌마   훈아, 무섭게 왜 그래.

탁훈, 헤어드라이어를 켜고 서윤의 머리카락
을 말려준다.

탁훈   좀 낫니?
서윤   따듯해.
탁훈   덜렁아 왜 이렇게 젖었어.

아줌마	신경 쓰지 말아요. 저러다 말아요. 해코지 안 해요, 빨리 해드릴게.
혜령	가슴이 미어지네요, 내가 무슨 짓을 한 건지.
탁훈	비도 안 왔잖아, 오늘.
서윤	바다에 빠졌어.
탁훈	수영 못 하잖아.
서윤	못 하니 여기 있지.
탁훈	바다엔 왜 갔어?
서윤	왜 갔을까? 맞아. 내가 꾹 참았다면 안 갔을 거야.
탁훈	나도 못 참아. 아무도 못 참아 그건.
서윤	오빠도 아빠도 다 나 때문이야.
탁훈	아니야.
서윤	싹 다 잊어버리고 싶다.
탁훈	다시 할 수 있어. 다시 하자.
서윤	할 수 없어. 하고 싶어도 못 해. 말하고 싶지 않았어. 수치스럽고 내 잘못 같고…. 그랬어.
탁훈	미안해.
서윤	알겠어. 다음에 다른 여자 만나면….
탁훈	안 만나. 어떻게 만나 내가 무슨 짓을 한지 알아? 일부러 널 부추겼어. 너랑 아버지 못 만나게 하려고.
서윤	응?
탁훈	당한 만큼 갚아주고 싶었어.
아줌마	훈아, 가위가 말썽이다, 가위 좀 가져와.

손성연

서윤, 가위를 탁훈에게 준다.

탁훈   (아줌마에게 가위를 주면서) 여기요.

서윤   알아듣게 말해 봐.

탁훈   내 말은….

아줌마, 혜령에게 손으로 눈치를 준다.

혜령   저기요. 저기요. 저기요!

탁훈   아직도 안 갔습니까?

혜령   호킹 박사의 복사이론 아세요?

서윤   오빠.

혜령   모르시죠?

탁훈   어디서부터 말해야 할지….

아줌마   궁금해 죽겠다. 빨리 빨리 말해줘. 뭐야?

혜령   블랙홀의 지평선에서 양자운동을 하는 입자와 반입자의 쌍생 속에서 반입자는 블랙홀의 중력에 따라 안쪽으로 늘어가고 입자는 블랙홀의 중력에 밖으로 튕겨져 나갈 수 있대.

아줌마   무슨 말인진 모르겠는데, 좋네.

혜령, 서윤을 본다.

혜령   서윤 쌤이 알려줬어요. 블랙홀에도 출구가 있대요. 나가는 문이 있다구요.

탁훈   출구 내가 없앴어요.

헤어드라이어

서윤	내가 그렇게 잘못했어?
탁훈	넌 잘못 없어.
아줌마	서윤이가 초등학생 때 과학영재였어.
혜령	새싹부터 다르셨구나.
탁훈	박만조 너희 아버지가 우리 아버지를 미용실에서 괴롭혔어, 끔찍하게.

서윤, 헤어드라이어를 끈다.

서윤	다시 말해 봐.
탁훈	회사 대신 미용실로 출근시켜서 부려 먹었다고, 너희 아버지가.
서윤	설마….

서윤, 아줌마를 본다.

아줌마	헛소리를 하고 있어, 얜. 중얼중얼거리지 마.
탁훈	사장님 알잖아요. 내가 왜 여기 왔는지, 우리 아버지가 왜 여기서 일했는지, 내가 무슨 짓을 했는지.
서윤	다들 왜 나한텐 말을 안 했어.
탁훈	사랑해. 사랑해서 그랬어. 말하면 너까지 아플까 봐. 아냐 변명인가 봐, 나도 모르겠어. 막 화가 나는데 미안하고 어떻게 해야 되는지….
서윤	그만하면 돼. 다 그만해.

손성연

탁훈, 헤어드라이어를 켠다.

탁훈　계속하자. 가지 마.

서윤　오빠 몰랐어, 몰라서 이런 짓을….

탁훈　그래. 나 너 말대로 몰라. 너도 아버지도 얼마
　　　나 힘든지 상상도 못 해. 그러면서 아는 척했
　　　어. 아버지 나 때문에 괴롭힘 당한 거야. 여기
　　　서 매일, 매일 시달린 거야. 너 때문 아냐. 나 때
　　　문이야.

서윤　이모! 이모는 왜 말을 안 했어.

아줌마　쉽지 않아. 쉬운 일이 아냐.

혜령　그쵸, 그쵸. 제 머리가 쉽지가 않죠.

아줌마　걱정 마요. 귀마개라도 해야지.

혜령　정, 정겹고 좋아요.

서윤　갈게.

탁훈　가지 마. 가지 마.

서윤　오빠. 정말, 정말 이젠 끝나버렸어. 미안해.

혜령, 안절부절못하다가 벌떡 일어난다.

혜령　저 학교 때려치웠습니다! 개 같아서 그만뒀다
　　　구요! 아시겠어요?

아줌마　예, 예….

서윤　하지 말랬잖아.

탁훈　1분, 1분만이라도.

서윤　이거 다 가짜….

　　　　　　　헤어드라이어

만조, 사이즈가 맞지 않는 양복을 입은 채 큰 서류 박스를 가지고 들어온다.
탁훈, 만조를 보고 놀라 입이 다물어지지 않는다.
아줌마와 혜령, 서윤을 창고 뒤에 숨긴다.

탁훈　　아버지.

만조, 돋보기안경을 쓰고 편지를 꺼낸다.
만조, 편지를 읽는데 아까처럼 알아들을 수가 없다.

탁훈　　(만조가 말하면 탁훈이 해석한다)
아들, 김탁훈에게
이 양복 기억나니? 네가 처음으로 취직해 첫 월급으로 사준 거란다. 맘에 들었는데 이상하게 내 입은 맘에 안 든다고 말하더라. 고맙다, 나에게 잊을 수 없는 날이란다. 이 양복과 이 편지를 보고 있다면 박만조 전무 아니, 너와 만조가 만났겠구나. 이 편지를 어디서 어떻게 읽어줄까? 궁금하지만 볼 순 없겠지. 나는 너에게 거짓말을 많이 했단다. 그중 가장 크게 친 거짓말은 네가 언론에 공개한 문건이다. 내 얘기만 쏙 빼버렸지만 유령부서의 최종 담당자는 나였다. 이 계획으로 많은 직원들이 죽거나 넋을 잃거나 수많은 가정이 파괴됐다. 죄스

　　　　　　손성연

럽단 생각을 한 적이 없었으나, 시간이 지나면
지날수록 그들의 얼굴이 시도 때도 없이 나타
나 괴롭혔다. 너에게 티는 안 냈지만 베개 밑에
항상 칼을 두고 잘 정도였어. 두려웠다. 내가 이
렇게 비겁하다. 아들한테 내 잘못만 쏙 빼고 변
명만 했어. 내가 널 찾아갔던 날, 사실대로 말하
려 했지만 너한테 오히려 인연을 끊자 말했지.
이 정도 세월을 살아도 아들 대하는 방법을 모
르니, 너한테 미안한 게 많구나. 나는 벌을 받았
단다. 만조는 회사를 사랑했지, 너무나도 사랑
했어. 나도 마찬가지였고. 그러니 나한테 화가
난 거야. 화가 나서 날 괴롭히고 또 괴롭혔지.
아마 이 편지를 읽으면서… 읽으면서… 괴….

아줌마와 혜령, 밖으로 나온다.

만조   (힘겹게 점점 알아들을 수 있는 목소리로) 괴,
괴, 괴로울 기야. 이게 나의 **복수**란다. 내가 한
짓을 생각하면 복수할 자격이 없지만 만조 또
한 깨달아야 돼. 깨닫고 벗어나야 해. 안 그럼
내가 만든 그 계획은 오늘도 내일도 직원들을
못살게 굴 거란다. 지금 내 앞에 있다면 이 서류
를 살펴보렴.

탁훈, 움직이지를 못한다.
아줌마, 서류를 꺼내 탁훈에게 준다.

헤어드라이어

탁훈, 서류를 살핀다.

만조 그동안 조금씩 회사에서 빼돌려 사본으로 남
겨둔 거란다. 이 정도 양의 정보면 회사도 발
뺌은 못 할 것이며 직원들은 해방될 거란다.
너는 나와 다르다. 너는 나보다 나은 인간이고
너는 인간을 소중히 여긴다. 너의 손으로 이
문건을 언론에 공개하고 앞으로도 계속 진실
을 말해주렴. 죄 많은 아버지의 피 묻은 손을
닦고, 또 닦고 말려주렴. 아버지 김보영 씀.

만조, 편지를 탁훈의 손에 쥐여준다.

만조 미, 뤘, 어. 무, 서, 웠어. 자네, 미안하네. 자네
가 없으면… 서윤이를 못 찾아.

탁훈, 얼어붙었다.
아줌마와 혜령, 탁훈의 양팔을 각각 잡고 끌고
가 만조에게 안기게 한다.

탁훈 아버지, 아버지, 아버지….

만조, 탁훈의 등을 두드린다.

탁훈 늦었어요. 너무 늦었어요. 죄송해요. 서윤이
가….

손성연

탁훈, 서윤이가 앉았던 의자를 잡는다.

탁훈 죽었어요.

만조, 넋이 나간다.
혜령, 만조를 부축해 미용의자에 앉힌다.
핸드폰 벨소리.
아줌마, 누군지 보고 끊는다.
다시 핸드폰 벨소리가 울린다.
아줌마, 창고 안으로 들어갔다가 다시 나와서
전화를 받는다.

아줌마 (작위적인 연기톤) 서, 서윤이가욧! 예. 병원이
요! 예. 알겠습니다.

탁훈 뭐, 뭐, 뭐예요?

아줌마 성모대학병원에 윤이 서윤이가 있대. 의식도
돌아왔대!

탁훈과 만조, 뛰어나간다.
아줌마, 혜령에게 윙크를 하고 달려나간다.
혜령, 커트보를 벗고 뛰어나가려고 하는데 잘
안 벗겨진다.
서윤, 나와서 혜령을 미용의자에 앉힌다.

서윤 머리 해줄게.

혜령 예?

서윤	무면허 중에선 젤 잘 잘라, 나.
혜령	아, 그래. 그래.
서윤	왜 그만뒀어?
혜령	착각 아냐. 기억 나버렸어. 교장이 내 귀에다가
	입김 불었던 거.
서윤	내 가방 뒤져서 생리대 훔쳐간 적도 있어.
혜령	내 운동화는 물고 빨더라.
서윤	음악 선생은….
혜령	그 새낀 밤마다 지 고민을 상담해달래.
서윤	그 특유의 불쌍한 표정 알지?

혜정, 그 표정을 따라 한다.

서윤	완전 똑같아.
혜령	너무 늦게 와서 미안해.
서윤	나도 늦었는데, 할 말 없지.
혜령	두더지할매 알지?
서윤	영어잖아. 맹한데 싸가지 없는 년?
혜령	걔 체육이랑 바람 펴.
서윤	점잖은 척은 지 혼자 다하더니, 대단하시네.
혜령	우리 대놓고 무시했잖아. 부려 먹고.
서윤	같이 가서 확 불어버릴까?
혜령	말해 뭐 해.

서윤과 혜령, 웃는다.
웃는데, 눈가가 촉촉해진다.

손성연

서윤   후회 안 할 거지, 자른다?

혜령, 고개를 끄덕인다.
서윤, 혜령의 머리를 자른다.

막.

헤어드라이어

배종옥, 부득이한

* 이 작품은 2018 국립극단 희곡우체통 7차 낭독회 초대작으로 12월 11일 소극장 판에서 소개되었습니다.

김연재

작가의 말

「배종옥, 부득이한」은 2016년에 쓰인 희곡이다.

지금의 나는 4년 전과는 또 다른 방식으로 눈에 보이지 않는 것, 대문자로 쓸 수 없는 것들에 대해 이야기하고 있다.

등장인물

영보(影步)
배종옥
경비원
야쿠르트 판매원
학생
꼬마
옆집 여자
동창
아이들 소리

* 야쿠르트 판매원과 배종옥은 역을 겸한다.

때·곳

무더운 초가을, 낡은 아파트

이 극의 무대에서는 경계가 중요하다. 영보의 집은
아파트 1층이며 땅과 맞붙어 있다. 무대 좌측 앞으로는
현관문이 우측 뒤로는 창문이 있다고 상정한다.
야쿠르트 판매원, 경비원, 동창은 현관문으로 드나들고
배종옥과 꼬마는 창문 밖에서 나타난다. 무대 표현에 있어,
방의 내부와 외부가 사실적으로 드러나면 안 된다.
사실적인 것은 집과 외부를 나누는 경계와 그곳에 드리운
커튼이다.

1.

영보의 집, 야쿠르트 봉지가 쌓여 있다.
판매원, 야쿠르트를 몇 개 챙겨 넣는다.
새 야쿠르트를 문고리에 걸고 문을 두드린다.
영보, 문을 열지 않고 안에서 문을 두드린다.
둘만의 암호 같다. 비밀처럼.
판매원, 출입문에서 나오면 그제야 왁자지껄
한 아이들 소리.

판매원   (경비원에게 조금 전 챙겼던 야쿠르트를 건네
며) 좋은 건 아니고요.

경비원   아이고. 날도 더운데.

판매원   시내만 돌다가 여기로 들어오면 그래도 좀 낫
데요.

판매원, 평상 쪽을 지나는데 베란다 문이 벌컥
열린다.

영보   잠깐 기다리라고 고래고래 소리를 질렀잖아.

판매원   못 들었어요.

영보   (흰 봉투를 건네며) 다음 달.

판매원   다음 달 꺼를 또 벌써 줘요.

영보   내가 이거 까먹으면 죽어야지.

아이들, 꼬마를 영보 쪽으로 밀치고는 도망간

김연재

다.

"할머니 귀신이다!" "할머니 귀신은 동굴에 산
다!" 외치면서.

경비원   이 녀석들이, 또!

꼬마, 영보를 바라본다.

영보   뭐!
꼬마   귀, 귀신이다!
경비원   너희 또 그래라. 잡히면 아주 혼쭐난다.

꼬마, 멀찍이 갔다가 되돌아와서 영보에게 장
난감 새를 건넨다.

영보   너 이거 어디서 났니!
꼬마   할머니 버스 내리신 데에서요.
영보   이리 내.

꼬마, 영보의 손이 자신의 손에 닿자 소리를
지르며 도망친다.

경비원   노인네가 뭐 그런 애들 갖고 노는 걸 가지고
다녀.

사이

배종옥, 부득이한

경비원	대체 어디 갔었던 거요?
영보	왜. 뭘.
경비원	일 년에 한 번 나갈까 말까 하는 양반이.
판매원	괜히 나가지 마세요. 이 수변에 경호원들 죄 깔렸어요.
경비원	애가 없어졌대. 유괴래.
영보	유괴?
판매원	여기 밑에 카페들 생긴 데 놀러왔다가 애가 없어졌나 봐요.
영보	찾겠지.
판매원	아녜요. 유괴범이 서신도 붙여놨대요.
영보	서신?
판매원	"사람 그림자 취급하지 마라"라고 써서요.
경비원	말세야. 쓸데없이 땅값 높아지고 젊은이들 찾아와서 사진 찍어대니까 이런 일이 생기는 거야. 우리들끼리 살 때는 이런 일이 한 번이라도 있었수?
영보	없었지.
경비원	경찰은 우리를 의심하데.
영보	우리를?
판매원	잘사는 집 애인가 봐요. 경찰들이랑 경호원들이 다 동원됐어요.
경비원	아까 어떤 경호원이 어르신 집도 두드렸어. 별걸 다 물어보데. 어르신 가족이 어디에 있느냐, 혼자 산 지는 얼마나 됐느냐, 항상 집에 있다면서 왜 없느냐, 야쿠르트는 왜 시켜먹느냐… 혼

김연재

자 답하느라 죽는 줄 알았어.

영보　별 쓸데없는 거로 사람 귀찮게 하네. 시간 있을 때 그것 좀 고쳐줘.

경비원　뭐?

영보　그거 있잖아. 그거….

경비원　뭐?

영보　웅-웅-웅-

경비원　무슨 소릴 하는 거야.

영보　그게 뭐더라. 웅-웅- 하는 거.

경비원　웅웅 소리 나는 거?

영보　세탁기!

경비원　세탁기 고장이야? 언제부터?

영보　며칠 됐지.

경비원　진작 말을 하지. 언제 가면 돼?

영보　벨 누르지 말고 문 두드려.

영보, 베란다 문을 닫고 천천히 들어간다.

판매원　노인 양반.

경비원　죽는다, 죽는다, 하면서 야쿠르트는 다달이 챙겨 드셔.

판매원　입맛이 없는 건지 귀찮은 건지. 걸어놓으면 갖고 들어가지도 않아요.

경비원　아이고, 그래서 내가 호강합니다.

판매원　이게 뭐라고 호강이에요.

경비원　이 정도면 호강이지, 뭘.

배종옥, 부득이한

판매원	저 가볼게요. 경찰들 저렇게 있으니까 괜히 뒤숭숭하고.
경비원	일일이 문 두드리고 다니느라 힘들겠네.
판매원	시에서 돈 받고 하는 일인데요, 뭐.
경비원	나처럼 경비라도 해야 돼. 늙어서 혼자 사는 어르신들 보면 나도 저리 될까 무서워.
판매원	저 위에 쪽방들 다 돌리려면 서둘러야 해요.
경비원	날 더운데. 다음번엔 내가 냉커피 타줄게요.
판매원	(웃으며) 됐어요.

판매원, 나간다.
경비원, 공구통을 들고 현관문을 두드린다.

경비원	어르신!
영보	누구쇼?
경비원	나요, 나.

영보, 문에 난 구멍으로 밖을 한참 본다.
문을 연다.

경비원	거 소리 계속 크게 놓으면 귀먹는다.
영보	귀먹으면 자막 있는 거 보면 돼. 중국 드라마 같은 거.
경비원	그러다 어르신 좋아하는 '너는 내 운명' 못 봐.
영보	까짓것. 다 거짓부렁인 걸.
경비원	거짓부렁인데 보면서 허구한 날 울어.

김연재

영보	거짓부렁이니까 울만 하지. 진짜면 울음도 안 나와. (경비원 뒤를 쿵쿵 쫓아가며) 음식이 죄 썩었어.
경비원	왜?
영보	고장 났다니까.
경비원	세탁기가 고장이라며?
영보	그래, 세탁기.

경비원, 영보를 빤히 바라본다.
사이

경비원	그러니까 고장 났을 때 진작 말했으면 좋잖아요.
영보	세탁기가 나 고장 나요, 하고 고장 나나. 그냥 한번에 가는 거지.
경비원	조짐이 있잖아요. 웅웅거리거나 뜨거워지거나.
영보	잘 안 열어보니 모르지.
경비원	날 더운데 노인 양반 혼자서… 잘 잡숴야 해.
영보	여름엔 옥수수나 쪄 먹지. 괜히 밥한다고 불 앞에서 얼쩡거리면 더 더워. 세탁기 열었다 닫았다 하면 전기세나 나오고.

경비원, 냉장고를 살핀다.

경비원	럭키금성 쓰는 사람이 여직 있네.
영보	튼튼하던걸.
경비원	이거 얼마나 썼수?

배종옥, 부득이한

영보	한 스무 해 됐지. (텔레비전을 흘끗 보고는) 어머, 불쌍해서 어떡한다.
경비원	냉장고?
영보	아니. (텔레비전을 가리키며) 저 여자.
경비원	'너는 내 운명' 재방송 보는 거야?
영보	아니, 저 여자 말이야. 어머, 세상에. 말세네, 말세.
경비원	김현숙이 잃어버린 딸 찾았어?
영보	우리 동네가 나오네.

경비원, 냉장고를 고치다 말고 영보와 함께 텔레비전을 본다.

경비원	속보까지 났네.
영보	저 미국 여자 우는 것 좀 봐.
경비원	애가 유괴당했다잖아.
영보	딱해라.
경비원	애가… 미국 대사 막내딸이라고? 난리 났네.
영보	미국 대사?
경비원	아까 돌아오는 길에 뭐 본 거 없수?
영보	몰라.
경비원	뭘 그렇게 몰래 나갔다 와? 십 년째 여기서 경비 서면서도 오늘 어르신 나가는 걸 못 봤네. 늙었나 봐, 나도. 아니 저번에 3층에 혼자 사는 그 연극작가 하겠다는 학생 말이야, 그 학생이 와서는 뭔 새들 이름을 대면서 아냐고 물어보

김연재

데. 아 몰라! 했더니, 어머 할아버지들은 다 아
는 줄 알았는데, 하더라니까. 그 말이 계속 생
각이 나, 할아버지.

사이

영보　　　자네가 늙었으면 나는 아주 죽어야겠네.

경비원　　죽는다 죽는다 하면서 냉장고는 왜 고치셔?

영보　　　'너는 내 운명' 끝나면 죽으려고 그런다, 왜.

경비원　　'너는 내 운명'이 어르신 운명이구만.

영보　　　날 더운데 쓸데없는 말 작작 하고 얼른 해치워.

경비원　　이거 안 되겠는데.

영보　　　사람 불러야 돼?

경비원　　누가 럭키금성을 고쳐? 부품도 없어요.

영보　　　그러면 어떡해?

경비원　　새로 하나 사.

영보　　　사라고?

경비원　　작은 건 얼마 안 할길.

영보　　　아주 맛이 갔다는 거야?

경비원　　이 정도 썼으면 한참 전에 본전 뽑았어.

영보　　　저번에도 한 번 고장 났었는데 다시 덜덜거리
　　　　　　　면서 돌아왔어.

경비원　　어르신, 가전제품에도 수명이 있어. 이건 고장
　　　　　　　이 아니라 그냥 멈춰버린 거야.

영보　　　코드 뽑았다 다시 켜보지 그래?

경비원　　안 해봤을까 봐요.

배종옥, 부득이한

영보	아니, 몇 번 그랬다니까.
경비원	뭘!
영보	다시 켜졌다니까. 몇 번씩이나!
경비원	결국 이러려고 그런 거네.
영보	아무짝에도 도움이 안 돼!
경비원	당장 하나 사야겠네. 냉장고 없이 어떻게 살려고. 날 더운데.
영보	이것도 하나 못 하는 주제에 경비는 무슨 경비야.
경비원	나 참. 또 이러신다.
영보	못 하면 못 한다고 해. 가.
경비원	어르신 매번 이럴 때마다 내가 아주 뒤통수가 빳빳해. 어? 자꾸 이러면 나 어르신 무서워서 다신 못 와. 원래 이런 거 경비 일 아니야, 형광등이다 뭐다. 가만 보면 알면서 모른 척해, 꼭.

경비원, 나간다.
영보, 신경질적으로 냉장고 코드를 뽑았다 끼워 보고, 냉장고를 텅텅 쳐보고, 콘센트 이음새에 전기 테이프를 붙여 보지만 냉장고는 작동하지 않는다.
냉장고 고치기를 포기하고는 쪼그려 앉는다.
바닥의 무늬를 관찰하는 것만 같다.
텔레비전 소리만 들린다.
텔레비전을 끈다.
부채를 만든다.

김연재

신문이나 전단지에서 오린 연예인 사진을 마분지 양면에 붙인 뒤 색깔이 있는 전기 테이프로 모서리를 바르는 것이다.

마분지 사이에는 뜯지 않은 나무젓가락 두 개를 끼워 넣는다.

이렇게 만든 부채가 화병 몇 개에 한가득 꽂혀 있다.

빛이 변한다.

텔레비전을 켠다. 채널을 마구 돌린다.

영보 제기, 그놈의 추석이 뭐라고 연속극 할 시간에 영화를 해.

베란다 밖에서 누군가 창문을 두드린다.

영보, 블라인드 뒤에 숨어 베란다를 내다보다가 문을 연다.

밖에 모여 있던 아이들, "으악! 진짜 할머니 귀신이디!"

제대로 도망가지 못하는 꼬마.

영보, 욕을 중얼거리며 문을 닫고 소파에 앉는다.

다시 누군가 베란다 문을 두드린다.

영보 너희 부모가 그렇게 놀라고 하던!

혼자 서 있는 꼬마.

배종옥, 부득이한

영보	썩 안 가고 뭐 하냐.
꼬마	그게 아니라….
영보	작작 해, 작작.
꼬마	죄송해요.
영보	어쩌라는 거냐.
꼬마	그냥… 죄송하다고요.
영보	뭐가.
꼬마	근데 할머니… 진짜 귀신이에요? 이렇게 눈에 보이는데요?
영보	떽!
꼬마	아악!
영보	썩 가.
꼬마	할머니 한 번만 만져봐도 돼요?
영보	안 된다. 으어어ㅡ.
꼬마	할머니, 귀신 아니네요.
영보	네 눈에 귀신으로 보이면 귀신인 거다.
꼬마	눈에 안 보여야 귀신인데.
영보	눈에 보이는 귀신들도 있어.
꼬마	몇 마리나요?
영보	글쎄다. 네 앞에 있잖냐.

사이

영보	너 오늘 우리 집에서 하룻밤 자고 갈래?
꼬마	네?
영보	비밀로 하구 하루만 자고 가라.

김연재

꼬마	엄마, 아빠한테 비밀로 하구요?
영보	응.
꼬마	나 없으면 엄마, 아빠가 싸울지도 모르는데.
영보	네 부모는 자주 싸우냐?
꼬마	집에 가면 엄마, 아빠가 싸우기만 하는데. 엄마가 일 안 하고 사람들이랑 싸워서 그러는 건데. 여기 보면, 여기도 아빠가 집어던진 트로피에 맞아서 멍이 든 건데.
영보	너희 집에 트로피도 있냐? 누가 상을 받았냐?
꼬마	우리 아빠요! 아빠가 젊었을 때 테니스 대회에서 상 받은 건데.
영보	선수였구나.
꼬마	네. 우리 아빠가 세상에서 제일 힘세요.
영보	좋겠구나.
꼬마	지금은 잠시 쉬는 중이지만 이게 다 재기할 기회를 엿보고 있는 거랬어요.
영보	이름 들으면 아는 선수냐?
꼬마	우리 아빠 이름은 비밀이에요.
영보	왜?
꼬마	엄마가 어디 가서 아빠 이름 말하지 말랬어요.
영보	뭐 잘못이라도 했냐?
꼬마	모르겠는데.
영보	'너는 내 운명' 보냐?
꼬마	오늘 잃어버린 딸 찾는 날이랬는데.
영보	어. 그런데 그거다. 그거 뭐냐, 꺼지는 거.
꼬마	불이요?

배종옥, 부득이한

영보	아니, 하기로 했는데 안 하는 거.
꼬마	거짓말이요?
영보	아니, 이렇게 깜빡, 하고 지나가는 거 말이야. 그 뭐지. 두 글잔데….
꼬마	치매!
영보	뭐?

사이

꼬마	그럼 뭔데요.
영보	연속극 말이다!
꼬마	모르겠는데요.
영보	뭔… 방인데.
꼬마	방구!
영보	아니. 앞에 뭐가 있어. 무슨 방… 아, 결방! 그래, 결방.
꼬마	결방이 뭔데요?
영보	하기로 해놓고 안 하는 거, 연속극 틀어주기로 해놓고서 지들 맘대로 끊어버리는 거, 그게 어디 연속극이냐? 연속극은 연속적으로다가 해야지.
꼬마	그럼 그 딸 찾았는지 못 찾았는지 언제 알 수 있어요?
영보	글쎄다. 추석 다 쇠고서나….

꼬마, 영보의 집으로 들어간다.

김연재

베란다 밖에서 누군가 창문을 두드린다.
영보, 경계하며 베란다를 내다보다가 문을 연다.
밖에 모여 있던 아이들, "으악! 진짜 할머니 귀신
이다!"

영보   너희 부모가 이러고 놀라고 하던!

영보, 문을 닫고 들어간다.
다시 누군가 베란다 문을 두드린다.

영보   가라고 했지!
배종옥   어머, 깜짝이야.
영보   세상에.

배종옥, 혼자 서 있다.
편안한 차림에도 다크 서클마저 배우 같다!
지적이면서도 언제든 천박해질 수 있을 것만 같
은 서늘한 미소.
맵고 투명한 양파 같은 목소리!

꼬마   애들한테 나 여기에 있다고 하면 안 돼요.
배종옥   담배 냄새 들어갔죠. 죄송해요.

사이

배종옥   아무도 없는 줄 알고 그냥 피워버렸네.

        배종옥, 부득이한

사이

배종옥 (목소리를 높여 천천히) 불이 꺼져 있어서 빈집 인 줄 알았거든요. 날이 더워도 추석은 추석인 가 봐요. 달이 좋네.

사이

배종옥 언니, 어디 편찮으세요?
영보 언니…?
배종옥 괜찮아요?

배종옥, 영보의 안색을 살핀다.

꼬마 애들 갔어요?

꼬마, 영보의 뒤에 숨어 배종옥을 본다.
사이

영보 그야… 쓸데없이 불 켜놨다가 전기세 덤터기 쓰기 십상이니까 그러지요.
배종옥 맞아요. 요샌 누진세다 뭐다 해가지고.
영보 오늘 아주 살맛 났겠어요.
배종옥 예? 아닌데. 왜요?
영보 쉬는 날이니까!
배종옥 쉬긴요. 여기 무슨 유괴 사건이 있었다면서요?

김연재

그것 때문에 촬영 중단돼서 잠깐 도망온 거예
요. 아, 무서워라.

사이

영보 추석 특선영화 덕분에 연속극 안 찍어도 돼서
아주 좋겠어요!

배종옥 그럼요. 좋아 죽겠어요. 서울이 텅 비니까 속
이 다 시원해.

영보 나처럼 기다리는 사람들은 생각할 줄도 모르
고.

배종옥 언니 엄청 순수하시구나!

영보 예?

배종옥 드라마는 미리 찍어놓는 거예요.

영보 예?

배종옥 모르셨구나? 날짜에 맞춰서 텔레비전에 내보
내기만 하는 거예요.

영보 저기 그러면… 다 알겠네요.

배종옥 예? 뭘요?

영보 친딸, 찾아요? 누가 숨긴 거예요?

배종옥 언니 열혈 애청자이시구나?

영보 아니다, 아니야. 그냥 말씀 마셔요.

배종옥 왜요, 안 궁금해요?

영보 그러면 재미가 없잖아요. 그거 몰라야 끝까지
가지.

배종옥 고마워요.

배종옥, 부득이한

영보	예? 나한테요?

사이

영보	뭐가요?
배종옥	우리 드라마 사랑해주셔서요.
영보	사랑이라니요. 그냥 적적해서 보는 거지요. 아이고. 사랑이라니, 사랑. 나 참.
배종옥	여기 좋으네요. 서울에 이런 데가 있는지 몰랐어요.
영보	못사는 사람들 모여 사는 데지, 뭘.
배종옥	아녜요. 진짜 좋아요. 정취가 있어요.
영보	정취는 무슨. 으리으리한 데 살잖아요.
배종옥	언니, 드라마랑 현실이 얼마나 다른데요. 우리 집, 평범해요. 그거야 다 드라마 세트장이지.
영보	부자지요?
배종옥	저 부자 아녜요.
영보	탤런트들은 돈 많이 벌지 않아요.
배종옥	많이 벌면 뭐 해요. 많이 쓰는데.
영보	젊고 건강한데 돈을 많이 쓸 데가 있나. 세탁기가 고장 난 것도 아니고.
배종옥	자식들이 그렇게 뜯어갑디다.
영보	자식이 있어요? 저번에 어디 프로에서는 결혼 안 했다고….
배종옥	참, 방송에선 나 결혼 안 한 줄 알지. 어머 나 실수했다. 언니가 너무 편해서 실수해버렸어.

김연재

영보	남편은 뭐 하는 분이셔요?
배종옥	남편은 없어요.
영보	세상에.
배종옥	그게 그렇게 놀라워요? 남편이 꼭 필요한가?
영보	그래도 그건….

사이

영보	능력 있으면 혼자 살지 뭐. 시끄럽게 복닥복닥 살아야 되나.
배종옥	내 말이 그 말이에요. 남자들, 남편 없다고 하면 무시하거든요.
영보	몹쓸 새끼들.
배종옥	연예인들 겉만 화려해요. 촬영 마치고 돌아가서 어두운 집에 불 켤 때 얼마나 쓸쓸한데. 특히 겨울에 새벽 촬영 끝나고 방바닥 냉골일 때.
영보	세상에. 내가 있어 주고 싶네, 그냥.
배종옥	진짜 그러면 좋겠네요. 꼬마가 참 귀엽네. 손주인가 봐요.

사이

배종옥	시간이 이렇게 됐네. 매니저가 찾겠어요. 아무튼, 반가웠습니다.
영보	예….

배종옥, 부득이한

꼬마, 멀어지는 배종옥을 바라본다.

영보   얘, 들어와.

영보, 베란다 문을 닫는다.
다시 문을 열고 나가 배종옥을 본다.
배종옥, 영보를 돌아본다.
영보의 손에 야쿠르트가 하나 들려 있다.

영보   저기.
배종옥 아, 저.
영보   내일 또,
배종옥 저 내일 또,
영보   안 올래요?
배종옥 와도 되죠?
영보   에! 당연하지요!

영보, 야쿠르트를 뒤에 숨기고 손을 흔든다.

배종옥 그런데 혹시 엑스트라 해볼래요, 언니?
영보   예?
배종옥 엑스트라요. 공원에 앉아서 아이스크림 먹는
           할머니 역할인데. 어때요?
영보   예? 어디서 먹는데요?
배종옥 요 앞에서 찍어요. 유괴범이 빨리 잡혀야 찍는
           데. 경찰들이 깔려가지고 지금은 못 찍구.

김연재

영보	그럼 테레비에 나오는 거예요?
배종옥	네.
영보	온 대한민국 사람이 다 보지 않아요?
배종옥	원래 엑스트라는 연기학원 같은 데에서 단체로 오거든요. 할머니 역할은 걔네가 할 수가 없으니까 감독이 고민하더라고요. (영보의 표정을 살피더니) 에이, 안 해도 돼요. 그냥 물어본 거예요. 진짜. 괜찮아요. 방금 한 말 취소. 나와봤자 괜히 얼굴만 팔려.

사이

영보	있지요, 앞모습이 나오면 안 되겠어요?
배종옥	그래도 괜찮으시겠어요?

사이
영보, 고개를 끄덕인다.

배종옥	그러면 더할 나위 없죠!

사이

영보	기다릴게요!

배종옥, 멀어진다.
영보, 베란다 문을 닫지 않는다.

배종옥, 부득이한

영보   (배종옥을 따라 하며) 더할 나위 없죠!

        사이

영보   너는 인사도 않고 어른을 그리 빤히 보기만 하면 어떡하누.

꼬마   쓸쓸해 보였어요.

영보   원래 탤런트들은 한구석은 쓸쓸하기 마련이야.

꼬마   왜 쓸쓸한지 알고 싶었어요.

영보   빤히 보면 알 수 있냐?

꼬마   우리 엄마가 외할머니한테 전화할 때 목소리랑 비슷했어요.

영보   무슨 목소리?

꼬마   그건⋯ 내가 엄마한테 말할 때 목소리랑도 비슷해요.

영보   엄마에게는 다른 목소리로 말을 전하누?

꼬마   엄마는 나를 놀리는 친구들이 내 가장 친한 친구들인 줄로 알거든요.

        사이

꼬마   할머니, 우리는 왜 잘 보이지 않는 사람들일까요?

        학생과 경비원, 들어온다.

영보, 꼬마를 우악스럽게 집 안에 밀어 넣는다.

영보   (꼬마에게) 조용히 있어라.

경비원   나이 많아 보이던데. 왜 자꾸 이 앞에 찾아오는
              거야?

학생   자꾸만 집 앞에 찾아와요.

경비원   괜찮은 거야?

학생   신경 쓰지 마세요.

경비원   누구야? 걱정돼서 묻는 거야.

학생   이번에 같이 작업하는 연출인데요. 아, 몰라요.

경비원   왜? 괴롭혀?

학생   내가 연극계에 아는 사람이 누가 누가 있는데
              작가님이 하는 부탁이라면 다 들어줄게요. 작
              가님, 연희문학창작촌 들어가고 싶어요? 내가
              들어가게 해줄게요. 작가님, 작가님은 왜 이렇
              게 예뻐요? 나 작가님 진짜 좋아해. 아침에 일
              어날 때 작가님 생각하고 잠들 때 작가님 생각
              나요. 나 어떡해요? 이러는데요. 서 싫다고 말
              못 하겠어요. 내가 다 망칠까 봐. 더러운 새끼.
              씨발새끼.

영보   깜짝이야.

학생   어머, 할머니.

영보   둘이서만 북적북적 뭐가 그리 신났어?

학생   안녕하세요. 웬일로 베란다를 다 열어두셨어요.

영보   달이 예쁘잖아.

학생   (놀라서) 예?

               배종옥, 부득이한

영보	이렇게 더워도 추석은 추석이라구.
경비원	(멋쩍어서) 순찰 돌다가 학생 만났네. 어떤 남자랑 얘기하고 있기에 가서 봤는데 영 아닌 거야. 술 냄새도 나고.
학생	이때다 하고 왔어요.
경비원	미친 새끼가 술 한 잔 더하러 가자고 하더만.
학생	작업이랍시고요.
경비원	이 시간에?
학생	불편하다고 한 번 말했다가, 그럼 내가 작가님 어떻게 대해 드릴까요? 말을 하세요, 라면서 비아냥대더라고요. 어디 가서 확 다 말하고 싶다가도요, 그 이후를 감당할 자신이 없어요. 저는… 미투 못 했어요.
영보	그런 건 아주 테레비에 내보내야 돼. 내가 테레비 나오는 사람 중에 아는 사람 있어. 소개시켜 줘?
학생	아… 그러시구나….
영보	(신이 나서) 야쿠르트 하나 줄까?

영보, 야쿠르트 세 개에 빨대를 꽂아 가져온다. 영보, 경비원, 학생, 빨대 꽂은 야쿠르트를 마신다.

학생	할머니, 새에 대해서 잘 아세요?
영보	새?
경비원	또 그 소리.

김연재

학생	할머니, 할아버지들은 그런 거 잘 알잖아요?
경비원	할아버지….
학생	새 이름, 나무 이름, 구름 이름, 이런 거.
영보	남들 아는 만큼은 알지.
학생	할머니, (휴대폰을 보여주며) 이 새 이름 알아요?
영보	글쎄. 파랑새 아냐?
학생	아녜요. 바다직박구리라고 하는 친구예요.
영보	네 친구야?
학생	아 진짜. 제가 이 사진을요, 지난여름에 포항 바다에 공연팀 엠티 갔을 때 신기해서 찍었거든요.
영보	동해 번쩍 서해 번쩍이네.
학생	거기는 남해예요.
영보	누가 몰라?
학생	바다직박구리는요, 가슴팍, 이마, 머리꼭대기, 등, 날개는 잿빛이 도는 파란색인데요. 가슴 아랫부분은 직길색이에요. 이건 바깥꼬리깃이라고 한대요. 이 친구가요, 주로 바닷가 항구, 바위 절벽, 무인도 같은 데에서 발견된대요. 쉽게 보기도 어려워요. 저도 파랑새인 줄 알고 찍었거든요.
경비원	글쎄 이 조그만 새가 대만까지 날아갔대.
학생	얼마 전에 기사가 난 걸 봤는데요, 흑산도 철새연구소에서 연구원들이 철새들의 다리에 가락지를 부착한대요. 10년 동안 철새 5만 마

배종옥, 부득이한

리에 가락지를 부착했는데요, 지금까지 외국에서 발견된 개체가 딱 세 마리뿐이에요. 일본에서 발견된 검은지빠귀, 뉴질랜드에서 발견된 붉은어깨도요, 그리고 이번에 바나식박구리요! 대만서 발견이 됐대요. 33일에 걸쳐서 1,100km를 비행했대요. 시퍼런 바다를 가로질러서요. 기사 사진 보고 깜짝 놀랐어요. 너무 신기하지 않아요? 그 세 마리 중 한 마리가 분명 이 친구란 거죠. 이 친구가 멀리 떠나려고 흑산도에 들르기 전에 제가 포항에서 만난 거예요.

경비원   내 짧은 소견으로는 말이지, 그건 말도 안 돼. 세상에 그 바다 뭐시기가 딱 한 마리 있는 것도 아니고.

학생   아녜요. 확실해요. 제가 알아요.

영보   그걸 어찌 아누?

학생   보면 알아요. 제가 얼굴을 기억해요.

경비원   새들이 얼굴이 어딨어.

학생   그냥 알아요. 이 애가 그 애인 걸 알아요. 이건 저스트 필링.

영보   글쎄. 오래도 날았네.

학생   할머니는 딱 보면 알 줄 알았는데. 시골 사는 할머니들은 잘 알잖아요.

영보   나 시골 안 살잖어. 보면 몰라?

학생   할머니들은 다 시골에 한번쯤 살다 오는 거 아녜요?

김연재

영보	나 서울 토박이야.
학생	몰랐네요.
영보	우리 엄마가 전쟁 때 아버지 오는 거 기다려야 된다고 피난을 안 갔거든.
경비원	그런 노인네들 많아.
영보	딱 세 마리만 발견됐으면 나머지들은 다 어떻게 된 거야?
학생	발견을 못 한 거죠. 저들 알아서 잘 살겠죠. 바다 건너가다 죽은 친구들도 있겠죠. 저, 이 새들 이야기를 쓸 거예요. 바다직박구리를 기다리며!
영보	아니, 새 말구. 그거 가락지인가 뭔가 붙인다는 사람들 말야.
학생	연구원들이요? 기다리겠죠.
영보	얼마나?
학생	글쎄요.
영보	새들 이야기 말고, 새한테 그거 붙여주고 한참 기다리는 사람들 이야기를 써. 주인공으로는 그, 배종옥 어때?
경비원	어르신, 요즘 젊은 사람들은 그렇게 궁시렁궁시렁 조언하는 거 싫어해.
영보	연극한다고 했지?
학생	꼭 그것만 하는 건 아녜요. 저 돈도 벌어요.
영보	혹시 그 뭐더라. 엑스트라. 엑스트라 잘하는 법 알아?
학생	엑스트라 잘하는 법이요?

배종옥, 부득이한

영보	응. 벤치에 혼자 앉아서 아이스크림 먹는 할머니 역할이야.
학생	왜요? 어디 엑스트라 알바하시게요?
영보	그게, 글쎄.

사이

영보	나중에 테레비로 보라고.
학생	엑스트라 잘하는 법이라는 게 있나.
영보	좀 알려줘 봐.
학생	가만히 있으면 되는 거 아닐까요. 어쨌든 배경이잖아요. 주인공이 카메라에 잡힐 때 크게 방해 안 되도록, 지나가는 행인3처럼 있으면 되지 않을까요?
영보	가만히 있는 게 여간 어려워?
학생	저는 희곡을 쓰는 거지 연기를 하는 건 아니라서 잘 몰라요.
영보	달라?
학생	배우랑 작가랑요? 다르죠. 배우는 선생님 뻘인데도 오빠 소리 듣고 싶어 하고요, 작가는 오빠 뻘인데도 선생님 소리 듣고 싶어 해요.
영보	연극하면 탤런트들 많이 알지, 그치?
학생	요샌 핸드폰만 봐도 연예인은 많이 알아요.
영보	배종옥이 좋아해, 혹시?
경비원	배종… 누구?
영보	배종옥이.

학생	배종옥요?
영보	어디 프로에서 보니까 연극도 한다데.
학생	연극하는 사람 중에 배정옥요?
영보	배종옥! 아니, 연극한다면서 배종옥이를 몰라?
경비원	배종옥이 누군데?
영보	자네도 배종옥이 몰라?
경비원	처음 들어보는데.
영보	'너는 내 운명'에서 꽃님이 엄마로 나오는 여자 있잖아.
경비원	그 늙지도 젊지도 않은 여자?
영보	어.
학생	그건 김현숙이죠.
경비원	응. 김현숙이잖아.
영보	무슨 소리야. 배종옥이지.
경비원	누구 친구랑 헷갈린 거 아니야?
학생	배정옥?
영보	배정옥 아니고 배종옥이라니까, 배, 종, 옥!
학생	유명한 사람이에요?
영보	그럼. 대한민국 탤런트들 중에서 손에 꼽히는 사람이지. 그 사람이 여기 왔댔어, 좀 전에. 나 엑스트라 시켜준다고 했다니까!
경비원	글쎄 그게 누군데.
영보	나랑 한참 이야기하다가 갔다니까. '너는 내 운명' 사랑해줘서 감사하다고 그러더라니까. 나한테 언니, 언니, 이래!
경비원	이 양반이 왜 이러셔. 오늘따라 이상해.

배종옥, 부득이한

영보	나는 한번에 알아봤어. 테레비에 나오는 거랑 똑같더만. 아주 수수한데. 검소하고.
학생	그러셨어요.
영보	텔레비전 속에서는 화려하게 보여도 사실은 마음이 쓸쓸하대. 특히 혼자 집에 들어갈 때 말이야. 집에 아무도 없으니까. 왜냐면… 결혼을 안 했거든!

사이

영보	자식도… 없다잖어?
경비원	몇 살인데요?
영보	배종옥이가 한 쉰댓 먹었지. 나 참 우스워 죽겠네. 그것밖에 안 먹은 여자가 날더러 언니, 언니 이러는 거 있지. 깍듯하긴 또 얼마나 깍듯한지!
경비원	어르신 성질 고약한 거 알아챘나 보네, 그새.
영보	탤런트들은 감이 좋잖아. 그 유명한 탤런트가 날 보고 딱 굽힌 거지. (속삭이며) 내일 나 엑스트라 시켜준다고 데리러 온대.
경비원	내일? 언제?
영보	글쎄 그거야 모르지. 탤런트들은 워낙 바쁘잖아. 요 앞에서 촬영한다데.
경비원	촬영요? 못 봤는데.
학생	촬영은커녕 경찰만 쫙 깔렸어요. 저 이 동네 못 살겠어요. 이사 가서 팔자 펼 거예요.
경비원	여기 이사 안 가고 싶은 사람 있어? 가야지, 가

김연재

야지, 하다가 평생 산 거야.

영보 누가 여기서 연속극 찍습니다! 하고 떠벌리면
서 오나. 괜히 떠벌리면 사람들이 배종옥이 보
겠다고 북적북적하기나 하지. 나 참. 내 살다살
다 배종옥이한테 언니 소리도 다 들어보네. 내
일 순찰 좀 늦게 나가라고. 배종옥이 오면 보여
줄 테니까. 괜히 사인 받는다고 설치지 말고 점
잖게 굴어.

영보, 들어간다.
달이 밝다.

학생 저렇게 말 많이 하시는 거 처음 봐요.

경비원 나도 그래.

학생 문 열고 나오신 것도 한 이주일 만에 보는 것
같아요. 다른 사람이랑 말하는 것도요.

경비원 노인네 평생 혼자 살아서 미쳐버렸나?

학생 자식이 없으세요?

경비원 없지.

학생 그렇구나.

경비원 그래도 이 동네 애들은 죄다 저 집에 갔어. 식
모를 오래 살아서 할 줄 아는 게 애 보는 거밖
에 없으니까. 동네 엄마들한테 푼돈 받아가면
서. 애들을 좋아했거든.

학생 안 어울린다.

경비원 그러다 자식 키워본 적 없다는 걸 동네 엄마들

배종옥, 부득이한

이 알아버린 거야. 그 뒤로는 애들을 다신 안 보내. 자식도 안 낳아본 여자가 무슨 남의 애를 키우느냐고, 영 꺼림칙하다고.

학생　　그렇구나.

경비원　젊어서 애를 잃은 것 같기도 하고.

학생　　아….

경비원　그때부터 쭉 혼자지.

사이

학생　　혼자가 편한 사람도 있어요.

사이

학생　　참, 아저씨, 이것 좀 드실래요?

경비원　뭐야?

학생　　이거 샌드위치 하나랑 삼각김밥 두 개. 드세요.

경비원　혼자 살면서 이런 거 먹고 다니면 몸에 안 좋아!

학생　　그러면 저 대신 다 드시면 되겠네.

경비원　이 많은 걸 어디서 강도질이라도 한 거야?

학생　　예. 제가 편의점 유통기한 강도거든요.

경비원　알바하는구만.

학생, 들어간다.
경비원, 학생의 뒷모습을 바라보다가 들어간다.
캄캄하고 꿉꿉하고 고요한 아파트.

　　　　　　김연재

고양이들이 운다.

멀리서 들려오는, 누군가의 예사로운 고함. "씨
발—!"

한밤중에 노랗게 여문 욕이 울려 퍼져도 이상
하지 않을 곳이다.

영보의 베란다에 의자 하나가 덩그러니 남아
있다.

옆집 여자, 살금살금 나와 커다란 달력 종이 하
나를 붙이고 들어간다.

2.

새벽, 새소리 들린다.

경비원, 비질을 하고 있다.

옆집 여자, 조심스럽게 커다란 달력 종이 하나
를 붙이고 들어가다가 경비원을 만난다.

옆집 여자 깜짝이야.

경비원 파업 끝났잖아요. 파업하는 동안에만 신문배달
한다고 하지 않았어요?

옆집 여자 이왕 시작한 김에 쭉 해보려고요.

경비원 오랜만에 학교 나가서 힘드시겠네.

옆집 여자 또 얼마 안 있으면 방학인데요, 뭘.

경비원 학교선 뭐래요.

옆집 여자 뭐라긴 뭐래요. 맨날 보던 선생들 애들 얼굴 보

배종옥, 부득이한

기 그냥 죄스럽지. 나도 그런 생각 들어요. 누구 말마따나 우리 같은 밥하는 아줌마들을 왜 정규직으로 바꿔주겠어요. 내가 높은 사람이어도.

경비원   참. 주민회의한 거 안 줘요?

옆집 여자   이따 우리끼리 붙이기로 했어요.

사이

옆집 여자   아저씨 신경 안 쓰셔도 돼요.

경비원   원래 내가 써붙였잖아요.

옆집 여자   사람들이 그렇게 하자네요. 죄송해요.

사이

옆집 여자   이거 지금 쓰시는 거예요? 주세요, 제가 할게요.

경비원   놔요. 아주머니가 왜 내 일을 해요. 출근하는 마당에.

옆집 여자   제가 마음이 불편해서 그래요. 어차피 이제 돌아가면서 쭉 할 일인데.

경비원   예?

옆집 여자, 경비원에게서 빗자루를 빼앗아 앞마당을 쓴다.

            김연재

옆집 여자   (빗자루를 건네며) 늦겠다. 남들은 오토바이 타
고 다니는데 자전거로 따라 하려니, 원. 한 시간
은 일찍 나가야 돼요. 새벽에 출근하는 사람들은
집 앞에 신문 없으면 지부에 전화해서 화내요.
저번에는 한겨레 보는 사람 집에 조선 꽂았다가
욕을 한 바가지로 먹었어. 내가 그런 사람으로
보이느냐고.

경비원   잠깐만요!

옆집 여자   예?

경비원   배종옥이 알아요?

옆집 여자   누구요?

경비원   배종옥이요. '너는 내 운명'에 나온다는데.

옆집 여자   '너는 내 운명' 매일 보는데 그런 사람 안 나와요.

경비원   연속극 이름으로도 없어요?

옆집 여자   그런 사람 안 나오는데? 왜요?

경비원   그런 탤런트가 있다고 하도 그래서. 아주머니는
탤런트 다 꿰고 있으니까.

옆집 여자   김현숙이는 알아요. 배종옥은 처음 듣는데.

옆집 여자, 자전거를 타고 나간다.
경비원, 다시 비질을 시작한다.
옆집 여자, 다시 들어온다.

옆집 여자   우리 애 일어나면 밥상 차려놨으니까 학교 가기
전에 밥 꼭 먹으라고 좀 전해주세요.

경비원   예?

배종옥, 부득이한

옆집 여자	걔가 아침을 잘 안 먹어요.
경비원	어제는 경비실 안 왔는데.
옆집 여자	예?
경비원	어제 안 왔어요.
옆집 여자	어머. 세상에. 이게 무슨 일이야. 세상에. 어머.
경비원	아주머니, 진정해요. 어디 있겠죠.
옆집 여자	여기서 미국 대사 딸 유괴됐잖아요. 아악!
경비원	이봐요, 아주머니. 정신 차려요. 내가 경찰에 전화할게요.
옆집 여자	아저씨, 어떡하죠. 아저씨, 이게 무슨 일이에요. 나는 당연히 걔가 아저씨랑 있는 줄 알았어요. 종종 경비실에서 자고 오곤 했으니까. 사실 너무 피곤해서 찾을 생각도 못 했어.

옆집 여자, 주저앉아 소리친다.

옆집 여자	나 다리 후들거려. 어머, 나 어떡해. 엄마, 나 어떡해.
경비원	어디서 흙장난 같은 거 하고 있을 거예요. 친구네 집에 가 있거나.
옆집 여자	걔가 친구가 어딨어요. 아저씨, 우리 애 친구 없어요.
경비원	아주머니가 멀쩡해야 애도 찾지. 나는 이 주변 찾아볼 테니까 아주머니는 학교 운동장에 좀 다녀와 봐요.

김연재

옆집 여자, 비틀대며 나간다.

경비원   다칠라! 자전거 두고 가요.

매미가 울기 시작한다.
영보, 베란다에 불쑥 나타난다. 어색하게 차려
입은 모습이다.

영보   이봐!

경비원   예?

영보   (야쿠르트를 한 봉지 건네며) 거기 냉장고에 이
것 좀 넣어줘. 시원하게.

경비원   무슨 일 있어요?

영보   친구.

경비원   예?

영보   친구가 다니러 온다잖아?

경비원   (놀라서) 예?

영보   생각나는 친구가 하나 있었는데 어젯밤에 전
화를 걸어봤지 뭐야. 번호가 안 바뀌었데. 아
니, 가까이 살고 있더라고! 내가 배종옥이 촬영
끝나기 전에 얼른 만나자고 했어. 탤런트 보여
준다고.

경비원   차려입으셨네.

영보   차려입긴. 그냥 사람 꼴 한 거지.

경비원   어르신 친구도 있수?

영보   떽!

경비원	왜요.
영보	자네, 나 이 꼴로 산다고 무시했구만? 나 공장 다닐 때 친구 네 명이서 어울렸는데 죽고 못 살았어.
경비원	정말?
영보	그럼. 그때 그 친구가 온다잖아? 아들이 어디 사장이래. 내 친구들 다 잘됐어. 나 꼴이 좀 괜찮아 보여?

어색해 보인다.

경비원	아주 좋은데!
영보	그럼 됐어.

사이

경비원	어르신.
영보	왜.
경비원	어르신 옆집 꼬마 못 봤어?
영보	어? 누구?
경비원	그 조그만 애 말야. 어르신 옆집 사는. 애들이 맨날 놀리는 애.
영보	내가 집 밖에도 안 나가는데 그걸 어찌 아누!

영보, 들어간다.
다시 나온다.

김연재

영보	있지.
경비원	봤어?
영보	냉장고가 작은 거 한 대에 얼마 하지?
경비원	삼십 안 할걸.
영보	그렇게 비싸?
경비원	옆집 아주머니한테 물어봐요.
영보	잘 알아?
경비원	방문판매도 하던데. 정수기랑 냉장고 같은 거.
영보	지금 집에 있어?
경비원	애 찾는다고 난리 났어. 큰일 났어, 어르신.
영보	어?
경비원	정말 몰라? 이거 납치야, 납치. 유괴라구. 큰일 나.
영보	모르지, 나는.

영보, 들어간다.

야쿠르트 판매원, 들어온다.

남은 야쿠르트가 하나도 없다.

문을 두드린다. 또다시 비밀처럼.

영보, 쾌활하게 안쪽에서 회답한다.

야쿠르트 판매원, 밖으로 나서다 옆집 여자가

붙여 놓은 공고문을 본다.

매미 소리 다시 들려온다.

경비원	자, 냉커피!
판매원	저거 보셨어요?

배종옥, 부득이한

경비원   예? 뭐요?

판매원   입주자 회의 공고문요.

경비원   오늘 붙일 거라고 하던데.

판매원   그러시구나… 저 이만 가볼게요.

경비원   벌써요?

사이

판매원   날이 덥잖아요.

판매원, 싱긋 웃는다.

경비원   냉커피는요?

판매원, 나간다.
경비원, 아파트 안으로 들어간다.
꼬마가 서서 벽의 이런저런 전단을 읽고 있다.
경비원, 꼬마를 발견하고는 달려가 철썩 때린다.

경비원   야, 이 녀석아! 너 엄마 속 썩이려고 아주 작정을
            했냐!

꼬마   그런 거 아닌데.

경비원   너네 엄마가 얼마나 놀랐는지 아니!

꼬마   그런 거 아닌데….

경비원   천만다행이다. 너 어디 있었니!

꼬마   할머니네 집이요.

김연재

경비원	뭐?
꼬마	할머니가 하루만 자고 가라고 그랬어요. 비밀로 하구요. 아저씨, 관리비 부담이 뭐예요?

경비원, 공고문을 올려다본다.
긴 사이

꼬마	아저씨?

사이

꼬마	부득이가 뭐예요?

사이

꼬마	(보채며) 아저씨!

사이

꼬마	아저씨!
경비원	피할 수 없다는 뜻이야, 부득이는.
꼬마	퇴직 권고가 뭐예요?
경비원	그만 물러나라는 말이야. (사이) 엑스트라에서.

꼬마, 끄덕인다.

배종옥, 부득이한

꼬마	아저씨, 우리 엄마 오늘부터 어디 가게—요?
경비원	학교.
꼬마	맞았어요! 오늘부터 다시 급식을 시작한댔어요. 나는 엄마가 안 쉬고 계속 급식하는 게 좋아요. 왜냐면 그래야 내 친구들이 밥도 안 굶고요. 우리 엄마 때문에 밥 못 먹는다고 나한테 욕도 안 하고요. 그러면 생일파티에도 갈 수 있어요. 아빠랑도 덜 싸울 수 있어요. 우리 엄마도요, 급식을 계속해야 돈 많이 벌 수 있어요. 우리 선생님이 그랬어요.

경비원, 뭘 해야 할지 모르겠다는 듯, 그러나 평소처럼 빗자루를 들고 쓸며 들어간다.
꼬마, 경비원을 졸졸 따라다닌다.
경비원, 전화를 건다.

경비원	예. 아주머니, 찾았어요. 여기 할머니네 집에 가 있더라고요, 자식이. 예. 그럼 그냥 바로 출근하세요. 제가 데리고 있을게.

화려하게 치장했지만 생활고가 드러나는 동창, 아파트를 둘러보며 헤매다가 영보의 집에 들어간다.

김연재

3.

동창 해 지기 전에는 가봐야 돼. 손주들 밥 줘야 되거든. 한 명은 서울대학 다니고 한 명은 초등학생. 아들이랑 며느리가 일이 바빠서 외국에 있거든.

영보 어디에 있는데?

동창 미국!

영보 미국?

동창 미국은 진짜 좋데. 몇 번 다니러 갔었거든.

영보 그러니? 왜 자식들은 안 데리고 나갔데.

동창 일이 워낙 바쁘니까. 거기서 둘이 기반을 마련해 놓으면 데리러 온대. 맨땅에 무럭대고 데려가는 것보다야 낫지. 딱 둘 있는 자식인데 막 키울 수는 없잖어?

영보 그렇지.

동창 넌 모르겠지만 자식 있는 사람은 그 마음 알거든.

영보 잘되면 좋지, 남의 자식도.

동창 돈을 너무 따박따박 부쳐와. 그게 문제지. 저들도 정신없을 텐데.

영보 그럼 좋은 거 쓰겠다, 냉장고.

동창 난 뭐가 좋은 건지도 몰라. 그저 작동만 잘되면 됐지. 김치냉장고나 하나 따로 있으면 더 낫지.

영보 김치냉장고도 따로 샀니?

배종옥, 부득이한

동창	그거 한 번 써보면 그냥 냉장고에 있던 김치 못 먹는다더라.
영보	비싸지?
동창	아들 내외가 사와서 얼마인지는 몰라.
영보	이거 과자 좀 먹어라.
동창	꼬숩네.
영보	꼬수워, 이게?
동창	꼬숩네.
영보	이게 꼬수운 맛이야?
동창	꼬숩네.
영보	과자는 과자 맛이지.
동창	그래. 과자 맛이 꼬숩지.

사이

영보	커피 줄까?
동창	좋지. 나는 블랙!
영보	너 원래 단 커피 좋아했잖어. 설탕이랑 프리마 잔뜩 들어간 거.
동창	내가?
영보	공장서 푼돈 받으면 남들은 다 저금하는데 넌 맨날 다방 갔잖어. 하긴 넌 딸린 동생들이 없었으니까 말이지.
동창	내가 언제?
영보	너 그랬어. 단 거라고 하면 사족을 못 썼다.
동창	나 단 거 싫어해, 얘.

김연재

영보   야, 누가 지나가다 들으면 웃겠다. 네가 단 걸 싫어한다고? 너 한번은 다방커피 먹어 보고는 너무 달고 맛있다고 다방에서 일하고 싶다고 했던 애다.

동창   너는 무슨 그런 말을 지어내니. 나는 좀 시큼하고 쌉싸름하고 이런 거 좋아하지.

영보   늙어서 입맛이 바뀌었구만.

동창   바뀐 게 아니라 원래 그랬다니까.

영보   순옥이랑 영자가 없어서 아쉽다. 걔네도 다 이렇게 말할 거야.

동창   순옥이랑 영자 죽은 것도 방금 나한테 들어서 안 년이, 순옥이랑 영자에 대해서 네가 더 잘 알 것 같으냐, 내가 더 잘 알 것 같으냐!

영보   너는 왜 말을 그렇게 하냐.

동창   탁 까놓고 말이야. 갑자기 왜 죽은 애들 이름은 막 꺼내고 그래. 식장엔 오지도 않았으면서.

영보   미안하다, 미안해. 내가 괜히 약이 올랐나 보다. 응? 오랜만에 만났는데. 미안해.

동창   아냐, 아냐.

긴 사이

영보   너 내가 비밀 하나 일러줄까.

동창   뭔데.

영보   '너는 내 운명' 보니?

동창   보지, 그럼. 어제 하루 특선영화 한다고 결방해

배종옥, 부득이한

가지고 속 터질 뻔했다.

영보   나도! 나도 그랬어.

동창   친딸을 찾는다는 거야, 못 찾는다는 거야.

영보   이건 진짜 비밀인데 너니까 내가 말해주는 거
            다. '너는 내 운명'에 나오는 배종옥이 있잖니?
            배종옥이가 숨겨둔 자식이 있다잖어? 그런데
            글쎄 남편은 없다잖어? 아니 어떻게 이런 일이
            있어. 탤런트 프로에서 알면 서로 대서특필을
            하려고 물어뜯을 것 같아. 실은, (속삭이며) 배
            종옥이가 어제 여기 왔댔거든. 나한테 언니, 언
            니 소리 해, 이제.

동창   배종옥? 배종옥이가 누구야?

영보   야! 배종옥이를 몰라? 대한민국 탤런트 중에서
            몇 손가락 안에 꼽히는 탤런트. 내가 어제 말했
            잖어.

동창   그랬나? 나는 공장에 배종옥이란 년이 있었나
            했지.

영보   탤런트라니까. '너는 내 운명'에서 꽃님이 엄마
            로 나오잖어.

동창   아. 김현숙이? 세상에. 김현숙이가 혼외자가
            있다고?

영보   아니, 배종옥이!

동창   배종옥이가 누구야.

영보   옛날에 케이비에스에서 '푸른 해바라기'에 나
            왔잖아.

동창   그건 허윤정이지.

김연재

영보	아니, 허윤정 말고 다른 여자 말야.
동창	그건 정애리. 허윤정이랑 둘이 나왔잖어.
영보	'젊은 날의 초상'이랑 '우리들의 천국'에도 나왔어.
동창	'젊은 날의 초상'에는… 이혜숙이랑 선우은숙이랑 옥소리 나왔는데? 너 옥소리랑 헷갈린 거 아냐? 둘 다 옥 들어가잖어.
영보	내가 옥소리를 모를까. 배종옥 있잖어, 목소리 특이한 사람!
동창	목소리가 특이해? 선우용녀?
영보	아니! 내가 선우용녀를 모를까. 배종옥이는, 그, 뭐라 해야 하나. 왜, 막 벗긴 맵고 투명한 양파 같은 목소리잖어.
동창	아무리 생각을 해도 모르겠는데.
영보	아, 맞다. 얼마 전에 '그 겨울 바람이 분다'에도 나왔어. 저기, 혜교랑 인성이랑.
동창	거기에 나온 건 이보희잖어!
영보	배종옥이지.
동창	넌 고집이 여전하다, 여전해.
영보	너 기억력 안 좋은 것도 여전하다.
동창	얘가 또 말 지어내네. 야, 나 기억력 좋아. 오전 반 시다들 이름을 내가 한나절이면 다 알았어.
영보	내가 너한테 배종옥이 보여주려고 무지하게 벼르고 있었는데 배종옥이를 모른단다. 집어치우고, 조금 있으면 배종옥이 올 거거든? 보면 알어. 어머머 얘, 내가 착각을 했다, 하지나

배종옥, 부득이한

말어라.

동창　　나 갈래.

영보　　조금만 더 있어 봐. 금방 온다니까.

동창　　긴 바늘이 8에 가면 나 딱 간다.

영보　　알았어, 알았어.

영보와 동창, 말없이 텔레비전을 본다.
경비원, 컵라면에 느리게 물을 붓는다.
책상 위에 올려놓고 한참을 기다린다.
나무젓가락을 꺼내려 비닐봉지를 연다.

영보　　이봐! 아까 맡긴 야쿠르트 좀 줘.

경비원, 냉장고에서 야쿠르트를 꺼내준다.
갑자기 고함친다.

경비원　　어르신 미쳤어! 애를! 큰일 나려고!

영보　　(야쿠르트를 건네며) 하나 먹어.

사이

경비원　　슈퍼에서 봉다리에 젓가락도 안 넣어주면, 날
　　　　　　그냥 아주 사람 취급도 안 한다는 거죠!

영보　　(영문을 모르겠다는 듯) 날이 덥잖어.

동창, 떠날 채비를 한다.

　　　　　　김연재

동창	나 진짜 늦었어. 나오지 말어라. 그냥 갈라니까.
영보	진짜 조금만 기다려 봐. 내가 너한테 배종옥이 보여주려고 얼마나 별렀는데. 나한테 언니 소리 하더라니까. 너한테도 할 거야. 사람이 얼마나 소박하고 붙임성이 좋은지!
동창	싫다니까 그러네!
영보	알았어, 알았으니까 이거 하나만 먹고 가. 이거 시원해. 너 온다고 내가 야쿠르트 아줌마한테 윌 하나 넣어달라고 했어.
동창	진짜 이것만 먹고 갈 거야.
영보	그거 다 먹고 배종옥이 오면 너랑 딱 인사하고 나는 촬영하러 가면 되겠다.
동창	촬영? 너 어떻게 됐니? 우리 같은 늙은이들은, 내가 날 잘 챙겨야 되는 거야.
영보	너 배종옥이 같은 사람은 나 같은 사람 안 찾아온다, 이거지?
동창	배종옥이가 너 찾아온다. 됐지? (사이) 꼬숩네.
영보	뭐?
동창	야쿠르트가 꼬수워.
영보	야쿠르트가 뭐가 꼬수워.
동창	야쿠르트가 꼬숩지 뭐가 꼬수워.
영보	야쿠르트가 꼬수운 맛이야?
동창	(쩝쩝대며) 꼬숩네.
영보	야쿠르트는 야쿠르트 맛이지.
동창	그래, 야쿠르트 맛이 꼬숩지.

배종옥, 부득이한

영보 뭐만 처먹으면 꼬숩네, 꼬숩네! 꼬숩지, 꼬숩지! 아유, 뭐가 그렇게 꼬수워! 아주 뭐만 처먹으면 꼬숩대. 커피도 꼬숩고 과자도 꼬숩고 야쿠르트도 꼬숩고. 처먹기만 하면! 꼬숩네, 꼬수워.

동창 너 왜 이러니?

영보 (급하게) 내가 실수했다, 얘. 미안하다. 얘, 내가 진짜 미안해.

동창 너 이러려고 오랜만에 만나자고 한 거니?

영보 아냐. 나는 너한테 배종옥이도 보여주고. 유명한 탤런트니까. 그리고 또 오랜만에 재미난 이야기도 하고.

동창 나 진짜 늦었다. 갈게.

영보 자고 가지 그러니? 배종옥이도 곧 올 텐데? 어?

혼자 남은 영보, 또다시 부채를 만들기 시작한다. 의자를 가지고 베란다에 나가 배종옥을 기다린다.
아이들, 영보의 집 베란다 앞에 서서 "으악. 할머니 귀신이다!"

영보 이 개새끼들!

아이들, 도망간다.
또 혼자 남겨진 꼬마.

영보 얘, 너 야쿠르트 먹을래?

김연재

꼬마, 끄덕인다.

영보 나는 거짓말하는 사람이 아주 싫어. 약속 안 지키는 거랑.

꼬마 우리 엄마도 그 두 개가 제일 싫댔어요.

영보 너 엄마한테 혼났냐?

꼬마 아직 엄마 안 왔어요. 우리 엄마는 오늘부터 일을 하거든요!

영보 이봐!

경비원 왜요.

영보 (나갈 채비를 하며) 오래 기다렸지? 이제 그만 순찰 돌러 나가도 돼. 배종옥이가 오늘은 바빠서 못 오는 모양이야.

경비원 어르신!

영보 깜짝이야.

경비원 왜 이래, 대체!

영보 왜 소리를 지르고 난리야. 아직 귀 안 먹었어.

경비원 제발 이러시지 말어. 다 늙어가지고 죽지도 않고 누가 데리고 살 거야?

영보 왜 이래. 나는 내가 데리고 살어.

경비원 서울 변두리 달동네에 처박혀서 몇십 년을 창문도 안 열고 사람도 안 만나고 사니까 아주 그냥 미쳐버렸어? 어? 아주 뒤지려고 작정을 했어, 늙은이가.

영보 왜 이래!

경비원 어르신, 정신 차려! 배종옥이라는 탤런트 없어.

배종옥, 부득이한

사람들이 쿵짝 맞춰주니까 좋아? 그렇다고 믿고 싶어? 그거 다 어르신 빨리 죽으라고 그러는 거야. 말해 봐, 없다고. 배종옥이 없다고. 그런 사람 모른다고.

영보　　나 엑스트라로 써준다고 했는데? 배종옥이가.

경비원　　어르신!

영보　　진짜야. 내가 필요하댔거든. 왜냐면 연속극 엑스트라들은 거의 다 연기학원에서 단체로 오는데 거기엔 젊은 애들만 다닐 거 아냐. 할머니 엑스트라는 감독이 고민한대. 나 때문에 아마 지금 촬영 못 하고 있을걸. 엑스트라가 없는데 어떻게 촬영을 해.

경비원　　날 캄캄한데 노인네 혼자 어딜 가려고 그래!

옆집 여자, 들어온다.

옆집 여자　　할머니! 할머니 미쳤어요? 이거 납치인 거 알아요, 몰라요. 네?

옆집 여자, 꼬마를 붙잡고 운다.

옆집 여자　　너 어쩌자고 엄마를 이렇게 걱정시키는 거냐. 너 여기에서 너만 한 애 하나 유괴된 거 알아, 몰라? 세상 무서운 줄도 모르고 어디 엄마한테 말도 안 하고 함부로 돌아다녀! 밤늦게, 새벽에! 너는 좀 혼나야 돼.

김연재

경비원	놔 둬요. 애들이 그럴 수도 있지.
영보	그럼.
옆집 여자	할머니! 할머니는 입이 열 개여도 할 말 없어요, 지금!
영보	(입을 오므리며) 합.
옆집 여자	할머니가 애랑 똑같은 애예요? 나 진짜 간 떨어질 뻔했네. 얘한테 무슨 짓 했어요?
영보	아무 짓도 안 했는데.
경비원	됐어요. 무사하면 됐지. 옆집 가서 잠들고 그럴 수도 있는 거예요.
옆집 여자	할머니가 애 붙잡고 집에서 자고 가라고 한 거 아니에요?
경비원	얘가 놀러 갔다가 깜빡 잠들었대요.
옆집 여자	너 정말이야?

사이

옆집 여자	저 할머니가 너한테 이상한 짓 안 했어?

꼬마, 고개를 젓는다.

옆집 여자	정말이야?
꼬마	할머니가 야쿠르트도 줬는데.

사이

배종옥, 부득이한

옆집 여자	너 그럼 할머니한테 신세진 거야. 할머니한테 죄송합니다, 고맙습니다, 해.
꼬마	죄송합니다. 고맙습니다.
옆집 여자	옳지. 엄마한테 이리 와. 너 엄마가 식탁에 밥 차려놓은 거 꼭 먹으라고 했지. 왜 이렇게 밥을 안 먹어.
꼬마	먹기 싫은데. 컵라면 사 먹고 싶은데.
옆집 여자	엄마가 너 약속 안 지키는 거 제일 싫다고 했어, 안 했어.

사이

옆집 여자	아저씨, 저, 그게. 저는 아무 힘도 없었어요. 우리 집은 월세인 거 아시잖아요. 주민회의에선 무슨 말 하기도 눈치 보여요.
경비원	이 노인네 좀 말려 봐요.
옆집 여자	왜요. 어디 가시게.
영보	무슨 구경 났어? 가서 볼일 봐.
경비원	배종옥인가 뭔가 탤런트 찾아가시겠다고.
옆집 여자	할머니, 배종옥이란 탤런트 없어요. 아침에도 아저씨가 물어보시던데.
영보	내가 봤는데 왜들 이래.
옆집 여자	잘못 보신 거예요. 이름을 착각하셨거나.
영보	탤런트들은 바쁘거든. 내가 가면 훨씬 편할걸, 괜히 기다리고만 있었잖어.
옆집 여자	할머니, 탤런트들은 다 매니저도 있고 차도 있

김연재

어서 동에 번쩍 서에 번쩍이에요. 왔으면 벌써
왔어요.

영보　　배종옥이가 내가 필요하다잖아! 내가 없으면
안 된다잖아, 촬영이! 감독도 고민할 정도로 심
각하다잖아! 나 없어서 아마 지금 아무것도 못
하고 마비상태일 거야. 그러면 배종옥이가 어
디 감독 앞에서 면이 서겠냐구!

사이

옆집 여자　　할머니, 배종옥이가 촬영할 때 다시 찾아올 거
예요. 제가 연속극 많이 봐서 아는데요, 장면을
찍을 때 시간 순서대로 쭉 찍는 게 아니고 여기
찍었다 저기 찍었다 이러거든요. 아무리 연결
되는 장면이어도, 문밖에 있는 장면들끼리 모
아 찍고 문안에 있는 장면들끼리 모아 찍고 이
런단 말예요. 그러니까 지금 배종옥이가 촬영
하고 있는 데에서 필요한 상면틀을 나 찍고 그
다음에 할머니 찾아올 거예요. 이게 연속극마
다 다르거든요. 아, 오늘 엔지가 많이 났네. 아
니, 감독 컨디션이 안 좋나? 배종옥이가 캐스
팅까지 했는데 그걸 잊으려고요. 오늘은 좀 주
무시고 기다려 보세요.

사이

　　배종옥, 부득이한

영보	그런 거야?
옆집 여자	예. 물 한잔 시원하게 드시고 좀 기다려 보세요. 일찍 주무시고요. 몸도 좀 푸시고요. 날도 더운데. 목욕도 좀 하셔야겠네.
영보	좀 그렇긴 해.
옆집 여자	그쵸?
영보	그거….
옆집 여자	뭐요?
영보	그거… 힘든 거….
옆집 여자	힘든 거?
영보	피곤….
옆집 여자	예….
영보	내일 가도… 괜찮을까?
옆집 여자	당연하죠. 한 장소에서 촬영을 오래하니까요.
영보	내일도 있겠지?
옆집 여자	내일 할머니 찾으러 올 거예요, 내일 아니면 모레라도. 배정옥이가.
영보	배정옥이 아니고 배, 종, 옥이야. 배종옥!
옆집 여자	아유, 죄송해요. 배, 종, 옥이요.

영보, 베란다 문을 닫고 들어간다.

경비원	이 시간에?
옆집 여자	옆 학교에서 연락이 왔더라고요. 우리만 먼저 급식 재개하면 어쩌냐, 이 지역 나머지 학교들은 어떻게 하라는 말이냐. 사정사정하더라고

김연재

요. 오늘은 철야예요. 어쩔 수 없잖아요.

긴 사이

옆집 여자 죄송해요.

경비원 그 입 열지 마요.

꼬마 어, 경찰 아저씨다!

경비원 아주머니가 신고했어요?

옆집 여자 (꼬마를 꽉 안으며) 우리 친정엄마가요, 애 없어지면 주변에 혼자 사는 노인네들 찾아가랬어요. 그런 할머니들이 애들을 데려간댔어!

영보, 집에서 나와 선다. 경찰이 있는 곳으로 사라진다.

4.

꼬마, 영보의 베란다 앞에 혼자 서 있다.
경비실의 라디오에서 뉴스 소리가 들린다.

뉴스 (소리) 지난 25일 루퍼스 미국 대사의 막내딸이 추석을 맞아 골목 한복 투어에 나섰다가 실종되었었죠. 대사관 근처 슈퍼마켓에서 발견되었습니다. 1박 2일 만입니다. 범인은 실종 어린이의 언니, 대사의 장녀 앨리스였습니다. 올해

배종옥, 부득이한

로 7세가 된 앨리스는 동생만 예뻐하는 부모님에게 복수를 하기 위해서 슈퍼마켓 주인 할머니에게 동생을 맡기고 "사람 그림자 취급하지 마라"라고 한국어로 서신까지 작성했다고 하는데요, 전 국민을 떨게 했던 유괴 사건이 해프닝으로 일단락 지어졌습니다. 실종되었던 안나 어린이는 슈퍼에서 과자를 많이 먹으며 지내서 즐거웠다고 하는데요, 현장 연결해 보죠.

(남자 목소리) (밝은 목소리로) We are sorry for the Korean people. Our embassy will announce the apology. Alice is a smart and good daughter. But she is just a child. We are at fault for making her feel about we only adore her younger sister. From now on, we will try to give the two daughters the same attention. We are very relieving that our youngest daughter is safe. Thank God.
(우리는 대한민국 국민들에게 미안함을 느끼고 있습니다. 대사관에서 사과문을 발표할 예정입니다. 앨리스는 똑똑하고 착한 딸입니다. 앨리스는 어릴 뿐이고, 동생만 예뻐한다고 느끼게 한 우리에게 잘못이 있습니다. 앞으로 두 딸에게 똑같은 관심을 주기 위해 노력할 것입니다. 우리는 막내딸이 무사해서 몹시 안도했습니다. 하느님께 감사합니다.)

김연재

꼬마	할머니, 죄송해요. 저희 엄마가 신고를 해서 할머니가 경찰에게 끌려갔어요. 다 저 때문이에요. 할머니, 저 사실 어제 할머니가 준 밥이랑 과자랑 야쿠르트들을 더럽다고 생각했어요. 할머니가 손도 잘 씻지 않는다고 생각했어요. 그런데 이제는 그게 중요한 게 아니라는 걸 알아요. 할머니, 어서 빨리 돌아오세요. 할머니는 잘못한 것도 없는데 왜 이렇게 오래 가 계시는 거예요? 저는 언제까지 기다려야만 해요?

꼬마, 들어간다.
사이
영보, 뒤뚱뒤뚱 들어온다.

영보	아유, 덥다. 이봐, 나 왔어.

사이

영보	어디 가누?
경비원	왜 그 시간에 어딜 갔었는지 경찰한테 말을 안 하셨어?
영보	말해 뭐 해.
경비원	경찰들이 여기까지 와서 CCTV 보고 갔어.
영보	거 참. 머리들이 나빠.
경비원	저기서 버스 타고 시내까지 나가서 보건소 들어가는 것까지, 어르신 때문에 온 동네 CCTV

배종옥, 부득이한

는 다 돌려 봤어. 알리바이가 있는데 말을 안
하는 용의자가 어디 있느냔 말이야.

영보   내가 말하기 싫다잖아! 그런데 계속 꼬치꼬치.

경비원   보건소에서 뭐래?

영보   검사만 받았지, 결과는 아직 안 나왔어. 해가
금세 짧아졌네.

아이들, 몰려온다. "동굴에 사는 할머니 귀신
이다!"
꼬마, 영보를 바라본다. 영보도 꼬마를 바라본
다.
둘은 서로를 한참 바라보다가.

꼬마   (부러 거친 소리를 내며) 귀신 봤다! 우오오오!

꼬마, 고개를 획 돌리고 친구들에게 달려간다.

꼬마   야 너네 죽는다. 같이 가!

영보, 집으로 들어간다.
경비원, 단출하게 짐을 꾸리고는 아파트를 한
번 뒤돌아보고 나간다.
학생, 자신의 뺨을 마구 비비면서 들어온다.

학생   아저씨.

김연재

사이

학생   아저씨?

사이

학생   있잖아요. 그 씨발새끼가 술 먹고 어깨에 팔을
둘렀어요. 제 볼에 지 얼굴도 갖다댔어요. 잠깐
만요. 가지 마세요. 제가 말할 사람이 없거든
요. 저 토할 것 같아요. 저 어떡하죠. 우리 집 앞
에 또 보고 싶어서 왔다면서 택시 타고 내리면
어떡하죠. 아저씨, (뺨을 마구 닦아내리며) 더
러워요. 씨발, 죽고 싶어요.

사이

학생   그런데 어디 가세요?

경비원, 나간다.
영보, 외출복 차림으로 나온다.
아주 오랜만에 외출하는 노인의 모습이다.

학생   할머니.
영보   학생이구나.
학생   어디 가세요?
영보   응. 촬영장에.

배종옥, 부득이한

학생	이 시간에요?
영보	응.
학생	꼭 지금 가야 해요?
영보	꼭 가야 해.
학생	왜요?
영보	생각을 해봤는데, 배종옥이가 나한테 오기로 해놓고 오지 않은 건, 배종옥이가 바빠서가 아니라 내가 잘못해서인 것 같거든. 왜냐하면.

사이

영보	내가 친구한테 배종옥이 비밀을 말해버렸어.
학생	비밀이 뭔데요?
영보	못 말해.
학생	중요한 거였어요?
영보	아주 중요한 거였거든. 배종옥이가 내가 너무 편해서 저도 모르게 말해버렸다고 했거든. 날 믿고 말한 거야. 내가 그걸 지켜주지 못했거든.
학생	모를 거예요.
영보	배종옥이가 모르더라도 미안하다고는 꼭 말해야 되겠어.
학생	그 아이스크림은 뭐예요?
영보	아 이거? 소품.

영보, 사뿐사뿐 걸어나간다.
소풍 가는 어린아이처럼.

김연재

학생	할머니, 잠깐만요.
영보	왜?
학생	가시면 안 돼요.
영보	촬영장이 요 앞이랬어.
학생	할머니 없으면 큰일 나요.
영보	무슨 큰일이 나.
학생	할머니 없으면 사람들이 찾을 거예요. 제가 마지막 목격자로 지목돼서 경찰서에 갈지도 몰라요.
영보	영영 가는 줄 아누?
학생	말씀은 그렇게 하셔도.

사이

학생	왠지 잡아야 할 것만 같아요. 후회할 것 같아요.
영보	촬영장엔 내가 필요해. 배종옥이한테도 그렇고.
학생	하지만….
영보	야, 날이 덥잖아.
학생	할머니, 잠깐만! 저 사실 배종옥 신배님 일아요. 할머니 말 듣고 기억났어요. 제가 음향 오퍼 할 때 본 적 있어요. 정말 대선배님이세요. 그때 상자를 떨어뜨리는 사람 역할을 하셨거든요. 그거 하나 잘 떨어뜨리려고 대사도 없는데 제일 일찍 와서 연습하셨어요. 그런 대단한 분을 왜들 몰라주나… 모르겠어요.

영보, 학생에게 미소 짓는다.

배종옥, 부득이한

학생, 영보를 잡아야 할 것 같지만 잡을 수 없다.
영보의 뒷모습을 끝까지 바라본다.
학생, 들어간다.
텅 빈 무대.
배종옥, 어제와 같은 차림으로 서성인다.

배종옥   언니, 언니!

사이

배종옥   언니, 저 왔어요. 제가 늦었죠.

사이

배종옥   언니?

사이

배종옥   내가 너무 늦었나 보다. 주무세요?

배종옥, 베란다 주변을 서성이다가 영보의 집
쪽으로 걸어 들어간다.
야쿠르트 판매원처럼 문을 두드린다.
아무 소리가 없다. 문을 두드린다.
둘만의 비밀처럼.
긴 사이

김연재

막.

배종옥, 부득이한

즐거운 편지

조만수

연극평론가, 2018 희곡우체통 우체국장

희곡은 문학의 한 장르이면서 공연이라는 또 다른 영역에 속하는 것이다. 그런데 희곡작가들은 이 두 영역이 주는 더 넓은 기회를 누리는 수혜자가 되지 못하고 이중의 영역 속에서 길을 잃는다. 공연의 기회는 좀처럼 주어지지 않으며 자비로 출판하는 것이 아니라면 희곡을 출판할 기회를 갖기란 정말 쉽지 않기 때문이다. 중견작가로 성장해서야 비로소 희곡집을 출판할 기회를 갖게 되며, 그나마 공연할 기회를 갖지 못한 작품은 작품집에 수록될 가치가 있는 것인지를 작가 자신이 확신하지 못하고 겸연쩍어한다.

관객과 독자를 찾지 못해 애태우는 희곡작가의 대화 상대를 찾기 위해 '희곡우체통'이 설치되었다. 희곡우체통은 국립극단이 희곡의 수취인이 되기 위한 제도가 아니다. 희곡우체통은 그저 희곡 작품을 제작자에게 그리고 독자에게 노출시키기 위한 공간이다. 한 달에 한 번꼴로 희곡우체통에 기고된 작품 중 한 편을 낭송함으로써 작가의 희곡에 목소리와 몸을 잠시 만들어주는 것, 그리하여 그 몸과 목소리를 누군가에게 들려주고 보여주기 위한 제도이다. 2018년 시작된 희곡우체통의 첫해에 낭송된 작품 7편이 여기 한 권의 책으로 함께 묶였다. 낭송 공연이 그 공연의 순간에 참여한 소수의 수취인을 대상으로 한 것이라면, 이 책은 더 넓은 수취인을 향한다. 그러므로 이 책은 비로소 우체통을 벗어나 수취인의 손에 닿는 편지인 것이다.

안정민의 「고독한 목욕」은 사회적 주제를 시적으로 풀어내는 작품이다. 인혁당사건으로 사형된 아버지를 회상하는 아들의 이야기이다. 폭력의 과거사를 우리는 현재의 시점에서 어떤 방식으로 껴안을 수 있을까? 이것이 이 작품이 제기하는 질문이다. 독특한 것은 고통스러운 과거를 회상하는 극 공간이 목욕탕이라는 점이다. 목욕은 일반적으로 제의적 장치이지만 이 작품은 비극적 제의성과는 다른 방식으로 고통을 치유하고자 한다. 과거사를 고발하고 그 부당함에 절규하기보다 이 작품은 고통에 감각적으로 다가가고자 한다. 고통을 만져보는 것, 목욕이라는 의식은 그 감각적 다가감을 위한 장치이다. 아버지의 상처를 내가 만지고 씻어낼 때, 그때서야 내게 새겨진 상처 또한 씻어낼 수 있는 것이기 때문이다. 그렇지만 상처, 고통의 이야기만큼이나 이 작품은 행복에로의 갈망으로 채워져 있다. 「고독한 목욕」은 애초에 다른 세상을 꿈꾸었던 그 열망이 폭력으로 일그러지기 이전에는, 행복을 향한 열망이었음을 일깨워주고 있다.

이선율(본명: 이미진)의 「나비꿈_우연히 태어나 필연히 날아가」는 몸을 파는 삶을 대물림하는 모녀의 이야기라는 점에서 조금은 낡은 소재에 접근한다는 인상을 준다. 극의 전개 방향도 충분히 예측가능하며, 결말은 또 지나치게 건강하기조차 하다. 하지만 이 모든 의구심에도 불구하고 작가는 살아 움직이는 구체적인 인물들을 우리에게 소개하고 있다. 인물들은 관념을 이야기하는 것이 아니라 삶을 이야기하고 있으며, 전형으로 흐르다가도 꿈틀거리며 살아 있음을 주장한다. 작가는 인물에게 그 인물이 할 수 있는 말들을 부여하고 있다. 이처럼 구축된 인물은 구성의 한계를 뛰어넘을 수 있을까? 인물이 표면적으로 보이지 않는 주제를 보이도록 만들어낼 수 있을까? 낭송을 통해서 우리가 확인해 보고자 했던 것은 이런 것들이었으며 낭송공연의 배우들은 그 가능성을 충분히 입증하였다.

정영욱의 「괴화나무 아래」는 작가의 작품이 늘 그래왔듯 쉽게 읽히는 작품이 아니다. 요양원에서의 살인사건과 이의 고발이라는 구체적인 극 상황을 제시하고 있음에도 불구하고, 이 작품의 인물들은 구체적인 발화를 하지 않는다. 동시에 인물의 언어는 감정을 만들어내는 데 동원되지도 않는다. 그렇다고 작가의 언어가 단지 문학적이라거나 관념적이라고 말할 수는 없다. 단어와 문장 안으로 파고들면서도 작가는 '극'의 구축을 방기하지 않는다. 더욱이 개인적 글쓰기처럼 보이면서도, 이 작품의 주제는 우리 시대의 문제와 무관하지 않다. 죄 많은 세상에서 아무도 그 죄에 대해 책임을 지지 않을 때, 그 책임을 자청하는 인물 낙세는 우리 시대가 갖지 못한, 그리하여 우리에게 지금 꼭 필요한 인물이기 때문이다. 그리고 낙세처럼 어눌한 듯, 그러나 항상 묵직한 울림이 있는 언어를 갖고 있는 작가 정영욱을 이 희곡집에서 다시 만나게 되는 것은 독자들을 위해서라도 반가운 일이다.

진실의 「노크 연습」은 그 제목이 말해주듯이 '연습'이다. 연습이란 시도이다. 「노크 연습」은 그러므로 밖으로부터 안으로 들어가는 시도이다. 안과 밖을 연결시키려는 시도, 타자와 나를 연결시키려는 시도이다. 타자와 나의 연결이 폭력적이지 않게, 조심스럽게 두드리는 시도이다. 최근 작품들의 경향 중 하나는 원룸, 고시원 혹은 연립주택 등 작은 단위로 나뉘어진 공동주택을 극 공간으로 삼는 것이다. 「노크 연습」도 한 층에 네 가구가 사는

작품 해설

4층 빌라를 극 공간으로 삼고 있다. 공동 공간 속에서 다시 나눠진 개별 공간으로 들어가려는 시도인데 그 시도는 치매에 걸린 한 할머니의 파편화된 의식 속으로 들어가려는 시도이기도 하다. 결국 우리의 사회적 삶, 그리고 허물어진 의식들의 파편을 맞추는 퍼즐놀이가 바로 이 작품「노크 연습」이다.

김미정의 「봄눈」은 제목이 주는 느낌처럼 따스함을 품은 이야기이다. 하지만 그 따스함은 혹독한 시련을 전제로 한다. 시급하게 구조를 기다리는 재난 속의 사람들, 애타는 가족들 그리고 무능한 대응 등등은 그리 오래되지 않은, 우리 모두에게 깊은 상처를 남긴 사회적 사건을 환기한다. 사건의 전개보다는 인물들이 쏟아내는 많은 말들에 의지하고 있는 이 작품은, 쏟아내는 행위를 통해서 스스로를 치유하고자 한다. 그 언어는 때로 거칠고 또 때로는 자기 연민적이지만, 우리는 이 작품의 언어가 연극적 상황 속에서 '봄눈'처럼 기능할 수 있을 것이라는 점을 어렵지 않게 짐작할 수 있다.

손성연의 「헤어드라이어」는 우리 사회의 폭력에 관한 이야기이다. 그 폭력은 갑이 행사하는 것이지만 이 작품 속에는 갑의 모습은 크게 부각되지 않는다. 차라리 갑에 의한 폭력으로 매개된, 을들이 서로에게 행하는 폭력에 관한 이야기다. 그런데 이 폭력에 대항하는 작가의 방식은 또 다른 형태로 '폭력적'이다. 작가는 미용실이라는 공간 속으로 이 모든 폭력의 상처를 마치 우격다짐 하듯이 밀어 넣는다. 논리적으로 미용실이라는 공간 속으로 들어갈 수 없는 것들을 그 안으로 밀어 넣음으로써 이 작품은 비약과 모순을 보여주지만, 그럼에도 불구하고 「헤어드라이어」의 매력은 이 우격다짐에 있다. 그러나 이 우격다짐은 폭력이 아니라 그것을 구현하는 방식에 따라 부조리하기도 하고 코믹하기도 할 것이다. 조현병, 우울증 등 등장인물들이 겪는 정신적 혼란은 이 우격다짐을 이해가능하게 하는 조건이다. 정상적인 상태에서 보이지 않는 분열되고 짓눌리고 찢긴 세계가 미용실인 것이다.

김연재의 「배종옥, 부득이한」은 눈에 띄는 제목을 가지고 있다. 배종옥은 우리 모두가 아는 이름이다. 그러나 이 극에서는 등장인물 중 누구도 배종옥을 알지 못한다. 주인공 할머니가 배종옥이 나온 작품들을 열거해도 누구도 기억하지 못한다. '부득이한'은 부득이하게 경비원을 해고하게 되었다는 작품 속 문구와 결합되어 있다. 누군가 있는 것이 너무도 명확한데 없는 것처럼 여기는 세상. 그리고 그 속에서 부득이하다는 논리로, 사람을 사람답지 못한 상황으로 몰아가는 세상에 대한 이야기를 이 작품은 담고 있다. 그런데 「배종옥, 부득이한」은 이와 같은 주제를 글쓰기의 형식 속에서 섬세하게 녹여내고 있다. 없음을 통해서 있음을 이야기하는 작가의 방식은 기실 희곡이라는 장르의 본질적인 방식이다. 김연재 작가는 직접 드러내고 이야기하지 않지만 고독과 배려, 절망과 자존감, 분노와 자괴감, 사랑과 무관심의 작은 경계들을 이야기한다. 마치 비밀처럼.

작가 약력

· **안정민**　　　　「고독한 목욕」

창작집단 푸른수염의 대표이자 극작가 및 연출가. 〈달걀의 일〉
〈이방인의 만찬─난민연습〉〈사랑연습─갈비뼈타령〉 등을 쓰
고 연출했으며, 〈고독한 목욕〉〈M의 멸망〉 등을 극작했다. 「어
린 노인」과 「뼈와 꽃」으로 2020 대산창작기금을 받았다.

· **이선율**　　　　「나비꿈_우연히 태어나 필연히 날아가」

극작가. 마산에서 태어나 전국에서 자랐다. 서울예술대학교 극
작과를 졸업했다. 2014년 〈18_우리들의 거리〉로 첫 공연을 올
렸다.

· **정영욱**　　　　「괴화나무 아래」

극작가. 경남 진해에서 태어나 부산에서 자랐다. 1999년 부산
일보 신춘문예 희곡부문 「토우」로 등단했다. 희곡집으로 『남은
집』(2008) 『농담』(2019)을 발표했다. 대산창작기금, 서울문화
재단 문학창작기금을 받았다.

· **진실**　　　　　「노크 연습」

극작가. 여수에서 태어나 서울에서 201호 아가씨로 살고 있다. 서울예술대학교 극작과를 졸업했다. 국립극단 희곡우체통을 시작으로 2020년 〈다용도 접이식 가족〉을 발표했다.

· **김미정**　　　　　「봄눈」

극작가. 대전 토박이로 살고 있다. 대전대학교 문예창작학과 대학원을 다녔다. 2006년 서울신문 신춘문예 「블랙홀」로 등단한 후 공연 작품으로 〈유실물〉〈꽃잎〉〈모딜리아니 특별전〉〈백석과 국수〉〈달정이와 버들이〉 등을 발표했다.

· **손성연**　　　　　「헤어드라이어」

극작가. 서울에서 태어났다. 서울예술대학 극작과를 졸업했다. 정신장애인 당사자 창작집단 안티카에서 활동 중이다.

· **김연재**　　　　　「배종옥, 부득이한」

작품으로 〈상형문자부늬 보차늘 쁜 버리들〉〈휘시와 운둥〉〈이제 내 이야기는 끝났으니 어서 모두 그의 집으로 가보세요〉〈폴라 목〉〈우리가 고아였을 때〉 등을 발표했다.

2018 희곡우체통 낭독회 희곡집

2020년 9월 10일 1판 1쇄 펴냄

- 펴낸이　　재단법인 국립극단
　　　　　　단장 겸 예술감독 이성열
- 기획·진행　정명주 조유림
- 주소　　　서울시 용산구 청파로 373
- 웹사이트　www.ntck.or.kr
- 전화　　　1644-2003

- 펴낸이　　김성규
- 책임편집　김은경 미순 조혜주
- 디자인　　김동선
- 펴낸곳　　걷는사람
- 주소　　　서울 마포구 월드컵로16길 51 서교자이빌 304호
- 전화　　　02 323 2602
- 팩스　　　02 323 2603
- 등록　　　2016년 11월 18일 제25100-2016-000083호

- ISBN　979-11-89128-84-5 [04810]
- ISBN　979-11-89128-90-6 (세트)